Kate Corell



# Nick & Bree

*Golden Kiss*

IMPRESS

© privat

**Kate Corell** ist ein Kind der 80er. Sie liebt Bücher, Sport (ausschließlich von der Tribüne aus) und Musik. Mit ihrem Mann, einem pubertierenden Teenager und zwei verrückten Bulldoggen lebt sie als Nachteule im Land der Frühaufsteher.

*... vergiss nie zu tanzen.*

# Playlist

Kings & Queens – Ava Max
Ghostkeeper – Klangkarussell, GIVVEN
Wicked Game – loafers, Helion, The High
The View – DRS, LSB, Tyler Daley
Killing Me – Lexy & K-Paul, Yasha
Nicotine – goddard.
Holy Water (Sizzy Remix) – DHALI, Muntu
Lost & Found – Moonbootica, Bondi
After Dark – Seven Lions feat. Fiora, Blastoyz
Running Out – Etham
Opposite Of Loving Me – Etham
Healing Of Time – Etham
12:45 – Etham
Pieces – AVAION
I Know What You Did Last Summer – Shawn Mendes, Camila Cabello
If I Can't Have You – Shawn Mendes
Because I Had You – Shawn Mendes
Piece Of You – Shawn Mendes
Teach Me How To Love – Shawn Mendes
The Kill – Thirty Seconds to Mars
Hail To The Victor – Thirty Seconds to Mars
Moments – Klangkarussell, Will Heard
Godsent – Smash Into Pieces
Oxygen – Winona Oak, Robin Schulz
Unsteady – X Ambassadors
Blame It On The Lights – KAMRAD
Whataya Want From Me – Adam Lambert
Closer To You – Julian Perretta

# 1

**Nick**

Lässig lehne ich an meinem schwarzen Land Rover und verschränke die Arme vor der Brust. Ich frage mich ernsthaft, weshalb wir dieses Gespräch ausgerechnet auf dem Parkplatz des *Barneys* führen. In der Hoffnung, dass Joe endlich aufgibt, lasse ich meinen Blick ziellos umherschweifen. Während ich mit ihr eine Diskussion über das defekte Autoradio ihrer besten Freundin Bree führe, herrscht reges Treiben auf dem Campusgelände der UVa. Das fasziniert mich im Augenblick weitaus mehr als die Aussicht darauf, Brees bescheuertes Radio zu reparieren oder es mir ›wenigstens einmal anzusehen‹. Gerade geht eine fünfköpfige Gruppe ins *Barneys* und ich würde mich ihnen nur zu gerne anschließen. Denn noch schlimmer, als diese Unterhaltung auf einem Parkplatz zu führen, ist, es vor dem ersten Kaffee tun zu müssen.

»Komm schon, stell dich nicht so an.«

»Warum sollte ich das tun?« Fragend hebe ich eine Augenbraue. Joe schnauft und verschränkt ebenfalls die Arme vor der Brust. Schon putzig, dass diese winzige Person, denn das ist sie im Vergleich zu mir, ernsthaft glaubt, mich einschüchtern zu können. Wie sie es tatsächlich geschafft hat, mich abzufangen, bevor ich überhaupt einen Fuß in den Laden gesetzt habe, ist fast schon beeindruckend. Auch wenn sie es mir als zufällige Begegnung verkaufen will, ist mir klar, dass sie mir aufgelauert hat. Meine Schwester würde nie freiwillig so früh ihren Hintern aus dem Bett bewegen, um sich ausgerechnet einen Schokomilchshake aus dem *Barneys* zu organisieren. Vermutlich hat Kyle ihr einen Tipp gegeben, wo sie mich so früh am Morgen findet. Die Tatsache, dass er nicht bei ihr ist, hat bei mir sämtliche Alarmglocken schrillen lassen, denn für gewöhnlich kleben die beiden wie Kletten aneinander. Aber wann immer ein Gespräch zwischen Joe und mir unangenehm werden könnte, hält mein bester Freund sich raus oder sucht das Weite. Im Augenblick würde ich es ihm gerne gleichtun.

»Vielleicht, um nett zu sein?« Ihr rechter Mundwinkel zuckt herausfordernd, was mich nicht im Geringsten beeindruckt.

»Ich bin kein netter Mensch und das wissen wir beide, also hör auf, mich zu einem machen zu wollen«, antworte ich eine Spur zu scharf.

Kurz scheint ihr Optimismus an Überzeugung zu verlieren, doch sie strafft die Schultern und kommt einen weiteren Schritt auf mich zu. Mist! So schnell gibt sie nicht auf. Ihre Hartnäckigkeit ist mir schon auf den Geist gegangen, als sie in der Middle School plötzlich in meiner Jahrgangsstufe gelandet ist und der Meinung war, auf dem freien Platz neben mir sitzen zu wollen. Wenn deine zwei Jahre jüngere Schwester in derselben Klasse ist, ist das alles andere als cool. Man wird verglichen und fängt an, sich aneinander zu messen. Wer ist besser, beliebter und schlauer. Kurz: Es ist anstrengend, genau wie diese Unterhaltung und die Tatsache, dass Jolee jetzt Teil meines Freundeskreises ist. Ein bisschen fühlt es sich wie damals an, nur dass wir nicht mehr in der Schule sind.

Mit ausgestrecktem Zeigefinger tippt sie gegen meine Brust und sieht mich streng an. Na, das kann ja heiter werden.

»Du hast eine sehr schlechte Meinung von dir selbst, Bruderherz.« Bitte nicht diese Leier. Ob ich eine schlechte Meinung von mir selbst habe, kann sie am allerwenigsten beurteilen. Dafür sind wir uns in den letzten zwei Jahren zu erfolgreich aus dem Weg gegangen und haben uns nur zu den obligatorischen Familientreffen gesehen. Aber jetzt, wo sie in Charlottesville aufgetaucht ist, glaubt sie, sich in mein Leben einmischen zu können, wann immer ihr danach ist.

»Im Gegensatz zu dir verschiebe ich nicht die Realität. Also vergiss es, Joe.« Allmählich langweilt mich diese Unterhaltung. Um ehrlich zu sein, tun das die meisten Gespräche in letzter Zeit.

»Mach es für mich.«

Was soll das werden? Die Nummer zieht nicht. Sie überschätzt eindeutig meine Bereitschaft für selbstloses Verhalten. Jolee ist meine Schwester und ich würde behaupten, dass ich sie auf meine verkorkste Art liebe. Dennoch, dieses ›Tue es für mich‹ verursacht bei mir Übelkeit. Menschen, die glauben, mit einem Wimpernschlag alles zu bekommen, was sie wollen, gehen mir gewaltig auf die Nerven. Jolee gehört eindeutig in diese Kategorie. Dabei kann sie nicht einmal etwas dafür. Diese wundervolle Charaktereigenschaft verdankt das Goldkind eindeutig unseren Eltern.

Joe will das pinke Fahrrad mit Glitzerpedalen. Joe bekommt das bescheuerte Fahrrad.

Nick möchte die grünen Fußballschuhe. Nick bekommt die roten, damit er begreift, dass man nicht immer alles bekommt, was man sich wünscht.

Und schon ist alles gesagt, was man über die Kindheit der Mitchell-Geschwister wissen muss.

Entschlossen, diesen Quatsch zu beenden, stoße ich mich von meinem Wagen ab, öffne die Fahrertür und steige ein. »Such dir einfach jemand anderen, Joe.« Als ich die Tür schließen will, drängt sie sich dazwischen und baut sich vor mir auf. Um nicht direkt durch die Decke zu gehen, zähle ich gedanklich von fünf rückwärts. Warum kann sie es nicht einfach gut sein lassen?

»Okay, dann such dir jemand anderen, der deine Hausarbeiten schreibt.«

Das bittere Lachen, das in diesem Augenblick meine Kehle hinaufklettert, unterdrücke ich. Die Wahrheit ist, ich brauche meine Schwester nicht, ich würde es auch ohne sie auf die Reihe bekommen. Das College wimmelt nur so vor Studierenden, die sich ein paar Dollar dazuverdienen wollen. Der einzige Grund, warum Joe hin und wieder meine Hausarbeiten schreibt, ist, dass sie die naheliegendste Person dafür ist.

»Netter Versuch, Sis, aber wenn Bree möchte, dass jemand ihr Autoradio repariert, soll sie es in eine Werkstatt bringen.« Entschlossen schiebe ich sie zur Seite und schließe die Autotür.

Meine Schwester funkelt mich durch die Scheibe wütend an. Ein Knopf zum Verdunkeln wäre ein Traum. Das würde ihr mehr als deutlich machen, wie wenig ich an ihrer Bitte interessiert bin. Vermutlich hat sie wirklich gedacht, sie schnippt mit dem Finger und ich tanze nach ihrer Pfeife. Falsch gedacht. Die Zeiten, in denen sich alles um Jolee Mitchell gedreht hat, sind eindeutig vorbei. Allerdings war es wesentlich leichter, sie mir vom Leib zu halten, als uns noch knapp dreitausend Meilen voneinander getrennt haben. Jetzt, da sie mit Kyle zusammen ist, werde ich sie wohl auch nicht so einfach wieder los. Ein Umstand, an dem ich nicht ganz unschuldig bin. Die grandiose Idee, dass Joe ihm Nachhilfe gibt, war schließlich von mir. Dass ich das hier seelenruhig über mich ergehen lasse, verdankt sie einzig der Tatsache, dass mir etwas an meinem besten Freund liegt.

Da sie offensichtlich noch nicht fertig mit mir ist, lasse ich das Fenster herunter.

»Bree kann sich das nicht leisten und du bist gut darin.« Das klingt fast wie ein Kompliment, aber eben nur fast. Das ist ihre Methode, mich weichzuklopfen, um ihren Willen zu bekommen.

Der Fakt, dass ihre Freundin Hilfe braucht, ändert nichts an meiner Meinung, dass ich einen Teufel tun und den Retter in der Not spielen werde. Das hat genau zwei Gründe. Erstens: Bree ist die beste Freundin meiner Schwester. Und zweitens: Sie nervt noch mehr als Joe, ist laut und verteilt Lebensweisheiten, als wäre sie ein verdammter Glückskeks.

Die Tatsache, dass sie attraktiv ist und ich bereits einmal mit ihr im Bett gelandet bin, versuche ich weitestgehend zu ignorieren. Aber es ist der ausschlaggebende Grund dafür, dass ich sie um jeden Preis auf Abstand halten will.

»Ich habe Nein gesagt!« Mit diesen Worten schließe ich das Fenster, starte den Motor und fahre nach Hause.

***

Kyle steht an die Kücheninsel gelehnt und sieht auf, als ich unsere Wohnung betrete.

»Na, heute wieder als Mistkerl aufgestanden?« War ja klar, dass sie ihn sofort anruft. Ich gönne ihm sein Glück, aber ich wünschte, es würde sich bei seiner Auserwählten nicht um meine Schwester handeln. Auch wenn er das vielleicht anders sieht, etwas in unserer Freundschaft hat sich verändert. Bei ihm bin nicht mehr ich die Nummer eins mit dem Nachnamen Mitchell. In der Zeit vor Jolee konnte ich mit ihm über alles quatschen. Vermutlich ist das noch immer so, aber ein Teil meines Hirns schreit förmlich: *Er erzählt Joe alles, also behalt es für dich.*

»Lass mich raten, Joe hat gepetzt«, erwidere ich und gehe zum Kühlschrank, um eine Flasche Wasser herauszunehmen.

»Was ist denn so schlimm daran, Bree einen Gefallen zu tun?«

*Alles.*

Es gab einen Grund, warum ich am anderen Ende des Landes zur Uni gehen wollte, und die Virginia Kings sind es nicht gewesen. Ich hatte einfach die Schnauze voll davon, dass Jolee sich überall reinhängt oder mit ›Nick, kannst du mal eben‹ um die Ecke kommt.

»Ich habe keine Lust.«

»Du bist doch sonst nicht so, wenn es um deine Freunde geht.«

Von der Seite werfe ich ihm einen bösen Blick zu. Dass er diese Karte zieht, damit habe ich beinahe gerechnet. Trotzdem kotzt es mich an, dass anscheinend alle zu wissen glauben, wer ich bin und wie ich mich zu verhalten habe. Ehrlich, einen Scheiß muss ich.

»Bree gehört nicht zu meinen Freunden.« Die Leute, die ich als solche bezeichne, kann ich genau an einer Hand abzählen. Phoenix, Mase, River, Jay und der Kerl, der gerade versucht, mir ins Gewissen zu reden.

»Aber sie ist die beste Freundin deiner Schwester. Wenn du Bree nicht helfen möchtest, dann tue es für Jolee.« Inzwischen sollte er mich besser kennen und wissen, dass er damit keinen Erfolg haben wird. Eher friert die Hölle zu, als dass ich Jolee ihren Willen gebe.

»Und sie gehört ebenfalls nicht zu meinen Freunden«, antworte ich und stelle die jetzt nur noch halb volle Wasserflasche zurück in den Kühlschrank.

»Was ist eigentlich dein Problem, dass du dich Jolee gegenüber permanent wie ein Arschloch verhältst?« Er stößt sich von der Arbeitsplatte ab und baut sich vor mir auf. Diese Unterhaltung werden wir ganz sicher nicht führen, wenn wir beide angepisst sind. Das geht selten gut aus. Kurzerhand lasse ich ihn in der Küche stehen und verschwinde in meinem Zimmer. Dort greife ich mir die bereits gepackte Sporttasche und betrete den Flur.

»Wir sehen uns später beim Training«, verabschiede ich mich knapp und verlasse die Wohnung. Normalerweise fahren wir zusammen zum Campus und zum Training, aber im Augenblick ist es eindeutig vernünftiger, durch etwas Abstand die Gemüter zu beruhigen. Dass wir heute keine gemeinsamen Kurse haben, ist vermutlich auch nicht das Schlechteste.

Da Joe mich vorhin vor dem *Barneys* abgefangen hat, bin ich auf Koffeinentzug. Was echt scheiße ist, weil ich meine tägliche Dosis brauche und Kyle den mit Abstand schlechtesten Kaffee kocht. An der Kaffeemaschine bin ich allerdings genau wie mein bester Freund eine Fehlbesetzung. Selbst nach fast drei Jahren in Charlottesville habe ich das richtige Maß für das Pulver noch nicht gefunden und weiche deshalb meistens auf den Coffeeshop aus. Da er auf dem Weg zum Trainingsgelände liegt, beschließe ich, einen erneuten Versuch zu wagen.

Zehn Minuten später bereue ich meine Entscheidung, denn als ich den Laden betrete, steht ausgerechnet Bree hinter dem Tresen. Was zur Hölle macht sie hier? Hat jemand den heutigen Tag dazu auserkoren, mich in den Wahnsinn zu treiben? Glückwunsch, es funktioniert.

Bevor ich auf dem Absatz kehrtmachen kann, entdeckt sie mich und lächelt unsicher. Der Glückskeks hat mir gerade noch gefehlt. Meine Laune ist schon auf dem Tiefpunkt und daran ist sie nicht ganz unschuldig. Was sie vermutlich nicht einmal weiß, weil meine Schwester mit Sicherheit in Eigenregie gehandelt hat, als sie vorhin ungebeten auf der Matte stand.

»Was machst du hier?«, frage ich bissig. Sie verzieht das Gesicht. Verständlich, denn ich motze sie gerade völlig grundlos an.

»Wonach sieht es denn aus?«, antwortet sie angriffslustig. Wenn Bree etwas nicht hat, dann ist es Angst vor mir. Leider. Denn das wäre mir wirklich lieber, als ständig mit ihr aneinanderzugeraten und deswegen meine Nerven unnötig zu strapazieren. Aber meinen Respekt hat sie allein schon deswegen, weil sie sich traut, mir die Stirn zu bieten. In meiner Nähe will ich sie dennoch nicht haben. Nach der Sache mit Jolee und der Wette hat sie mir so die Hölle heißgemacht, dass ich ernsthaft beeindruckt war. Mich direkt im Anschluss bei Joe zu entschuldigen, hatte allerdings weniger mit ihrer Moralpredigt zu tun, sondern ist eine Notwendigkeit gewesen, um meine Freundschaft mit Kyle nicht gänzlich vor die Wand zu fahren.

»Als würdest du hier arbeiten«, erwidere ich, da sie offensichtlich auf eine Antwort von mir wartet. Die dunkle Schürze mit dem *Barneys*-Aufdruck lässt keinen Zweifel daran, dass sie sich nicht bloß hinter den Tresen verirrt hat.

»Wow, du bist ein Genie.« Sie grinst, während ihre schokobraunen Augen mich vorsichtig mustern. Manchmal sieht sie mich an, als würde sie auf etwas warten, aber ich habe keine Ahnung worauf. Und das macht mich nervös. Für gewöhnlich weiß ich genau, was mein Gegenüber von mir will oder im Begriff ist zu tun. Eine Eigenschaft, die auf dem Fußballplatz äußerst hilfreich ist, bei Bree allerdings gänzlich versagt.

»Seit wann arbeitest du hier?«, will ich von ihr wissen, obwohl es völlig überflüssig ist, da ich jeden Tag hier bin und sie noch nie hinter der Theke gesehen habe.

»Heute«, antwortet sie knapp. Dieses Detail hätte mir meine Schwester durchaus mitteilen können, als sie mir vorhin wegen Brees Radio auf die Nerven gegangen ist.

Da ich kein Profi im zwanglosen Small Talk bin und die Schlange hinter mir immer länger wird, besinne ich mich auf den eigentlichen Grund, der mich hierhergeführt hat.

»Ich hätte gerne einen schwarzen Kaffee. Bekommst du das hin?«

Ihre Augen werden schmal. Vermutlich habe ich sie gerade beleidigt. Sollte es so sein, war das nicht meine Absicht. Allerdings habe ich auch nicht die Ambition, Sympathiepunkte bei ihr zu sammeln. Im Gegenteil.

»Warum wundert es mich nicht, dass dein Kaffeegeschmack deiner Seele entspricht?«, schießt sie mit einem zuckersüßen Lächeln zurück.

»Offensichtlich bist du cleverer, als du aussiehst.« Meine Miene bleibt zwar völlig ausdruckslos, aber ich muss zugeben, dass mir unser kleiner Schlagabtausch allmählich Spaß macht. Sie wendet den Blick ab und nimmt einen Pappbecher vom Stapel. Zu meiner Überraschung greift sie nach einem Stift und schreibt etwas darauf, bevor sie den Kaffee einfüllt. Wenn sie mir ihre Telefonnummer zustecken will, soll sie es lassen. Ich bin nicht interessiert.

»Das macht drei Dollar, bitte«, sagt sie und stellt den Becher auf dem Tresen ab.

»Passt so«, versichere ich ihr, als ich ihr fünf Dollar reiche. Gekonnt ignoriert sie meine Aussage und legt das Wechselgeld auf das kleine Holzschälchen. Was ich wiederum ignoriere, indem ich es einfach liegenlasse. Ich greife nach dem Becher und drehe ihn so herum, dass ich Brees Kritzelei lesen kann.

*Idioten muss man nicht suchen. Die melden sich von selbst!*

Der Glückskeks hat ja keine Ahnung, wen sie hier gerade herausfordert. Aber Mut hat die Frau, das muss ich ihr lassen. Wie weit er sie am Ende bringt, wird sich zeigen. Ein breites Grinsen schleicht sich auf mein Gesicht. Damit es von ihr unbemerkt bleibt, wende ich mich ab und verlasse das *Barneys*. Vor der Tür angekommen beschleunige ich meinen Schritt, um nicht zu spät zum Training zu kommen.

# 2

**Bree**

Der Typ hat echt Nerven. Grundsätzlich bin ich so etwas wie ein Harmonieeichhörnchen, aber Nick Mitchell triggert eindeutig die Teufelin in mir. Ein Blick in sein mürrisches Gesicht und ich hebe ab wie eine Boeing 747. Oder ich verwandele mich in den Hulk, der ihn in Stücke reißen will, um anschließend seine Überreste bei einem Tänzchen ums Feuer in die Hölle zu befördern. Es ist mir schleierhaft, wie der Kerl mir vor ein paar Monaten auch nur einen Hauch Sympathie für sich entlocken konnte. Dass er die Liste der heißesten Typen der UVa anführt, könnte dafür der springende Punkt gewesen sein. Für visuelle Reize bin ich leider extrem empfänglich.

Groß, sportlich, breite Schultern und dunkle Locken, die ein Eigenleben führen und dennoch immer irgendwie perfekt liegen, haben meine Hormone direkt in Aufruhr versetzt. Aber dann habe ich den Fehler gemacht und etwas genauer hingesehen. Sturmgraue Augen eingerahmt von dichten dunklen Wimpern. Nick mag ein Meister darin sein, seine Mimik zu kontrollieren, aber diese Augen sind ein Freifahrtschein in seine Seele. Allerdings hat er sich dafür entschieden, ein Arschloch zu sein. Gutes Aussehen tröstet leider nicht über den beschissensten Charakter der ganzen Weltbevölkerung hinweg. Okay, das ist vielleicht etwas übertrieben. Man braucht nur in einem Geschichtsbuch zu blättern, um zu wissen, dass bereits eine beachtliche Anzahl von Idioten auf unserer Erde ihre Spuren hinterlassen hat. Dagegen ist Nick das Seepferdchen in einem Haifischbecken. Dennoch treibt er mich in den Wahnsinn.

Nur zu gern hätte ich ihm seine zwei Dollar Trinkgeld hinterhergeworfen, stattdessen nehme ich sie und stecke sie in die Spendenbox für das örtliche Kinderhospiz. Dann hat der Kerl wenigstens einmal in seinem Leben etwas Gutes getan. Auf eine Begegnung direkt in meiner ersten Schicht hätte ich durchaus verzichten können. Wem man den Kaffee serviert, kann man sich aber nicht aussuchen. Mir war bewusst, dass er hier früher oder später auftauchen würde. Ich hatte nur nicht erwartet, sofort über den Tresen hechten und ihn schütteln zu wollen, bis ihm seine selbstgefällige Art vergeht.

»Hey, Nick ist weg, du musst nicht sabbernd die Tür anstarren.« Schnaubend drehe ich mich zu Kira um. Noch so etwas Unvorhergesehenes. Als ich letzte Woche die Zusage für den Job bekommen habe, hat sie hier noch nicht gearbeitet. Denn wenn es so gewesen wäre, hätte ich eher eine Anstellung als Nachtclubtänzerin in Betracht gezogen. Nick und sie würden ein fantastisches Paar abgeben. Beide sind so sympathisch wie Fußpilz.

»Musst du nicht Geschirr spülen oder so?«, zische ich sie an. Die alberne Cheerleaderinnenschleife, die sie im Haar trägt, wippt, als sie auf einen der Tische zusteuert, um ihn abzuräumen. Mit einem zufriedenen Lächeln wende ich mich dem Typen zu, der direkt hinter Nick stand. Er trägt eine unendliche Anzahl Sommersprossen in seinem Gesicht zur Schau.

»Hey, was bekommst du?«, frage ich.

Freundlich lächelt er mich an. »Hi. Einen Kaffee zum Mitnehmen. Hell und süß, entsprechend meiner Seele, versteht sich.« Sein Grinsen wird breiter.

Wow, was ein Scherzkeks. Genervt verdrehe ich die Augen, was ihm nicht entgeht.

»Sorry. Ich fand das irgendwie witzig, war es aber nicht, oder?« Ich betrachte ihn genauer. Braune Augen, die mich hinter einer dunklen Brille aufrichtig anblicken. Blond gelockte Haare, die ihm wild in die Stirn fallen. Schlanke Figur. Er ist attraktiv. Würde auf seiner Brust nicht das Logo der Virginia Kings prangen, würde ich auf seinen Flirtversuch eingehen. Aktuell reicht mir ein durchgeknallter Fußballer völlig.

»Nein, war es nicht. Eine Karriere als Stand-up-Comedian solltest du nicht in Betracht ziehen.«

Ein Lachen verlässt seine Lippen und ich habe keinen Zweifel daran, dass er einer von den guten Jungs ist. Die erkenne ich auf hundert Meter Entfernung. Nur leider entsprechen sie selten dem Typ Mann, der mein Herz höherschlagen lässt.

»Darf ich?«, fragt er und deutet auf den kleinen Block, der auf dem Tresen liegt. Ich weiß genau, worauf das hier hinauslaufen wird. Da ich grundsätzlich kein unhöflicher Mensch bin, schiebe ich ihm den Block zu und reiche ihm einen Stift, bevor er danach fragen kann. Aber ich bin absolut nicht interessiert. Während er seine Telefonnummer aufschreibt, bereite ich seine Bestellung zu.

Nachdem er bezahlt hat, kratzt er sich verlegen am Hinterkopf. »Ich würde mich wirklich freuen, wenn du dich meldest. Ich möchte die Frau, die Mitchell so öffentlich einen Tritt in die Eier verpasst, wirklich gerne kennenlernen.« Dann schiebt er den Block zurück in meine Richtung und zwinkert mir zu, bevor er das *Barneys* verlässt.

Jonah Hall. Er hat tatsächlich seinen Nachnamen dazugeschrieben. Fehlen nur noch seine Adresse und eine aktuelle Bankauskunft. Hall? Bei dem Namen klingelt irgendwas ...

Anstatt die Nummer direkt in den Mülleimer zu befördern, reiße ich sie vom Block, falte den Zettel zusammen und verstaue ihn in meiner hinteren Hosentasche. Man soll schließlich niemals nie sagen, und er ist wirklich süß.

***

Wie versprochen wartet Jolee nach meiner Schicht vor dem *Barneys*. Lächelnd reiche ich ihr den Schokomilchshake, den ich ihr mitgebracht habe, weil ich weiß, wie gerne sie die mag.

»Genau deswegen bist du meine beste Freundin.« Sie grinst und nimmt mir den Becher gierig aus der Hand.

»Weil ich dir einen Milchshake besorgt habe?«

»Ja, und weil du mir nicht böse sein kannst.« Aha, daher weht der Wind.

»Was hast du angestellt?« Gemeinsam gehen wir die paar Schritte zum Parkplatz, auf dem ich meinen klapprigen Ford abgestellt habe. Ich liebe die alte Karre, auch wenn sie dringend ein paar kleinere Reparaturen nötig hat. Der Grund, warum ich nun neben dem College jobben muss.

»Eventuell habe ich Nick gebeten, dein Autoradio zu reparieren und sich bei der Gelegenheit gleich noch deinen Wagen anzusehen?«

Das hat sie nicht, oder? Doch hat sie.

Bei einer Sache hat sie allerdings recht, ich kann ihr einfach nicht böse sein. Und dass sie ihren Bruder gefragt hat, wundert mich nicht, immerhin hatte ich ihr vor Wochen versprochen, es selbst zu tun, und es im selben Moment wieder verworfen. Ich gehöre nicht zu den Personen, die andere gerne um Hilfe bitten und da spielt es überhaupt keine Rolle, ob es sich dabei um Nick handelt oder nicht.

»Das erklärt, warum dein Bruder heute besonders charmant drauf ist.« Für gewöhnlich macht Nick einen Bogen um mich und vermeidet jegliche unnötige Unterhaltung. Er ist der einzige Mensch, der mich auf die Palme bringt, ohne dafür den Mund aufmachen zu müssen. Ein Blick aus seinen grauen Augen und ich verspüre den Drang, sie ihm auszukratzen. »Lass mich raten, er hat Nein gesagt?«

»Ja, aber ich habe nicht vor, ihn vom Haken zu lassen.«

»Warum werde ich das Gefühl nicht los, dass es dir nicht in erster Linie um mein Radio geht?«

»Weil du mich einfach zu gut kennst.« Sie nimmt einen Schluck aus ihrem Becher. Abwartend sehe ich sie an. Meine beste Freundin seufzt. »Ich setze darauf, dass du seine guten Seiten zum Vorschein bringst, wenn er gezwungen ist, etwas Zeit mit dir zu verbringen. Das ist deine Zauberkraft.«

Jetzt kann ich mir ein Lachen nicht verkneifen. Das ist das Bescheuertste, was ich je gehört habe.

»Ich bin mir ziemlich sicher, dass ich nicht die richtige Person bin, um deinen Bruder auf den rechten Weg zu bringen. Steck Nick und mich in einen Raum und ich schwöre, nur einer von uns beiden kommt lebend heraus.«

»Wirklich? Ich erinnere mich da an einen Morgen, an dem du gänzlich unversehrt aus seinem Zimmer gekommen bist. Offensichtlich habt ihr diese Nacht beide überlebt.« Ihr Grinsen ist so wissend, dass ich aus Reflex die Augen verdrehe.

Ja, es gab da diese eine Nacht, in der ich seinem Bad-Boy-Charme zum Opfer gefallen bin. Aber das war, bevor mir klar wurde, was für ein Arschloch Nick tatsächlich ist. Nicht diese Art von Arschloch, die man anschmachtet, weil man glaubt, es brauche nur die richtige Frau an seiner Seite. Nein, er ist einer dieser Typen, die keine Frau der Welt retten kann. Bei ihm ist der Kern genauso hart wie die Schale. Ein hoffnungsloser Fall. Manchmal wundert es mich, wie Geschwister so unterschiedlich sein können. Jolee ist liebevoll und großherzig. Und Nick ... Na ja, keins von beidem.

Inzwischen haben wir meinen Wagen erreicht und setzen uns auf die Motorhaube, um unsere Getränke mit Blick auf den Campus zu genießen. Die alten Backsteingebäude und die hochgewachsenen Bäume sind traumhaft. Das Gelände ist nicht besonders groß und strahlt etwas Gemütliches aus. Das Highlight ist der Teich mit Fontäne, den man von jedem Gebäude aus sehen kann, da sie kreisförmig drumherum angeordnet sind und er das Zentrum bildet. Bunte Blumenbeete verleihen dem Ganzen eine absolute Wohlfühlatmosphäre. Ich liebe den Campus von Charlottesville, seit ich ihn vor zwei Jahren das erste Mal betreten habe.

»Darf ich dich erinnern, dass weder er noch ich Interesse daran haben, uns einander zu nähern? Du hast vor, Amor zu spielen, stimmt's?«

Prompt verschluckt sie sich an ihrem Milchshake, weil ich ihr diese Tatsache ungefiltert um die Ohren haue. Man muss kein Genie wie Jolee sein, um ihre Absichten zu durchschauen. Gesunder Menschenverstand reicht völlig aus. Sie meint es nur gut, das weiß ich. Trotzdem beißt sie da bei mir auf Granit. In diesem Punkt bin ich von Nick kuriert. Gefühle sind das eine, Vernunft das andere. Und im Augenblick bin ich sehr froh darüber, dass mein Verstand die Gefühle unter Kontrolle hat.

»Du hast mich ertappt«, gibt sie zu und wirkt dabei nicht eine Spur verlegen.

Es ist mir schleierhaft, wie sie darauf kommt, mich mit ihrem Bruder verkuppeln zu wollen. Ich meine, sie hat doch Augen im Kopf. Aber was viel wichtiger ist, sie kennt Nick und weiß ganz genau, wie er tickt. Warum will sie mir so einen Idioten auf die Brust binden?

»Du weißt hoffentlich, wie bescheuert dein Vorhaben ist?« Das tut sie doch, oder? So naiv ist sie nicht. Sie kann ihre rosarote Brille nicht einfach weiterreichen und hoffen, dass sie mir passt. Mit Kyle hat sie den Jackpot geknackt, aber ihr Bruder ist für jede Frau eine Zumutung. Meine Vernunft hat mich genau einmal verlassen und dazu geführt, dass ich mit Nick im Bett gelandet bin. Und im Grunde hatte da auch Jolee ihre Finger im Spiel. Hätte sie mich nicht dazu überredet, ihren Bruder nach Hause zu bringen, während sie Kyle nach einer Schlägerei in die Notaufnahme begleitet hat, wäre es nie zu diesem One-Night-Stand gekommen. Und an das anschließende Gefühlschaos will ich gar nicht erst denken. Nick hatte schneller einen Riegel vorgeschoben, als ich überhaupt hatte begreifen können, was genau da zwischen uns passiert ist.

»Bescheuert vielleicht, aber nicht ausweglos.« Sie meint das wirklich ernst. Wow! Ich bin mir nicht sicher, ob ich amüsiert oder entsetzt bin.

»Wie kommst du überhaupt auf die Idee, dein Bruder könnte an mir interessiert sein?« Auf die Antwort bin ich wirklich gespannt.

»Ha! Ich habe es gewusst.« Als hätte sie gerade beim Dosenwerfen den Hauptpreis gewonnen, klatscht sie begeistert in die Hände. Wenigstens hat sie vorher den Milchshake abgestellt, sonst wäre der jetzt in hohem Bogen durch die Luft geflogen. Verwirrt sehe ich sie an.

»Was hast du gewusst?«, hake ich nach, weil meine Leitung eindeutig länger als die ihre ist.

»Du hast mich gefragt, warum ich glaube, Nick könnte an dir interessiert sein, und nicht abgestritten, dass du an *ihm* interessiert bist. Das lässt mich schlussfolgern, du stehst auf meinen Bruder.« Wie bitte?

»Was du da sagst, ergibt überhaupt keinen Sinn«, merke ich an. Wie Jolee anhand meiner Frage zu diesem Ergebnis kommt ist mir ein Rätsel. Ihr Bruder ist ein Idiot, das macht ihn nicht gerade zu meinem Traummann. Ich habe angenommen, das wüsste sie inzwischen, immerhin vergeht kaum ein Tag, an dem ich mich nicht über Nick Mitchell aufrege.

»Leugne es ruhig, Bree O'Donell, aber ich habe dich durchschaut.«

»Ich bin mir gerade nicht sicher, ob ich die neue Jolee mag.«

Grinsend streckt sie mir als Antwort die Zunge heraus. Um dieses mehr als eigenartige Gespräch zu beenden, rutsche ich von der Motorhaube und steige in meinen Wagen. Jolee tut es mir gleich und nimmt den Beifahrersitz ein.

Nick und ich … Pah, eher friert die Hölle zu.

***

»Warte, ich hole noch schnell die Post aus dem Briefkasten«, sage ich zu Jolee, die bereits die Treppe nach oben geht. Ich trete wieder hinaus ins Freie, weil die Briefkästen außen am Haus angebracht sind. Zwischen der wöchentlichen Reklame steckt ein Brief. Wir bekommen selten Post. Neugierig werfe ich einen Blick auf den Absender. Was will denn die Hausverwaltung von uns? Hastig reiße ich das Kuvert auf und überfliege die Zeilen.

»Was zum Teufel …« Die verarschen uns, oder? Das hier ist eine Episode der versteckten Kamera. *Bitte recht freundlich lächeln, während wir Sie aufs Korn nehmen.* Denn das kann unmöglich wahr sein.

»Kommst du?« Jolee steckt den Kopf durch die Tür. »Alles okay?«, fragt sie, als ihr mein entsetztes Gesicht auffällt. Ich reiche ihr den Brief, weil ich das wirklich einen Augenblick lang sacken lassen muss. Sie liest die wenigen Sätze einmal und dann ein weiteres Mal.

»Sie werfen uns aus der Wohnung?«

»Die offizielle Begründung lautet Räumung zwecks Eigenbedarfes des Eigentümers. Aber ja, sie schmeißen uns raus.«

»Können sie das so einfach machen?«

Weil ich keine Ahnung habe, zucke ich mit den Schultern. »Sieht ganz so aus.«

»Und was machen wir jetzt?« Jolee blinzelt fassungslos.

»Suchen wir uns innerhalb der nächsten vier Wochen eine neue Bleibe.«

# 3

**Nick**

Seit zwanzig Minuten scheucht uns Coach Marten in kurzen Sprints über den Platz. In verschiedenen Abständen stehen Kegel, die angelaufen werden müssen, bevor wir anschließend zur Grundlinie zurücksprinten. In Zweierteams stehen wir nebeneinander. Mein Partner ist Jonah Hall, der mich jedes verdammte Mal abhängt. Der Kerl ist so verflucht schnell und atmet nicht mal schwer, sobald wir zurück am Startpunkt stehen. Ständig wirft er mir vermeintlich unauffällige Seitenblicke zu. Er gehört zu Sams Truppe, was zwangsläufig bedeutet, dass wir keine Freunde sind.

Ein Pfiff ertönt. Kyle und Phoenix sind an der Reihe. Die beiden haben eine gute Kondition und verfügen über eine ähnliche Grundschnelligkeit. Daher ist es nicht verwunderlich, dass sie beinah zeitgleich den ersten Kegel umrunden.

»Was?«, zische ich Jonah neben mir an, als er mir einen erneuten Blick zuwirft.

»Nichts«, antwortet er erschrocken. Hat er ernsthaft gedacht, ich würde nicht bemerken, wie er mich anguckt? Es ist eine Schande, dass Jonah sich an Sam Campell klemmt, denn eigentlich ist er ein netter Kerl. Vermutlich glaubt Hall, Campell poliert sein Image auf und hilft ihm dabei, leichter an Frauen heranzukommen. Der Volltrottel hat eine erstaunlich gute Quote.

»Für nichts starrst du mich erstaunlich oft von der Seite an. Also spuck es aus oder konzentrier dich auf das Training.«

»Okay. Ich habe mich gefragt, ob zwischen dir und der Kleinen aus dem *Barneys* etwas läuft?« Was? Ich kann nicht verhindern, dass seine Frage mich für einen Augenblick aus dem Konzept bringt. Meint er Bree oder eine der anderen Kellnerinnen?

»Hä? Du musst schon ein bisschen konkreter werden. Ich habe keinen Plan, von wem du redest.« Der Pfiff des Coaches lässt Jonah zusammenzucken. Ich blicke nach vorn, um nachzusehen, wer gerade an der Reihe ist. Wenn Coach Marten uns beim Quatschen erwischt, brummt er uns im Anschluss Strafrunden auf. River gegen Sam. Ein Grinsen schleicht sich auf meine Lippen, als River Campell unauffällig den Mittelfinger entgegenstreckt.

»Harris, zwei Strafrunden um den Platz!«, brüllt der Coach. War wohl doch nicht so unauffällig.

»Mit dem größten Vergnügen, Coach.« River grinst zufrieden und setzt sich direkt in Bewegung.

»Die Brünette«, spezifiziert Jonah neben mir seine Frage von eben.

»Welche Brünette?«, frage ich, weil ich den Faden verloren habe. Worüber hatten wir uns gerade unterhalten? Ich neige dazu, Unterhaltungen auszublenden, wenn sie mich langweilen oder keine Relevanz haben. Jonah fällt für gewöhnlich in beide Kategorien.

»Aus dem *Barneys*. Ich stand vorhin hinter dir und habe zufällig eure Unterhaltung mitbekommen.« Okay, er meint Bree. Den Impuls, dass mir seine Antwort nicht gefällt, ersticke ich sofort im Keim. Bree ist hübsch. Es ist völlig verständlich, dass andere Männer sie attraktiv finden.

»Wenn du unser Gespräch belauscht hast und nicht gänzlich dämlich bist, kommst du von selbst auf die Antwort.« Dass er überhaupt in Erwägung zieht, zwischen ihr und mir könnte etwas Laufen, ist lächerlich.

»Wollte nur sichergehen. Ich würde dir ungern in die Quere kommen«, antwortet er.

Mein Kopf schnellt in seine Richtung. Er verarscht mich, oder? »Bree ist die beste Freundin meiner Schwester. Falls du also nicht vorhast, die Seiten zu wechseln, solltest du die Finger von ihr lassen.« Jetzt verteile ich schon gut gemeinte Ratschläge. Im Grunde ist es mir egal, ob er sich an den Glückskeks heranschmeißt, aber es wäre mir nicht egal, sollten sich unsere Lager mischen. Dass Jolee und Bree nun Teil unserer Gruppe sind, reicht mir vorerst. Ich bin nicht besonders erpicht darauf, neue Leute in meinen engeren Kreis hineinzulassen.

»Mitchell, Hall, braucht ihr eine Extraeinladung?« Shit! Genau das hatte ich vermeiden wollen. Beim Coach stehe ich schon seit meinem ersten Jahr an der UVa auf der Abschussliste. Ich bin ein paarmal nach einer durchzechten Nacht zu spät zum Training erschienen und habe es damit direkt bei ihm auf die Blacklist geschafft. Dass ich mich auf dem Spielfeld bereitwillig in jede verbale Auseinandersetzung mit dem Gegner werfe, macht meine Situation auch nicht gerade besser. Hätte er eine vernünftige Alternative zu mir, würde er mir die Handschuhe mit einem breiten Lächeln abnehmen. Der Vorteil am Torwartsein ist ganz klar, dass die wenigsten Fußballer einer sein wollen. In der Jugend zieht es einen auf das Feld und nicht zwischen die Pfosten. Toreschießen ist um einiges geiler, als hinter sich zu greifen und den Ball aus dem Netz zu fischen.

Jonah stammelt eine Entschuldigung und stellt sich an die Startlinie. Mich für etwas zu entschuldigen, widerspricht meiner Natur. Was hauptsächlich daran liegt, dass mir grundsätzlich nichts leidtut. In dem Moment, als ich mich auf die Unterhaltung eingelassen habe, hatte ich die möglichen Konsequenzen bereits in Betracht gezogen und sie billigend in Kauf genommen. Mag sein, dass es respektlos erscheint, dem Training nicht meine volle Aufmerksamkeit zu schenken, aber wäre es nicht auch unhöflich gewesen, Jonah zu ignorieren? Offensichtlich hat ihn diese Frage beschäftigt und seine Konzentration beeinflusst. Streng genommen habe ich dem Coach einen Gefallen getan, denn jetzt ist Hall voll fokussiert.

Der Pfiff ertönt und Jonah hat mich bereits nach fünf Metern abgehängt. Scheiße! So viel zum Fokussiertsein. Anscheinend habe ich meinen Kopf in der Umkleide vergessen. *Wohl eher im* Barneys, huscht es für den Bruchteil einer Sekunde durch mein Hirn. Ich hasse es, dass ich mir tatsächlich Gedanken über den Glückskeks und Jonah mache.

Mit etwas zu viel Geschwindigkeit umrunde ich den letzten Kegel und rutsche auf dem feuchten Rasen weg. Fuck! Gelächter schlägt mir von der Grundlinie aus entgegen. Solche Anfängerfehler passieren mir nicht, verdammt! Mir bleibt nichts anderes übrig, als Jonah dabei zuzusehen, wie er mich endgültig abhängt. Fluchend rappele ich mich wieder auf und klopfe mir den Dreck von den Klamotten, anschließend jogge ich zu den anderen.

»Mitchell, ich wusste es, dein sportliches Niveau reicht nicht über die Middle School hinaus«, feixt Sam. Ich balle die Hände zu Fäusten. Mein Blick huscht zum Coach, der sich gerade mit Mase unterhält und ihm anerkennend auf die Schulter klopft. Den Moment nutze ich und baue mich vor Sam auf.

»Wenn du nicht willst, dass ich deine Visage in den Rasen drücke, gehst du mir besser aus dem Weg und behältst deinen Bullshit für dich, Campell«, sage ich und verpasse ihm einen Stoß mit der Schulter, als ich an ihm vorbeigehe und mich in die Gruppe einreihe.

»Ich denke, ich werde es auf einen Versuch ankommen lassen«, flüstert Jonah, sobald ich neben ihm stehe. Das habe ich befürchtet. Was erwartet er jetzt von mir? Dass ich ihm viel Erfolg wünsche? Wenn ich ihm stecke, dass ich bereits mit Bree im Bett war, würde er sein Vorhaben sicher nicht in die Tat umsetzen. Aber ich rede prinzipiell nicht über meine One-Night-Stands. Zum einen geht es niemanden etwas an und zum anderen ist es einfach eine Sache des Respekts, sich nicht mit seinen Errungenschaften zu brüsten. Er braucht weder meinen Segen noch meinen Zuspruch. Daher erspare ich uns beiden eine Antwort.

Weitere dreißig Minuten jagt uns der Coach kreuz und quer über den Platz. Mal mit, mal ohne Ball. Zum Schluss stehen Freistöße kurz vor dem Sechzehner auf dem Plan. Kyles Spezialität. Bei dieser Übung haben wir unsere ganz persönliche Challenge: Trifft er drei von fünf, zahle ich unser Essen. Schafft er es nicht, zahlt er.

Wie festgenagelt stehe ich zwischen den beiden Pfosten auf der Torlinie und nehme meinen besten Freund ins Visier. Ein Schritt nach rechts oder links und Kyle haut das Ding in den Kasten. Die Kunst besteht darin, so lange stehen zu bleiben, bis er sich für eine Ecke entschieden hat, und dann blitzschnell zu reagieren. Ein bisschen Glück gehört natürlich auch dazu, denn Blackmoore begeht selten den Fehler, zu zucken und mir damit einen Hinweis auf seine Schussrichtung zu geben. Mein bester Freund nimmt drei Schritte Anlauf und zimmert das Leder in die obere rechte Ecke, bevor meine Füße überhaupt den Rasen verlassen, um den Ball mit den Händen abzufangen. Er streift dabei nicht einmal die Trainingsdummies, die die Mauer darstellen.

Fuck! Fluchend hole ich den Ball aus dem Netz und befördere ihn zu ihm zurück.

***

»Okay, was ist los?«, fragt Kyle, als wir nach dem Training gemeinsam zum Parkplatz gehen. Vier von fünf Treffern, was für eine beschissene Quote. Wäre ich richtig bei der Sache gewesen, hätte er höchstens einen davon versenkt.

»Glaub nicht, ich hätte nicht bemerkt, dass du die letzten beiden absichtlich mies geschossen hast«, platze ich heraus. Ich würde wirklich gerne behaupten, dass Jonahs blödes Gequatsche schuld an meiner Unkonzentriertheit ist, aber das wäre gelogen. Es sind die Veränderungen, die sich in den letzten Monaten in meinem Umfeld abspielen, die mir das Gefühl geben, entgegen der Erdrotation unterwegs zu sein, und mich völlig aus der Bahn schmeißen.

»Warum hast du sie dann nicht gehalten?«

»Weil ich entscheiden will, was wir heute zu Abend essen.« Das ist mit Abstand die dämlichste Erklärung, die je meine Lippen verlassen hat. Kyle bleibt abrupt stehen. Unbeirrt gehe ich weiter. Eine Erläuterung für diese miese Begründung abzugeben, wäre verschwendete Energie. Um mir den Unsinn zu glauben, ist mein bester Freund zu clever. Aber vor allem kennt er mich zu gut und weiß, ich würde ihn nie gewinnen lassen. Ich öffne die Fahrertür meines Land Rovers und befördere die Sporttasche auf den Beifahrersitz.

»Wir sehen uns zu Hause. Ich halte bei *Moe's* an und organisiere uns was Anständiges zu essen.« Seinen Protest warte ich gar nicht erst ab, sondern steige ein und starte den Motor. Kyle hasst das Essen aus *Moe's Diner.* Das ist meine Antwort darauf, dass er sich mit Jolee gegen mich verschworen hat.

***

Als ich die Wohnung eine halbe Stunde später betrete, riecht es nach Essen. Will er mich verarschen?

Ich kicke die Schuhe von meinen Füßen und schlage den Weg in die Küche ein. Im Türrahmen bleibe ich stehen. Jolee steht am Herd, einen Kochlöffel in der Hand. An das Bild, wie sie sich völlig frei in unserer WG bewegt, habe ich mich noch immer nicht gewöhnt. Die Badezimmertür quietscht, als sie geöffnet und wieder geschlossen wird. Kyle taucht hinter mir auf. Ich werfe ihm einen Blick über die Schulter zu. Er kommt direkt aus der Dusche, denn er trägt nur ein Handtuch um die Hüften. Keine Ahnung warum, aber in diesem Augenblick komme ich mir mit den braunen Papiertüten in der Hand vor wie der Liefertyp, der sich in der Tür geirrt hat.

»Sorry. Wenn du nicht so davongerauscht wärst, hätte ich dir sofort gesagt, dass Jolee heute für uns kocht. Hast du nicht auf deinem Handy nachgesehen? Ich habe dir eine Nachricht geschickt.« Nein, das habe ich nicht, weil es irgendwo in meiner Sporttasche vergraben liegt.

Jolee wendet sich uns zu und sieht erst Kyle, dann mich fragend an. Plötzlich wird es mir in dem Raum zu eng. Ohne nachzudenken, öffne ich den Mülleimer, lasse Kyles Essen hineinfallen und verlasse wortlos die Küche.

»Nick«, ruft Kyle mir nach.

»Jetzt nicht«, brülle ich zurück, ziehe meine Schuhe wieder an und verschwinde aus der Wohnung.

# 4

**Bree**

Es ist bereits nach neun, als ich erneut das *Barneys* verlasse. Zum Glück ist der Reinigungstrupp noch da, sonst hätte ich mein Handy erst morgen früh holen können. Ich habe es in der Schublade des Verkaufstresens vergessen, als ich nach meiner Schicht gegangen bin. Eigentlich bin ich vorhin regelrecht aus dem *Barneys* geflüchtet, als Kiras Clan kurz vor Feierabend zur Tür hereingekommen ist. Seit einem Vorfall bei einer von Phoenix' Poolpartys sind wir keine Fans voneinander. Sich mit *einem* Cheerleader anzulegen ist ein Kinderspiel, aber mit einer ganzen Truppe? Das übersteigt selbst meine Fähigkeiten.

Als mich eine leichte Brise erfasst, wickle ich die dünne Strickjacke fester um meinen Oberkörper. Für Mai sind die Abende doch noch recht kühl. Ich habe beinah den Parkplatz erreicht, als mir im Schein der Laterne der schwarzer Land Rover in einer der Parklücken auffällt. Nick steht auf der Fahrerseite gegen den Kotflügel gelehnt. Unmöglich komme ich unbemerkt an ihm vorbei. Mein Wagen steht nur zwei Parklücken von seinem entfernt. Was zur Hölle will mir das Universum damit sagen, dass sich unsere Wege heute bereits zum zweiten Mal kreuzen? Jedenfalls nicht, dass es Humor hat.

Noch hat er mich nicht bemerkt, weil er mit gesenktem Kopf in seiner Hosentasche wühlt. Offensichtlich sucht er irgendetwas. Im nächsten Augenblick erscheint die Flamme eines Feuerzeuges. Ich kneife die Augen zusammen. Was hat er da in der Hand? Da der Schein der Laterne nicht direkt auf ihn fällt und er nach wie vor den Kopf leicht gesenkt hält, erkenne ich in der Abenddämmerung seine Bewegungen nur schemenhaft. Etwas Glühendes erhellt minimal sein Gesicht, als er es an seine Lippen führt. Nick raucht? Beinah hätte ich laut losgelacht, weil es mich auf der einen Seite entsetzt und auf der anderen nicht wundert. Das unterstreicht sein Bad-Boy-Image nur zusätzlich. Allerdings habe ich ihn bisher noch nie mit einer Zigarette in der Hand gesehen. Aber das erklärt, warum er sich regelmäßig von Phoenix' Partys davonschleicht, wenn er sich unbeobachtet fühlt.

Als hätte er mich bemerkt, sieht er auf. Ertappt verharrt die Zigarette länger an seinen Lippen, als es für einen Zug nötig wäre. Und jetzt? Ignoriere ich ihn und gehe einfach zu meinem Wagen? Vermutlich wäre das für uns beide besser, aber dass er den Blick nicht abwendet und seine Körperhaltung irgendwie zusammengesunken wirkt, setzt eindeutig mein Helfersyndrom in Gang. Dabei habe ich im Augenblick genug eigene Sorgen, immerhin müssen Jolee und ich innerhalb der nächsten vier Wochen aus unserer Wohnung raus. Aber man kann die Essenz, aus der man besteht, nicht ändern, nur weil man es gerne möchte. Selbst dann nicht, wenn es sich um Nick Mitchell handelt, der ganz offensichtlich einen miesen Tag hat.

Ich straffe die Schultern und gehe direkt auf ihn zu. Er runzelt die Stirn, nimmt einen letzten Zug und tritt anschließend die Zigarette auf dem Boden aus.

»Geht es dir gut?«, frage ich vorsichtig. Die spöttische Antwort, die ich erwartet habe, bleibt aus.

»Sag du es mir.« Ohne ihn um Erlaubnis zu bitten, stelle ich mich neben ihn und lehne mich ebenfalls gegen seinen Land Rover. Er wirft mir einen missbilligenden Blick von der Seite zu, sagt aber nichts.

»Ich würde sagen, du hattest einen beschissenen Tag und könntest einen Drink vertragen.« Verdammt, hoffentlich denkt er jetzt nicht, ich beabsichtige, ihn abzuschleppen. Immerhin ist es so zu unserem einmaligen Ausrutscher gekommen. Er hatte zu viel getrunken und ich hatte ihn eigentlich nur nach Hause bringen wollen, weil Jolee mich darum gebeten hatte. Als er mich dann ohne Vorwarnung geküsst hat, sind schlichtweg die Hormone mit mir durchgegangen. Zu diesem Zeitpunkt stand er auf meiner persönlichen Top-Five-Liste noch ganz oben.

Bereits in meiner ersten Woche an der University of Virginia bin ich ihm über den Weg gelaufen. Oder besser gesagt, direkt in ihn hinein. Er hat lediglich eine kurze Entschuldigung gemurmelt und ist mit den anderen

Jungs den Flur entlang verschwunden. Während ich mit offenem Mund hinter ihm her starrte, hat er mich nicht einmal angesehen. Der Kerl sieht so unverschämt gut aus. Leider weiß er das auch und spielt seine Karten gekonnt aus.

Als Jolee vor ein paar Monaten bei mir einzog und beiläufig erwähnte, dass Nick ihr Bruder sei, hat mein naives Ich es für einen Wink des Schicksals gehalten. Kann man mir also wirklich vorwerfen, dass ich die Chance ergriffen habe, als sie sich mir bot? Einzig die Tatsache, dass Nick offensichtlich betrunkener gewesen ist, als ich angenommen hatte, nagt an mir. Der bittere Beigeschmack, als hätte ich ihn ausgenutzt, bleibt.

Genau einmal habe ich danach versucht, mit ihm über unsere gemeinsame Nacht zu reden. In seiner typisch charmanten Art hat er abgeblockt und mich ohne Erklärung stehen lassen. Ich habe also keine Ahnung, wie er zu alledem steht. Es ist aber nicht sonderlich schwer, es zu erahnen. Ein Thema gänzlich zu ignorieren ist eine deutlichere Antwort, als mit ausweichenden Worten zu umschreiben, dass man nicht interessiert ist.

Nick stößt sich plötzlich von seinem Wagen ab, bückt sich nach dem Zigarettenstummel und befördert ihn in den nächsten Papierkorb. Wieder einmal wird er mich ohne eine Erklärung stehen lassen. Aber was habe ich erwartet, dass er für mich einen Seelenstriptease hinlegt?

»Du fährst«, sagt er knapp und sieht mich abwartend an, als ich keine Anstalten mache, mich vom Fleck zu bewegen.

»Wie bitte?« Ich muss mich verhört haben oder er will mich auf den Arm nehmen.

»Bist du mit deinem Wagen hier? Wenn nicht, nehmen wir meinen.« Okay, ich checke es nicht. Habe ich versehentlich einen Schlag auf den Kopf bekommen oder vielleicht er?

»Sorry, was?« Jetzt kommt sicher der Moment, in dem er lacht und … was auch immer. Aber er wird ganz sicher nicht freiwillig mit mir in einen Wagen steigen.

»Du hast recht. Ich brauche einen Drink und du kommst mit.« Aus seinem Mund klingt das so selbstverständlich, dass ich lachen muss. Das ist absurd.

Einen Augenblick lang starre ich ihn an und warte auf ein ›Ich habe dich nur verarscht‹, aber es kommt nicht. Mein Lachen verwandelt sich in ein hysterisches Glucksen. Genervt zieht er eine seiner dunklen Augenbrauen hoch. Sofort reiße ich mich zusammen.

»Du meinst das wirklich ernst?«, bringe ich etwas atemlos hervor. Der Ausdruck in seinem Gesicht wird augenblicklich hart, als hätte er einen Vorhang hochgezogen.

»Okay, wir sollten das lassen«, sagt er nahezu tonlos und drückt auf den Knopf für die Zentralverriegelung.

Mein Hintern drückt sich gegen die Fahrertür und ich versperre ihm damit den Zugang. Hätte er nicht noch vor wenigen Minuten so verloren gewirkt, würde ich ihn jetzt in seinen Wagen steigen lassen. Der Kerl ist einfach nicht gut für mich und die Gefühle, die er immer wieder aufflammen lässt, sind es noch viel weniger. Immer wenn ich denke, ich hätte sie unter Kontrolle, beweist er mir das Gegenteil. So wie in diesem Moment.

Nick bleibt direkt vor mir stehen. Instinktiv presse ich mich noch fester gegen den Wagen, um etwas Abstand zwischen uns zu bringen. Vergebens. Lässig, fast schon gelangweilt, legt er eine Hand auf das Autodach. Eine Armlänge ist keine Distanz, die verhindert, dass dir jemand zu nahe kommt. Vielmehr fühle ich mich zwischen ihm und dem Haufen Metall in meinem Rücken gefangen. Als sein Gesicht nur wenige Zentimeter vor meinem stoppt, gerät mein Herz ins Stolpern. Mieser Verräter.

»Was soll das werden?« Auch wenn seine Worte einen drohenden Unterton haben, das Funkeln in seinen Augen verrät seine Neugier.

Ich schlucke den Kloß, der sich in meinem Hals gebildet hat, hinunter und zwinge mich dazu, seinem Blick standzuhalten. »Ich habe absolut keine Ahnung«, flüstere ich und mein Blick wandert zu seinen Lippen. Verharrt dort einen Moment, bevor ich mich zwinge, ihm wieder in die Augen zu schauen. Sie sind sturmgrau, düster und warnend: *Vorsicht, du bewegst dich auf dünnem Eis. Brichst du ein, rette ich dich nicht.*

»Lass uns fahren«, sage ich und kann selbst nicht glauben, dass die Worte meine Lippen verlassen haben.

Er öffnet den Mund, als wolle er etwas darauf erwidern, dann schließt er ihn wieder und nickt lediglich. Wie angewurzelt bleibt er vor mir stehen. Also lege ich beide Hände auf seine Brust, um ihn ein wenig von mir zu schieben. Bei der Berührung zuckt er leicht zusammen. Einen Moment verharrt mein Blick auf der Stelle, an der meine Finger seinen Körper in Beschlag nehmen. Der dünne Stoff seines T-Shirts verhindert leider nicht, dass meine Gedanken zu jener Nacht vor ein paar Monaten zurückwandern. Es ist nicht hilfreich zu wissen, wie fest sich Nicks Muskeln unter seiner weichen Haut anfühlen. Ich hatte wirklich gehofft, ich wäre inzwischen über diesen Punkt hinweg. Wäre über *ihn* hinweg.

Ruckartig ziehe ich meine Hände zurück und dränge mich an ihm vorbei. »Mein Auto steht dort drüben«, presse ich hervor. Ich kann Nick hinter mir tief ein- und ausatmen hören, als hätte er für eine Weile die Luft angehalten. Krampfhaft versuche ich, mich daran zu erinnern, ob er geatmet hat, als ich ihm auf die Pelle gerückt bin. Fühlt er sich von mir bedrängt?

Fast befürchte ich, er könne in seinen Wagen steigen und einfach davonfahren. Dann höre ich das erneute Piepen der Zentralverriegelung und Schritte, die mir folgen. Hastig schließe ich meinen alten Ford auf und lasse mich auf den Fahrersitz sinken. Nick zögert einen Augenblick, bevor er die Beifahrertür öffnet und sich auf den Sitz quetscht. Im wahrsten Sinne des Wortes. Er sieht aus, als hätte man ihn zusammengefaltet, damit er überhaupt ins Wageninnere passt. Nicks Knie drücken gegen das Handschuhfach und sein Kopf stößt beinahe gegen das Autodach. Seufzend greift er unter den Sitz und schiebt ihn nach hinten, um sich ein bisschen mehr Beinfreiheit zu verschaffen. Anschließend dreht er an dem Knopf der Rückenlehne. Als ich glaube, dass er eine halbwegs bequeme Position eingenommen hat, wende ich den Blick von ihm ab und starte den Motor.

»Und wohin fahren wir jetzt?«, frage ich. Schließlich war es seine Idee, also hat er sich bestimmt Gedanken darüber gemacht, wo genau es hingehen soll.

»Zum *Southern*«, antwortet er knapp und fischt sein Handy aus der Hosentasche. Natürlich, die Stammkneipe der Virginia Kings, da hätte ich auch von allein drauf kommen können.

Drei Minuten später frage ich mich, was zum Teufel wir hier eigentlich machen. Die tödliche Stille, die zwischen uns herrscht, tut ihr Übriges. Ich bin niemand, der wortkarg ist, aber diese Situation ist so absurd, dass es mir ernsthaft die Sprache verschlagen hat und ich mir nichts sehnlicher wünsche als ein funktionierendes Radio. Worüber unterhält man sich mit einem Mann, mit dem man zwar geschlafen, dem man aber eigentlich nichts zu sagen hat? Das Wetter, das College, Sport? All diese Themen erscheinen mir so belanglos, dass ich sie direkt wieder verwerfe. Ihn zu fragen, was ihm heute die Stimmung noch mehr als sonst so versaut hat, scheint mir auch nicht angebracht. Uns als Freunde zu bezeichnen, wäre die Übertreibung des Jahrhunderts. Wann immer es möglich ist, geht er mir aus dem Weg und wenn es sich nicht verhindern lässt, ignoriert er mich oder bringt mich mit seiner bloßen Anwesenheit auf die Palme. Dass also ausgerechnet wir beide gemeinsam in einem Auto sitzen, kommt einem schlechten Scherz gleich.

Aus dem Augenwinkel sehe ich, wie Nick das Handy in den Schoß fallen lässt und eine Hand nach dem Radio ausstreckt.

»Es ist kaputt«, erinnere ich ihn. Er lässt die Hand sinken und starrt im nächsten Augenblick aus dem Fenster. Wow, das kann ja was werden. Ich sehe bereits, wie wir uns im *Southern* schweigend gegenübersitzen.

Wenige Minuten später parke ich vor der Bar und stelle den Motor ab. Dann hole ich tief Luft.

»Hör zu, Nick, wenn du es dir anders überlegt hast, können wir das hier auch einfach abblasen und ich setze dich nur ab oder fahre dich zu deinem Wagen zurück. Die Entscheidung liegt ganz bei dir.« Dass ich ihm die Möglichkeit anbiete, ohne großes Drama aus der Nummer herauszukommen, erscheint mir das einzig Sinnvolle. Langsam dreht er den Kopf in meine Richtung und sieht mich nachdenklich an.

# 5

**Nick**

Ich könnte jetzt alleine aus dem Wagen steigen und sie einfach nach Hause schicken. Will ich das? Keine Ahnung. Wie habe ich es überhaupt geschafft, mich in diese Situation zu manövrieren? Auf dem Parkplatz hat sie mich eindeutig in einem schwachen Moment erwischt. Dass sie mir dort so spät noch über den Weg läuft, damit hätte ich im Traum nicht gerechnet. Sie stand so plötzlich da, dass ich meine Mauer nicht mehr hochziehen konnte, um sie auf Abstand zu halten. Und jetzt ist es eindeutig zu spät. Der Zug ist abgefahren. Die Frau stellt eindeutig etwas mit mir an, ob es mir nun gefällt oder nicht.

Vorhin habe ich eine Entscheidung getroffen und ich bin nicht der Typ, der zurückrudert, sondern zu seinem Wort steht. Und in diesem Augenblick bedeutet das, ich werde mit dem Glückskeks aus ihrem klapperigen Ford steigen und ein Scheißbier trinken gehen. Allerdings hätte ich nicht damit gerechnet, dass ich mich in Gedanken selbst anbrüllen muss, um ihr eine Antwort zu geben. Ich habe absolut kein Problem mit dem anderen Geschlecht, aber die Tatsache, dass ich mit der Frau neben mir geschlafen habe, bringt mich etwas aus dem Konzept. Denn sie ist der Beweis dafür, dass ich bei ihr meine eigenen Regeln missachte. Etwas, das mir bisher noch nie passiert ist. Ich verbringe nach einem One-Night-Stand keine Zeit mit der Frau und schüre damit falsche Erwartungen. Habe keine Affären. Und auf keinen Fall schlafe ich mit den Freundinnen meiner Schwester.

Als Bree an jenem Abend im *Southern* an unserem Tisch aufgetaucht ist und verkündet hat, sie würde mich jetzt nach Hause bringen, habe ich geglaubt, sie wolle mich abschleppen. Und ich hatte absolut nichts dagegen einzuwenden.

Wir saßen bereits in ihrem Wagen, als mir dämmerte, woher ich sie kannte. Dass ich sie hin und wieder mit Jolee auf dem Campus gesehen hatte. Ich war nicht besonders scharf darauf, Jolee unter meine Fittiche zu nehmen, als sie an die UVa gewechselt ist. Also habe ich einen Bogen um sie gemacht. Das war allerdings, bevor ich meine Schwester dazu überredet habe, Kyle Nachhilfe zu geben, damit der Coach ihn nicht aus dem Team wirft. Nachdem ich wusste, in welcher Verbindung Bree zu Jolee steht, wäre ich am liebsten direkt aus dem Wagen gestiegen und die letzten Meter nach Hause gelaufen. Mich auf Bree einzulassen, hatte ich weiß Gott nicht geplant. Es war einfach passiert. Klar, ich könnte es auf den Alkohol schieben, der meinen Verstand getrübt hatte, allerdings wäre das eine Lüge. So viel hatte ich an dem Abend nicht getrunken, um damit zu rechtfertigen, dass ich mit ihr im Bett gelandet bin.

Alles, was jetzt geschieht, ist also die Folge einer Entscheidung, die ich vor Monaten getroffen habe und nicht ändern kann. Nein, nicht ändern will ... Es ist kompliziert.

»Nein, passt schon. Lass uns einfach was trinken gehen.« Das klingt, als würde ich es schnellstmöglich hinter mich bringen wollen. Im Grunde ist es genau das, was ich möchte. Dass dieser Abend die Dinge zwischen uns verändern wird, ist bereits in Stein gemeißelt. Die Frage ist nur, in welche Richtung er uns führt.

»Bist du sicher? Du siehst aus, als würde ich dich zur Schlachtbank führen wollen.« Ihr Blick ruht skeptisch auf meinem Gesicht. Für ein paar Sekunden starren wir einander an. Unentschlossen, ob wir wirklich aus dem Wagen steigen sollen. Wir wissen beide, dass wir eine Grenze übertreten, hinter der wir uns dann nicht mehr verstecken können, wenn wir der sicheren Seite den Rücken kehren.

In dem Augenblick, als ich die Beifahrertür öffne und aussteige, füge ich mich meinem Schicksal. Bree zögert einen Moment, was mich erneut daran zweifeln lässt, ob das hier eine gute Idee ist. Was, wenn ich Erwartungen oder Hoffnungen schüre, die ich nicht im Geringsten beabsichtige, deren Erfüllung ich aber auch nicht hundertprozentig ausschließen kann? Als sie neben mich tritt und zaghaft lächelt, erwidere ich es mindestens genauso unsicher.

Unauffällig atme ich einmal tief durch, öffne die Tür zum *Southern* und lasse ihr den Vortritt. Da ich mich bereits nach einem freien Tisch umsehe, laufe ich beinahe in sie hinein, als sie abrupt stehen bleibt. Für einen Freitag ist die Bar nicht allzu gut besucht. Normalerweise ist es an den Wochenenden nahezu unmöglich, um diese Uhrzeit noch einen unbelegten Tisch zu ergattern. Charlottesville ist nicht gerade ein Hotspot der Partyszene von Virginia, weswegen sich alles auf die Handvoll Bars der Stadt verteilt. Mit knapp fünfzigtausend Einwohnern und rund zwanzigtausend Studierenden ist es hier doch recht überschaubar. Das *Southern* ist eher ein Club, da hier regelmäßig kleine Konzerte stattfinden. Rustikal, aber gemütlich. Nach unseren Spielen kommen die Jungs und ich immer hierher, um unseren Sieg zu feiern oder den Frust unserer Niederlage im Alkohol zu ertränken.

»Wo möchtest du sitzen?« Da Bree um einiges kleiner ist als ich, muss sie den Kopf in den Nacken legen, um mir überhaupt ins Gesicht sehen zu können. Aber das bin ich inzwischen gewohnt. Bei einer Körpergröße von einem Meter achtundneunzig sieht man auf einen Großteil der Bevölkerung hinab.

Automatisch wandert mein Blick zu unserem Stammtisch, nur um dann direkt die entgegengesetzte Richtung des Raumes anzuvisieren. Sam besetzt mit seiner Truppe unseren Tisch. Zielstrebig gehe ich auf den hintersten Winkel des *Southern* zu. Bree folgt mir wortlos. Bewusst wähle ich den Platz, der dafür sorgt, dass ich mit dem Rücken zu den anderen sitze. Nur um sicherzugehen, dass uns niemand von Sams Leuten bemerkt. Meine Ambitionen, ausgerechnet mit Bree gesehen zu werden, gehen gen null. Es ist das eine, wenn sie mit uns am Tisch sitzt, aber etwas ganz anderes, wenn ich alleine mit ihr hier aufkreuze. Es könnte den Eindruck erwecken, wir hätten ein Date. Und ich date seit der Highschool niemanden mehr.

»Hey. Was darf ich euch bringen?« Das Lächeln der Bedienung verrutscht leicht, als sich unsere Blicke treffen. Fuck! Auch daran hätte ich denken sollen. Ashley. Fragend sieht sie zwischen Bree und mir hin und her. Und ich kann es ihr nicht verübeln. Gestern hat sie in ihrem Bett im Studierendenwohnheim noch unter mir gelegen und meinen Namen gestöhnt. Wie das hier für sie aussieht, kann ich mir vorstellen. Aber meine Ansage, wie es laufen wird, ist unmissverständlich gewesen, alles andere muss sie mit sich selbst ausmachen. Allerdings kann man seinem One-Night-Stand noch so schonungslos klarmachen, dass man an nichts interessiert ist, was tiefer geht, als sich gemeinsam in den Laken zu wälzen. Das Gegenüber sieht das meist anders. In dessen verträumter Vorstellung ist man der Kerl, der nur auf die richtige Person wartet, die das Biest in einen Prinzen verwandelt. Aber in meinem Fall ist das Monster echt.

»Ein Bier«, gebe ich meine Bestellung auf.

»Hey, ich hätte gerne einen Maracujasaft.« Ich muss Bree nicht ansehen, um zu wissen, dass sie Ashley freundlich anlächelt. Das höre ich an ihrem Tonfall heraus.

»Klar. Bringe ich euch sofort.« Einen kurzen Augenblick mustert sie mich, bevor sie auf dem Absatz kehrtmacht und in Richtung Bartresen verschwindet. Ich vermeide es, ihr nachzusehen. Stattdessen konzentriere ich mich auf die feinen Härchen auf meinem linken Unterarm und die schlechte Musik, die aus der Jukebox dröhnt.

Die Stille, die zwischen Bree und mir herrscht, ist ein eindeutiges Zeichen dafür, dass wir uns nichts zu sagen haben.

Bree begutachtet nachdenklich einen der Bierdeckel. Wenn ich sie jetzt frage, welche Reklame sich darauf befindet, würde sie es nicht wissen. Es ist nicht zu übersehen, dass sie mit ihren Gedanken ganz woanders ist. Wahrscheinlich will sie nicht einmal mit mir hier sitzen und überlegt, wie sie am schnellsten aus der Nummer rauskommt. Vielleicht sagt sie in zwei Minuten, sie bekommt eine Migräne. Da aktuell Taylor Swift im Hintergrund läuft, würde ich ihr die Ausrede sogar abkaufen.

»Ich weiß, ich bin vermutlich die falsche Person, aber willst du darüber reden, was dir so dermaßen den Tag versaut hat, dass du ausgerechnet mit mir hier gelandet bist?« Ihre Frage klingt vorsichtig, aber durchaus neugierig. Und hätte ich eine Antwort darauf, würde ich sie ihr sogar verraten.

»Du meinst außer der Tatsache, dass du jetzt im *Barneys* arbeitest?« Das Grinsen in meinem Gesicht wird noch breiter, als sich für den Bruchteil einer Sekunde ihre Augen verengen und sie sichtlich um Beherrschung ringt.

»Du kannst dir demnächst deinen Kaffee gerne woanders holen, ich werde es nicht persönlich nehmen«, erwidert sie und funkelt mich herausfordernd an.

»Und darauf verzichten, dass du mir so nette Botschaften auf den Becher kritzelst?« Bei dem Gedanken an unsere Begegnung muss ich tatsächlich lachen, woraufhin sie mich anstarrt, als wäre ich übergeschnappt.

»Mein Repertoire an Sprüchen für Idioten ist unendlich«, schießt sie zurück. Daran habe ich keinen Zweifel. Der Glückskeks hat sicher einiges auf Lager, um mich zur Weißglut zu treiben. Mir mit ihr Wortduelle zu liefern, fällt mir um einiges leichter, als ernsthaft auf ihre eigentliche Frage einzugehen.

Kommentarlos stellt Ashley unsere Getränke auf dem Tisch ab.

»Danke schön«, sagt Bree, weil sie mindestens genauso höflich wie schlagfertig ist. Nachdem ich von Jolee die Einlösung ihrer Wettschuld gefordert habe, ist Bree wie ein Tornado in unsere WG gestürmt, um mich zusammenzufalten, nur um am Ende all ihrer Beleidigungen ein höfliches ›Sorry‹ hinzuzufügen. War die Nummer mit der Wette daneben? Ja. Ich habe dadurch beinahe meinen besten Freund verloren. Wobei ich mir aktuell nicht sicher bin, ob ich Kyle nicht doch irgendwie an meine Schwester verloren habe und auf der Reservebank gelandet bin.

»Und?«, frage ich, ohne zu wissen, was genau ich damit überhaupt zum Ausdruck bringen will. Fragend zieht sie eine ihrer perfekt geschwungenen dunklen Augenbrauen nach oben. Eine Geste, die ich nur zu gut von mir selbst kenne.

*Ja, Mitchell, und?*

»Ich bin nicht gut in so was«, gebe ich zu und greife nach dem Bier, das ich bisher noch nicht angerührt habe. Vielleicht wird es einfacher, wenn ich mir etwas Gelassenheit antrinke. *Träum weiter,* schießt es mir sofort durch den Kopf.

»Du meinst in zwangloser Kommunikation oder darin, dich nicht wie ein Idiot zu benehmen?«

Unauffällig grinse ich, während ich einen Schluck aus der Flasche nehme. Ich stelle das Bier wieder ab und seufze. »Beides.« Normalerweise denke ich nicht darüber nach, welche Worte meine Lippen verlassen, aber bei Bree befürchte ich, mich um Kopf und Kragen zu reden, sobald ich den Mund aufmache.

»Wir können auch einfach hier sitzen und schweigen. Das geht völlig klar. Ich trinke meinen Maracujasaft und werfe ein paar Dollar in die alte Jukebox, damit wenigstens anständige Musik läuft. Du genießt dein Bier, sortierst deine Gedanken und anschließend fahre ich dich nach Hause.«

Was? Blinzelnd blicke ich sie an. Ist das ihr Ernst? Ich schleppe sie in eine Bar und sie erwartet rein gar nichts von mir? Nicht einmal ein Gespräch, und sei es noch so oberflächlich? Das irritiert mich, weil es nicht die Reaktion ist, die ich erwartet habe. Ich bin davon ausgegangen, mich mit ihr unterhalten zu müssen, um den Eindruck zu vermitteln, ich würde mich für sie interessieren. Nicht auf sexueller, sondern auf persönlicher Ebene. Ein Gespräch, in dem ich sie nach ihrer Familie, ihren Kursen oder Hobbys frage. Persönliche Dinge, die ich eigentlich nicht wissen will. Weil es um einiges einfacher ist, sich von jemandem fernzuhalten, wenn man nichts über die Person weiß, was sie interessant macht. Dass sie mir auf diese Art entgegenkommt, weckt in mir allerdings genau das, was ich vermeiden wollte. Neugier.

»Okay. Ich sponsere die Musik, außer du stehst auf Justin Bieber oder so einen Kram, dann ziehe ich den Stecker von dem Teil.« Ich befördere ein paar Dollar aus meiner Hosentasche und lege sie auf den Tisch.

Grinsend greift sie nach den Scheinen, steht von ihrem Stuhl auf und sieht mit funkelnden Augen auf mich hinab. Verdammt, sie heckt etwas aus. »Wie wäre es mit Shawn Mendes?«

»Untersteh dich!«, warne ich sie, was ihr ein Lachen entlockt. Nicht so ein Kichern, wie es Frauen normalerweise an den Tag legen, um deine Aufmerksamkeit zu erregen. Eher dieses Lachen, das einem ausgestreckten Mittelfinger gleichkommt. Anders als bei Ashley sehe ich Bree nach, wie sie mit schwingenden Hüften auf die Bar zugeht, um die Scheine in Kleingeld zu wechseln. Sie bewegt sich mit dieser unterschwelligen Anmut, die Männer dazu zwingt, ihr auf den Hintern zu starren, ob sie es nun wollen oder nicht. Und ich bin einer von ihnen. Fuck!

Die anderen Spanner sitzen drei Tische weiter und haben sie bereits ins Visier genommen. Da ich mit dem Rücken zu Sam und seiner Gruppe sitze, bemerke ich das erst, als Jonah sich zu Bree an die Bar gesellt. Er sagt etwas zu ihr und sie wirft einen Blick über ihre Schulter. Jonahs Kopf schnellt herum und ich lande direkt in seinem Blickfeld. Mist! Genau das habe ich zu verhindern versucht. Dass er Abstand zwischen sich und Bree bringt, lässt keinen Zweifel daran, wie er die Situation interpretiert.

Sobald Bree die Münzen für die Jukebox hat, lässt sie ihn stehen. Er sieht ihr nach, dann fixiert er mich erneut mit seinem Blick. Als er Anstalten macht, sich in meine Richtung zu bewegen, sehe ich ihn ermahnend an, was sofort Wirkung zeigt und ihn an seinen Tisch zurückkehren lässt. Ich ziehe mein Handy aus der Tasche. Drei verpasste Anrufe von Kyle und eine Nachricht, in der er mich fragt, ob alles okay ist. Weil ich weiß, dass er sich nach meinem Abgang die wildesten Szenarien ausmalt, schicke ich ihm eine knappe Antwort. Keine dreißig Sekunden später ploppt eine weitere Mitteilung von ihm auf.

Kyle: Ich habe Phoenix angerufen, aber da bist du nicht. Muss ich mir Sorgen machen? Wo bist du?

Phoenix? Was zur Hölle sollte ich ausgerechnet bei King? Mir würde im Traum nicht einfallen, mich bei ihm auszuheulen. Der Kerl ist Kyles Anlaufstelle, nicht meine. Als wir uns wegen Jolee in die Haare bekommen haben, ist er für ein paar Tage bei Phoenix untergetaucht und hat sich von ihm den Kopf waschen lassen. Meiner Meinung nach ist der Hollywood-Spross der Letzte, der Ratschläge geben sollte.

Ich: Ich bin okay.

Als tatsächlich Shawn Mendes aus den Boxen dröhnt, hebe ich den Blick und suche den Raum nach Bree ab. Die Frau ist echt unmöglich. Mutterseelenallein steht sie auf der Tanzfläche und lässt die Hüften zu dem Schmachtfetzen kreisen. Die enge Jeans und das Top, das ihr gerade so bis zum Bauchnabel reicht, verschaffen ihr eine Menge Aufmerksamkeit von den umliegenden Tischen. Die dünne Strickjacke, die sie bei unserer Ankunft getragen hat, hängt über der Stuhllehne und ich würde sie ihr gerne zuwerfen, damit sie sie sich überzieht. Erst jetzt fällt mir auf, dass heute im *Southern* überwiegend Männer herumhängen und einige davon den Glückskeks ungeniert abchecken.

Viel zu schnell trinke ich das Bier aus und ordere bei Ashley ein weiteres, als sie an mir vorbeiläuft. Die Verachtung in ihrer Mimik, als sie die Flasche wenige Minuten später vor mir abstellt, kann ich nur bedingt nachvollziehen.

Weil sie mir die Sicht auf Bree versperrt und die Arme vor der Brust verschränkt, ziehe ich fragend eine Augenbraue hoch. Ich bin mir ziemlich sicher zu wissen, was hier gleich passieren wird. Das Verhalten einer Person, deren Illusion man hat platzen lassen, ist in der Regel immer das gleiche. Ein dramatischer Auftritt, in dem sie dir ins Gewissen quatschen will, um anschließend mit Beleidigungen um sich zu werfen, weil du nicht winselnd um Verzeihung bittest.

»Ich habe wirklich geglaubt, du wärst ein netter Kerl«, legt sie direkt los.

»Ich habe nie behauptet, einer zu sein«, antworte ich gleichgültig und versuche, an ihr vorbei einen Blick auf Bree zu erhaschen. Vergebens. Genervt stoße ich die Luft aus. »Weißt du, warum es One-Night-Stand heißt? Weil man sich das Drama ersparen möchte, sobald Gefühle oder Erwartungen im Spiel sind. Es geht um zwanglosen, unkomplizierten Sex. Das, was du hier gerade vorhast, ist absolut unangemessen. Ich habe meinen Standpunkt von Anfang an unmissverständlich klargemacht und dir rein gar nichts in Aussicht gestellt. Weder habe ich den Eindruck vermittelt, einer der Typen zu sein, die gezähmt werden wollen, noch dass ich auf der Suche nach der großen Liebe bin. Was auch immer du dir in deiner romantischen Vorstellung von mir erhofft hast, vergiss es. Ich werde dir auch nicht sagen, dass du eine tolle Frau bist und jemand anderen als mich verdienst, damit du dich besser fühlst. Ich habe nämlich keine Ahnung, wer du bist. Ich weiß lediglich, wie es ist, wenn du nackt vor mir kniest.« Sie schnappt nach Luft. Manch einer würde meine Worte für fies halten, aber es ist die blanke Wahrheit und ich halte nichts davon, sie hübsch zu verpacken.

»Du bist ein Arschloch, weißt du das?« Stufe zwei: Beleidigung.

Natürlich weiß ich das. Sie ist schließlich nicht die erste Person, die mir diese Bezeichnung an den Kopf wirft. Nur verfehlt sie stets die beabsichtigte Wirkung. Es ist nahezu unmöglich, jemanden zu verletzen, dessen Gefühlswelt nicht nach dem Standardprinzip funktioniert. Von dieser Unterhaltung gelangweilt widme ich mich wieder meinem Handy. Ich öffne Instagram und klicke mich durch die Storys von Leuten, die ich noch nie persönlich getroffen habe und die so bereitwillig ihr Leben mit jedem teilen, der sich dafür interessiert. Ich bin einer von ihnen.

Nachdem Ashley fluchend das Weite gesucht hat, mache ich ein Foto von meinem Bier und packe es in die Story. Dann verstaue ich mein Handy wieder in der Hosentasche und nutze die freie Sicht auf Bree. Ihre unbeschwerte Art lässt mich breit grinsen. Und tatsächlich fühle ich mich um einiges besser als noch vor einer Stunde, als ich aus der Wohnung gestürmt bin. Der Glückskeks wirbelt herum. Unsere Blicke treffen sich. Sie grinst ebenfalls und winkt mir zu. Lachend schüttle ich den Kopf.

*Bree O'Donell wird mich weichklopfen.* Die Erkenntnis trifft mich völlig unvorbereitet. Das Schicksal hat also gerade die Richtung festgelegt.

Ein weiterer Shawn-Mendes-Song schmettert durch das *Southern*. Wie viele Lieder hat der Kerl? Weil ich befürchte, mein Gehirn könnte dank Brees entsetzlichem Musikgeschmack einen Kurzschluss erleiden, suche ich die Toiletten auf.

Dort angekommen habe ich noch nicht mal alle Knöpfe meiner Jeans geöffnet, als Sam plötzlich neben mir steht. Wer auf die Idee gekommen ist, Männer hätten kein Problem damit, in einer Reihe zu pinkeln, hat vermutlich noch nie selbst mit dem Gesicht zur Wand vor so einem fucking Becken gestanden. Und wer behauptet, dabei noch nie nach rechts oder links geschaut zu haben, lügt. Denn Sam macht genau das. Und zwar so offensichtlich, dass ich sein Gesicht in das Porzellan stecken will, in das er gerade pisst.

»Na, heute in netter Gesellschaft?« Ich hasse die Art, wie er mich provoziert. Freundlicher Ton, sarkastischer Beiklang.

»Wenn du dich damit meinst, dann nein. Pinkel-Dates sind nicht mein Ding.« Ich hätte die fünf Meter bis zu den Kabinen in Betracht ziehen sollen. Dann wäre mir diese Nummer erspart geblieben.

»Wusstest du, dass ich Brees Erster war?«

Verdammt, ich wünschte, seine Worte würden ihre Wirkung verfehlen. Tun sie aber leider nicht. Mein Körper spannt sich bis in den letzten Muskel an. Ich habe nicht damit gerechnet, dass Bree mir bei einem One-Night-Stand ihre Unschuld geschenkt hat, aber ausgerechnet diesem Vollpfosten?

# 6

**Bree**

Wenn das Universum etwas richtig gemacht hat, dann war es, Shawn Mendes auf die Erde zu schicken, damit man für eine Weile seine Sorgen vergisst. Der Mann sieht nicht nur gut aus, er hat auch noch eine Stimme zum Niederknien. Ich kann Jolees Faible für Bücher nicht nachvollziehen, aber sollte er jemals ein erotisches Hörbuch herausbringen, ich wäre so was von dabei.

Eigentlich hatte ich vor, Nick beim Schweigen Gesellschaft zu leisten, aber ich bin mir sicher, das bekommt er auch alleine hin. Kaum haben die ersten Takte von *If I Can't Have You* die Boxen verlassen, entwickeln meine Hüften ein Eigenleben. Ein Blick über meine Schulter reicht, um zu sehen, dass die Kellnerin Kontakt zu Nick aufgenommen hat. So wie sie ihn vorhin angesehen hat, ist sie definitiv scharf auf ihn. Ich schlucke das Gefühl der Eifersucht hinunter. Leider versperrt sie mir die Sicht und ich kann nicht erkennen, ob Nick ebenfalls interessiert ist. Ich kann nicht ignorieren, wie passend Shawn Mendes gerade meine Gefühle beschreibt. *Alles ist bedeutungslos, wenn ich dich nicht haben kann.* Um mich nicht länger selbst zu quälen, wende ich den Blick ab und lasse mir gemeinsam mit Shawn das Herz brechen.

Als *Because I Had You* läuft, berührt mich jemand an der Schulter. Ich wirble herum und erblicke zuerst eine breite Brust, die sich unter einem grauen Shirt versteckt. Mein Blick wandert aufwärts und bleibt an Nicks Gesicht hängen. Was auch immer er gerade denkt, es lässt sich nicht aus seiner Mimik ablesen. Er vergräbt seine Hände in den Hosentaschen und blickt mich auf unergründliche Weise an.

»Ich nehme an, du bist nicht hier, weil du eine Runde tanzen möchtest, oder?« Mein Versuch, die Stimmung etwas aufzupeppen, scheitert kläglich. Nicks Miene bleibt starr.

»Können wir los?«, fragt er völlig emotionslos.

»Was ist mit der Kellnerin?«, rutscht es mir heraus und ich bereue es sofort. *Bree O'Donell, binde ihm deine Eifersucht doch einfach direkt auf die Nase. Nur für den Fall, dass er es noch nicht gecheckt hat,* verspotte ich mich in Gedanken selbst.

»Was soll mit ihr sein?« Meine Frage hat ihn eindeutig verärgert, denn seine Antwort hat einen bissigen Unterton.

»Es sah aus, als hättet ihr euch gut verstanden.« Was soll das hier werden? Will ich Nick ernsthaft die Blondine schmackhaft machen? Ich bin mir ziemlich sicher, dass er auf eine Empfehlung von mir pfeift. Wahrscheinlicher ist allerdings, ich ziele auf etwas ganz anderes ab. Und zwar auf die Bestätigung, dass er kein Interesse an ihr hat. O Gott, ich bin wirklich ein hoffnungsloser Fall.

»Ich nehme keine Frau zweimal mit nach Hause«, antwortet er und ich brauche tatsächlich ein paar Sekunden, bis meine Synapsen diese Information verarbeitet haben. Sofort schlage ich mir meinen vorherigen Gedanken aus dem Kopf. Weil dieser Idiot hier vor mir meine Zuneigung gar nicht verdient.

»Gut zu wissen, dann laufen wir ja nicht Gefahr, eine Wiederholung hinzulegen.« Die Worte sind raus, bevor mir bewusst ist, wie er sie verstehen könnte. »Nicht, dass ich darauf aus wäre«, füge ich hastig hinzu und ernte dafür ein Stirnrunzeln der Extraklasse. Er glaubt mir kein Wort.

»Dann sind wir uns ja ausnahmsweise einmal einig«, erwidert er. Es klingt bei Weitem nicht so herablassend, wie es vermutlich sollte.

Unzählige Sekunden starren wir einander herausfordernd an. Wären wir jetzt in einer Netflix-Serie, wäre es dieser Moment, in dem man sich plötzlich in den Augen des anderen verliert. Dinge erkennt, die man für unmöglich gehalten hat. Ohne es kommen zu sehen, würde er mich in seine Arme ziehen und mich um den Verstand küssen, bis wir beide nach Atem ringen. Und weil ich ein noch hoffnungsloserer Fall in Bezug auf Nick Mitchell bin, als ich angenommen habe, mache ich einen kleinen Schritt auf ihn zu und versuche, mich in seine grauen Augen hineinfallen zu lassen. Leider hat das wahre Leben kein Drehbuch und wir sind weit entfernt von einer Netflix-Serien-Szene. Man weiß nicht, was im nächsten Augenblick geschieht, weil einem niemand vorher ein Skript reicht. Es ist also wenig überraschend, dass nichts dergleichen passiert. Weder verliere ich mich in den dunklen Tiefen seiner Seele noch finde ich mich in einer spontanen Knutscherei mit ihm wieder.

»Bist du dann so weit oder gibt Shawn Mendes noch eine Zugabe? Wenn ja, warte ich am Auto auf dich.«

Bevor es peinlich wird, löse ich mich aus meiner abstrusen Fantasie und senke den Blick, um ihn nicht länger wie ein verknallter Teenager anzustarren. »Ich bezahle schnell und dann können wir fahren.«

»Habe ich schon erledigt.« Wow. Normalerweise würde ich jetzt denken, dass das sehr nett von ihm ist. Aber das Wort ›nett‹ und Nick teilen sich bei mir grundsätzlich keinen Gedanken.

»Wie viel bekommst du?«, frage ich, weil ich mir sehr sicher bin, dass er nicht beabsichtigt, mich einzuladen. Und sei es nur auf einen Maracujasaft. Das Geld für die Jukebox hat er nur springen lassen, damit ich ihm nicht auf die Nerven gehe oder unangenehme Fragen stelle. Nicht, dass ich das vorgehabt hätte. Wenn er seinen Frust mit sich selbst ausmachen will, akzeptiere ich das. Was aber nicht heißt, dass ich es richtig finde. Nick Mitchell wäre allerdings auch nicht mein bevorzugter Gesprächspartner, um ihm mein Herz auszuschütten. Das beruht zum Glück auf Gegenseitigkeit.

»Nichts. Hauptsache wir verschwinden endlich von hier.« Seine Laune ist noch hinreißender als vorhin vor dem *Barneys*. Von deprimiert zu genervt. Was wohl Stufe drei ist?

Aus reinem Anstand bedanke ich mich bei ihm, was er allerdings unkommentiert lässt. Kurz darauf bewegt er sich in Richtung Ausgang. Bei einem Kerl seiner Größe und einer Schrittlänge von gefühlten drei Metern ist es nahezu unmöglich, mit ihm mitzuhalten. Während ich befürchte, nach dieser Joggingeinheit schwer atmend am Wagen anzukommen, schwebt Nick in seiner typisch lässigen Eleganz über den Asphalt.

Fünf Minuten später sitzen wir in meinem immer noch viel zu engen alten Ford schweigend nebeneinander. Da die Straßen nahezu leer sind, wird sich dieser Zustand glücklicherweise nicht unnötig in die Länge ziehen. Zweimal links, einmal rechts und dann stehen wir schon vor dem Wohnhaus der Jungs und dieser schräge Abend hat ein Ende. So weit die Theorie. Allerdings meint es das Universum nicht gut mit mir, denn wir surfen nicht auf der grünen Welle. Sobald eine Ampel in Sichtweite kommt, schaltet sie auf Rot, als würde sie sich einen Spaß daraus machen, uns in dem Wagen festzuhalten. Da Schweigen wirklich nicht zu meinen Stärken gehört, wage ich einen erneuten Vorstoß.

»Manchmal hilft es, wenn Menschen miteinander reden, die keine persönliche Bindung zueinander haben. Sie betrachten die Dinge weniger emotional und neigen nicht dazu, Antworten zu geben, von denen sie glauben, dass der andere sie hören möchte. Eine neutrale Sichtweise kann durchaus hilfreich sein. Also, wenn du dir mal Luft machen musst, ich kann sehr gut zuhören.« Kaum habe ich meine abstruse Idee ausgesprochen, schnellt sein Kopf in meine Richtung.

»Und du glaubst, du wärst genau die richtige Person, um dir meinen Mist anzuhören?« Macht er sich gerade über mich lustig?

»Vielleicht. Wir könnten es auf einen Versuch ankommen lassen.« Ich werfe erneut einen flüchtigen Blick in seine Richtung. Der reicht allerdings aus, um zu sehen, was er von meinem Vorschlag hält. Nichts.

»Du willst also mit mir über meine Gefühle, Ängste und Sehnsüchte reden?« Das sollte er auf jeden Fall mit jemandem tun. Vielleicht braucht er nur einen kleinen Schubs, um endlich seine mürrische Art abzulegen.

»Wenn du das möchtest, ja.«

»Vergiss es. Ich bin nicht interessiert, Glückskeks«, antwortet er kühl und ich zucke tatsächlich zusammen. Hat er mich gerade ernsthaft Glückskeks genannt und mir eine verbale Ohrfeige verpasst? Ich bin es zwar gewohnt, bei ihm auf Ablehnung zu stoßen, aber dieser niederschmetternde Ton ist neu. Dass er mir überschwänglich um den Hals fällt, hatte ich zwar auch nicht erwartet, aber … Im Grunde habe ich keine Ahnung, was genau ich von Nick Mitchell erwarte.

Noch nie habe ich so viel Erleichterung verspürt, endlich auf einen Parkplatz einzubiegen. Und so wie Nick hörbar die Luft aus seinen Lungen weichen lässt, empfindet er ähnlich. Er springt aus dem Wagen, bevor ich überhaupt den Motor abstelle. Und jetzt kommen wir zu dem vermutlich unangenehmsten Teil des Abends. Die Verabschiedung.

Zur Wahl stehen: danke, gute Nacht, ciao. Oder, wie Nick es letztendlich handhabt: wortlos die Tür zuknallen und mit schnellen Schritten das Weite suchen. Ich kann nicht verhindern, ihm verblüfft hinterherzustarren, bevor ich den Heimweg antrete. Dieser Abend geht eindeutig als der skurrilste aller Zeiten in die Geschichte ein.

***

Die Wohnung ist still, als ich sie zwanzig Minuten nach dem Nick-Desaster betrete. Ein bisschen wehmütig bin ich ja schon, dass wir in wenigen Wochen ausziehen müssen, immerhin habe ich die letzten zwei Jahre hier gelebt. Es ist zwar etwas eng, was es allerdings unglaublich gemütlich macht und für den absoluten Wohlfühlcharakter sorgt. Aber in letzter Zeit ist es auch sehr einsam. Ich muss ich mich erst noch daran gewöhnen, dass Jolee die meiste Zeit bei Kyle verbringt. Sein Zimmer ist einfach um einiges komfortabler und ich könnte mir gut vorstellen, dass sie aufgrund der Umstände mit in die Jungs-WG einzieht.

Sie hegt die wilde Theorie, es würde der Beziehung zu ihrem Bruder guttun, wenn sie mehr Zeit zusammen verbringen. In der Praxis läuft es aber bislang so, dass Nick die Flucht ergreift, sobald Jolee die WG betritt. Und soweit ich weiß, wollte sie heute Abend für ihn und Kyle kochen. Vermutlich ist Nick deswegen auf dem Parkplatz des *Barneys* gestrandet, weil er keine Lust auf seine Schwester hatte. Kyle und Jolee haben absolutes Zuckerwattepotenzial, so süß sind die beiden zusammen. Dass das dem Kerl mit dem Miesepetergen auf die Nerven geht, kann ich sogar verstehen.

Müde lasse ich mich auf die Couch fallen, greife nach der Fernbedienung und kuschle mich unter die Wolldecke. Dieser Tag schreit regelrecht danach, ihn mit einer Folge *Supernatural* und dem sexy Grinsen von Jensen Ackles zu beenden. Nebenbei durchforste ich im Internet den Wohnungsmarkt von Charlottesville. Das Ergebnis ist mehr als ernüchternd.

# 7

**Nick**

Kyle sitzt alleine am Frühstückstisch. Da Jolee nicht bei ihm ist, kann es nur bedeuten, dass er Redebedarf hat.

»Guten Morgen.«

Meine Reaktion beläuft sich lediglich auf ein gemurmeltes »Morgen«. Ein Blick auf die Kaffeemaschine reicht, um meine ohnehin schon miese Laune bis auf Höllenniveau sinken zu lassen. Da mein Auto noch vor dem *Barneys* steht, kann ich mir nicht mal einen anständigen Kaffee besorgen.

»Das gestern tut mir leid.«

»Muss es nicht. Ich hatte einen phänomenalen Abend«, antworte ich schulterzuckend, während ich an der Maschine herumhantiere.

»Und weil du so einen phänomenalen Abend hattest, hast du die halbe Nacht den Boxsack verprügelt?«, fragt Kyle skeptisch.

»Ich musste überschüssige Energie loswerden.« Und das ist die Wahrheit. Der Abend mit Bree war auf unendlich viele Arten eigenartig. Und ihr Angebot, mir eine Schulter zum Ausheulen zur Verfügung zu stellen, war mindestens so absurd, wie es gut gemeint war. Und dann ist da noch dieser kurze Moment gewesen, in dem ich beinahe eingeknickt wäre. Sie hat mich so intensiv, fast schon flehend angesehen, auch noch die letzte Grenze zu überqueren, dass ich ernsthaft kurz davor gewesen bin, es zu tun. Ich kann nicht leugnen, dass ich nicht völlig immun gegen den Glückskeks bin, auch wenn es für uns beide besser wäre.

»Hast du ein Problem damit, dass Jolee so oft hier ist?«

»Nein.« Ja. Allerdings werde ich einen Teufel tun und das zugeben, denn dann würde ich Kyle über kurz oder lang kaum noch zu Gesicht bekommen. Weil er aus Rücksicht auf mich seine Abende dann bei meiner Schwester verbringen würde. Ich kann mich nicht einmal mehr an unsere letzte gemeinsame Session an der Playstation erinnern, bei der sie nicht ebenfalls anwesend war.

Mir ist klar, Joe ist hierfür nicht der ausschlaggebende Punkt. Kyle hätte sich auch in eine andere verknallen können, das Ergebnis wäre dasselbe. Beziehungen erfordern einen gewissen Grad an Opferbereitschaft. In den meisten Fällen gehen für die rosarote Bubble Freundschaften drauf. Nicht vollständig, aber genug, um vom Stammspieler zum Ersatzmann zu mutieren. Es kommt also nicht selten vor, dass Kyle mit Abwesenheit glänzt, während ich mit Jay, Mase, River und Phoenix um die Häuser ziehe. Er war nie ein Partyhengst, ist aber immer meinetwegen mitgekommen. Jetzt bleibt er ihretwegen zu Hause. Kyle isoliert sich selbst von unserer Gruppe. Es ist nicht so, als hätte ich dafür kein Verständnis, aber ausgetauscht zu werden ist ein verdammt beschissenes Gefühl.

»Bist du dir sicher? Wenn wir dich nerven, können wir auch mehr Zeit bei Jolee verbringen, damit du deine Ruhe hast.«

Schnaubend stoße ich die Luft aus. Mein Blick fällt auf die braune Flüssigkeit, die aus der Maschine ihren Weg in die Glaskanne sucht. *Zweite Wahl*, schießt es mir durch den Kopf. Angewidert stelle ich die Kaffeemaschine ab. Wenn ich selbst nicht die Notlösung oder die Zweitbesetzung sein will, sollte ich mich auch nicht damit zufriedengeben.

»Ich gehe joggen«, entscheide ich kurzerhand und bin drauf und dran, Kyle am Tisch sitzen zu lassen.

Die Strecke bis zum *Barneys* ist ein Katzensprung und ich könnte bei der Gelegenheit auch direkt meinen Wagen holen.

»Wenn du noch bis zum Nachmittag warten kannst, können wir zusammen laufen gehen. Ich bin gleich –«

»Mit Joe verabredet. Schon klar. Ich brauche einen anständigen Kaffee. Also nein, ich kann nicht warten, bis du Zeit hast«, unterbreche ich ihn. Denn genau das hat er sagen wollen.

Bevor ich aus der Küche stürme, sehe ich zu Kyle und könnte mich selbst verfluchen. Er sieht mich an, als hätte ich ihm ohne Vorwarnung in die Magengrube geboxt. Und irgendwie fühlt es sich tatsächlich so an. Ich sollte mich bei ihm entschuldigen, so viel ist selbst mir klar. Die Worte wollen mir dennoch nicht über die Lippen kommen. Ohne ein weiteres Wort lasse ich ihn alleine in der Küche zurück.

***

Eine Stunde später stehe ich verschwitzt und schwer atmend vor dem *Barneys*. Normalerweise hilft es mir, mich auszupowern, um mich besser zu fühlen. Heute bleibt dieser Effekt aus. Und es wird noch schlimmer, als ich Bree hinter dem Tresen entdecke. Sie an einem Samstagmorgen hier zu sehen, habe ich nicht erwartet. Die Studierenden der UVa drücken sich für gewöhnlich vor der Frühschicht und überlassen die gerne dem Stammpersonal. Ich weiß das, weil ich nahezu jeden Morgen in diesem Laden stehe, um mir meinen Kaffee abzuholen.

»Guten Morgen.« Bree mustert einen Moment lang mein Gesicht, bis ihr Blick über mein verschwitztes Shirt gleitet und schließlich wieder zum Ausgangspunkt zurückkehrt. »Warst du beim Sport?«, fragt sie überrascht.

Ich bin mir ziemlich sicher, es ist offensichtlich, dass ich nicht spazieren gewesen bin. Also schenke ich mir eine Antwort darauf. »Kann ich einen Kaffee haben?«, kürze ich unsere Unterhaltung ab, weil ich im Augenblick keine Nerven habe, mich mit dem Glückskeks auseinanderzusetzen.

»Natürlich. Schwarz?«, fragt sie nach und greift bereits nach einem Becher.

»Wie meine Seele«, zitiere ich sie, was ihr ein Lächeln entlockt. Warum lächelt sie? Weil ich mir gemerkt habe, was sie mir gestern an den Kopf geworfen hat?

»Ich glaube, du bist ja eher so ein Karamellbraun«, meint sie und ich habe keine Ahnung, was ich mit dieser Information anfangen soll.

Während sie mein Getränk zubereitet, sehe ich mich nach einem freien Platz um. Das *Barneys* ist eines dieser typisch hippen Cafés, die auf eine ganz klare Zielgruppe ausgerichtet sind. Dunkle Möbel, viel Metall und Lampen, die aussehen, als hätte man sie vom Schrottplatz. Auf der Karte stehen so aufregende Sachen wie Matcha-Latte, Kurkuma-Latte, Kardamom-Latte und Rote-Beete-Latte. Bevor ich den Laden das erste Mal betreten habe, war mir überhaupt nicht klar, auf wie viele verschiedene Arten ein Kaffee zubereitet werden kann. Unter den Super-In-Getränken befinden sich diverse Smoothies, die ähnlich skurrile Namen tragen. Der Laden ist im Trend, auf Wunsch vegan und verfolgt die Bring-Your-Own-Cup-Marketingstrategie. Nachhaltigkeit wird hier genauso großgeschrieben wie Geschmack. Das steht jedenfalls direkt neben der Eingangstür. Ich habe absolut nichts gegen das Konzept, bin aber schon zufrieden, wenn mein Kaffee heiß und genießbar ist.

»Deine Bestellung«, holt Brees Stimme mich zurück und ich wende mich ihr wieder zu. Sie drückt den Deckel auf meinen Becher und hält ihn mir grinsend entgegen. Ich fische nach dem Kleingeld, das ich vorhin extra in meiner Trainingshose verstaut habe, und lege es auf den kleinen Holzteller. Vermutlich Bambus. Argwöhnisch betrachte ich den Becher.

»Heute kein Spruch über meine Persönlichkeit?«, spotte ich und ihr Grinsen nimmt gefährliche Züge an.

»Ich kann meine Gefühle auch ohne Worte ausdrücken.« Schlagartig fühle ich mich unwohl. Wenn das hier ein Flirtversuch werden soll, hat sie gestern eindeutig irgendwas falsch interpretiert. Was auch immer meine bescheuerte Idee, mit ihr etwas trinken zu gehen, in ihr ausgelöst hat, sie sollte es sich direkt wieder aus dem Kopf schlagen.

»Man sieht sich«, verabschiede ich mich, da es sich offensichtlich in absehbarer Zeit nicht verhindern lässt. Zielstrebig steuere ich auf einen der hintersten Tische zu. Mein erster Impuls ist es, mich so hinzusetzen, dass ich dem Glückskeks den Rücken zuwende. Da ich vermute, sie könnte das als Schwäche ansehen, um absichtlich ihren Blicken auszuweichen, setze ich mich demonstrativ mit dem Gesicht in Richtung Verkaufstresen. Das *Barneys* ist um diese Uhrzeit spärlich besucht. An drei zusammengeschobenen Tischen sitzen eine Handvoll Leute. Lerngruppe würde ich tippen, denn der Papierkram, der einem Schlachtfeld gleicht, ist ein eindeutiges Indiz dafür, dass sie ebenfalls die UVa besuchen.

Mein Blick wandert zu der Brünetten hinter dem Tresen, die mich ins Visier genommen hat. Worauf wartet sie? Ich halte ihrem Blick stand und hebe den Becher an meine Lippen. Es dauert nicht mehr als zwei Sekunden, bis ich den Drang verspüre, ihr den Hals umzudrehen. Milch und Zucker. Widerwillig schlucke ich die Brühe hinunter. Auf keinen Fall werde ich ihr diesen Triumph gönnen. Das Zeug ist so fucking süß, dass ich befürchte, in ein Zuckerkoma zu fallen. Mindestens genauso zuckersüß ist das Grinsen des Glückskekses. Tapfer würge ich das Zeug hinunter, werde sie dafür aber auf alle Fälle büßen lassen.

Als mein Telefon vibriert, ziehe ich es aus der Hosentasche.

Phoenix: Kleine spontane Privatparty. 20:00 Uhr.

Immer wenn wir ein spielfreies Wochenende haben, schmeißt der King eine Party. Klein und spontan heißt in dem Fall: nur sein Rudel. Die großen Partys, auf die ganz Charlottesville scharf ist, finden immer zum Semesterstart und -ende statt. Wer eine Einladung von ihm erhält, kommt an der Security vorbei. Wer keine hat, kann direkt den Heimweg antreten. Phoenix King macht seinem Namen alle Ehre. Er ist der König der UVa. Berühmt, berüchtigt und Dauerthema der Collegezeitung. Der Umstand, dass sein Dad Hollywoodschauspieler ist, ist außerordentlich hilfreich, um in der Fame-Liga der Uni ganz oben mitzuspielen. Gesegnet von allen Seiten. Einzelkind, Stammspieler des Fußballteams, reich und beliebt. Jackpot sozusagen. Was will *Mann* mehr?

Ich: Bin dabei. Soll ich was mitbringen?
Phoenix: Nope, alles am Start.
Ich: Okay. Bis dann.
Phoenix: Warte, du kannst Bree mitbringen ;)

Wie bitte? Was soll der Scheiß? Eher friert die Hölle zu. Wie kommt er überhaupt auf die Idee?

Ich: Warum sollte ich?

Sofort bereue ich, auf seine Aussage angesprungen zu sein. Damit gebe ich ihm die beste Vorlage, um seine Spekulationen noch weiter voranzutreiben. Er hat bereits kurz nach meinem One-Night-Stand mit Bree komische Andeutungen gemacht. Dabei bin ich mir eigentlich sicher, dass er nicht weiß, was zwischen mir und dem Glückskeks gelaufen ist. Leider hat der Mistkerl auch eine verdammt gute Intuition, die ihn selten aufs Glatteis führt. Eine Eigenschaft, die er auf dem Spielfeld nutzt, um seine Gegenspieler in den Wahnsinn zu treiben. Phoenix King ist immer allen einen Schritt voraus.

Phoenix: Der King hat seine Augen überall.

Genervt verdrehe ich die Augen. Irgendjemand hat ihm von gestern Abend erzählt. Das hätte ich mir eigentlich denken können. Und ich habe da auch schon eine Ahnung wer. Jonah Hall, dieser Idiot. Die beiden kommen ganz gut aus. Liegt vermutlich am ähnlichen Status. Gerüchten zufolge stammt Jonah vom alten britischen Adel ab. Bestätigt hat er das bisher nicht, aber ich vermute, irgendwas wird an der Geschichte dran sein.

Ich: Jonah erzählt Bullshit!

Ich weiß genau, dass der Arsch jetzt mit einem Glas Scotch in seinem Ledersessel sitzt und zufrieden grinst. Samstagmittag ist seine bevorzugte Zeit für ein bisschen Genuss. Das gehört genauso zu seinem Bad-Boy-Image wie die Lederjacke und die blond gefärbten Haare, die niemand außer ihm tragen kann. Kyle und ich nennen es immer sein Ich-kann-und-ich-werde-Statement. Das trifft zu hundert Prozent auf ihn zu. Es ist ihm egal, was die Leute außerhalb seines inneren Kreises über ihn denken. Die Aufmerksamkeit von Phoenix King gibt es nicht gratis, man muss sie sich verdienen. Meinen Platz verdanke ich ausschließlich dem Umstand, dass Kyle mein bester Freund ist und Phoenix gut mit ihm kann, weshalb er mich zähneknirschend akzeptiert. Jedenfalls glaube ich, dass es so ist, denn wir geraten ständig aneinander, weil wir selten einer Meinung sind.

Bevor er antworten kann, schalte ich das Handy aus. Nicht mal im Traum werde ich mich mit ihm auf eine Diskussion über Bree einlassen. Der Kerl ist zum Leidwesen aller leider so hartnäckig, wie er scharfsinnig ist. Hat er dich erst mal geködert, lässt er dich nicht mehr von der Angel.

»Hier.« Brees Stimme reißt mich aus meinen Gedanken. Ich sehe zu ihr auf und entdecke einen Kaffeebecher in ihrer Hand. Einen dieser Mehrwegbecher mit dem Logo des *Barneys* darauf. Dabei handelt es sich ausgerechnet um ein fettes ›B‹. Welch Ironie des Schicksals, dass der Becher perfekt zu dem Glückskeks passt.

»Was soll ich damit?«, frage ich und denke gar nicht daran, ihr das Ding abzunehmen. Nicht, weil ich etwas gegen dieses umweltschonende System habe, sondern schlichtweg, weil sie ihn mir andrehen will, nachdem sie mir den ersten Kaffee versaut hat.

»Das ist meine Art, mich bei dir zu entschuldigen«, sagt sie und lächelt unsicher.

»Indem du mir einen Plastikbecher in die Hand drückst?«

»Bambus. Du weißt, unser Motto ist …«

»Ich kenne das Scheißmotto, es steht an der Tür«, fahre ich ihr über den Mund, bevor sie es herunterrattern kann.

»Okay, es tut mir leid.« So wie sie mich gerade ansieht, glaube ich ihr das sogar. Ändert aber nichts daran, dass sie mir mit dem Becher vom Leib bleiben kann und ich auf ihre Entschuldigung pfeife.

Herausfordernd ziehe ich eine Augenbraue in die Höhe. »Tut es das wirklich? Vor zwanzig Minuten wolltest du mir damit irgendwas beweisen. Vermutlich, dass du mich für ein Arschloch hältst, das einen Dämpfer verdient hat, nachdem ich gestern auf deinen Annäherungsversuch nicht angesprungen bin.« Es dauert genau drei Sekunden, bis sich auf Brees Hals rote Flecken bilden. Das letzte Mal wurde ich Zeuge dieser Hautreaktion, als sie mir die Hölle wegen meiner Schwester heißgemacht hat.

»Annäherungsversuch? Du hast wohl schlecht geträumt«, schnaubt sie. Manchmal ist die Wahl ihrer Worte schräg, vielleicht sogar ein bisschen oldschool.

»Wie würdest du es denn nennen, wenn du den Abstand zwischen uns auf eine Handbreit verringerst und mich ansiehst, als würdest du mich anspringen wollen?«, trieze ich sie weiter, weil es mir allmählich Spaß macht, den Glückskeks in Rage zu bringen.

»Sollte ich dich anspringen, dann nur, um dir die Augen auszukratzen.« Wenn sie es könnte, würde sie mich mit Blicken töten. O ja, die Nummer amüsiert mich wahrhaftig und ist eindeutig sicherer als die Anziehung, die gestern kurz zwischen uns aufgeflammt ist.

»Das habe ich anders in Erinnerung«, provoziere ich sie und spiele damit auf unsere gemeinsame Nacht an. Bin ich übergeschnappt, unsere Auseinandersetzung ausgerechnet in diese Richtung zu lenken? Was will ich damit bezwecken? Dass sie sich daran erinnert, wie gut wir in jener Nacht zusammen waren? Fuck!

Bree stellt den Becher mit so viel Nachdruck auf den Tisch, dass es durch das *Barneys* hallt und sich die wenigen anderen Gäste nach uns umsehen. Dann macht sie auf dem Absatz kehrt und geht seelenruhig zum Tresen zurück. Normalerweise stürmen Frauen weniger würdevoll davon, wenn man ihnen nicht die Worte sagt, die sie hören wollen. Bree hingegen nicht. Sie strafft die Schultern und gibt mir jede Menge Zeit, ihre grandiose Rückansicht zu bewundern. In ihrem Fall heißt das ziemlich deutlich: Leck mich am Arsch, Mitchell! Und sie hat wirklich einen fantastischen Hintern in der Jeans. Wäre sie nicht Jolees Freundin und wir nicht auf Kriegsfuß, würde ich ihr Angebot sogar annehmen.

Ihr Abgang beschert mir ein unfreiwilliges Grinsen. So absurd es auch ist, aber unser Aufeinandertreffen hat meine Laune eindeutig angehoben.

# 8

**Bree**

Sobald sich mir die Chance bietet, bringe ich ihn um und werfe seine Überreste in den Rivanna River. Ich habe wirklich versucht, nett zu ihm zu sein, nachdem er gestern so verloren wirkte. Aber manche Menschen verdienen einfach keine zweite Chance. Denn genau das war es, worüber ich nach dem gestrigen Abend nachgedacht habe. Wir hatten einen miesen Start, aber wir könnten es besser machen. Nick hingegen scheint das vollkommen anders zu sehen. Mit dem Kaffee wollte ich ihn ärgern. Wie ich auf den bescheuerten Gedanken kam, er könnte das witzig finden und wir würden damit das Eis brechen, ist mir im Nachhinein schleierhaft. Der Kerl besitzt keinen Humor, da bin ich mir inzwischen sicher. Dafür, dass er glaubt, ich würde mich ihm an den Hals werfen, würde ich ihm gern besagten umdrehen.

Als ich das nächste Mal einen Blick zu dem Tisch werfe, an dem er sitzt, ist er verschwunden und mit ihm auch der To-go-Becher. Vermutlich befördert er ihn mit Vergnügen direkt in den nächsten Abfalleimer. Es sollte mir egal sein, ist es nur leider nicht. Wir müssen ja nicht direkt zu besten Freunden mutieren, aber allein für Jolee und den Rest der Gruppe wäre es angenehmer, wenn wir uns nicht ständig angiften oder komplett ignorieren würden.

Völlig in meine Gedanken vertieft wische ich über den Tresen, als mein Handy in der Schürzentasche vibriert.

Phoenix: Party bei mir. Heute 20:00 Uhr. Denk nicht mal daran, abzusagen, Bunny.

Genau das würde ich gerne machen. Absagen und mich auf der Couch unter meiner Decke verkriechen. Ein Serienmarathon klingt verlockender, als den Abend mit Nick zu verbringen. Denn dass er nicht auftaucht, halte ich für unwahrscheinlich. Ich brauche noch etwas Bedenkzeit. Ohne auf Phoenix' Nachricht zu antworten, stecke ich das Handy weg und konzentriere mich auf die Arbeit, auch wenn der Andrang eher überschaubar bleibt.

***

Drei Stunden und ein Dutzend Nachrichten von Phoenix später, sage ich ihm zu. Der Kerl ist eine hartnäckige Nervensäge. Ein Nein scheint in seinem Universum nicht zu existieren. Seit er beschlossen hat, mich in sein Rudel aufzunehmen, benimmt er sich wie ein großer Bruder. Als Einzelkind eine völlig neue Erfahrung für mich. Plötzlich ist da jemand, der auf dich aufpasst. Was irgendwie süß, aber auch furchtbar anstrengend ist. Auf der letzten Party, auf der wir gemeinsam waren, hat er tatsächlich einen Typen gefragt, was seine Absichten mit mir sind. Nur weil dieser versucht hatte, mit mir zu flirten. Dass der Kerl direkt Reißaus genommen hat, konnte ich ihm absolut nicht verübeln.

»Machst du freiwillig Überstunden?«, fragt meine Kollegin. Eden ist Kunststudentin im letzten Jahr, nett und hat einen verrückten Fransenschnitt mit bunten Strähnen. Die Haare, die ihr in die Stirn fallen, gehen gerade noch so als Mikropony durch. Als sie heute Morgen ins *Barneys* gekommen ist, hatte sie tatsächlich Farbspritzer im Gesicht. Sie steht mit dem Sonnenaufgang auf, weil das für sie die inspirierendste Zeit des Tages ist. Das Farbspiel wäre zu diesen Stunden magisch. Klar, Sonnenaufgänge sind schön, aber mich deswegen aus dem Bett zu quälen? Nee, dann doch lieber einen romantischen Sonnenuntergang. Bevorzugt mit einem heißen Typen an meiner Seite.

»Irgendwie habe ich völlig die Zeit vergessen«, gebe ich zu, nachdem ich kurz auf die Uhr schaue, die über der Eingangstür hängt. Eden kichert wissend, worauf ich ihr einen fragenden Blick zuwerfe.

»Was ist daran so witzig?«, frage ich, löse die Schürze und lege sie zusammen.

»Hat das vielleicht etwas mit dem scharfen Kerl von vorhin zu tun, dass du etwas abgelenkt bist?«

»Natürlich nicht. Nick ist ein selbstgefälliger Idiot.«

»Bei mir dürfte er gerne Aktmodell spielen.« Vielsagend wackelt sie mit den Augenbrauen. Das kann ich mir vorstellen. Und leider weiß ich nur zu gut, dass der Typ nackt einiges zu bieten hat. Es ist eine Schande, dass er auf der zwischenmenschlichen Ebene nahezu vollständig versagt.

»Bei Sonnenaufgang, damit er im richtigen Licht erstrahlt, nehme ich an?«, frage ich Eden und gehe damit auf ihre Wunschvorstellung ein. Ein Lachen entweicht mir, weil ich mir gerade Nicks Reaktion vorstelle, wenn sie ihm das vorschlägt.

»Das würde magisch werden. Er im entflammenden Morgenlicht, nackt in meinem Bett zwischen den Laken.« Eden gibt sich diesem Gedanken ganz hin und verdreht genießerisch die Augen.

»Willst du ihn auch noch von einer Weinrebe naschen lassen?«, ziehe ich sie auf, kann aber nicht verhindern, wie sich genau dieses Bild nun vor meinem geistigen Auge von einem Stillleben zu einer Verfilmung mit Blockbuster-Potenzial entwickelt. Und verdammt, ja, er ist ein Arsch, aber er wäre für die Rolle eine extrem gute Besetzung.

»Du verstehst überhaupt nichts von Kunst.« Parallel zu einer theatralischen Ich-reiße-die-Arme-in-die-Luft-Geste schüttelt sie energisch den Kopf. Ups, da habe ich sie wohl verärgert.

»Ich bin nur nicht überzeugt von deiner Muse. Gibt es dafür eigentlich einen männlichen Begriff, Muser oder so?«

Eden sieht mich an, als hätte ich plötzlich zwei Köpfe. Die Frage meine ich wirklich ernst. Künstler haben eine Muse, aber mein Gehirn assoziiert automatisch eine Frau damit. Bestimmt gibt es auch Künstlerinnen, die sich von Männern inspirieren lassen. Also ist die Überlegung durchaus berechtigt, wie ich finde.

»Muse. Die Bezeichnung ist geschlechtsneutral«, klärt sie mich sachlich auf.

»Oh, großartig. Man muss ja nicht alles direkt in Schubladen einsortieren. Eine große Truhe für alles reicht meiner Meinung nach völlig aus.« Keine Ahnung, ob ich gerade Quatsch rede, aber in meinem Kopf ergibt es durchaus Sinn.

Eden mustert mich und versucht offensichtlich hinter die Bedeutung meiner kryptischen Worte zu kommen. Als sie schließlich nickt, bin ich mir nicht sicher, ob sie sie entwirrt oder schlichtweg kapituliert hat.

»Hey, kann ich was bestellen oder braucht ihr noch länger? Dann fahr ich zur nächsten Tanke«, reißt uns eine Stimme, die mir sehr bekannt vorkommt, aus dem Gespräch. Grinsend drehe ich mich zu River um.

»Sweetheart? Arbeitest du etwa hier?«, will er wissen und klingt eher entsetzt als überrascht. Dann wandert sein Blick zu Eden. Flüchtig lächelt er sie an.

Eden seufzt neben mir. In diesem Augenblick hat sie wohl bereits die nächste Muse für sich gefunden. River Harris ist nicht die schlechteste Wahl. Vielleicht etwas verpeilt, aber süß. Seine Gesichtszüge haben zwar noch diesen Babyface-Charme, aber den macht er mit seinem frechen Mundwerk dreimal wieder wett.

»Aus deinem Mund klingt das nach etwas Verwerflichem«, kommt mir Eden mit einer Antwort zuvor.

»Was? Nein. Das ist cool. Schiebst du dann immer mal was gratis rüber?«, fragt er an mich gewandt und umgeht damit eine direkte Antwort an Eden. River ist immer knapp bei Kasse, während sein bester Freund Phoenix im Geld schwimmt. Die beiden sind so gegensätzlich, dass das wohl das Geheimnis ihrer Freundschaft ist.

»Ich habe zwar schon Feierabend, aber ich lade dich gerne auf etwas ein.«

»Cool. Ich nehme einen Bereit-für-die-Nacht-Smoothie. Phoenix schmeißt eine Party, ich brauche etwas Energie. Du kommst doch auch, oder?« Erwartungsvoll sieht er mich an. Als hätte ich eine Wahl.

»Ich muss. Phoenix hat gedroht, mich von der Security abholen zu lassen.« River bricht in schallendes Gelächter aus, sodass einige der Gäste ihre Köpfe neugierig in unsere Richtung drehen.

»Lass mich raten. Sie sind bewaffnet und er hat ihnen die Freigabe erteilt, ihre Knarren zu benutzen, solltest du dich wehren?«

»Jep.« Ich schließe den Kühlschrank, nachdem ich für uns beide einen Smoothie herausgenommen habe.

»Die Nummer hat er bei mir auch schon versucht. Aber der Typ, der im Wachhäuschen sitzt, schielt, der würde danebenzielen«, scherzt er.

Eden hat sich bereits aus dem Staub gemacht und räumt einen der unbesetzten Tische ab, auf dem noch dreckiges Geschirr steht. River nimmt mir einen Becher ab und ich lege das Geld dafür in die Kasse. Ich gehe um den Tresen herum und stutze.

»Bist du damit unterwegs?«, frage ich und deute auf das Skateboard, auf dem er lässig einen Fuß abgestellt hat. Seine Chucks sehen ziemlich ramponiert aus. Vermutlich, weil er das Ding benutzt und nicht nur spazieren trägt.

»Ja. Scharf, oder?«

»Eher so hoffentlich-brichst-du-dir-nicht-den-Hals-scharf«, erwidere ich grinsend. Er tritt auf das Ende und das Board schnellt nach oben. Sofort ergreift er es mit der freien Hand und klemmt es sich unter den Arm. Es sieht so flüssig in der Bewegung aus, das hat er eindeutig nicht zum ersten Mal gemacht.

»Eden, ich mache Feierabend. Wir sehen uns Montag!«, rufe ich ihr zu. Sie hebt den Kopf, winkt kurz und nimmt dann die Bestellung von Tisch sieben auf.

Gemeinsam mit River verlasse ich das *Barneys*. Vor der Tür angekommen stellt er das Skateboard auf dem Boden ab, greift nach seiner Basecap und dreht sie so herum, dass der Schirm nach hinten zeigt.

»Hat Mitchell dich hier schon entdeckt?«, fragt er, während er auf dem Board balanciert und es damit irgendwie in Bewegung setzt. Die verkorkste Beziehung zwischen Nick und mir ist wahrscheinlich ganz Charlottesville bekannt. Wir sind beide nicht besonders gut darin, unsere Differenzen für uns zu behalten. Oft weiß ich nicht einmal, was genau mich so rasend macht. Manchmal reicht ein Wort, ein Blick oder schlichtweg seine Anwesenheit. Und das beruht auf Gegenseitigkeit.

»Ich habe ihm vorhin seinen Kaffee mit Milch und Zucker versüßt«, gestehe ich. River lacht so laut, dass ich befürchte, man hört ihn bis Richmond.

»Da wäre ich gerne dabei gewesen. Auf einer Skala von eins bis zehn, wie angepisst ist er?«

»Fünfzehn. Allein deswegen sollte ich schon nicht zur Party von Phoenix gehen.« Seufzend betätige ich den Knopf für die Zentralverriegelung meines Wagens. Als ich heute Morgen zu meiner Schicht gekommen bin, stand Nicks Wagen immer noch auf dem Parkplatz. Deswegen also das verschwitzte Shirt, er ist hierhergejoggt, um sein Auto zu holen.

»Genau deswegen solltest du kommen, oder willst du dich von Mitchell unterbuttern lassen?« Natürlich will ich das nicht, aber ich will auch nicht alle um uns herum mit reinziehen.

»Kann ich dich irgendwohin mitnehmen?«, lenke ich das Thema absichtlich in eine andere Richtung und lasse seine Frage unbeantwortet. Mit River werde ich die Probleme zwischen Nick und mir ganz sicher nicht lösen. Ginge es nur um mich, käme ich damit schon irgendwie klar. Da es aber um die Gruppe geht, in die unsere Disharmonie Unruhe reinbringt, ist es mir wichtig, die Sache zu klären.

»Nope. Ich bin nicht ohne Grund mit dem Schätzchen hier unterwegs. Wir sehen uns heute Abend.« Bevor ich überhaupt antworten kann, rollt River auf dem Skateboard davon.

***

»Jolee?«

»Ich bin in der Küche!«, ruft sie. Nachdem ich meine Ballerinas von den Füßen gekickt habe, gehe ich zu ihr. Seufzend lasse ich mich auf einem der beiden Küchenstühle nieder. Der Raum ist winzig und bietet kaum mehr Platz als für das Nötigste. Der Tisch reicht gerade aus, um darauf zwei Teller abzustellen, aber im Augenblick liegt dort die aktuelle Tageszeitung, aufgeschlagen bei den Wohnungsanzeigen. Ich ziehe sie zu mir heran und überfliege die Angebote. Was bezahlbar ist, ist außerhalb von Charlottesville und somit meilenweit vom Campus entfernt. Alles andere übersteigt das Budget um mehr als zweihundert Dollar und langsam wird die Zeit knapp. Es ist zum Verrücktwerden.

Jolee gießt heißes Wasser in eine Tasse.

»Möchtest du auch einen Tee?«, fragt sie und dreht sich im nächsten

Augenblick zu mir herum. »Ich kann auch unauffällig einen Schluck Rum hineinschütten«, fügt sie grinsend hinzu.

»Ein Handbuch zu deinem Bruder wäre hilfreicher«, stoße ich genervt hervor, falte die Zeitung zusammen und lasse sie auf den Boden fallen. »Oder eine Wohnung in einem anderen Bundestaat könnte für all meine Probleme ebenfalls die Lösung sein.«

Mit der Tasse in der Hand setzt sie sich mir gegenüber. »Was hat er diesmal angestellt?« Jolee legt eine Hand an ihre Wange und stützt ihren Kopf darauf ab.

»Er treibt mich in den Wahnsinn.«

»Okay, das ist jetzt nichts Neues.« Ja, da hat sie recht.

»Wir waren gestern Abend zusammen im *Southern*. Ich dachte, wir könnten eine Art Waffenstillstand aushandeln. Mein Mitleid hätte ich mir echt sparen können. Der Kerl ist und bleibt ein Idiot«, plappere ich völlig zusammenhangslos.

Jolee setzt sich sofort aufrecht hin und reißt überrascht die Augen auf. »Ihr seid alleine im *Southern* gewesen?«, fragt sie ungläubig.

»Das sagte ich doch. Hörst du mir überhaupt zu?«

»Ja, aber ich war mir nicht sicher, ob mir mein Gehirn einen Streich spielt. Hattet ihr ein Date?« Jetzt bin ich es, deren Augen so groß werden, als würde Jensen Ackles vor mir strippen. Wie kommt sie denn auf diesen Quatsch?

»Natürlich nicht. Wusstest du eigentlich, dass dein Bruder raucht? Darf er das überhaupt? Kann er dafür nicht aus dem Team fliegen?«

»Halt, stopp. Eins nach dem anderen. Vielleicht holst du mal Luft und erzählst dann alles der Reihe nach. Bei dem Wirrwarr kommt ja niemand mit.«

Das ist gar keine schlechte Idee. Bei diesem Chaos, das ihr Bruder fabriziert, komme ich auch nicht mehr mit. Und das will was heißen.

# 9

**Nick**

Nur in Boxershorts bekleidet stehe ich vor dem Kleiderschrank. Seit zehn Minuten schwanke ich zwischen bequem und anständig.

»Bist du startklar?« Ich werfe einen Blick über meine Schulter. Kyle lehnt bereits fertig angezogen im Türrahmen. »Okay, blöde Frage. Wie lange brauchst du noch? Dann sage ich den Mädels, dass wir später kommen.« Mädels. Mehrzahl.

»Mädels?« Das ist der Moment, in dem ich meine Stirn gerne gegen den Spiegel knallen würde. Habe ich wirklich gedacht, das wird eine gemütliche Männerrunde? Scheiße, was bin ich naiv.

»Ja, Jolee und Bree kommen mit.« Fantastisch! Meine Laune sinkt schlagartig in den Keller.

Aus dem Schrank zerre ich eine graue Jogginghose und ein schwarzes Shirt und knalle die Tür zu. Der Spiegel wackelt verdächtig. »In fünf Minuten können wir los.«

Kyle bewegt sich keinen Zentimeter und ich weiß auch genau warum. Seit ich vor zwei Stunden nach Hause gekommen bin, gehe ich ihm bestmöglich aus dem Weg, um einem Gespräch mit ihm zu entkommen. Wenn Kyle Redebedarf hat, versprüht er eine gewisse Aura. Er schleicht dann durch die Wohnung, bis er den richtigen Zeitpunkt erwischt, um die Dinge anzusprechen, die ihn beschäftigen. Aber anders als er will ich nicht über alles reden, was in meinem Kopf vorgeht. Vielmehr versuche ich, die Gedanken hinter einer Tür meines Bewusstseins wegzuschließen und die Dinge nicht totzuanalysieren. Im Normalfall bringt mich das ohnehin nicht weiter. Nur weil ich mir für den heutigen Abend etwas anderes erhofft habe, werden meine Schwester und ihre beste Freundin nicht zu Hause bleiben. Ob mir das nun gefällt oder nicht, ist irrelevant.

»Haben wir ein Problem?« Ich habe es geahnt, er will reden.

Haben wir eins? Nein. Wenn jemand eins hat, dann ich. Das ist mir klar, aber momentan fehlt mir der richtige Ansatz, um es zu lösen. Eine Unterhaltung mit ihm kratzt lediglich an der Oberfläche. Die Wurzel muss ich schon selbst zu fassen bekommen und ziehen. Und ich bin inzwischen ein Meister darin, mich davor zu drücken.

»Wenn wir zu spät kommen, haben wir eins«, weiche ich seiner Frage aus, schlüpfe in die Jogginghose und ziehe mir das Shirt über.

»Du kannst dich nicht ewig vor diesem Gespräch drücken, das ist dir doch klar, oder?« Kyle folgt mir in den Flur.

»Das habe ich auch nicht vor, aber ich führe ungern eins, wenn ich den Verlauf nicht abschätzen kann und die Gefahr besteht, dass es mir den Abend versaut.« Meine Antwort ist irgendwas zwischen Erklärung und Hinhaltetechnik. »Ich fahre«, entscheide ich spontan. Eigentlich ist Kyle mit Fahren dran, aber so bleibt mir immerhin die Möglichkeit zur Flucht. Sollte es nötig sein.

***

Fünfzehn Minuten später warten wir im Wagen vor dem alten Backsteingebäude, in dem sich meine Schwester eine Wohnung mit Bree teilt. Bisher konnte ich mich erfolgreich davor drücken, auch nur einen Fuß in die Wohnung zu setzen. Mein Interesse, an dem Umstand etwas zu ändern, ist aber auch nicht sehr groß. Mit Jolee auf unserem Sofa zu sitzen reicht mir völlig, da muss ich nicht auch noch auf ihrem abhängen. Im besten Fall noch mit einer Bree neben mir.

Ungeduldig trommle ich auf dem Lenkrad herum, während Kyle das letzte Training analysiert. Nur am Rande höre ich ihm zu. Als sich die Tür des Wohnhauses öffnet und die Mädels auf den Wagen zukommen, starte ich den Motor.

»Hey, Bruderherz.« Jolees Hand landet auf meiner Schulter. Für einen Augenblick drehe ich mich zu ihr um, unterdrücke den Drang, mich ihrer Berührung zu entziehen, ringe mich jedoch zu einem Lächeln durch. Bree rutscht auf den Sitz hinter mir.

»Hey, danke fürs Mitnehmen«, sagt sie. Im nächsten Moment höre ich, wie ihr Gurt im Schloss einrastet.

»Kein Ding«, antworte ich und richte meinen Blick wieder nach vorn. Kyle versinkt direkt in einem Gespräch mit den beiden, während ich den Wagen wende und zurück auf die Hauptstraße bringe.

***

Phoenix King wohnt genau so, wie es sich für jemanden mit diesem Nachnamen gehört. Dekadent und mit eigenem Straßennamen. Die Kings Road liegt am südlichen Ende der Stadt und endet bei der Villa von Dale King. Hollywoodstar, geboren und aufgewachsen im beschaulichen Charlottesville. Kyle und ich haben uns einige Filme von Phoenix' Dad angesehen und wissen seitdem, dass romantische Komödien nicht zu unserem bevorzugten Filmgenre gehören.

Als wir das Grundstück erreichen, öffnet sich das schwere Eisentor und gibt die Einfahrt frei. Der Typ im Wachhäuschen nickt uns kurz zu und sieht dann wieder auf den Monitor rechts von sich. Die ersten Male, als ich hier gewesen bin, war ich verblüfft, schockiert, beeindruckt und fassungslos über so viel Reichtum und wie man ihn präsentieren kann. Umso erstaunlicher ist es, dass der ganze Prunk inzwischen völlig seine Wirkung verfehlt und mir normal erscheint, da ich ihn ständig vor Augen habe.

Ich werfe einen Blick in den Rückspiegel und entdecke Mase' Fahrer hinter uns. Anders als Phoenix ist Mase Jefferson bescheiden, zurückhaltend und höflich. Den Babysitter haben ihm seine Eltern verpasst. Nur für den Fall, dass jemand auf die Idee kommt, den Erben des Hotelimperiums zu entführen, um Kapital herauszuschlagen. O-Ton seiner Mom. Bei Mase' Geburtstagsparty in seinem Elternhaus, die wie eine steife Gartenparty ablief, hat sie ihm tatsächlich den Mund mit einer Serviette abgewischt. Hillary Jefferson ist der Inbegriff einer Helikoptermutter. Ich bin mir ziemlich sicher, Mase hatte vor uns keine gleichaltrigen Freunde.

»Nick?«

»Hmm?« Fragend sehe ich zu Kyle rüber, der mich besorgt ansieht. Meine

Gedanken sind völlig abgedriftet. Ich habe nicht mal bemerkt, dass ich den Wagen eingeparkt habe.

»Alles okay? Du bist so still.« Meine Schwester und der Glückskeks sind bereits ausgestiegen und schließen in diesem Moment die Türen.

»Klar. Ich war nur gerade in Gedanken«, gebe ich zu und Kyles Gesichtsausdruck wechselt zu neugierig.

»Und wo waren deine Gedanken, wenn ich fragen darf?«

»Erinnerst du dich noch an die Geburtstagsparty von Mase vor zwei Jahren?« Ein breites Grinsen geht in ein lautes Lachen über und ich falle mit ein. Im selben Moment frage ich mich, wann ich zuletzt mit meinem besten Freund gelacht habe. In den letzten Wochen sind wir immer mit einer Art Sicherheitsabstand umeinander herumgeschlichen. Unsere Gespräche waren oberflächlich und distanziert. Verdammt, ich vermisse Blackmoore wirklich.

»Wir waren die Jüngsten auf der Party und Mase musste einen Anzug tragen. Weißt du noch, wie Phoenix mit der Rothaarigen verschwunden ist?«

»Du meinst die Cousine von Mase, die war doch locker Mitte dreißig?«

»Das entsetzte Gesicht von Mase' Mom, als Phoenix mit ihr aus dem Gartenhaus kam, während er sich gerade die Hose zuknöpfte, werde ich nie vergessen.«

»Und Grandma Jefferson hat River unter den Tisch getrunken. Wer hätte gedacht, dass die adrette Dame so trinkfest ist.« Bei der Erinnerung daran, wie die nette Lady unser Bronx-Kid in die Schranken gewiesen hat, pruste ich erneut los. »Vermutlich wurden wir deshalb zu keiner weiteren Party eingeladen«, merke ich an und Kyle nickt, während er lacht.

Ein Klopfen an der Scheibe lässt uns zusammenzucken. Im nächsten Augenblick öffnet sich eine der hinteren Türen und Phoenix rutscht auf die Rückbank.

»Wenn hier eine Party steigt, habt ihr vergessen, mich einzuladen«, feixt er und reicht von hinten zwischen den Sitzen zwei Flaschen Bier hindurch. Kyle nimmt sie ihm ab und gibt mir eine davon.

»Wir haben uns gerade an die Geburtstagsparty von Mase erinnert«, klärt er Phoenix auf und beginnt sofort wieder zu lachen. King scheint kurz in seinem Gedächtnis zu graben, bevor er sein Glas Scotch in unsere Richtung hält. Gemeinsam stoßen wir an.

»Darauf trinken wir. Seit dem Abend mache ich um Rothaarige einen Bogen. Mase hat mir das mit seiner Tante echt übel genommen.«

»Tante?«, sagen Kyle und ich wie aus einem Mund.

»Ich dachte, die Rothaarige ist seine Cousine«, sage ich und kann mir ein Grinsen nicht verkneifen.

»Das habe ich auch angenommen, bis er mir verkündet hat, dass ich die Schwester seiner Mom gevögelt habe und sie weitaus älter ist, als sie aussieht.«

»Jetzt bin ich mir sicher, warum wir nie wieder eingeladen wurden«, schlussfolgert Kyle und nimmt einen Schluck aus seiner Flasche.

»Wie sieht es aus, kommt ihr mit rein? Ich habe eine Poolbar einbauen lassen, die will eingeweiht werden.«

»Dann los.« Ich öffne die Tür und steige aus. Die paar Minuten mit Kyle allein haben ausgereicht, um meine Laune mächtig anzuheben. Fast wie in alten Zeiten. Vielleicht bekommen wir das mit unserer Freundschaft und seiner Beziehung zu Joe doch irgendwie hin.

# 10

**Bree**

Als Nick nicht direkt aus dem Wagen gestiegen ist und stattdessen gedankenverloren Löcher in die Luft gestarrt hat, habe ich mir Jolee geschnappt und sie zu Phoenix' Poolhaus geschleift. Kyle ist es ebenfalls nicht entgangen, dass Nick verdammt still war, und ist bei ihm geblieben. Phoenix hat uns in seiner typisch egozentrischen Art begrüßt und gesagt, wir sollen uns wie zu Hause fühlen. Dann hat er sich zwei Bier geschnappt und ist losgezogen, um die Jungs einsammeln.

Mein Blick schweift durch das Wohnzimmer. Jay sitzt mit einem Tablet in den Händen auf dem gigantischen weißen Ledersofa. Allerdings scheint er nicht zu bemerken, dass wir gerade angekommen sind. Während Jolee uns etwas zum Trinken organisiert, setze ich mich auf die Sofalehne und werfe einen Blick auf das Display.

»Du liest?«

Jay hebt den Blick und sieht mich grinsend an. »Was genau überrascht dich an der Tatsache? Dass ich es kann oder diese Fähigkeit ernsthaft nutze, obwohl ich zu der Fraktion der Sportler zähle, die im Allgemeinen als Hohlbirnen gilt?«, erwidert er und zaubert mir damit ein Lächeln ins Gesicht. Jay ist der Typ Kerl, den sich Mütter für ihre Töchter wünschen und den Väter hassen, weil er ihnen den Rang bei ihrer Prinzessin abläuft.

»Beides«, ziehe ich ihn auf, was ihn zum Lachen bringt. »Was liest du da?«, frage ich ihn nun mit deutlich mehr Ernsthaftigkeit.

»*The Green River Killer*«, antwortet er mit einer Faszination, die mich kurz irritiert. Ich hätte Jay eher mit Fantasy oder Science-Fiction in Verbindung gebracht. Er sieht viel zu freundlich aus, um sich mit Mördern zu befassen. In einem Harry-Potter-Kostüm wäre er wirklich niedlich anzusehen.

»Du magst also Krimis?«, frage ich, weil ich annehme, dass es sich bei dem Titel um etwas in der Richtung handelt.

»Nein, ich stehe auf Biografien. Gary Leon Ridgway ist ein Serienkiller, der unter dem Namen Green River Killer bekannt wurde. Er hat nachweislich neunundvierzig Frauen getötet. Wobei die Dunkelziffer deutlich höher liegt«, erklärt er euphorisch.

Wer hätte gedacht, dass der nette Typ mit den haselnussbraunen Augen, die denselben Farbton wie seine Haare besitzen, einen Hang zu Serienkillern hat? Ich jedenfalls nicht. Vielleicht habe ich Jay falsch eingeschätzt und hier ist die Redewendung ›stille Wasser sind tief‹ mehr als zutreffend.

»Bis gerade eben habe ich gedacht, du bist der Traum einer jeden zukünftigen Schwiegermutter. Jetzt befürchte ich, sie würden ihre Töchter eher in Sicherheit bringen, als die Pompons zu schwingen, bei der Faszination, die du Killern gegenüber hegst. Hast du schon einmal etwas angezündet oder Tiere gequält?«, frage ich zur Sicherheit nach, weil bei *Criminal Minds* mehrfach erwähnt wird, dass dies erste Anzeichen für Serientäter sind.

Jays kehliges Lachen überrascht mich. Mit weit aufgerissenen Augen blicke ich ihn an. »Hast du?«, wiederhole ich meine Frage und er grinst verschwörerisch.

»Ich habe Mr Bear mal die Arme amputiert, zählt das?«

»Das hängt davon ab, ob es sich bei Mr Bear um ein Lebewesen handelt?«

»Hier«, sagt Jolee plötzlich und hält mir ein Glas entgegen. Ich habe nicht einmal bemerkt, dass sie neben mir steht.

»Danke. Was ist das?«, will ich von ihr wissen. Mein Blick huscht zu Jay, dessen Aufmerksamkeit wieder dem Tablet und somit dem Serienkiller gilt.

»Wodka und Orangensaft. Allerdings glaube ich, mir ist die Wodkaflasche etwas ausgerutscht, also trink langsam.« Sie kichert leise. Von wegen ausgerutscht.

»Danke für den Hinweis.« Vorsichtig nippe ich an dem Glas und verziehe das Gesicht. Eindeutig zu viel Wodka.

»Ladys, ich hoffe, ihr habt eure Bikinis dabei? Die Bar im Pool muss standesgemäß eingeweiht werden«, ertönt Phoenix' Stimme aus dem Flur, bevor er grinsend im Wohnzimmer erscheint. Gefolgt von Kyle und Nick. Letzterer sieht entspannter aus als noch vor zwanzig Minuten. Tatsächlich würde ich behaupten, dass der Schalk in seinen Blick zurückgekehrt ist. Was auch immer Kyle zu ihm gesagt hat, es muss etwas bewirkt haben. Und so absurd es auch ist, mein Herz macht einen Hüpfer, weil ich mir wünsche, dass die beiden wieder zueinanderfinden. Auch wenn Nick sich nie negativ zu der Beziehung zwischen seinem besten Freund und Jolee geäußert hat, ist es dennoch nicht zu übersehen, dass er ein Problem damit hat. Warum das allerdings so ist, ist mir nicht ganz klar. Kyle und Jolee sind eine Traumbesetzung für jede romantische Hollywoodverfilmung.

»Ich muss dich leider enttäuschen, auf eine Poolparty bin ich nicht eingestellt.« Das ist Jolee nie.

»Wie passend, mein neuer Bikini will auch eingeweiht werden«, sage ich hingegen mit einem breiten Grinsen.

Phoenix legt sich mit einem gerührten Gesichtsausdruck die Hand aufs Herz. »Das ist mein Mädchen.« Mit langen Schritten kommt er auf mich zu und hält mir auffordernd eine Hand entgegen. »Darf ich bitten?«

Lächelnd komme ich seiner Aufforderung nach und lasse mich von ihm auf die Füße ziehen. Mein Blick wandert zu Nick, der die Szene mit ausdrucksloser Miene aus sicherer Entfernung beobachtet. Es gibt Menschen, die tragen ihre Emotionen wie ein Hinweisschild in ihrem Gesicht. Und dann gibt es Nick.

Ohne es zu wollen, krame ich in meinen Gedanken und versuche mich an eine Situation zu erinnern, in der ich mir hundertprozentig sicher gewesen bin, zu wissen, was gerade in ihm vor sich geht. Normalerweise bin ich wirklich gut darin, mein Gegenüber zu lesen, aber bei Jolees Bruder versagt diese Fähigkeit regelmäßig. Er ist das reinste Mysterium. Immer wenn ich denke, ich hätte Nick Mitchell durchschaut, belehrt er mich eines Besseren. Das ist anstrengend und faszinierend zugleich.

Phoenix verschränkt unsere Finger miteinander und führt mich aus dem Wohnzimmer hinaus in den Poolbereich. Die zwei fehlenden Mitglieder der Sechsergruppe sind bereits hier. Mase feuert lautstark River an, der gerade zu einer Arschbombe ansetzt und im nächsten Augenblick mit einem lauten Platschen im Wasser landet. Als er wieder auftaucht, reißt er jubelnd die Arme in die Luft.

»Mir hat es fast die Badehose weggesprengt«, brüllt er uns entgegen, während er zum Beckenrand schwimmt.

»Das wäre tragisch, du hast schließlich nur die eine, Bronx-Kid«, zieht Phoenix ihn grinsend auf.

»Sagt der Typ, der auf sein Gucci-Teil aus der Vorsaison schwört, weil es angeblich den besten Arsch aller Zeiten macht«, schießt River zurück und streckt ihm den Mittelfinger entgegen.

Wie aufs Stichwort lässt Phoenix mich los, schält sich aus seiner Designer-Jogginghose und präsentiert ein Paar doch sehr exzentrisch aussehender Badeshorts. Ich kneife die Augen etwas zusammen, um die kleinen Motive darauf besser erkennen zu können. Müsste ich mich festlegen, würde ich sagen, es sind hellblaue Affen mit Biberschwanz, umgeben von dreiäugigen Würmern mit Nase, und das alles auf beigem Untergrund mit Blüten dekoriert.

Sein Blick wandert zu mir und an meinem geblümten Sommerkleid hinab. »Na los, Bunny, runter mit den Klamotten, ich will Haut sehen«, fordert er mich auf. Ich zögere keinen Moment und lasse die Hüllen fallen. Dass Phoenix King kein Interesse an mir hat, war mir bereits nach unserer ersten Begegnung klar, auch wenn seine Worte manchmal etwas anderes vermuten lassen. Aber er schaut mich nicht auf die Art an, wie es Männer tun, wenn sie sich vorstellen, wie du nackt aussiehst.

Phoenix lässt einen anerkennenden Pfiff los. »Bunny, das Teil ist wirklich scharf. Du willst, dass ich schwach werde, oder?« Zur Antwort verdrehe ich die Augen. Das Modell glänzt einzig und allein durch seine knallrote Farbe, ansonsten ist der Bikini eine Standardausführung ohne Schnickschnack. Ein Sonderangebot für zehn Dollar vom Wühltisch. Ich habe ihn ausschließlich der Passform wegen gekauft. Denn wenn dein Busen nicht proportional zum Hintern ist, kann es wirklich zur Herausforderung werden, einen Bikini zu erwerben. Selbst wenn man Höschen getrennt vom Oberteil kaufen kann, was in der Theorie wirklich eine fantastische Idee ist, scheitert es oft genau daran. Eines der beiden Teile gibt es in neunundneunzig Prozent aller Fälle nicht in der richtigen Größe. Am Ende stückelt man irgendwas zusammen, in der Hoffnung, dass es halbwegs gut aussieht. Dieser Bikini ist also ein absoluter Glücksgriff gewesen.

Als mich plötzlich zwei Arme von hinten umschlingen und ich den Halt unter den Füßen verliere, schreie ich überrascht auf. »Auf drei!«, höre ich River hinter mir flüstern und komme gar nicht dazu, Protest einzulegen, da der Mistkerl sich bereits bei eins rückwärts ins Wasser fallen lässt und mich dabei fest umschlungen hält.

Japsend tauche ich auf, packe ihn an den Schultern und drücke ihn wieder unter Wasser. Nicht so lange, wie ich gerne würde, denn er umfasst meine Kniekehlen und stößt sich im nächsten Augenblick vom Boden des Beckens ab. Fast raketenartig schießen wir gemeinsam durch die Wasseroberfläche. Augenblicklich werde ich durch die Luft gewirbelt und lande wenig elegant erneut im Wasser.

Lachend wische ich mir die nassen Haare aus der Stirn und schaue mich nach den anderen um. Phoenix setzt zu einem Kopfsprung an, wird aber von Kyle im Vorbeigehen geschubst und legt einen Bauchklatscher hin. Zielstrebig schwimmt er die in den Pool eingelassene Bar an. Im Prinzip ist sie nicht mehr als ein Tresen, der von unten beleuchtet ist. Vom Beckenrand aus reicht Mase ihm ein Glas.

Mit wenigen Zügen bin ich bei ihm, entdecke die Barhocker, die sich um den weißen Tisch befinden, und klettere auf einen.

»Ziemlich cool, oder?«, fragt der King grinsend. Er schiebt das Glas zu mir rüber und ordert bei Mase, der offensichtlich zum Kellner degradiert wurde, einen Scotch.

Kyle und Jolee haben sich auf der Lounge, die neben der eigentlichen Bar steht, niedergelassen. Mit beiden Händen umfasst Kyle das Gesicht meiner besten Freundin, bevor er sie küsst. Lächelnd wende ich meinen Blick ab und suche den Poolbereich nach Nick und Jay ab. Nick kommt in diesem Augenblick durch die offene Terrassentür und trägt nur noch eine schlichte schwarze Badehose. Ich will ihn wirklich nicht abchecken, aber sein nackter Oberkörper macht es mir verdammt schwer. Breite Schultern, eine feste Brustmuskulatur und sein Waschbrettbauch sowie die tief sitzenden Shorts machen es nicht gerade leichter.

»Nur so nebenbei, du sabberst«, merkt Phoenix völlig trocken an. Sofort reiße ich meinen schmachtenden Blick von Nick los. Nick Mitchell führt nicht grundlos die Hottie-Liste der UVa an, so viel steht jedenfalls fest. Ein anständiger Charakter gehört allerdings nicht zu den Bewertungskriterien der Jury. Der Körperbau eines griechischen Gottes lässt die Charakterzüge des Teufels schon mal in einem ziemlich blassen Licht erscheinen.

»Er benimmt sich eigenartig«, sage ich und ignoriere Phoenix' Kommentar. Abstreiten wäre ohnehin sinnlos, dafür habe ich Nick zu offensichtlich angestarrt.

»Wann macht er das nicht?«, erwidert Phoenix und nippt lässig an seinem Scotch. Ich könnte schwören, er schmunzelt dabei leicht in sich hinein. Irgendetwas an unserer Unterhaltung amüsiert ihn, aber ich habe keine Ahnung, was genau. Phoenix King ist mir mindestens ein so großes Rätsel wie der attraktive Kerl, der gerade mit einem perfekten Kopfsprung in den Pool springt.

# 11

**Nick**

Inzwischen hat Phoenix die Musik voll aufgedreht, ein Catering Service hat das Essen geliefert und ich habe es erfolgreich geschafft, Bree in diesem fucking roten Bikini zu ignorieren. Der Glückskeks mag eine aufdringliche Nervensäge sein, aber zu meinem Bedauern ist sie auch verdammt heiß.

Ihre dunkelbraunen Haare hat sie zu einem wilden Durcheinander auf ihrem Kopf zusammengebunden. Einige Strähnen hängen aus dem Haarknäuel heraus und doch sieht es so aus, als wäre es ihre volle Absicht, als hätte sie es so hinfrisiert. Bree ist nicht mal ansatzweise so zierlich wie die Frauen, die für gewöhnlich in mein Beuteschema fallen. Diese Frau hat Kurven – und was für welche. Bevor ich sie in diesem Bikini gesehen habe, war mir nicht mal klar, dass mich eine Figur, die entfernt an eine Sanduhr erinnert, anmachen könnte. Zu meiner eigenen Schande muss ich gestehen, dass ich mir bei unserem One-Night-Stand nicht die Mühe gemacht habe, genau hinzusehen. Und bei Gott, das bereue ich jetzt wirklich.

»Es ist unhöflich, einer Frau derart auf den Po zu starren«, weist Mase mich auf mein Fehlverhalten hin. Ich würde ihm da wirklich gerne widersprechen. Sagen, dass es klargeht, wenn man den Hintern bereits mit dem Einverständnis der Besitzerin angefasst hat. Genau weiß, dass dieser Apfelpo perfekt in die eigenen Hände passt. Ich habe vielleicht nicht genau hingesehen, aber wie sich Bree O'Donell unter meinen Fingern anfühlt, hat sich in mein Gedächtnis eingebrannt. Viel zu gut und irgendwie nicht gut genug. Meine Gedanken behalte ich für mich, denn damit würde ich Mase verraten, dass ich vor geraumer Zeit mit Bree im Bett gelandet bin. Was der Kerl neben mir von unkompliziertem Sex hält, darüber brauchen wir gar keine Diskussion zu führen. Über diese Option der Bedürfnisbefriedigung würde er nicht einmal nachdenken.

»Es ist auch unhöflich, so einen Hintern in einem derart knappen Höschen zu verpacken«, kontere ich und weiß, wie lahm das selbst für meine Verhältnisse klingt. Widerwillig wende ich meinen Blick von ihr ab.

»Willst du damit sagen, Bree ist selbst schuld, dass du sie so ungeniert anstarrst?«, empört er sich. O Mann, jetzt schaltet er wieder den Moralapostelmodus an. Genervt verdrehe ich die Augen.

»Nein, ich will damit lediglich sagen, dass ich ein Mann bin, der auf visuelle Reize anspringt, aber nicht vorhabe, ihr an den Arsch zu grabschen«, antworte ich eine Spur zu scharf und ernte dafür einen ermahnenden Blick. Das Argument lässt mich in seinen Augen nur noch tiefer sinken. Manchmal geht mir seine Korrektheit echt auf den Zeiger.

Als er zu einer Antwort ansetzt, nehme ich zwei Schritte Anlauf und lande mit einer erstklassigen Arschbombe im Pool. Jedenfalls ist das der Plan gewesen. Meinen Berechnungen zufolge hätte ich nämlich ganz woanders landen müssen. Mein Ellenbogen touchiert unsanft etwas Weiches und als ich erschrocken unter Wasser die Augen aufreiße, erkenne ich roten Stoff, der unter mir treibt.

Verdammt, ich habe Bree erwischt! Die stand doch gerade noch neben Phoenix auf der anderen Seite des Beckenrandes. Mit einer raschen Bewegung greife ich nach ihr, schlinge einen Arm um ihre Taille und bringe uns beide an die Oberfläche.

Bree japst nach Luft, während ich das Atmen gänzlich eingestellt habe. Ich halte sie so fest an mich gepresst, dass ich ihr nicht einmal ins Gesicht blicken kann. Für den Bruchteil einer Sekunde verschlägt mir die Panik darüber, dass ich sie ernsthaft verletzt haben könnte, die Sprache. Fuck!

»Alles okay?« Das ist die Frage, die mir als Erstes durch den Kopf schießt, jedoch über ihre Lippen kommt. Natürlich macht sich der Glückskeks Sorgen um mich, obwohl ich sie gnadenlos versenkt habe. »Nick?«, hakt sie in einem so sanften Ton nach, dass ein Schauer meinen Rücken entlangläuft und erst über die Zehenspitzen meinen Körper verlässt. Sie fühlt sich viel zu gut in meinen Armen an. Bevor ich realisiere, was gerade passiert, habe ich eine Hand gelöst und streiche ihr die nassen Strähnen aus dem Gesicht. Ihre schokoladenbraunen Augen mustern mich neugierig. Vielleicht auch ein wenig hoffnungsvoll. Wassertropfen hängen in ihren Wimpern, die Tusche ist etwas verschmiert. Als sie leicht die Lippen öffnet, spüre ich, wie mein Widerstand bricht. Shit!

»Wenn du nicht auch noch vorhast, mich zu erdrücken, um mich loszuwerden, solltest du deinen Griff lockern.« Abrupt lasse ich sie los, bringe etwas Abstand zwischen uns und blicke auf sie herab. Ich will gerade alles andere, als sie loswerden, aber ich werde einen Teufel tun und dem nachgeben. Sie in eine Ebene meines Bewusstseins vordringen zu lassen, auf der sie nichts zu suchen hat. Weil es mein Leben noch mehr durcheinanderbringen würde, als es im Augenblick ohnehin schon ist.

Ein roter Fleck ziert ihr Jochbein. Das war dann wohl mein Ellenbogen, der mit ihrem hübschen Gesicht kollidiert ist. Ich sollte mich entschuldigen, aber die Worte bleiben mir bei ihrem Anblick im Hals stecken. Kann sie mich nicht wenigstens wütend in Grund und Boden starren? Aber in ihrem Blick liegt einzig die Frage, ob es mir gut geht. Es ist schon beinahe lächerlich, dass sie mich ansieht, als wäre ich das Opfer und nicht sie.

Jolee ruft etwas vom Beckenrand aus in unsere Richtung. Was genau, verschwimmt zu einem Rauschen. Meine Aufmerksamkeit gilt nur der Frau vor mir, der ich wahrscheinlich gerade das Veilchen des Jahrhunderts verpasst habe. Ob nun mit Absicht oder nicht, spielt hierbei keine wesentliche Rolle. Ich habe sie verletzt, weil ich nicht aufgepasst habe. Bevor ich tatsächlich einknicke, löse ich meinen Blick von Bree.

»Sorry«, murmle ich so leise, dass sie es unmöglich gehört hat. Anschließend schwimme ich zum Beckenrand. Ohne auf die anderen zu achten, weil ich weiß, dass sie mich anstarren, klettere ich aus dem Pool. Zielstrebig gehe ich auf die offene Schiebetür, die ins Innere des Hauses führt, zu. Kyle ruft meinen Namen. Abwehrend hebe ich die Hand. Für ein Gespräch mit ihm bin ich jetzt noch weniger in Stimmung. Im Augenblick will ich nur meinen Autoschlüssel holen und von hier verschwinden.

***

»Bist du fertig mit Schmollen?« Mit dem Rücken gegen die Fahrerseite meines Wagens gelehnt, ziehe ich an meiner Zigarette und stoße langsam den Rauch aus. Phoenix verschränkt die Armen vor seiner Brust und baut sich vor mir auf. Was amüsant ist, weil er fast einen Kopf kleiner und um einiges schmaler als ich ist. Für seine Position auf dem Fußballplatz ist das durchaus von Vorteil, hier nützt es ihm gerade allerdings reichlich wenig. Phoenix King mag auf viele eine einschüchternde Wirkung haben, mich beeindruckt er eher weniger. Ich mag den Kerl, auch wenn wir selten einer Meinung sind und bei jeder Gelegenheit aneinandergeraten. Es ist ein ständiges Kräftemessen. Während er immerzu das Alpha-Männchen seines Rudels raushängen lässt, bin ich der aufsässige Wolf, der sich ihm nicht unterwerfen will.

»Willst du mir nur auf die Nerven gehen oder auch etwas loswerden, das nicht warten kann?« Eigentlich habe ich mit einem Kommentar zu meinem geheimen Laster gerechnet, aber das scheint ihn im Moment nicht wirklich zu interessieren.

»Du meinst, außer dass du dich wie ein Arschloch benimmst?« Das obligatorische Grinsen auf seinen Lippen bleibt aus. Wenn Phoenix jemanden beleidigt, dann stets mit einem herausfordernden Grinsen im Gesicht, das eindeutig sagt: Du kannst gerne versuchen, dich mit mir anzulegen, aber rechne dir keine Erfolgschancen aus.

Das hier könnte also eine wirklich unschöne Nummer für uns beide werden. Meine Motivation, in einer Debatte mit ihm zu landen, geht gen null. Was hauptsächlich daran liegt, dass er recht hat. Bree links liegen zu lassen, nachdem ich sie beinahe ertränkt habe, ist keine Glanzleistung gewesen.

Erneut ziehe ich an meiner Zigarette, die eindeutig ihren Nutzen verfehlt. Vom erfolgreichen Stressabbau bin ich gerade meilenweit entfernt.

»Kennst du das Gefühl, dich erstickt jemand, ohne dir wirklich nahezukommen?« Tatsächlich ist das das Erste, was mir in den Sinn kommt. Warum ich das ausgerechnet King frage, können wir vermutlich beide nicht beantworten. Wir sind nicht gerade Buddys, die sich gegenseitig ihr Herz ausschütten.

»Ja.« Mit dieser Antwort habe ich am Allerwenigsten gerechnet. Misstrauisch ziehe ich eine Augenbraue hoch.

»Was? Nur weil ich auf der Sonnenseite des Lebens geboren wurde, bedeutet das nicht automatisch, dass es nicht auch mal einen Schatten auf mich wirft.« Gleichgültig zuckt er mit den Schultern. Jedenfalls soll es so rüberkommen, als wäre es ihm egal. Ich kann mir zwar kaum vorstellen, dass es sich bei ihm um mehr als einen Schatten handelt, den ein Scotchglas abwirft, wenn die Sonne im richtigen Winkel am Horizont steht. Aber es kommt nicht darauf an, wie groß die Schatten sind, sondern, wie viel Macht sie besitzen und ob sie es schaffen, dich mit in die Dunkelheit zu ziehen. Im Dunkeln ist es verdammt schwer, den richtigen Weg zu finden, wenn es kein Licht gibt, auf das du zulaufen kannst.

»Du bist mit Bree im Bett gelandet und hast jetzt ein schlechtes Gewissen.« Das ist keine Frage, sondern eine Feststellung.

Nun bin ich es, der mit den Schultern zuckt. Nicht gleichgültig, eher resigniert, falls das überhaupt möglich ist. Auch wenn seine Äußerung nicht auf das zutrifft, was ich eigentlich hatte sagen wollen, hat er dennoch irgendwie den Nagel auf den Kopf getroffen. Es ist vielleicht nicht die Ursache meines Problems, aber durchaus ein Trigger. Danach wurden die Dinge kompliziert.

Momentan habe ich das Gefühl, Charlottesville schnürt mir die Luft ab und das Atmen fällt mir zunehmend schwerer. Die letzten Monate sind nicht optimal gelaufen und haben einiges in meiner gewohnten Ordnung durcheinandergebracht. Jolees Wechsel an die UVa, der One-Night-Stand mit Bree, die Wette und die Streitereien mit Kyle wegen meiner Schwester. Es wäre sehr einfach, jetzt zu behaupten, Jolee sei die Wurzel allen Übels, aber damit würde ich es mir eindeutig zu leicht machen. Weder hat sie mich dazu gezwungen, mit ihrer besten Freundin zu schlafen, noch ist die Wette ihre Idee gewesen. Selbst die Nummer mit Kyle habe ich absichtlich provoziert, als ich gecheckt habe, dass er sich in meine Schwester verknallt hat. Das Chaos in meinem Kopf verdanke ich also allein meinen unüberlegten Handlungen.

»Was hat mich verraten?« Es interessiert mich wirklich, denn ich bin grundsätzlich gut darin, mir Dinge nicht anmerken zu lassen. Vielleicht hat Bree es ihm doch gesteckt. Die beiden sind eindeutig auf einer Wellenlänge.

»Ich habe noch nie erlebt, dass du jemanden so auf Abstand hältst und gleichzeitig die Nähe suchst.«

Ich habe keine Ahnung, was genau er damit meint. Im ersten Punkt stimme ich ihm zu, aber im zweiten definitiv nicht. Ich suche nicht Brees Nähe. Im Gegenteil. Wenn Bree mich aus ihren dunklen Augen anblickt, würde ich am liebsten den Bundesstaat verlassen, um genügend Abstand zwischen uns zu bringen. Vielmehr ist es so, als könnte ich ihr einfach nicht entkommen. Egal wo ich mich bewege, sie taucht aus dem Nichts auf. Jetzt, da sie im *Barneys* arbeitet, ist die einzige Bree-freie-Zone die WG. Bree war genau zweimal in unserer Wohnung. Und das war, als wir zusammen im Bett gelandet sind, und um mich zusammenzufalten, weil ich Jolee zu dieser Wette verleitet und anschließend ihre Wettschuld eingefordert habe. Dabei ging es ihr nicht um das Hot-Dog-Kostüm, das sie zum Saisonauftakt tragen sollte, sondern darum, dass ich damit Kyle und Jolees Beziehung aufs Spiel gesetzt habe. Das sehe ich ganz klar anders. Jolee hätte es ihm erzählen können und nicht darauf setzen sollen, Glück zu haben. Wenn also jemand die Sache vergeigt hat, dann meine Schwester selbst. Ihr Happy End hat sie trotzdem bekommen.

»Ich weiß, du willst es nicht hören, aber wenn ich dir einen Rat geben darf: Arrangiere dich mit Bree, wenn du langfristig in der Gruppe nicht den Kürzeren ziehen willst.« Droht er mir gerade etwa?

»Ich soll also gute Miene zum bösen Spiel machen, damit ich nicht vom Spielfeld fliege? Ist es das, was du mir sagen willst?«, antworte ich barsch.

»Nein, aber Bree ist nicht der Feind. Der sitzt in deinem Kopf und nur du kannst ihn in die Knie zwingen.«

»Und wenn ich das nicht will? Vielleicht will ich sie einfach nicht in meiner Nähe haben«, setze ich entgegen, weil seine Art zu denken erschreckend logisch und beängstigend ist.

»Sich darauf einzulassen, ist ein Prozess, keine Entscheidung. Du kannst deine Energie darauf verschwenden, dich mit Händen und Füßen dagegen zu wehren, oder sie dafür nutzen, um herauszufinden, wo es dich hinführt«, sagt er seelenruhig und klopft mir freundschaftlich auf die Schulter. »Übrigens, wenn der Coach von den Glimmstängeln Wind bekommt, ist Bree dein kleineres Problem.« Ein Grinsen erscheint auf seinem Gesicht, bevor er ein paar Schritte auf das Poolhaus zugeht. »Du hast dreißig Minuten. Dann bewegst du deinen verdammten Arsch zurück auf meine Party.«

# 12

**Bree**

Es ist mitten in der Nacht, als mich das schmerzhafte Pochen meiner rechten Gesichtshälfte aufweckt. Nick hat mich wortwörtlich umgehauen. Träge rolle ich mich aus dem Bett in Phoenix' Gästezimmer. Nachdem unsere Mitfahrgelegenheit fluchtartig den Poolbereich verlassen hatte und bis Mitternacht nicht zurückgekehrt war, haben Jolee, Kyle und ich beschlossen, die Nacht hier zu verbringen. Phoenix ist Nick zwar gefolgt, aber später ohne ihn zurückgekommen. Sicher hat Nick die nächste Bar angesteuert und ist dort versackt. Den Gedanken, er könnte bei der Gelegenheit jemanden abschleppen, verdränge ich.

So leise wie möglich tapse ich durch das Haus, gehe die Treppe nach unten und begebe mich in die Küche. Da der Vollmond durch die große Glasfront den Raum erhellt, schalte ich kein Licht ein. Aus dem Kühlfach nehme ich eine Packung gefrorene Erbsen heraus und drücke sie mir gegen die schmerzende Stelle in meinem Gesicht. Mein Blick wandert zur Terrassentür und auf den Poolbereich. Ich stutze, weil sie einen Spalt weit offen steht. Ich könnte schwören, wir haben sie verschlossen, als wir ins Bett gegangen sind. Mit klopfendem Herzen trete ich über die Schwelle und halte kurz inne, als ich den lauwarmen Steinboden unter meinen nackten Füßen spüre. Die Sonne hat ihn über den Tag hinweg aufgeheizt und er hat immer noch eine angenehme Temperatur. Beinahe wie eine Fußbodenheizung.

Ein leises Plätschern dringt zu mir rüber und erregt meine Aufmerksamkeit. Von der Neugier getrieben trete ich näher heran. Da ist jemand im Pool. Es dauert den Bruchteil einer Sekunde, bis mein Körper realisiert, wer dort seine Bahnen zieht. Nick. Seine anmutige Art, sich zu bewegen, würde ich aus einer halben Meile Entfernung erkennen. Lange bevor die Information in meinem Kopf ankommt, setzt sich mein Körper in Bewegung und kommt erst am Beckenrand zum Stehen. Warum zur Hölle macht er das mitten in der Nacht? Eine weitere Sekunde dauert es, bis meine Augen realisieren, dass etwas fehlt. Die Badehose.

Ein von unten beleuchteter Pool hat durchaus seine Vorteile. Wie hypnotisiert verfolge ich seine gleichmäßigen Züge und falle dabei in einen tranceähnlichen Zustand. Eins muss man Nick Mitchell lassen, sein sportlicher Ehrgeiz hat einen wirklich ansehnlichen Körperbau kreiert. Bei der Rückenmuskulatur kann er eindeutig mit dem Star des Schwimmteams unserer Uni mithalten. Stundenlang könnte ich dabei zusehen, wie Nick seinen Körper durch das Wasser treibt und dabei sanfte Wellen schlägt.

Als er in der Bewegung innehält und sein Kopf in meine Richtung schnellt, seufze ich wehmütig auf. Vorbei ist der Moment, der auf eine schräge Art durchaus intim war. Zwei Sekunden lang starren wir einander an, dann taucht er ab. Wenige Augenblicke später taucht er vor mir am Beckenrand wieder auf.

Anstatt zurückzuweichen, bleibe ich wie angewurzelt stehen und blicke auf ihn hinab, während er zu mir heraufsieht. Ich drücke die Erbsenpackung fester gegen mein Gesicht. Nicht aus Schmerz, sondern um die Anspannung in mir irgendwie loszuwerden. Vergebens. Nicks Mimik ist völlig ausdruckslos und gibt keinen Hinweis darauf, was als Nächstes passieren wird. Umso überraschter bin ich, als er die Hände auf den Beckenrand legt und ... Nein. Er wird jetzt nicht aus dem Becken klettern. Nackt. Und doch scheint genau das seine Absicht zu sein. Nick stemmt sich auf die Arme und ich stolpere einen Schritt nach hinten, als mir bewusst wird, worauf das hier hinausläuft. Einen Wimpernschlag später erhebt Nick sich wie in einer verdammten Parfümwerbung aus dem Pool. Sein Ernst? Ich habe noch nie verstanden, warum ausgerechnet diese Szene so oft mit Werbung für einen Duft einhergeht. Aber wenn so ein Kerl aus dem Wasser steigt, könnte das Parfüm nach Klostein riechen, es würde sich dennoch erstklassig verkaufen.

Wassertropfen bahnen sich einen Weg abwärts über seinen Körper. Mit all meiner Selbstbeherrschung zwinge ich mich dazu, ihren Spuren nicht zu folgen. Ich fixiere sein Gesicht, was mindestens genauso eine bescheuerte Idee ist. Seine Mimik mag vielleicht selten etwas verraten, seine grauen Augen hingegen legen seine innere Welt offen. Und im Augenblick ist er wütend. Aber da ist auch noch etwas anderes, von dem ich hoffe, dass ich es mir nur einbilde. Weil es absolut unvernünftig ist und zu nichts führt, sich auf ihn einzulassen. Ich wünschte, mein Köper und mein Verstand wären sich in diesem Punkt einig. Aber bei Nick Mitchell bin ich wie Yin und Yang. Mein Körper reagiert entgegen meinem Verstand und dennoch völlig im Einklang mit ihm. Als wüsste das eine, was das andere braucht, ohne die Konsequenzen abzuwägen ... Und im Augenblick ist das offensichtlich der unbekleidete Typ.

Wie schaffe ich es nur ständig, mich Nick Mitchell schmachtend gegenüber wiederzufinden? Das hier ist völlig absurd. Keine zwanzig Zentimeter vor mir steht ein nackter Kerl mit feucht glänzender Haut im Mondlicht. Und ich mit einer Packung Tiefkühlerbsen, die ich dringend auf eine ganz andere Stelle meines Körpers drücken sollte, um mich abzukühlen. Ich würde gerne behaupten, dass ich mich ihm überlegen fühle, da ich noch all meine Klamotten trage, aber das wäre schlichtweg gelogen. Ihm scheint es überhaupt nichts auszumachen, dass er, wie Gott ihn schuf, vor mir steht. Und ja, bei Nick hat er ganze Arbeit geleistet.

Graue Augen wie die tosende See, bevor ein Sturm über sie hereinbricht. Gerade Nase und ein Mund, der pure Versuchung ist, wenn man weiß, was er damit alles anstellen kann. Dunkle Locken, die ihm lässig in die Stirn fallen und die er sie sich in diesem Augenblick fahrig zurückstreicht. Breite Schultern, über die sich von der Sonne gebräunte Haut spannt, und feste Muskeln, als hätte man sie in Stein gemeißelt. Es ist wirklich zum Heulen, dass dieser Typ die größte Versuchung und gleichzeitig ein gewaltiger Fehler ist.

Jemand von uns sollte die Stille durchbrechen, aber keiner ergreift das Wort. Er hat gesagt, er sei nicht gut darin, zu reden, im Gegensatz zu mir. Ich habe wirklich immer etwas zu sagen. Außer jetzt. Mein Kopf ist wie leer gefegt und auf Hochglanz poliert. Kein Staubkorn übrig, das einen Impuls hervorruft, um irgendetwas zu tun. Schließlich ist es Nick, der sich aus seiner Starre löst, einen kleinen Schritt auf mich zumacht und die Hand nach mir ausstreckt. Was passiert hier gerade? Abrupt halte ich den Atem an, während sich mein Herz überschlägt und aus dem Takt gerät. Die Spannung zwischen uns ist beinahe greifbar, auch wenn ich nicht genau absehen kann, wie das hier enden wird. Bei Nick weiß man nie, worauf etwas hinausläuft, denn er hat die Angewohnheit, innerhalb eines Wimpernschlages die Richtung zu wechseln.

Seine Finger umfassen meine und lösen behutsam die Tiefkühlerbsen von meiner Wange. Sie haben längst ihre kühlende Wirkung verloren, weil mein Körper inzwischen einem brennenden Inferno gleicht, das selbst Gletscher schmelzen lässt. Einen Moment lang betrachtet er angewidert die leicht blauviolett gefärbte Stelle auf meiner Haut. Ich senke den Blick, weil ich mich schuldig fühle, dass ich diese Reaktion in ihm hervorrufe. Der Griff um meine Hand wird für einen Augenblick fester, bevor er mich schließlich loslässt. Und irgendwie fühlt es sich falsch an, dass er die Verbindung zwischen uns kappt.

Ein Seufzen entweicht mir und ich schaue wieder auf. Der resignierte Ausdruck in seinen Augen trifft mich völlig unvorbereitet. Erneut hebt er die Hand, legt seine Finger unter mein Kinn. Entgegen seiner sonst so ruppigen Art streicht er mit dem Daumen sanft über das Veilchen, das er mir verpasst hat. Ich spüre, wie ich hektisch zu atmen beginne. Diese zärtliche Geste fühlt sich so richtig an, wie es falsch ist, sie zuzulassen. Nick ist ein Meister darin, das zu bekommen, was er will. Wenn er möchte, kann er durchaus charmant sein. Aber ich weiß auch, wie er sein kann, wenn er alles von dir bekommen hat. Eine Erfahrung, die ich nicht erneut machen möchte.

Ein leises »Fuck« verlässt seine Lippen und lässt mich zusammenzucken. »Das tut mir leid.« Die Worte dringen so leise in mein Ohr, dass ich kurz zweifle, sie auch wirklich gehört zu haben. Das Letzte, was ich von ihm erwartet habe, ist eine Entschuldigung. Und es ist irgendwie schräg, dass er dazu nackt vor mir steht.

Immer wieder streicht er sanft über die Stelle und streift dabei meinen Mundwinkel. Ob nun absichtlich oder aus Versehen, ist völlig egal. Eine verräterische Reaktion meines Körpers bleibt dennoch nicht aus. Denn ich lehne mich in seine Berührung hinein. Das anfängliche Flattern in meinen

Bauch verwandelt sich zunehmend zu einem flehenden Ziehen in meinem Unterleib. Erneut findet sein Daumen meinen Mund und gleitet federleicht über meine Unterlippe. Diesmal bin ich mir sicher, dass es Absicht ist. Wie von selbst teilen sich meine Lippen und meine Zungenspitze stupst gegen seinen Daumen. Eine ganz normale Körperreaktion, die dieser Situation geschuldet ist. Mehr nicht. Jedenfalls rede ich mir das ein.

»Du weißt, dass ich das nicht wollte, oder?«, flüstert er und beugt sich mir entgegen. Nähert sich meinem Gesicht.

Ich nicke. Dass er mich nicht absichtlich versenkt hat, ist mir sofort klar gewesen, als ich sein entsetztes Gesicht gesehen habe. Warum hätte er das auch tun sollen? Aber offensichtlich brauchte er diese Bestätigung, denn das Sturmgrau seiner Augen klart ein wenig auf. Seine Züge werden weicher und der Hauch eines Lächelns ruht auf seinen Lippen. Habe ich ihn jemals lächeln sehen? Aufrichtig, nicht aufgesetzt oder provokant? Ist das, was er hier gerade macht, mich herausfordern? Bin ich gerade dabei, in eine seiner Fallen zu tappen? So wie Jolee in eine getappt ist?

Während ich meinen Gedanken nachhänge, streifen seine Lippen hauchzart meine. Die Packung Erbsen fällt zu Boden, meine Hände schnellen vor und ich verpasse ihm einen Stoß. Es ist mehr ein Reflex, als dass ich es wirklich will. Er stolpert rückwärts, verliert das Gleichgewicht und landet mit einem Platschen im Pool. Er taucht auf und schüttelt sich das Wasser aus den Haaren, bevor er es sich genau wie vorhin lässig zurückstreicht.

Demonstrativ verschränke ich die Arme vor der Brust, damit er versteht, dass ich die nächsten Worte ernst meine. »Such dir jemand anderen für deine Spielchen, verstanden?«

Er lacht. Da ist sie, die Bestätigung, dass Nick Mitchell versucht hat, mir eine Falle zu stellen, und beinahe wäre ich hineingetappt.

*Boah, ich hasse ihn.*

Verdammt! Ich wünschte, es wäre wirklich so. Es würde alles so viel einfacher machen.

# 13

**Nick**

Seit der Poolparty sind fünf Tage vergangen. Fünf Tage, in denen ich mehr als einmal darüber philosophiert habe, was zur Hölle in mich gefahren ist. Bree ernsthaft küssen zu wollen, ist vermutlich die dümmste Idee, die ich seit Langem hatte, und toppt die Wette mit Jolee um Längen. Was habe ich mir von der Nummer erhofft? Noch eine gemeinsame Nacht? Nein, auf gar keinen Fall wird es dazu kommen. Dass der Anblick ihres Veilchens, das sie mir verdankt, etwas in mir ausgelöst hat, kann ich allerdings nicht verdrängen. Das gefällt mir genauso wenig wie die Tatsache, dass ich mir überhaupt Gedanken über den Glückskeks mache.

Ja, Bree ist attraktiv, aber das sind eine Menge andere Frauen auch. Was mir ein Blick durch die Mensa bestätigt. Die Blonde zwei Tische weiter zum Beispiel, die ständig in meine Richtung schaut. Es wäre so einfach, jetzt aufzustehen, zu ihr rüberzugehen und sie klarzumachen. Aber ich bleibe mit meinem Arsch auf dem Stuhl sitzen, als hätte man mich darauf festgeklebt, und versuche, meinen Freund neben mir so gut es geht zu ignorieren. Kyle mustert mich neugierig von der Seite.

»Was?«, frage ich schließlich und schiebe mir eine Gabel voll Pasta in den Mund.

»Irgendetwas stimmt mit dir nicht«, stellt er fest und ich wende mich ihm zu. Wenn er das bereits festgestellt hat, kann er mir dann auch des Rätsels Lösung verraten?

»Los, spuck schon aus, was dir auf der Zunge liegt«, fordere ich ihn auf. Er legt sein Besteck beiseite und atmet kurz durch, bevor er mir seine Theorie unterbreitet.

»Du bist so still. Nicht, dass ich es nicht genießen würde, dass du zur

Abwechslung mal deine Klappe hältst, aber der in sich gekehrte Nick beunruhigt mich.«

»Dann sind wir schon zwei«, sage ich und grinse ihn an, was er lediglich mit dem Hochziehen einer Augenbraue kommentiert. »Mir gehen einfach ein paar Dinge durch den Kopf, mehr nicht«, antworte ich ehrlich und er nickt.

Ich bin mir ziemlich sicher, King hat ihm von unserem Gespräch auf der Party erzählt. Genauso wenig, wie er es sich hat nehmen lassen, mit guten Ratschlägen um sich zu werfen und mir ins Gewissen zu quatschen. Warum bin ich überhaupt zur Party zurückgegangen? Weil Phoenix gesagt hat, ich soll meinen Hintern bewegen und aufhören, mich wie eine Pussy zu benehmen. So hat er es zwar nicht ausgedrückt, aber ganz klar gemeint. Für gewöhnlich geht mir sein Gelaber am Arsch vorbei. Diesmal aber haben sich seine Worte in meinem Kopf festgesetzt und zwingen mich, darüber nachzudenken.

»Das ist nicht zu übersehen. Willst du darüber reden? Manchmal hilft eine weitere Sichtweise auf die Dinge.« Witzig, hat Bree mir das nicht vor einer Woche ebenfalls angeboten? Habe ich einen Zettel auf meiner Stirn kleben? *Helft dem armen Nick, der kommt gerade mit seinem Leben nicht klar!* Solange ich selbst nicht weiß, was bei mir dermaßen schiefläuft, kann mir auch keiner helfen. Ich bin niemand, der sich in vagen Theorien verstrickt und dann auf halber Strecke merkt, dass er sich auf dem Holzweg befindet. Ich mache die Dinge grundsätzlich mit mir selbst aus, aber vielleicht wird es Zeit, sich Unterstützung zu holen …

»Ja. Eventuell. Keine Ahnung. Was hältst du von einer Fifa-Session heute Abend? Nur du und ich?« Wahrscheinlich sagt er mir jetzt wieder einmal, er sei mit Jolee verabredet, und vertröstet mich auf ein anderes Mal. Neben der Uni und den Trainingseinheiten bleibt nicht viel Zeit für andere Dinge. Eine Balance zwischen allen Faktoren zu halten, ist schlichtweg unmöglich. Man muss Prioritäten setzen. Und seine ist eindeutig meine Schwester.

»Klar.«

»Echt?« Ich kann nicht verbergen, wie überrascht ich bin.

»Heute Männerabend.«

»Cool«, antworte ich nun um einiges gefasster.

»Es gibt da auch noch etwas, über das ich gerne mit dir reden würde.« Der vorsichtige Ton in seiner Stimme lässt mich hellhörig werden. Was auch immer er mir sagen möchte, es wird mir nicht gefallen.

»Und das wäre?« Auch wenn ich es nicht will, nehme ich direkt eine Abwehrhaltung ein. Mein bester Freund weicht meinem Blick aus, schweigt und sucht scheinbar nach den richtigen Worten.

Ein Stuhl wird neben mir zurechtgerückt und Phoenix setzt sich. Neugierig sieht er zwischen uns hin und her.

»Und was sagt er? Mein Angebot steht, falls er rumzickt.« Fragend sehe ich erst King und dann Kyle an, der plötzlich ein betretenes Gesicht macht. Okay, was habe ich verpasst? »Du hast es ihm noch gar nicht gesagt? Shit!«, meint Phoenix, als er bemerkt, dass ich im Dunkeln tappe.

»Was hat er mir nicht gesagt? Und könntest du aufhören, so zu tun, als würde ich nicht neben dir sitzen?« Phoenix verdeutlicht in einer Geste, dass seine Lippen versiegelt sind. Großartig! Hilfe suchend sieht Kyle zu ihm. Echt jetzt? Was geht hier denn gerade ab? Hat er nicht die Eier, mir selbst zu sagen, was Sache ist?

»O nein, mein Freund, den Spaß überlasse ich dir. Aber ich bin gerne dein Zeuge, wenn er dich gleich erwürgt.« Die Lässigkeit und das teuflische Grinsen in Kings Gesicht machen mich ernsthaft nervös. Kyle hat doch nicht …

»Alter, sag nicht, du hast meine Schwester geschwängert?«, spreche ich meinen Gedanken aus und ihm entgleiten alle Gesichtszüge. Phoenix lacht. Warum lacht der Spinner?

»Was? Nein, natürlich nicht.« Ich atme tatsächlich erleichtert aus und merke, wie mein Körper sich entspannt. Das sind gute Neuigkeiten. Wirklich gute Neuigkeiten. Onkel zu werden, würde dem Chaos in meinem Leben echt noch die Krone aufsetzen.

»Verrätst du mir, was los ist, oder muss ich weiterraten?« Mir fällt beim besten Willen nichts ein, was schlimmer wäre als eine schwangere Jolee. Unser Dad würde mir den Hals umdrehen, weil ich nicht auf sein Goldkind aufgepasst habe. Aber ich werde ganz sicher nicht Jolees Sexleben kontrollieren und ihr Kondome zustecken.

»Ja … also … es ist so … Jolee und Bree haben da ein Problem«, mitten in seinem Gestotter bricht Kyle ab und sieht erneut Hilfe suchend zu Phoenix.

Ich bin mir nicht sicher, ob ich wirklich wissen möchte, was die beiden für ein Problem haben. Bree ist nach der Sache am Pool ohnehin nicht gut auf mich zu sprechen. Nicht, dass sie das vorher gewesen wäre, aber sie hat mich die letzten Tage nicht einmal im *Barneys* bedient, sondern direkt an Kira weitergereicht. Also egal, was es ist, Bree wird einen Teufel tun und sich von mir helfen lassen. Was auch immer sie denkt, welches Spiel ich mit ihr spiele, sie liegt falsch. Ausnahmsweise verfolge ich keine konkrete Absicht. Ausgerechnet bei ihr handle ich immer wieder unüberlegt und reite mich damit immer tiefer rein.

»Was ist mit den beiden?«, frage ich, weil er keine Anstalten macht, endlich auf den Punkt zu kommen.

»Okay, bevor du ausrastest, denk wenigstens in Ruhe darüber nach.«

»Dir ist schon klar, dass die Wahrscheinlichkeit hoch ist, dass ich ausraste, weil du sagst, ich soll es nicht tun, oder?«

»Das ergibt überhaupt keinen Sinn«, mischt Phoenix sich ein und ich werfe ihm daraufhin einen ermahnenden Blick zu.

»In deinem Erbsenhirn vielleicht nicht.« Er verdreht die Augen und schraubt seelenruhig seine Wasserflasche auf. Ich sehe auf meine Uhr.

»Ich will echt nicht die Spaßbremse sein, aber unsere nächste Vorlesung beginnt in zehn Minuten. Also sag, was du zu sagen hast, und ich entscheide dann, wen ich einen Kopf kürzer mache. Dich oder die beiden Mädels.« Abwartend lehne ich mich auf dem Stuhl zurück und verschränke die Finger hinter dem Kopf. Möge die Show beginnen.

»Jolee und Bree müssen aus ihrer Wohnung raus.« Die Worte verlassen Kyles Mund so schnell, dass ich Schwierigkeiten habe, die einzelnen Silben auseinanderzuhalten und sie in einen logischen Zusammenhang zu bringen. Warum erzählt er mir das?

»Und warum willst du das zu meinem Problem machen? Das ist es doch, worauf dieses Gespräch hinausläuft, oder?« Wenn es anders wäre, würde er nicht so herumeiern. Demonstrativ werfe ich erneut einen Blick auf die Uhr an meinem Handgelenk, damit er weiß, dass ihm die Zeit davonläuft.

»Charlottesville ist nicht gerade für seinen florierenden Wohnungsmarkt bekannt«, fährt Kyle fort. Phoenix stößt neben mir genervt die Luft aus. Verständlich, ich verliere auch allmählich die Geduld. Ich kann es nicht ausstehen, wenn Menschen um den heißen Brei herumreden.

»Das kann sich ja keiner mit ansehen«, schnaubt King. »Was Kyle sagen will, die Mädels ziehen bei euch ein.«

Ein lautes Lachen verlässt meine Kehle. Niemals! Es dauert ein paar Sekunden, bis ich begreife, dass ich nicht verarscht werde. Mädels. Nicht nur Jolee, sondern auch Bree. Auf gar keinen Fall!

»Nein«, sage ich schroff. Kyle hat sie doch nicht alle. Wie stellt er sich das überhaupt vor? Unsere Wohnung hat nur zwei Schlafzimmer. Und ich werde ganz sicher nicht meinen Fitnessraum leer räumen, damit Bree es sich gleich nebenan bequem machen kann.

»Nein?«, hakt Kyle ungläubig nach. Er kann nicht wirklich geglaubt haben, dass ich bei dem Mist zustimme und wir Happy-WG spielen. So verknallt kann niemand sein. Ich muss dringend an die frische Luft, bevor ich King sein selbstgefälliges Grinsen aus dem Gesicht schlage. Hat er bereits auf der Party davon gewusst und mir deshalb den Quatsch erzählt? Von wegen ich muss mich mit Bree arrangieren. Einen Scheiß muss ich.

Mit etwas zu viel Schwung stehe ich auf und der Stuhl kippt. Bevor er scheppernd auf den Fliesenboden der Mensa kracht, bekomme ich ihn zu fassen und stelle ihn aufrecht hin. Ich greife nach meinem Rucksack, der auf dem Boden steht, schultere ihn und lasse die beiden ohne ein weiteres Wort sitzen. Die haben doch beide den Schuss nicht gehört.

Statt die Richtung zu meinem nächsten Seminar einzuschlagen, steuere ich zielstrebig den Parkplatz an. Vorbei an den alten Backsteingebäuden und dem Teich mit der Fontäne, der den Mittelpunkt des Campus darstellt. Einige Studierende nutzen die Sonnenstrahlen und sitzen auf der Steinumrandung, andere auf den Wiesen, die zwischen den einzelnen Fakultäten angelegt wurden, um Wohlfühlatmosphäre zu versprühen. Noch nie ist mir die Idylle der University of Virginia so auf die Nerven gegangen wie in diesem Augenblick. Auf einmal kommt mir alles wie eine abgefuckte Heuchelei vor. Das Gras ist gar nicht so grün, wie es scheint. Der Backstein nicht makellos, sondern an vielen Stellen marode. Mülleimer quellen über und die Menschen, die mir entgegenkommen, wirken auch nur halb so zufrieden, wie ich sie in Erinnerung habe. Es ist fast so, als hätte mir gerade jemand einen Realitycheck verpasst.

Die Geräusche um mich herum werden zu einem monotonen Rauschen und meine Gedanken werden von einer Dunkelheit verschluckt, von der ich dachte, sie inzwischen im Zaum halten zu können. Ihr nicht mehr die Oberhand überlassen zu müssen. Man kann sich noch so sicher fühlen, man ist es nie ganz. Du kannst die Türen zu den dunklen Ecken verbarrikadieren, aber wenn sie jemand eintritt, kannst du nur noch rennen. Und im Augenblick bin ich wirklich kurz davor durchzudrehen.

Mein Schritt beschleunigt sich, als würde ich genau das versuchen. Weglaufen. Nur wohin? Das ist doch lächerlich. Als könnte ich vor mir selbst davonlaufen.

Das *Barneys* taucht vor mir auf. Das Schild mit den geschwungenen Buchstaben hatte bis vor ein paar Tagen immer eine anziehende Wirkung auf mich. Jetzt mache ich einen bewussten Bogen darum, bleibe aber stehen, als Bree mit einigen ihrer Kommilitonen aus der Tür kommt. Ihr Lachen hallt zu mir herüber. Als hätte jemand einen Schalter umgelegt, erfasst mich blanke Wut. Ich balle die Hände zu Fäusten und bewege mich nicht von der Stelle. Auch dann nicht, als die Gruppe direkt auf mich zukommt. Ich versperre Bree den Weg, als sie gerade einen Schluck aus dem Becher in ihrer Hand nimmt. Sie macht einen Schritt zur Seite, um mir auszuweichen, was ich verhindere, indem ich mich ebenfalls in diese Richtung bewege.

»Geht doch schon vor, ich komme gleich nach«, sagt sie zu den anderen, ohne den Blick von mir zu lösen. Jemand antwortet ihr, aber die Worte kommen bei mir gar nicht an. Ich bin viel zu sehr damit beschäftig, Bree anzustarren und mir zu überlegen, worauf genau das Ganze hinauslaufen soll.

»Kann ich dir irgendwie helfen?«, fragt sie weder freundlich noch verärgert, sondern betont neutral. Leider verraten ihre schokoladenbraunen Augen, dass ihre Leck-mich-am-Arsch-Einstellung nur gespielt ist. Fast hätte ich gelacht, weil Bree ihre Emotionen hübsch auf einem Silbertablett drapiert vor sich herträgt. Sie ist angepisst. Gut, ich auch und ich habe nicht vor, es zu verbergen.

Kurz schießt mir der Gedanke durch den Kopf, dass es mir missfällt, dass sie versucht, ihr Temperament zu zügeln. Wenn der Glückskeks kontert, komme ich damit eindeutig besser klar, als wenn sie mich mit Gleichgültigkeit straft. Mit mir stimmt eindeutig etwas nicht, wenn ich es bevorzuge, von einer Frau zusammengestaucht, statt angebaggert zu werden.

Wobei sich diese masochistische Ader ausschließlich auf Bree O'Donell bezieht. Was das über mich aussagt, will ich gar nicht so genau analysieren. Aber wie sagt man so schön – die Dosis macht das Gift. Und bei ihr wirkt es eindeutig schleichend, aber nicht weniger tödlich.

# 14

**Bree**

Regungslos steht Nick vor mir und starrt mich wütend an. Egal, was er schon wieder für ein Problem mit mir hat, er soll es mit sich selbst ausmachen. Ich habe nicht vor, mich auch nur noch ein einziges Mal von ihm provozieren zu lassen. Trotzdem löst er Wut in mir aus und gleichzeitig habe ich dieses innere Bedürfnis, wissen zu wollen, was in ihm vor sich geht. Es ist ein Teufelskreis, den ich einfach nicht durchbrechen kann. Als könnte ich mir damit Halt verschaffen, umfasse ich den Becher in meiner Hand fester.

»Du bist echt ein Parasit, der sich überall ungefragt einnistet und den man nur schwer wieder loswird.« Nicks Tonfall ist so gelassen, dass sich die feinen Härchen in meinem Nacken aufstellen.

Seine Worte verfehlen ihre Wirkung nicht. Meine mühsam errichtete Fassade fällt ungebremst und ohne jede Vorwarnung in sich zusammen. Bevor ich es verhindern kann, schütte ich ihm meinen Shake mitten in sein selbstgefälliges Grinsen. »Fick dich, Mitchell.«

Erschrocken zucke ich zusammen und entschuldige mich sofort bei ihm. Bin ich jetzt völlig übergeschnappt?

Seelenruhig greift er nach dem Saum seines Shirts, hebt es an und wischt sich damit das klebrige Zeug grob aus dem Gesicht. Und dann lacht er. Warum zur Hölle lacht er? Ich habe ihm gerade eine volle Ladung meines Himbeer-Hafermilch-Shakes verpasst. Die hat er zwar mehr als verdient, aber er ist immer noch der Bruder meiner besten Freundin. Das wird er nie und nimmer einfach auf sich sitzen lassen. Er wird mich vernichten. *Bree O'Donell, mach dein Testament, du hast gerade den Teufel zum Duell herausgefordert.*

Ein Rest der dickflüssigen rosaroten Masse tropft von seinem Kinn direkt auf sein weißes Shirt. Seine Zunge schnellt hervor und leckt einmal über seine Lippen. Ich beginne hektisch zu blinzeln, weil ich nicht glauben kann, was hier gerade vor sich geht. Auf eine wirklich ungesunde Art schießt mein Puls bei dem Anblick in die Höhe.

»Das Zeug schmeckt widerlich«, sagt Nick und grinst amüsiert.

Was? Der Typ hat echt Nerven. Erst beleidigt er mich und jetzt grinst er mich an? Bei ihm sind eindeutig ein paar Sicherungen falsch gesteckt. Entschlossen ziehe ich meine Mauern wieder hoch. Nick wird ganz sicher nicht gewinnen.

»Wenn du mich entschuldigen würdest, mir ist das hier zu blöd«, zische ich und lasse ihn stehen. Ohne mich umzusehen, gehe ich auf das Gebäude zu, in dem mein Psychologieseminar stattfindet. Einer der wenigen Kurse, den ich nicht mit Jolee zusammen habe, weil sie Politik als Nebenfach belegt hat.

»Jetzt warte doch mal«, verlangt Nick und ich spüre im selben Augenblick seinen Griff um meinen Ellenbogen. Ruckartig reiße ich mich von ihm los.

»Fass mich nicht an!«, fahre ich ihn an und er weicht sofort einen Schritt zurück. Was will er von mir? Mich demütigen? Hat er ernsthaft Spaß an der Nummer?

»Können wir kurz zurückspulen?«, fragt er.

»Und dann? Benimmst du dich nicht mehr wie ein Vollidiot?« Auf dieses Gespräch sollte ich mich wirklich nicht einlassen. Jede Konversation mit ihm endet in einem noch viel größeren Desaster als die vorhergehende. Einer von uns beiden wird früher oder später seinen Kopf verlieren.

Eine von Nicks Händen wandert in seinen Nacken und beginnt ihn zu massieren. Unsere Blicke fixieren einander, als würden wir einen Wettstreit führen. Wer zuerst wegsieht, verliert. Also halte ich seinem stand und zwinge mich, nicht zu tief in seinen sturmgrauen Augen zu versinken. Ich hasse es, dass er diese Wirkung auf mich hat, obwohl er sich wie ein Arschloch verhält.

»Das kann ich nicht garantieren.« Wieder grinst er schamlos.

»Dann ist diese Unterhaltung überflüssig«, gebe ich zurück, wende den Blick von ihm ab und überlasse ihm den Sieg. Ich bin es leid, mich ständig von ihm und seiner Art provozieren lassen zu müssen und es damit zu rechtfertigen, dass Nick eben Nick ist.

Bevor ich es mir anders überlege und doch herausfinden will, wo genau uns das hier hinführt, setze ich meinen Weg fort. Die Hoffnung, dass er mir nicht folgt, verwerfe ich in dem Moment, als er zu mir aufschließt und neben mir herläuft. Er schafft es keine zwei Minuten lang, den Mund zu halten. Was erstaunlich ist, weil er für gewöhnlich ein Meister im Schweigen ist.

»Ich habe dir gesagt, ich bin nicht besonders gut im Small Talk.«

»Ach ja? Und als du mich gerade beleidigt hast, da wolltest du eigentlich nur eine Runde nett plaudern? Bitte, erspar mir den Quatsch und such dir ein anderes Opfer«, fauche ich ihn an.

Für den Bruchteil einer Sekunde erstarrt er in seiner Bewegung. »Nein. Ich habe das schon so gemeint.«

Mein Kopf schnellt in seine Richtung und ich würde ihn gern in einen der Rosenbüsche stoßen, die sich vor der Fakultät der Geisteswissenschaften befinden. »Du machst es gerade nicht wirklich besser.«

Ich betrete das Gebäude und muss zu meinem Leidwesen feststellen, dass er mir weiter folgt. Hat er kein Seminar, das er besuchen muss?

»Deine Feindseligkeit macht es mir auch nicht gerade leichter, dieses Gespräch zu führen«, erwidert er und ich höre tatsächlich einen Hauch Unsicherheit in seiner Stimme. Und dieser kleine Funke seines Selbstzweifels reicht aus, damit ich einknicke. Verdammt! Wie sehr ich ihn dafür hasse, dass er genau weiß, welche Knöpfe er bei mir drücken muss. Ob er das nun bewusst tut oder nicht, spielt dabei nicht wirklich eine Rolle. Fakt ist, es funktioniert jedes verfluchte Mal.

»Du solltest dringend an deinen Kommunikationsfähigkeiten arbeiten«, antworte ich nun um einiges sanfter.

»Ich werde es auf meine To-do-Liste setzen.« Als würden sich unsere Körper absprechen, wechseln wir von einer angriffslustigen Haltung zu einer friedlichen. Waffenstillstand. Die Frage ist nur, wie lange er anhält.

Der Seminarraum, in dem mein Kurs stattfindet, liegt nur wenige Meter neben dem Eingang des Gebäudes. Vor der Tür bleibe ich stehen. Mitstudierende drängen sich an uns vorbei und ich mache einen Schritt auf Nick zu, um ihnen nicht weiterhin den Weg zu versperren. Der Geruch von Himbeeren, gemischt mit seinem Parfum, liegt plötzlich in der Luft. Ich bin ihm eindeutig zu nah. Fruchtig, süß, ein Hauch Hafer und Moschus. Nicht gerade eine Mischung, die zu ihm passt. Herb, holzig und penetrant täten es schon eher. Leider macht ihn das nicht weniger attraktiv. Der Kerl riecht dank mir wie mein Lieblingsshake. Das ist absolut nicht fair. Und ich kann ihm nicht einmal die Schuld dafür geben, dass mir Gedanken in den Kopf schießen, die dort nichts zu suchen haben. Und die Frage, ob seine Lippen nun nach Himbeere schmecken, ist da noch eine der harmloseren.

Man kann sich tausendmal selbst ins Gedächtnis rufen, dass jemand eine schlechte Wahl ist, die Anziehung zeigt dir grinsend den Mittelfinger und sagt: *Netter Versuch. Ich finde ihn trotzdem scharf.* Die Vernunft hält in einem jämmerlichen Versuch dagegen: *Willst du dir wirklich das Herz brechen lassen?* … Als hätte ich überhaupt eine Wahl.

»Ich muss jetzt zu meinem Kurs. Und wenn du nicht zufällig ebenfalls Psychologie belegt hast, bist du hier falsch.«

Er schiebt die Hände in die Hosentaschen und wippt leicht auf seinen Fußballen. Der Fleck auf seinem Shirt hat sich inzwischen verdoppelt und ich befürchte, er bekommt die Sauerei nicht mehr heraus, wenn er sie nicht bald auswäscht.

»Oder du gehst nicht und kommst stattdessen mit mir?«, flüstert er und ich bin mir nicht sicher, ob seine Worte tatsächlich dazu bestimmt waren, von mir gehört zu werden.

Mein Blick wandert von der rosaroten Stelle auf seiner Brust zu seinem Hals, über die kurzen Stoppeln an seinem Kinn und trifft schließlich auf seinen. Sturmgraue Abgründe. Tosende See. Und plötzlich ist es still. Der Augenblick wird zur Ewigkeit. Nur er und ich. Da ist er, der Moment, den ich im *Southern* herbeigesehnt habe und der gleichzeitig so ganz anders abläuft, als ich ihn mir vorgestellt habe. Keine romantische Hintergrundmusik, keine Slow Motion oder plötzlich einsetzender Sternschnuppenregen. Er küsst mich nicht mal und doch schlägt mein Herz so wild in meiner Brust, als würde er genau das tun. Dabei stehen wir in einem überfüllten Flur und starren einander an, als würde es kein Morgen mehr geben.

Verlasse ich jetzt mit ihm dieses Gebäude, gibt es kein Zurück mehr, dann gehört alles von mir ihm und genau das ist es, was er will. Keine Ahnung, woher ich das weiß. Es ist nur so ein Gefühl. Vielleicht liegt es aber auch an der Art, wie er mich ansieht. Flehend. Resigniert. Bittend. Von allem ein bisschen. Und dann ist da noch etwas, das so viel mehr zu sagen scheint, das ich aber nicht verstehe, weil wir auf dieser Ebene nicht dieselbe Sprache sprechen.

Allerdings besteht auch die Möglichkeit, dass ich völlig danebenliege und sich absolut nichts zwischen uns verändert hat.

»Bree?« Mein Name aus seinem Mund sorgt dafür, dass meine Mauern endgültig zu Staub zerfallen. Ich kann mich nicht erinnern, dass er mich je bei meinen Vornamen genannt hat. Nein, diesen Klang hätte ich sicher nicht vergessen. Rau, sanft, sehnsüchtig.

Psychologieseminar oder der Sprung ins Ungewisse? Ich will gar nicht wissen, was der Professor aus meinem selbstzerstörerischen Verhalten schlussfolgern würde. Vielleicht würde er es auch mit Naivität begründen. Denn wie sonst ließe sich erklären, dass ich nicke und im selben Moment zielstrebig den Ausgang des Fakultätsgebäudes ansteuere?

Schweigend gehen wir in die Richtung, aus der wir vor wenigen Minuten gekommen sind. Die Mischung aus Anspannung und Aufregung ist tückisch. Als würde man in der Schlange für eine Fahrt mit der Achterbahn anstehen. Du hast zwar eine Ahnung, was dich erwartet, aber absolut keine Kontrolle darüber, was tatsächlich passieren wird.

Immer wieder huscht mein Blick zu Nick, der beinahe mechanisch einen Fuß vor den anderen setzt, um voranzukommen. Ich würde wirklich gerne wissen, was gerade in seinem Kopf vor sich geht. Aber ich bezweifle, dass er mich an seinen Gedanken teilhaben lassen wird.

»Und wohin gehen wir?«, frage ich. Zum einen aus Neugier, zum anderen, um die Stille zwischen uns zu unterbrechen.

Als wüsste er es selbst nicht, zögert er einen Augenblick mit seiner Antwort. Und vermutlich ist das auch so. »Zu meinem Wagen.«

»Ja, das habe ich bereits angenommen. Immerhin laufen wir gerade über den Parkplatz.« Kurz wendet er sich mir zu und sieht mich an, als könnte er selbst nicht glauben, dass er im Begriff ist, ausgerechnet mit mir die Vorlesung zu schwänzen. Mich überrascht die Tatsache mindestens genauso. Sicher bereut er es bereits, mich gefragt zu haben. Denn sind wir mal ehrlich, es wird in einem Desaster enden. Nick und ich sind zusammen eine Katastrophe.

Er zieht den Autoschlüssel aus der Hosentasche. Ein leises Piepen ertönt und die Scheinwerfer seines Land Rovers leuchten kurz auf. Das ist dann wohl der Startschuss. Oder eher die letzte Warnung, wenn man bedenkt, wer der Kerl neben mir ist. Bevor ich die Beine in die Hand nehmen kann, öffnet er mir die Beifahrertür. Überrascht blicke ich zu ihm auf, weil ich das absolut nicht erwartet habe. In meiner Fantasie würde Nick die Tür nur für mich öffnen, um mich aus dem fahrenden Auto zu stoßen, und nicht, um mir einen Platz anzubieten.

»Was ist? Hast du es dir anders überlegt?«, will er wissen, als ich nicht einsteige.

»Nein, aber ich frage mich, ob ich Angst haben sollte, wenn du mir so bereitwillig die Wagentür aufhältst?« Um meinen Worten die Schärfe zu nehmen und ihn nicht zu verunsichern, grinse ich ihn zögerlich an.

»Das wüsste ich auch gerne, Glückskeks.« Um einiges selbstsicherer erwidert er mein Grinsen. Anschließend tritt er einen Schritt zurück und bringt Abstand zwischen uns.

Und dann steige ich, ohne erneutes Zögern, ein.

# 15

**Nick**

Sind es nicht genau die Menschen, von denen man sich fernhalten möchte, die die größte Anziehungskraft auf einen ausüben? Die uns dazu bringen, uns aus der persönlichen Komfortzone herauszubewegen? Uns Dinge tun lassen, die abseits des eigenen Verhaltensmusters liegen? Sich darauf einzulassen, ist ein Prozess, keine Entscheidung. Du kannst deine Energie darauf verschwenden, dich mit Händen und Füßen dagegen zu wehren, oder sie dafür nutzen, um herauszufinden, wo es dich hinführt.

Das jedenfalls ist Phoenix Kings Theorie, die er mir vor wenigen Tagen unterbreitet hat und über die ich ernsthaft nachgedacht habe. Mehrfach. Jedes Mal mit einem anderen Ergebnis, aber grundsätzlich, ohne mich erleuchtet zu fühlen. Seit ich mit Bree im Bett gelandet bin, versuche ich, sie mit Worten auf Abstand zu halten. Allerdings mit weniger Erfolg als geplant. Der Glückskeks lässt sich nicht so leicht in die Flucht schlagen. *Du bist ihr nachgelaufen, nicht sie dir,* schießt es mir durch den Kopf. Ja, das ist der Fehler in meiner grandiosen Strategie, die eindeutig zum Scheitern verurteilt ist, wenn man diesem Detail Bedeutung beimisst.

»Und jetzt?«, frage ich Bree, den Schlüssel im Zündschloss, bereit ihn umzudrehen und das Campusgelände hinter uns zu lassen.

»Es war deine Idee.«

»Was nicht automatisch bedeutet, dass ich auch weiß, was das hier werden soll«, gebe ich offen zu. Wer angreift, wird sich zwangsläufig verteidigen müssen. Ich kann nicht glauben, dass ich hier wirklich die Ratschläge von Phoenix befolge. Wenn er das wüsste, würde er mir grinsend mit einem Glas Scotch in der Hand zuprosten und sagen: ›Ich bin ein verdammtes Genie.‹

»Okay«, erwidert sie. Mit der Antwort kann ich absolut nichts anfangen. Das hier ist Neuland für mich. Mich mit Frauen auf platonischer Ebene zu bewegen, gehört nicht gerade zu meinen Stärken. Kommunikation ebenfalls nicht.

»Um ehrlich zu sein, ich weiß nicht, was ich jetzt mit dir anfangen soll. Wenn eine Frau in meinem Wagen sitzt, dann eigentlich nur mit dem Ziel, dass sie in meinem oder ich in ihrem Bett lande.« Ihre Augen weiten sich. Verdammt! Ich habe es schon wieder verbockt. »Was ich nicht vorhabe. Du erinnerst dich, keine Wiederholung«, füge ich schnell hinzu und bin mir nicht sicher, ob ich es damit besser oder noch schlimmer mache.

Mit beiden Händen fahre ich mir durch die Haare und massiere anschließend meine Schläfen. Die Nummer bereitet mir allmählich Kopfschmerzen. Weil ich keine Ahnung habe, was ich hier überhaupt mache und warum. »Das wird so nichts. Können wir einfach noch mal von vorne anfangen?« Ich setze mich schräg auf den Fahrersitz, damit ich sie besser ansehen kann und mir dabei nicht den Hals verdrehen muss.

»Wie weit willst du denn zurückspulen?«, fragt sie und imitiert meine Sitzhaltung.

Die Art, wie sie diese Frage stellt, lässt mich vermuten, dass sie gerade die Grenzen absteckt. Wenn ich jetzt die Neustarttaste drücke, hat es die Nacht zwischen uns offiziell nicht gegeben. Dann bewegen wir uns im besten Falle auf die Friendzone zu. Im schlechtesten auf eine semi-friedliche Koexistenz. Die habe ich schon mit Jolee und es ist anstrengend. Allerdings sträubt sich alles in mir, Bree in die Friendzone zu schieben. Denn wenn sie in diese Kategorie fällt, müsste ich dringend ein paar Erinnerungen aus meinem Gedächtnis streichen. Was ich bereits mehrfach erfolglos probiert habe. Aber wenn du den Klang im Ohr hast, wie sie deinen Namen stöhnt, ist das nicht die beste Grundvoraussetzung für so ein Vorhaben.

»Wie weit wäre denn angemessen, um eine gute Basis zu schaffen?«, weiche ich ihrer Frage aus und überlasse die Entscheidung ihr. Sie atmet einmal tief durch und scheint ernsthaft darüber nachzudenken.

»Ich halte nicht viel von der Reset-Taste. Menschen machen Fehler, benehmen sich wie Arschlöcher und treffen falsche Entscheidungen. That's life. Wenn man also einfach die Löschtaste drückt, haben sie aus alldem nichts gelernt und schlagen womöglich denselben Weg noch mal ein. Davon hat niemand etwas. Besser ist es, wissentlich eine andere Richtung einzuschlagen und die Erinnerung dazu zu nutzen, nicht erneut vom Weg abzukommen, oder?«

Ich lasse ihre Worte sacken und muss zugeben, das ergibt tatsächlich Sinn. »Vergeben statt vergessen?«, hake ich nach. Das ist es doch, was sie mir damit sagen will, oder? Sie vergibt mir, dass ich mich in den letzten Monaten wie ein Arschloch verhalten habe, lässt mir aber die Erinnerung daran, wie sie mir einen klebrigen Shake ins Gesicht kippt, weil ich sie scheiße behandelt habe. Das klingt erschreckend einleuchtend.

»Offensichtlich bist du cleverer, als du aussiehst«, zieht sie mich auf und grinst. Ich erwidere es bereitwillig. Genau das habe ich zu ihr im *Barneys* gesagt, als sie dort ihren ersten Tag hatte. Diese Unterhaltung ist mir tatsächlich im Gedächtnis geblieben und ihr anscheinend auch.

»Und wie geht es jetzt weiter? Ich meine, wir stehen immer noch auf dem Parkplatz«, frage ich, in der Hoffnung, dass sie eine Idee hat.

»Jetzt? Jetzt muss ich dringend etwas essen.« Ich nicke, setze mich wieder anständig hin, lege den Gurt an und starte den Motor.

»*Moe's Diner*?«, frage ich, weil es am nächstgelegenen ist. Kurz sehe ich in ihre Richtung und ertappe sie dabei, wie sie das Gesicht verzieht. »Okay, dann woanders hin. Wünsche?«

»Ich habe einen vollen Kühlschrank zu Hause, den würde ich bevorzugen«, antwortet sie. Natürlich. Ich stelle den Motor wieder ab. Das ist die nette Art, jemandem zu sagen, er soll sich vom Acker machen.

»Klar. Kein Problem. Ich wollte ohnehin noch –«

»Nick. Ich will dich nicht loswerden. Ich hatte eigentlich gedacht, du kommst mit, oder hast du schon etwas zu Mittag gegessen?«

Irritiert blicke ich sie an. Ich soll mit zu ihr nach Hause? Ist das wirklich eine gute Idee? Vermutlich schon. Freunde besuchen sich ständig. Trotzdem fühle ich mich bei der Vorstellung, alleine mit ihr in einer Wohnung zu sein, unbehaglich. *Reiß dich zusammen, Mitchell. Sie hat nicht gesagt, dass sie dir an die Wäsche will. Und sollte sie wirklich in die WG einziehen, kannst du dich schon mal an den Gedanken gewöhnen, dass ... Vergiss es, dazu wird es nicht kommen.*

»Nein.« Die Antwort kommt etwas zu forsch über meine Lippen und Bree lächelt plötzlich unsicher. Was Feingefühl bedeutet, muss ich wohl auch noch verinnerlichen. Frauen sind um einiges sensibler als Männer, zumindest diese hier. Was ich absolut nachvollziehen kann, wenn ich mein Verhalten ihr gegenüber selbstkritisch reflektiere. Ich war wirklich ein Arsch. »Sorry. Ich meinte, ich habe noch nicht gegessen und komme gerne mit«, setze ich erneut an und ihr Gesicht hellt sich auf. Es entspricht zwar nicht der Wahrheit, weil ich bereits in der Mensa gegessen habe, aber ich will nicht schon wieder ins Fettnäpfchen stolpern, indem ich ihre Einladung ablehne.

»Dann lass uns fahren, ich bin eine ausgezeichnete Köchin, du wirst aus dem Staunen nicht mehr herauskommen«, plappert sie ungehalten. Ihre plötzliche Euphorie macht mich schlagartig nervös. Hoffentlich geht das hier am Ende gut aus.

Bevor ich es mir doch anders überlege und mich wieder in meine Komfortzone zurückziehe, starte ich den Motor und parke den Wagen aus.

Die nächsten zehn Minuten verbringen wir schweigend, aber es fühlt sich seltsamerweise nicht unangenehm an. Ich habe nicht das Gefühl, sie unterhalten zu müssen, um diese Stille zu füllen. Dennoch zögere ich, aus dem Land Rover zu steigen, als sie die Beifahrertür öffnet und einen Fuß auf den Asphalt des Parkplatzes vor ihrem Wohnhaus setzt. Nicht, weil ich einen Rückzieher machen will, sondern weil ich noch nie bei Jolee und Bree in der Wohnung war und mich frage, was mich gleich erwarten wird. Einmal habe ich es bis zur Wohnungstür geschafft. Das war, als ich mich für mein Verhalten wegen der Sache mit der Wette entschuldigt habe, um die Wogen zu glätten. Ihre Bitte, das drinnen zu besprechen, habe ich damals ausgeschlagen und den Hausflur vorgezogen. Jetzt komm ich da nicht drumherum. Ich straffe die Schultern und ziehe den Schlüssel aus dem Zündschloss.

»Bereit oder brauchst du noch eine Antistresszigarette?«, fragt sie grinsend.

»Sieht man mir das an?« Ich könnte wirklich eine vertragen, um ein paar

Minuten für mich allein zu haben, verkneife es mir aber. Tatsächlich ist es mir unangenehm, im Beisein von anderen zu rauchen beziehungsweise dass einige überhaupt davon wissen. Ich bin weiß Gott nicht stolz auf mein Laster, aber man kann sich gerade die Dinge schwer abgewöhnen, die nicht gut für einen sind. Das ist genau wie mit den Menschen, von denen man sich nicht lösen kann, obwohl man weiß, dass sie deine Aufmerksamkeit nicht verdienen. Dass du getrost auf ihre Anerkennung verzichten kannst und diese dennoch unbedingt willst. Es ist ein Teufelskreis.

»Ein bisschen. Ich kann auch schon raufgehen, wenn du fünf Minuten Bree-freie-Zone brauchst?« Es ist irgendwie beängstigend, dass diese Frau mich verdammt gut zu kennen scheint, obwohl wir uns für gewöhnlich aus dem Weg gehen.

»Ist Jolee da?«, frage ich, weil ich die Möglichkeit bisher gar nicht in Betracht gezogen habe. Meiner Schwester würde ich ungern über den Weg laufen wollen und erklären müssen, was ich hier mit ihrer besten Freundin veranstalte. Immerhin habe ich ihr und Kyle die Hölle heißgemacht, als die beiden was miteinander angefangen haben.

*Du hast nicht vor, was mit Bree anzufangen*, ermahne ich mich selbst. Das sind also zwei völlig verschiedene Paar Schuhe.

»Nein, sie hat noch eine Vorlesung und trifft sich anschließend mit Kyle.«

»Okay. Sollen wir?« Auffordernd nicke ich in Richtung Eingang. Bree setzt sich in Bewegung und ich folge ihr.

# 16

**Bree**

Nick fühlt sich sichtlich unwohl, als er in unserem Flur steht und aus seinen Sneakern schlüpft. Ich würde lügen, wenn ich behaupte, dass es mir anders geht. Habe ich mir das hier gut überlegt? Auf gar keinen Fall. Vermutlich hätte ich die Beine in die Hand nehmen sollen, solange ich die Chance dazu noch hatte. Aber wem mache ich hier eigentlich etwas vor, ich würde immer auf ihn zu-, statt vor ihm davonlaufen. Ich bin die Motte und er das Licht. Ich kreise so lange um ihn herum, immer enger, bis ich nicht mehr widerstehen kann und schließlich an ihm zerschelle.

Darauf bedacht, ihm nicht zu sehr auf die Pelle zu rücken, schiebe ich mich an ihm vorbei und gehe zielstrebig in die Küche. Er folgt mir und sieht sich neugierig um.

»Warst du schon mal hier?« Nicht, dass ich mich erinnern könnte. Seine Miene wird ernst. Das hier ist ihm nicht geheuer. Die Frage ist nur, wem er nicht traut, mir oder sich selbst?

»Nein.« Er presst so sehr die Zähne aufeinander, dass seine Kiefermuskulatur sich anspannt.

»Möchtest du eine Führung?«, biete ich ihm an. Vielleicht wird er etwas lockerer, wenn er die Umgebung kennt, in der er sich befindet. Mir hilft es jedenfalls immer, genau zu wissen, wo ich bin und wie ein möglicher Fluchtweg aussieht. Hier wäre das allerdings ausschließlich die Tür, durch die wir die Wohnung betreten haben. Einen Balkon oder eine Feuerleiter, über die man verschwinden könnte, gibt es nicht.

»Nein«, lehnt er ab, schiebt die Hände in die Hosentaschen und sein Körper versteift sich sichtlich. Eine Geste, die mir schon öfter bei ihm aufgefallen ist. Ob sie für Nervosität oder Unsicherheit steht, habe ich allerdings noch nicht durchschaut. Anfänglich habe ich angenommen, er würde damit seine typische Abwehrhaltung unterstreichen. Doch wenn man genau hinsieht, erkennt man schnell, der Kerl ist nicht so tough, wie er vorgibt zu sein. Das ist auch der Grund, warum ich ihm überhaupt eine weitere Chance einräume, zu beweisen, dass er kein Idiot ist. Hinter seinem Verhalten steckt mehr und ich möchte zu gerne wissen, was es ist.

Um ihn nicht mit meinem Gequatsche zu bedrängen, gebe ich ihm und seinen Gedanken ein paar Minuten. Kurz überlege ich, was ich für uns kochen könnte, bevor ich schließlich einige Zutaten aus dem Kühlschrank nehme. Frisches Gemüse, Kräuter, Fisch. Da die Arbeitsfläche zu klein ist, stelle ich alles auf dem Küchentisch ab. Anschließend hole ich ein Schneidebrett und ein Messer aus dem Schrank.

»Ich kann das machen, wenn du möchtest.« Überrascht sehe ich zu ihm. Dass er mir seine Hilfe anbietet, habe ich nicht erwartet. Und mein verräterisches Herz macht augenblicklich einen Hüpfer. Wir machen heute eindeutig Fortschritte.

»Gerne«, antworte ich und reiche ihm die Küchenutensilien. Erneut bleibt mein Blick an seinem Shirt hängen. Inzwischen tut es mir leid, dass ich ihm meinen Shake ins Gesicht geschüttet und somit sein Oberteil versaut habe. »Aber vorher ziehst du dein Shirt aus«, sage ich. Nick will sich gerade setzen und erstarrt in seiner Bewegung.

»Wie bitte?«, entfährt es ihm in scharfem Ton. Sein Gesicht spricht Bände.

»Der Fleck. Wir sollten ihn auswaschen«, sage ich schnell, damit er nicht weiter denkt, ich will ihm an die Wäsche. Das will ich im Grunde schon, aber nicht so, wie er es offensichtlich verstanden hat.

»Ich stopfe es zu Hause in die Waschmaschine«, winkt er ab und setzt sich an den Tisch.

»Es tut mir übrigens leid«, entschuldige ich mich bei ihm.

Er runzelt die Stirn. »Warum? Bist du der Meinung, ich habe es nicht verdient, dass du mir das Zeug ins Gesicht gekippt hast?«

»Doch. In dem Moment hattest du es mehr als verdient.«

»Dann solltest du dich nicht dafür entschuldigen, nur weil sich unsere Basis gerade verschiebt und du das Gefühl hast, du müsstest es.« Es ist erstaunlich, wie nüchtern und nahezu emotionslos Nick die Dinge betrachtet. Und wie recht er damit hat. Ich habe ihn für jemanden gehalten, der Gespräche ohne Tiefgang führt und nichts und niemanden wirklich ernst nimmt. Offensichtlich habe ich mich getäuscht. Er verpackt seine Worte nur anders, als es die meisten Menschen tun.

»Ich würde mich dennoch wohler fühlen, wenn ich es wiedergutmachen oder wenigstens den Schaden begrenzen könnte.«

»Und du denkst wirklich, ein sauberes T-Shirt würde dein Gewissen bereinigen?« Er stützt die Ellenbogen auf die Tischplatte, verschränkt die Hände und legt sein Kinn auf ihnen ab. Abwartend sieht er mich an.

»Ja. Irgendwie schon«, gebe ich zu. Ein zwei Sekunden lang mustert er mein Gesicht, bis er gleichgültig mit den Schultern zuckt.

»Okay.«

Okay was? Ich komme gar nicht dazu, ihn zu fragen, was er damit meint, denn er steht auf und greift nach dem Saum seines Shirts. Ich bin so überrumpelt, dass ich nicht einmal den Anstand besitze, wegzusehen. Nein, im Gegenteil. Stattdessen verfolge ich jeden Millimeter, den sich das bisschen Stoff quälend langsam über seine braun gebrannte Haut nach oben schiebt, bis es mir die Röte heiß ins Gesicht treibt. Verdammt, ich zähle sogar die Reihen seiner Bauchmuskeln. Vier nicht drei. Ganz automatisch lege ich den Kopf schräg und seufze leise, als sein Kopf für einen winzigen Augenblick in dem Baumwollstoff verschwindet.

»Soll ich die Hose auch ausziehen?« Ein schmutziges Grinsen liegt auf seinen Lippen, als sein Gesicht wieder zum Vorschein kommt. Er hat mich erwischt.

Hastig wende ich den Blick ab und öffne einen der Hängeschränke, um zwei Gläser herauszunehmen.

»Nur wenn die auch eingesaut ist«, antworte ich, um einen gleichgültigen Ton bemüht, und versage kläglich, weil meine Stimme viel zu schrill klingt. Nick lacht leise. Wieder macht mein Herz einen freudigen Satz. An sein Lachen könnte ich mich wirklich gewöhnen. Es passt so viel besser zu ihm als diese mürrische Art.

»Und was mache ich nun hiermit?« Bevor ich mich ihm wieder zuwende, fülle ich die Gläser mit Wasser. Dann atme ich einmal tief durch, um mich für den Anblick zu wappnen, der mich erwartet, sobald ich mich umdrehe.

Großartig, Bree, du hast dich erfolgreich in deine eigene Hölle befördert, nur um dein Gewissen zu besänftigen. Wegen eines verdammten Flecks auf einem beschissenen T-Shirt.

Nick hält das Shirt in die Höhe und sieht mich fragend, aber auch irgendwie herausfordernd an. Ich zwinge mich dazu, meinen Blick einzig darauf zu konzentrieren und seinen nackten Oberkörper zu ignorieren. Irgendwie werde ich das Gefühl nicht los, dass ihm das hier gerade richtig Spaß macht. Ich wünschte, ich könnte das auch von mir behaupten, aber es ist die reinste Qual, präsentiert zu bekommen, was man nicht haben kann.

Mit zwei Schritten bin ich bei ihm und reiße das Teil aus seiner Hand. »Ich wasche das aus und du schneidest das Gemüse«, sage ich und eile durch den Flur ins Badezimmer.

Jetzt brauche ich dringend ein paar Minuten Nick-freie-Zone. Das dreckige Shirt befördere ich ins Waschbecken, drehe das warme Wasser auf und gebe Fleckenentferner hinzu. Fünf Minuten später ist das Ergebnis ernüchternd. Das Himbeerrot ist zwar einem blassen Zartrosa gewichen, aber das war es dann auch schon. Die Aktion hätte ich mir wirklich sparen können. Genau wie den halb nackten Kerl in meiner Küche.

Als hätte ich den Teufel heraufbeschworen, erscheint Nick im Türrahmen und lehnt sich lässig dagegen. Großes Kino. Das ist keine Metapher. Dieses Bild ließe sich eins zu eins auf eine Leinwand projizieren. Die Arme unter der nackten Brust überkreuzt, damit auch ja jeder einzelne Muskel richtig in Szene gesetzt wird. Eine tief sitzende Jeans, die den weißen Bund seiner Boxershorts hervorblitzen lässt. Und dunkle Locken, die so wild in seine Stirn fallen, als wäre er gerade erst aufgestanden und hätte versucht, sie halbwegs in Form zu bringen. Und dieses wissende Schmunzeln ist das Pünktchen auf dem I. Oder der Untergang für das rationale Denken einer jeden emanzipierten Frau. Mein Lieblingsstreaminganbieter hätte in Nick Mitchell eine absolute Topbesetzung für eine College-Romcom. Die Tatsache, dass ich sehr genau weiß, was sich unter dem noch verbliebenen Stoff befindet, könnte allerdings eine Freigabe ab achtzehn erforderlich machen.

»Du starrst mich an«, sagt er völlig trocken. Das Schmunzeln wird zu einem Grinsen, dessen Bedeutung ich gar nicht erst wissen möchte.

»Dann steh halt nicht so da«, sage ich, wringe sein Shirt aus und hänge es widerwillig zum Trocknen über der Badewanne auf. Ich würde es ihm wirklich gerne gegen die Brust schleudern, damit er sich wieder anzieht und mir kein weiteres Kopfkino verpasst.

»Wie stehe ich denn da?«

Meint er die Frage ernst?

»Als wärst du eine verdammte Calvin-Klein-Werbung!« Der Hauch Verzweiflung, der in meiner Stimme mitschwingt, macht die Situation noch absurder. Kaum habe ich die Worte ausgesprochen, schieben sich seine Hände auch schon in die Taschen seiner Jeans und der Bund rutscht ein paar Zentimeter nach unten. War ja klar!

# 17

**Nick**

Ließe ich es darauf ankommen, würden wir erneut zusammen im Bett landen. Da bin ich mir ziemlich sicher. Bree hat dieses verlangende Schimmern in den Augen, das einem Startschuss dafür gleicht, ein paar Grenzen zu übertreten, ohne dabei an die Konsequenzen zu denken. Die Idee mit der Friendzone habe ich in dem Moment verworfen, als sie mich so offensichtlich abgecheckt und ein sehnsüchtiges Seufzen von sich gegeben hat. Es ist unmöglich, mit jemandem befreundet zu sein, den man attraktiv und sexuell anziehend findet. Das ist kompliziert und auf Dauer extrem anstrengend. Für einen Augenblick habe ich ernsthaft darüber nachgedacht, dieses Geplänkel zwischen uns einfach weiterlaufen zu lassen. Allerdings waren wir vor wenigen Tagen bereits in einer ganz ähnlichen Situation und ich bin am Ende im Pool von Phoenix gelandet.

Bree versucht, die Anziehung zwischen uns genauso wenig zuzulassen wie ich. Und doch ist da diese kleine Stimme, die sagt, dass wir scheitern werden. Dass wir, egal wie sehr wir uns wehren, das Unausweichliche nicht verhindern können. Es ist nur eine Frage der Zeit, bis die Dinge so richtig schwierig zwischen uns werden. Dabei weiß ich nicht einmal, wo dieser Gedanke, sie erneut in mein Bett zerren zu wollen, überhaupt herkommt. Keine Wiederholung. Daran habe ich in den letzten Jahren erfolgreich festgehalten. Das zwischen uns fühlt sich wie das reinste Tauziehen an. Vielleicht liegt es daran, dass wir die Grenze schon einmal überschritten haben und wissen, dass wir auf körperlicher Ebene harmonieren, während wir auf jeder anderen versagen. Noch ein Grund mehr, sich die Sache aus dem Kopf zu schlagen und die Fronten ganz klar zu definieren.

»Das …« Ich deute von mir auf sie. »Wird nicht passieren, okay?«

»Du hältst dich wohl für unwiderstehlich, oder?«, fragt sie spitz. Habe ich sie jetzt gekränkt? Ich versuche nur, ehrlich zu sein und ihr keine falschen Hoffnungen zu machen, was ziemlich nobel von mir ist. Genau deswegen vermeide ich für gewöhnlich Unterhaltungen dieser Art. Sie sind mühsam und führen in der Regel zu Missverständnissen oder Erklärungsnot.

»Ich habe Augen im Kopf«, erwidere ich schulterzuckend. Dass sie scharf auf mich ist, steht ihr regelrecht ins Gesicht geschrieben. Also warum sollte ich so tun, als wäre es nicht so? Wir sind keine Kinder mehr und müssen nicht dieses Eierlaufen hier abziehen.

»Was erwartest du denn, wenn du halb nackt in meinem Badezimmer stehst?«

Jetzt ist es also meine Schuld? »Du wolltest, dass ich mein Shirt ausziehe.«

»Ja, um den Fleck auszuwaschen, und nicht, damit du mir dein Sixpack plus zwei präsentierst.« *Eightpack*, korrigiere ich sie gedanklich. Wenn ich jetzt etwas Falsches sage, stampft sie entweder mit dem Fuß auf den Boden oder springt mir direkt an die Kehle.

»Was soll ich deiner Meinung nach tun? Den Bauch rausstrecken, damit du weniger sabberst?« Peng! Das war nicht die Antwort, die es gebraucht hätte, um sie zu besänftigen. »Sorry«, schiebe ich schnell hinterher. Ich fühle mich überfordert. Für gewöhnlich beläuft sich meine Kommunikation mit Frauen darauf, sie für eine Nacht abzuschleppen, und nicht, Probleme aus der Welt zu schaffen. Zu denen kommt es gar nicht erst, wenn sich alle an die Spielregeln halten. Allerdings bin ich mir bei Bree nicht ganz sicher, ob es dieses Gespräch vorher tatsächlich gegeben hat. Einige Teile des damaligen Abends sind sehr blass in meiner Erinnerung. Es besteht also durchaus die Möglichkeit, dass ich mich selbst hierherkatapultiert habe.

Bree atmet einmal tief durch und bemüht sich, die Fassung nicht zu verlieren. Dann kommt sie auf mich zu. Skeptisch beobachte ich ihre Bewegung. Dicht vor mir bleibt sie stehen und sucht meinen Blick. Ich weiche nicht zurück.

»Glaub ja nicht, ich hätte nicht bemerkt, wie du mir bei der Poolparty auf den Hintern gestarrt hast, Mitchell. Wir sind also quitt.« Ihre Augen verengen sich zu Schlitzen und irgendwie habe ich das Gefühl, dass sie mich gerade zu einem Duell herausfordert.

Sie greift rechts an mir vorbei und drückt mir im nächsten Moment einen mintgrünen Morgenmantel gegen die Brust. »Hier, zieh das an!«

Wenn sie sich damit wohler fühlt, von mir aus. Ich werde nicht wegen eines Morgenmantels oder zu viel nackter Haut mit ihr diskutieren. Bei dem Versuch, ihr das Teil abzunehmen, streifen meine Finger ihre. Ihre Augen weiten sich bei dieser unerwarteten Berührung und ich weiß genau, was gerade in ihr vorgeht. Direkter Körperkontakt ist die reinste Folter, wenn man versucht, den Gedanken zu verdrängen, wie sich die Haut deines Gegenübers unter deinen Händen anfühlt.

Als sie zurückweicht, atme ich erleichtert aus. Allmählich zweifle ich daran, ihr widerstehen zu können, sollte sie es ernsthaft darauf anlegen, mich rumkriegen zu wollen. Kommentarlos schlüpfe ich in den Morgenmantel. Drei Nummern größer und kein Seidenimitat wäre allerdings angenehmer. Das Ding spannt an allen Enden und lässt sich gerade so zubinden. Und lächerlich sehe ich damit sicher auch aus. Ich wage einen Blick an mir herunter und entdecke eine feine Blumenstickerei am unteren Ende des Stoffes. Echt jetzt? Wer bin ich, Mrs Doubtfire?

»Hast du auch etwas anderes? Irgendwas, das keine Puppengröße hat oder mich wie einen Deppen aussehen lässt?«, frage ich und schiebe den Stoff vor meiner Brust wieder zusammen, weil er bei jeder Bewegung erneut auseinanderfällt. Den Keine-nackte-Haut-Effekt verfehlt der Fetzen damit deutlich.

»Doch, aber die Farbe und die Blumen unterstreichen dein sonniges Gemüt«, antwortet sie zuckersüß. Allein dafür würde ich sie gerne übers Knie legen.

»Wie reizend«, erwidere ich und lockere unauffällig den Satingürtel. Wenn sie spielen will, bin ich dabei.

Brees Blick verharrt einen Augenblick zu lange auf dem nackten Streifen Haut, der sich zeigt, weil das Band nur noch notdürftig alles zusammenhält.

»Was wolltest du überhaupt hier? Ich dachte, du schnippelst das Gemüse?«, manövriert sie uns zurück auf neutralen Boden. Was mehr als vernünftig ist und was ich längst hätte tun sollen. Aber es scheint unmöglich, der Anziehung, die sie auf mich ausübt, zu entkommen. Ihr zu widerstehen.

»Habe ich auch. Ich wollte mir nur kurz das Gesicht waschen. Mir klebt immer noch etwas von dem Zeug in den Wimpern und der Himbeergestank hängt mir permanent in der Nase«, antworte ich wahrheitsgemäß. Das war die einzige Absicht, die ich hatte, als ich ihr nachgegangen bin. Das anschließende Szenario habe ich weder kommen sehen noch geplant.

Als würde Bree nachsehen wollen, ob ich die Wahrheit sage, tritt sie wieder einen Schritt näher an mich heran. Sie legt den Kopf in den Nacken und ich sehe auf sie hinab. Unsere Blicke treffen sich, verfangen sich ineinander und ich verliere mich für einen Atemzug lang in dem Schokoladenbraun ihrer Augen. Bevor ich es verhindern kann, nähere ich mich ihrem Gesicht, aber vor allem ihrem Mund.

»Ich mag Himbeeren. Die sehen süß aus, sind innen hohl und sauer im Abgang«, sagt Bree, neigt ihren Kopf leicht nach links und reckt das Kinn trotzig in meine Richtung.

Bilde ich mir das nur ein oder vergleicht sie mich gerade mit einer Himbeere? Ich kann ihren warmen Atem auf meinen Lippen spüren. Was sonst eine eindeutige Stärke von mir ist, wird bei ihr zu meiner größten Schwäche. Offensive Verteidigung zeichnet mich aus, aber der Glückskeks befördert mich immer wieder in die Defensive. Macht mich zum Zuschauer dessen, was passiert. Reagieren statt agieren. Etwas, womit ich maßlos überfordert bin, weil nicht ich die Kontrolle über das Geschehen habe.

Bevor ich kontern kann, schiebt sie sich an mir vorbei und verlässt das Badezimmer. Ein paar Minuten stehe ich mitten im Raum und denke darüber nach, wie ich am schnellsten meinen Hals aus der Schlinge ziehen kann. Denn wenn ich nicht aufpasse, verliere ich dank dieser Frau nicht nur meine Prinzipien, sondern auch meinen Kopf. Ein leises Lachen entfährt mir, als ich ernsthaft in Erwägung ziehe, durch das schmale Fenster zu flüchten. So weit kommt es noch, dass ich wie ein Feigling davonschleiche.

Nachdem ich mir eine reichliche Ladung kaltes Wasser ins Gesicht gekippt habe, um meinen Verstand aus seiner Überhitzung zu holen, gehe ich zurück in die Küche.

Es riecht nach gebratenem Gemüse und Gewürzen. Das Thema gemeinsam essen ist also nicht vom Tisch. Irgendwie habe ich gehofft, sie würde mich vor die Tür setzen und sagen: War ein netter Versuch, aber wir sollten es lassen.

»Magst du Fisch?«, fragt sie und wirft einen Blick über ihre Schulter. Was auch immer im Badezimmer zwischen uns passiert ist oder eben nicht, sie hat es dort zurückgelassen.

Erleichtert atme ich aus, weil die sexuelle Spannung verflogen ist. Wahrscheinlicher ist allerdings, dass sie nur eine Pause macht und bei der nächsten Gelegenheit wieder aufflammt. Es ist wirklich zum Verrücktwerden. Im Grunde gleichen Bree und ich einer typischen Spielsituation auf dem Fußballplatz. Du hast das Tor verhindert, die Gefahr gebannt und wartest darauf, dass der Gegner es erneut versucht. Bis zum Abpfiff ist der Ausgang der Partie stets offen.

»Geht so«, antworte ich auf ihre Frage. Ich hasse Fisch, in jeder Form. Ob tot, lebendig, roh, gebraten oder frittiert, ich kann Meerestieren auf einem Teller nichts abgewinnen.

»Warum lügst du mich an?« Da ist kein Vorwurf in ihrer Stimme, aber sie hat mich eindeutig ertappt.

»Aus Höflichkeit?«, erwidere ich und zucke mit den Schultern, als sie sich mir vollständig zuwendet.

»Jemanden anzulügen ist nicht höflich.« Mag sein, aber ihre Mühe nicht zu honorieren, ist es auch nicht.

»Okay, ich kann Fisch nicht ausstehen«, gebe ich schließlich zu.

Sie wendet den Blick ab, widmet sich der Pfanne auf dem Herd und schwenkt das Gemüse. Dann öffnet sie den Kühlschrank und nimmt eine Plastikdose heraus. Weil ich keine Ahnung habe, was ich sonst machen soll, setze ich mich wieder auf den Stuhl, auf dem ich bereits vorhin gesessen habe.

»Tofu magst du wahrscheinlich auch nicht, oder?«, will sie wissen und öffnet die Dose.

»Nein, wohl eher nicht.«

»Hast du es denn schon mal probiert?«, hakt sie nach und mir dämmert, was sich in der Schachtel befindet.

»Nein. Ich bin aber auch nicht sonderlich scharf darauf, daran etwas zu ändern«, gebe ich ihr zu verstehen.

Fasziniert beobachte ich Brees Rückansicht und ihre routinierten Bewegungen. Sie macht das heute nicht zum ersten Mal.

»Wenn du Dinge nicht austestest, kannst du nicht wissen, ob sie dir gefallen.« Warum habe ich bei ihr eigentlich immer das Gefühl, dass sie mir eine andere Message vermitteln will, als es den Anschein macht? Redet sie noch von Tofu oder sind wir bereits ganz woanders angelangt?

»Ich muss auch nicht von einem Hochhaus springen, um zu wissen, dass es nicht mein Ding ist.«

»Hast du Höhenangst?«

»Was? Nein. Warum?«

»Weil es Möglichkeiten gibt, von einem Hochhaus zu springen, die nicht den sicheren Tod bedeuten. Wenn du also keine Höhenangst hast, was spricht dann dagegen, es auszuprobieren?« Ich muss gestehen, ich kann ihr gerade sehr schwer folgen. Mir schwirrt etwas der Kopf bei ihrem Gedankenhopping.

Während ich versuche, nicht komplett den Faden zu verlieren, öffnet sie eine große Schublade unter dem Herd und nimmt eine weitere Pfanne heraus.

»Geht es hier noch um Fleischersatz oder reden wir inzwischen über verstrichene Gelegenheiten?« Ich bin wirklich kein Freund von Metaphern oder Umwegen, um auf den Punkt zu kommen.

Ein lautes Zischen unterbricht unsere Unterhaltung. Bree hat das Zeug in die zweite Pfanne gegeben und zusätzlich eine Paste aus einer Tube hinzugepresst. Als das Zischen in ein Brutzeln wechselt und die Küche tatsächlich in einen köstlichen Duft taucht, wendet sie sich mir zu.

»Wir arbeiten an deinen Kommunikationsfähigkeiten«, antwortet sie ernst. Ich warte auf ein Zucken ihrer Mundwinkel, als Beweis, dass sie mich aufzieht. Kein Zucken.

»Wir arbeiten also an meinen Kommunikationsfähigkeiten, indem wir über Tofu reden?«, frage ich ungläubig. Wo genau soll uns das hinführen?

»Zwanglose Konversation.« Fragend hebe ich eine Augenbraue. Sie seufzt. »Dank des Tofus hast du es geschafft, dich die letzten zehn Minuten nicht wie ein Idiot aufzuführen.« Jetzt zeigt sich auf ihren Lippen ein Grinsen.

»Und du wirst mich das Zeug auch probieren lassen, stimmt's?«, frage ich und verziehe das Gesicht, weil ich die Antwort bereits kenne. Sie wird. Denn ich habe die Worte kaum ausgesprochen, da stellt sie bereits zwei Teller auf dem Küchentisch ab.

Als sie auf dem Stuhl gegenüber von mir Platz nimmt, stoßen ihre Knie unter dem Tisch an meine. Kein Wunder, das Möbelstück ist winzig. »Sorry«, murmle ich und strecke die Beine rechts und links von ihren aus.

»Bereit?«, fragt sie. Herausfordernd hält sie mir Besteck entgegen.

»Für eine Mutprobe? Immer, Glückskeks.« Siegessicher greife ich nach der Gabel, pikse ein Stück auf und schiebe es mir in den Mund.

Das teuflische Grinsen in ihrem Gesicht hätte mir eine Warnung sein müssen. Gott, ist das widerlich. Die Konsistenz erinnert an den Eierstich, mit dem meine Mom ihre Nudelsuppe aufmotzt. Ich versuche, so wenig wie möglich zu kauen und dieses wabbelige Etwas einfach runterzuschlucken.

»Das ist echt ekelhaft«, stoße ich aus, sobald ich das Stück heruntergewürgt habe und sicher bin, dass es auch tatsächlich drinnen bleibt.

Bree lacht. Wenigstens hat sie Spaß.

»Ist es?«, fragt sie und ich blicke sie verdutzt an.

»Sag bloß, du magst das Zeug?«

»Keine Ahnung. Ich habe es noch nie gekostet. Du warst mein Versuchskaninchen.« Das Kichern, das ihre Lippen verlässt, schießt mir direkt in die Region meines Körpers, in der es absolut nichts zu suchen hat. Frauen sind nicht sexy, wenn sie kichern. Niemals. Das ist ein unausgesprochenes Gesetz.

»Dein Versuchskaninchen? Warte, du isst gar keinen Tofu?« Erneut kichert sie und ich rutsche etwas auf dem Stuhl herum, um irgendwie der Enge im Schritt meiner Jeans zu entkommen. Vergebens.

»Nein. Ich habe ihn eingekauft, um ihn zu testen, und noch auf die richtige

Gelegenheit gewartet.« Sie verarscht mich. Sie jubelt mir das Zeug unter und hat es selbst noch gar nicht probiert? Mit der Gabel spieße ich ein weiteres Stück auf und halte es ihr entgegen.

»Iss!«, fordere ich sie auf. Unschlüssig sieht sie zwischen meinem Gesicht und dem Stück Tofu hin und her. »Los!«, setze ich nach.

Statt mir die Gabel aus der Hand zu nehmen, beugt sie sich vor und schließlich über den Tisch. Shit! War der Ausschnitt ihres Tops vorhin auch schon so tief? Schwarze Spitze blitzt hervor und umschmeichelt einladend die Form ihrer vollen Brüste. Brüste, von denen ich genau weiß, wie ... Stopp! Ich löse meinen Blick und taxiere die Gabel, in dem Moment, als sich ihre Lippen darumlegen und der Tofu in ihrem Mund verschwindet. Fuck! Das Universum hat wieder die Play-Taste gedrückt und macht sich gerade einen Heidenspaß daraus, mich auf die Probe zu stellen. Bree sieht mit einem Augenaufschlag zu mir, der mich heftig schlucken lässt. Ich bin so was von am Arsch. Ohne den Blick von ihr zu lösen, ziehe ich die Gabel zurück und lege sie auf der Tischplatte ab.

»Und?«, frage ich hörbar heiser. In meinen Gedanken formen sich ganz andere Fragen. Worauf läuft das hier jetzt hinaus und darf ich dich auf diesem verdammten Küchentisch vögeln? Keine davon spreche ich aus, weil es mehr als unangemessen wäre. Das Braun ihrer Augen hat sich in flüssigheiße Schokolade verwandelt. Bree O'Donell weiß sehr genau, was mir gerade durch den Kopf geht.

Provokant beugt sie sich noch etwas weiter vor, stützt die Ellenbogen auf den Tisch und bettet ihr Gesicht in ihre Hände. »Tofu ist gar nicht so übel.« Um ihre Worte zu unterstreichen, leckt sie sich langsam und genüsslich über ihre Lippen. Die Frau ist mein Ticket in die Hölle. Wenn sie jetzt auch noch aufstöhnt, kann ich nicht garantieren ...

Ein Klingeln verhindert, dass ich den Gedanken zu Ende bringen kann. Erst als Bree mich fragend ansieht, begreife ich, dass es mein Handy ist, welches diesen Ton von sich gibt. Hastig fische ich es aus meiner Hosentasche. Als ich Kyles Namen auf dem Display erkenne, springe ich wie vom Blitz getroffen von meinem Stuhl auf.

»Fuck! Ich bin schon auf dem Weg«, sage ich, sobald ich das Gespräch angenommen habe, lasse ihn gar nicht erst zu Wort kommen und lege direkt wieder auf. Wie konnte ich nur die Teambesprechung vergessen?

*Meinst du die Frage ernst?*, spottet mein Unterbewusstsein und lacht mich schamlos aus.

Ich sprinte ins Badezimmer, schäle mich aus dem Morgenmantel und greife nach meinem immer noch nassen Shirt. Im Laufschritt zerre ich es mir über den Kopf. Bereits im Flur angekommen fällt mir der Glückskeks wieder ein. Einfach so abzuhauen wäre uncool. Also eile ich zurück in die Küche.

»Sorry, Teambesprechung«, erkläre ich ihr knapp, was gerade in mich gefahren ist.

»Oh.« Shit trifft es wohl besser. Sie springt ebenfalls von ihrem Stuhl auf. »Soll ich dich schnell fahren?«, bietet sie mir an.

»Mein Wagen steht unten vor der Tür«, erinnere ich sie, dass ich uns beide hergefahren habe.

»Stimmt. Also dann ... war nett ... man sieht sich«, verabschiedet sie sich holprig, was mich lächeln lässt, weil sie plötzlich total unbeholfen wirkt.

»Ciao, Glückskeks.« Erneut haste ich in den Flur, schlüpfte in meine Schuhe und ziehe die Tür hinter mir zu.

***

Leise klopfe ich an die Tür zu dem Raum, in dem die Teambesprechung stattfindet. Ich bin fünfzehn Minuten zu spät, obwohl ich die Straßenverkehrsordnung sehr zu meinen Gunsten gebeugt habe. Es bleibt still. Kein ›Herein‹ oder ›Ja, bitte?‹. Trotzdem trete ich ein und suche den Raum nach Kyle und den anderen Jungs ab.

»Sorry, stand im Stau«, murmle ich eine Entschuldigung und eile zu dem freien Platz neben meinem Kumpel. Der Coach ignoriert mich und fährt unbeirrt fort. Er muss nichts sagen, ich weiß auch so, was er denkt. Dass ich ein unzuverlässiger, eingebildeter Idiot bin. Genau das hat er mir bereits in der Vergangenheit mehrfach zu verstehen gegeben.

»Wo warst du denn?«, flüstert Kyle, sobald ich meinen Hintern auf den freien Stuhl befördert habe.

Phoenix, der einen Platz weiter sitzt, beugt sich vor und mustert mich amüsiert. »Warum siehst du aus, als hättest du an einem Wet-T-Shirt-Contest teilgenommen?«

Kyles Kopf schnellt in meine Richtung und er beäugt mein Shirt misstrauisch. »Möchte ich die Antwort hören?«

»Was ist das für ein rosa Fleck auf deinem Shirt?«, will Phoenix wissen und streckt tatsächlich die Finger nach mir aus. Bevor er ernsthaft beginnt, die Überreste des Himbeer-irgendwas-Shakes zu analysieren, schlage ich seine Hand weg.

»Finger weg und Klappe halten!«, schnauze ich ihn an.

Ich werde das später erklären müssen, so viel steht fest.

# 18

**Bree**

Houston, wir haben ein Problem. Keins, das man mit einem Brainstorming lösen kann, sondern eines, das Herzschmerz verspricht.

Sich Hals über Kopf in Nick Mitchell zu verknallen ist mit Abstand das Dümmste, was mir passieren konnte. Die Chancen auf ein Happy End liegen unter null. Dieses Katz-und-Maus-Spiel zwischen uns amüsiert ihn, mehr nicht. Es ist ein Spaß für ihn. Er wird nicht aus dem Schiebedach einer Limousine hechten und die Feuerleiter nach oben klettern oder ›Mein Baby gehört zu mir‹ brüllen. Wir sind hier schließlich in Charlottesville und nicht in Hollywood. Dieser Tag war surreal, aufschlussreich und verwirrend. Und das zu je gleichen Teilen.

»Bree?«, höre ich Jolee aus dem Flur rufen. Ich antworte ihr nicht. Wenig später steckt sie den Kopf durch den Türspalt zu meinem Zimmer. Ich hätte die Tür abschließen sollen.

»Warum trägst du deinen Morgenmantel?«

»Weil er nach Himbeeren, Hafermilch und nackter Haut riecht«, antworte ich und seufze.

»Bist du krank? Hast du Fieber?« Mit besorgter Miene kommt sie auf mich zu und legt mir eine Hand auf die Stirn.

»Nur, wenn dein Bruder ein Virus ist, den man sich einfangen kann.«

»Du redest schon wieder wirres Zeug. Was ist denn mit Nick?« Sie krabbelt neben mich auf das Bett und klopft sich das Kissen zurecht, um es sich bequem zu machen.

»Wir haben zusammen die Vorlesung geschwänzt.« Ein erneutes Seufzen entfährt mir. Sofort setzt sich Jolee aufrecht hin und sieht mich ungläubig an.

»Ihr habt was?«

»Du hast das schon richtig verstanden. Erst habe ich ihm meinen Himbeer-Hafermilch-Shake ins Gesicht gekippt und dann haben wir die Vorlesung sausen lassen. Ich habe sein T-Shirt gewaschen. Wusstest du, dass dein Bruder eine wandelnde Calvin-Klein-Werbung ist?«

Jolee lacht. »Du veräppelst mich, oder?«

»Nope. Er mag auch keinen Fisch.«

»Warte ... echt ... wow. Ich bin verwirrt«, stottert sie und ich sehe sie mit einem schwachen Lächeln an.

»Ich auch. Dein Bruder verwirrt mich«, gestehe ich und werfe ihr einen vielsagenden Blick zu. Es dauert einige Augenblicke, bis sich bei meiner besten Freundin die Puzzleteile zusammenschieben.

»Ich weiß nicht, ob ich mich freuen soll, dass du endlich zugibst, verknallt zu sein, oder ob ich Mitleid mit dir haben soll, weil du aussiehst, als wäre es etwas Furchtbares.« Mitfühlend sieht sie mich an.

»Verliebtsein ist nicht furchtbar, außer es handelt sich dabei um Nick Mitchell«, seufze ich und ziehe den Seidenstoff des Mantels enger über meinem Shirt zusammen.

»Und warum trägst du jetzt diesen Morgenmantel?«

»Aus den gleichen Gründen, warum du Kyles Hoodie wochenlang getragen hast, ohne ihn zu waschen. Was übrigens wirklich eklig war.«

»Nick war hier? In unserer Wohnung? Freiwillig?«

»Ja, und er hat eine oscarreife Vorstellung hingelegt.« Die Anspielung auf seinen zweiten Vornamen und die Familientradition der Mitchells kann ich mir nicht verkneifen. Die Mädchen bekommen den Vornamen der Großmutter väterlicherseits und die Jungs den des Großvaters mütterlicherseits. Wer denkt sich so einen Quatsch überhaupt aus? Ich meine, Jolee heißt Regina. Dieses Geheimnis ist ihr herausgerutscht, als wir das erste Mal zu einer von Phoenix' Partys eingeladen waren. Ich kann mich nicht mehr genau an unsere Unterhaltung erinnern, aber sie hat irgendwas von rotem Teppich gesagt und dass ich hoffentlich einen Oscar mit nach Hause nehme. Nick ist ein Oscar. Ein Nick Oscar Mitchell, um genau zu sein. Wie dämlich das klingt und doch ist es irgendwie süß.

»Wie schlimm war es?«, fragt sie ernsthaft besorgt.

»Noch ein bisschen mehr und dein Bruder braucht einen FSK-18-Aufkleber auf der Stirn.«

Entsetzt reißt Jolee die Augen auf. »Holy Shit!«

»Hotter as hell, trifft es wohl eher.«

»Ihr habt aber nicht …«

»Natürlich nicht. Bei Nick muss man mit der Brechstange ran«, unterbreche ich sie, bevor sie ihre Frage vollenden kann. Nicht, dass ich es ernsthaft versucht hätte. Ich bin mir sicher, dass er keinen Millimeter von seinem Standpunkt abweichen würde, selbst wenn ich nackt vor ihm stünde. Keine Wiederholung, das hat er mehr als einmal deutlich gesagt.

»Ich hätte eine«, wirft Jolee plötzlich ein und ich sehe sie skeptisch an. Ihre Ideen in allen Ehren, aber für gewöhnlich führen sie dazu, mich in Schwierigkeiten zu bringen. Jedenfalls in Bezug auf ihren Bruder.

»Will ich das wirklich hören?«, frage ich vorsichtig, weil das eigentlich nur schiefgehen kann.

»Kyle hat da eine Idee.«

»Kyle?« Was hat der denn jetzt damit zu tun? »Die da wäre?« Sie hat eindeutig meine Neugier geweckt.

»Wir ziehen bei den Jungs ein.« Das Lachen entfährt mir so plötzlich, dass ich mich verschlucke und einen Hustenanfall erleide. Als ich Jolees abwartenden Blick bemerke, schnappe ich nach Luft.

»Warte! Du meinst das ernst?« Okay, dass sie und Kyle zeitnah zusammenziehen, damit habe ich bereits gerechnet, aber Nick und ich? Never ever. Das ist völlig lächerlich, außer Jolee möchte, dass ich meinen ersten Mord begehe.

»Wir haben noch immer keine Wohnung gefunden und die Jungs haben genug Platz. Es wäre die einfachste Lösung für unser Problem.« Wann zur Hölle haben sich die beiden das überlegt und warum erfahre ich erst jetzt davon? Eine kurze Information wäre wirklich nett gewesen, denn dann hätte ich ihnen direkt verklickern können, wie bescheuert ihre Idee ist.

»Und was hält Nick davon?« Das interessiert mich wirklich. Ich kann mir nicht vorstellen, dass er vor Begeisterung … Moment, ist er deswegen vorhin so schräg drauf gewesen? »Lass mich raten, er hat genau wie ich erst heute von eurem brillanten Plan erfahren?«, zähle ich eins und eins zusammen. Die Wohnungssuche läuft zwar bisher nicht erfolgreich, aber wir haben auch noch zwei Wochen Zeit, bis es brenzlich wird. Also noch kein Grund, um in Panik zu geraten und eine Notlösung aus dem Hut zu zaubern.

»Denk wenigstens darüber nach«, bittet sie mich.

»Das muss ich nicht. Dein Bruder wird mir die Tür vor der Nase zuschlagen.«

»Wird er das? Ihr wart allein im *Southern* und er war heute hier, da ist eine Tendenz zu erkennen.« Sie glaubt das wirklich. Ich liebe Jolee, aber im Augenblick würde ich sie gerne schütteln, damit sie zur Vernunft kommt. Manchmal ist sie echt naiv. Die Entwicklung ist, immer wenn er Stress mit Kyle oder ihr hat, kollidieren wir und es kommt zum Knall. Hätte sein Handy vorhin nicht geklingelt, wäre es nur noch eine Frage von Minuten gewesen, bis die Stimmung gekippt wäre. Das tut sie jedes Mal, sobald er sich darauf besinnt, dass er mich nicht ausstehen kann.

»Die einzige Tendenz ist, dass Kyle und du den Verstand verloren habt, wenn ihr wirklich glaubt, es könnte funktionieren.«

»Wir können auch zu Phoenix ins Poolhaus ziehen, wenn dir das lieber ist?« Okay, jetzt ist sie völlig übergeschnappt. Der King hat zwar keine Platzprobleme und ich mag ihn wirklich gerne, aber er hat einen grauenvollen Geschmack. Ich erinnere mich an einen Filmabend. *Star Wars: The Last Jedi.*

Im Ernst, ich kann mit niemandem zusammenleben, der einen übergroßen Darth Vader im Eingangsbereich seines Hauses stehen hat. Sein Heimkino im Keller ist eine Hall of Fan. Dass Jolee Bücher statt bewegter Bilder bevorzugt, daran habe ich mich gewöhnt. Für sie sind die *Gilmore Girls* wenigstens keine Zeitverschwendung und sie sieht sie sich mit mir zusammen an. Was Phoenix King von Lorelai und Rory hält, will ich nicht einmal in Gedanken wiederholen.

»Wir können auch einen Aushang am Schwarzen Brett machen«, schlage ich vor.

»Wer liest denn bitte solche Aushänge? Niemand, der Zugang zum Internet hat, hängt einen handgeschriebenen Zettel an einer Reißzwecke auf.«

Die Wohnungssuche raubt mir nach Nick Mitchell auch noch den letzten Nerv, aber ich lasse lieber nichts unversucht, als bei ihm einzuziehen. »Einen Versuch ist es wert«, sage ich und zucke mit den Schultern.

»Du willst nicht wirklich deine Telefonnummer auf einen Abreißzettel schreiben, oder? Wer weiß, wer sich dann bei dir meldet.« Gut, da hat sie recht und es ist vielleicht nicht die beste Idee. Dass ich bereits einen Aufruf auf Instagram gestartet habe, sollte ich wohl nicht unbedingt erwähnen. Resigniert lasse ich mich in die Kissen sinken.

»Es muss doch eine freie Wohnung in Charlottesville geben, die kein Loch oder meilenweit vom Campus entfernt ist«, jammere ich.

»Mitten im Semester? Eher unwahrscheinlich. Unsere Chancen wären gegen Ende deutlich besser.« Jolee lässt sich ebenfalls zurückfallen und seufzt. »Sieh es als Übergangslösung. Sobald das Semester durch ist, suchen wir uns eine andere Bleibe.« Als ob sie wieder ausziehen würde, wenn sie einmal ihre Sachen bei Kyle ausgepackt hat.

»Du könntest auch alleine bei Kyle einziehen. Ich finde schon was«, schlage ich vor.

Meine beste Freundin schnauft. »Kommt gar nicht infrage!«

»Du wirst nicht lockerlassen, oder?« Jolee hat in den letzten Monaten eindeutig an Hartnäckigkeit dazugewonnen. Ich bin eine wirklich gute Lehrerin gewesen.

»Nope. Wenn es sein muss, packe ich höchstpersönlich deine Kisten und schleppe sie in die WG.«

»Das habe ich befürchtet.« In Gedanken setze ich auf Nick und seine mürrische Art. Er wird den beiden den Zahn ziehen. Auch wenn das nicht unser Problem löst, fühle ich mich seltsam beruhigt. Mit einem Kerl in einer WG zu leben, den man nicht haben kann und der womöglich regelmäßig Eroberungen mit nach Hause bringt, ist nicht witzig.

»Was hältst du von einem Serienabend? Was schaust du gerade?« Sie wechselt bewusst das Thema und ich habe absolut nichts dagegen.

»*Noch nie in meinem Leben*«, antworte ich grinsend.

»Ist das nicht diese Highschool-Serie?« Ihr angewiderter Ton entgeht mir nicht. Jolee und die Highschool sind nicht besonders gut miteinander ausgekommen. An dem Zustand war ihr reizender Bruder allerdings auch nicht ganz unschuldig. Anstatt sie zu beschützen, hat er lieber dabei zugesehen, wie seine Fußballfreunde sie gemobbt haben.

»Darren Barnet ist heiß.« Wirklich, das ist ein Fakt, den man nicht außer Acht lassen sollte.

»Er ist ein Teenager«, entfährt es Jolee neben mir entsetzt.

»Paxton ist ein Teenager, Darren ist volljährig. Wir dürfen ihn also ohne schlechtes Gewissen anschmachten, wenn er sein Shirt auszieht.«

»Ich werde niemanden anschmachten, der nicht mein Freund ist.« Tja, wunderbare Realität. Nicht jeder hat einen Kyle Blackmoore zu Hause. Mich inbegriffen.

»Wie du willst. Ich bin Single und die einzig nackte Haut, die ich aktuell zu sehen bekomme, ist digital.« *Und die von Nick Mitchell,* schießt es mir durch den Kopf.

Sofort taucht Jolees Bruder erneut vor meinem inneren Auge auf. In einer Version, die auf keinen Fall in eine Teenie-Serie gehört.

»Eis?«, frage ich und springe aus dem Bett. Ihre Antwort warte ich gar nicht erst ab, denn ich brauche welches, um mich zu trösten und gleichzeitig herunterzukühlen.

# 19

**Nick**

Unser geplanter Männerabend ist zu einer spontanen Gruppenveranstaltung mit den Jungs in unserer WG geworden. Mase sieht mich seit geschlagenen zwanzig Minuten immer wieder neugierig von der Seite an. Kyle und Phoenix liefern sich gerade ein Duell auf der Playstation. River kommentiert das Spiel der beiden, während Jay auf der Sofalehne sitzt und planlos dreinschaut. Ich werfe Mase einen ermahnenden Blick zu, um ihm zu zeigen, dass er nicht so diskret ist, wie er vielleicht denkt.

Genervt ziehe ich mein Handy aus der Hosentasche und checke die sozialen Medien. Fünf Minuten klicke ich mich durch die Storys und fühle mich zum ersten Mal nicht wirklich unterhalten. Meine Faszination für Foodporn-Bilder und das Fitness-Animationsprogramm hat in den letzten Wochen ganz klar nachgelassen.

Brees grinsendes Gesicht taucht so plötzlich auf meinem Bildschirm auf, dass ich beinah das Handy fallen lasse. Warum genau habe ich ihren Account überhaupt abonniert? Aus reiner Höflichkeit oder aus echtem Interesse? Ich würde gerne behaupten, ich bin versehentlich auf den Abo-Button gekommen. So wie bei einem Beitrag, dem man unabsichtlich einen Like gibt, weil der Zeigefinger sich verselbstständigt. In neunzig Prozent der Fälle lässt man das Herz stehen, in den anderen zehn drückt man erneut darauf, um den Fehler zu beheben, und hofft, dass der Verfasser den Irrtum nicht bemerkt.

Ich klicke zurück, halte die Story an und lese den Text, den sie unter ihr Glückskeks-Grinsen geschrieben hat. Sie weiß ohnehin, dass ich mir ihre Story angeschaut habe, dann kann ich auch genauer hinsehen.

*Sympathische 22-jährige Steinbock-Single-Lady sucht neue Bleibe. Charlottesville. Campusnähe. Gerne auch eine WG. Nur ernst gemeinte Antworten.*

Warum liest sich das wie eine billige Kontaktanzeige? Vielleicht liegt es aber auch an dem Foto, das einen netten Ausblick auf ihre sympathischen Vorzüge bietet. Ich klicke weiter und noch einmal und dann wieder zurück. Mein Finger schwebt über dem Nachricht-senden-Feld. *Mitchell, lass es! Was genau willst du schreiben?*

»Hier!« Jemand stößt mich an der Schulter an und ich schaue auf. Grinsend hält mir Phoenix den Controller entgegen. »Oder musst du vorher noch für ein paar Minuten ins Badezimmer?« Vielsagend wackelt er mit den Augenbrauen, während er mit einem unauffälligen Nicken auf das Handy in meiner Hand deutet. Verdammt! Mein Zeigefinger drückt genau auf Brees Dekolleté und hält das Bild dadurch fixiert.

Ertappt stecke ich das Telefon in meine Tasche, stehe auf und nehme Phoenix den Controller ab. Ich kann sein fieses Lachen hinter mir hören, als er in Richtung Küche verschwindet.

»Welches Team nimmst du?«, fragt Kyle und ruft das Spielmenü auf.

»Barcelona«, antworte ich, ohne darüber nachdenken zu müssen. Immerhin haben die einen der besten Männer im Tor.

»War klar.« Dass er Real Madrid wählt, ist ebenso vorhersehbar wie meine Wahl. Sein Lieblingsspieler steht dort unter Vertrag und trägt die gleiche Rückennummer wie er.

Zehn Minuten und einen Haufen wüster Beschimpfungen später pfeffere ich den Controller in die Sofaecke. Blackmoore hat mal wieder gewonnen. »Deine Tricks werden immer mieser!«

»Du bist einfach nicht bei der Sache. Ich habe nur auf siebzig Prozent Leistungsniveau gespielt, weil Jay mich mit seiner Fragerei ständig ablenkt.« Wer es glaubt. Kyle ist eindeutig der Bessere an der Playstation. Er würde selbst gewinnen, wenn er gar nicht zum Fernseher schauen würde. Als er sich vor Saisonbeginn das Handgelenk in einer Schlägerei mit Campell gebrochen hat, habe ich meine Fähigkeiten zwar ausgebaut, reiche aber noch lange nicht an ihn heran.

»Revanche?«, fragt er und ich schüttle den Kopf.

»Später. Ich brauch erst mal was in den Magen.« Jay hebt den Controller auf, den ich bis eben noch hatte, und betrachtet ihn skeptisch.

»Ich habe zwar immer noch nicht raus, wie man das Teil genau bedient, aber ich habe eine Strategie, wie man dich besiegt, Blackmoore.«

»Indem du ständig selbsterklärende Fragen stellst? Das ist keine Strategie, das ist hinterlistig«, zieht Kyle Jay auf und funkelt ihn herausfordernd an. Jay Dixon verliert die Partie bereits, bevor mein bester Freund überhaupt den Startknopf drückt. Das steht so was von fest.

Phoenix lehnt mit dem Rücken gegen den Kühlschrank und sieht auf sein iPhone.

»Darf ich mal?«, frage ich genervt und schiebe ihn leicht zur Seite.

»Ich kann dich verstehen.« Fragend blicke ich ihn an, weil ich den Zusammenhang nicht kapiere.

Er dreht sein Smartphone so, dass ich das Display sehen kann. Bree lacht mich an. Eine riesige Sonnenbrille auf der Nase. Ihre Frisur erinnert etwas an Mickey-Mouse-Ohren. Die Finger streckt sie in Form eines Peace-Zeichens in die Kamera. Besser könnte man den Glückskeks gar nicht einfangen. So unbeeindruckt wie möglich wende ich mich dem Kühlschrank zu und öffne ihn.

»Aber ihr passt nicht zusammen. Bree ist nett und du bist ein Arsch. Jonah würde gut zu ihr passen. Weißt du, dass bei ihm in der WG ein Zimmer frei geworden ist? Vielleicht sollte –«

»Fick dich, King!«, grätsche ich direkt dazwischen. Ich weiß genau, was das hier werden soll. Phoenix ist ein Meister der Manipulation. Er könnte jeden dazu bekommen, nackt über den Campus zu rennen, und ihn glauben lassen, die Idee sei auf dem eigenen Mist gewachsen. Dass Bree ausgerechnet zu Jonah in die WG zieht, halte ich für unwahrscheinlich, der wohnt immerhin mit Sam zusammen. Wobei ich keine Ahnung habe, wie die beiden aktuell zueinander stehen. Wie viel von dem, was Campell gesagt hat, der Wahrheit entspricht. Ich habe nie gesehen, wie die beiden auch nur ein Wort miteinander gewechselt haben. Was, wenn zwischen den beiden …

*Stopp, Mitchell! Du wirst dich jetzt nicht wie ein eifersüchtiger Trottel fragen, ob die beiden es heimlich miteinander treiben. Das geht dich überhaupt nichts an.*

»Weißt du, ob Sam mal etwas mit dem Glückskeks am Laufen hatte?« Oder ich reiche die Frage einfach an Phoenix weiter. Eine wirklich fantastische Idee. Vielleicht sollte ich meinen Kopf in den Kühlschrank stecken und für meine Dämlichkeit mindestens einmal fest die Tür zuschlagen. Damit habe ich ihm eine erstklassige Vorlage gegeben. Kings siegessicheres Grinsen würde ich ihm mindestens so gerne aus dem Gesicht prügeln wie meine eigene Blödheit, ihm auf den Leim gegangen zu sein.

»Keine Ahnung. Wie kommst du überhaupt darauf?« Jetzt, wo ich mich bereits in Kings Fängen befinde, ist es sinnlos, mich herausreden zu wollen. Er wird mich nicht aus der Küche lassen, bevor er alle Antworten hat. Ich werfe einen Blick über meine Schulter zu den anderen, die im Wohnbereich lautstark diskutieren, wer aktuell der beste Stürmer auf der Welt ist. Da keiner Notiz von unserem Gespräch nimmt, wende ich mich wieder Phoenix zu.

»Er hat da was in der Richtung angedeutet.« Seine Miene wird nachdenklich. Die Vorstellung, dass ausgerechnet Campell und ich mit derselben Frau im Bett gewesen sein könnten, wurmt mich.

»Und glaubst du ihm?«

Planlos zucke ich mit den Schultern. »Sam erzählt viel Mist, aber er hat es nicht nötig, sich mit Errungenschaften zu brüsten, die es nicht gegeben hat.«

»Außer er will dich provozieren«, wirft Phoenix ein. Ein berechtigter Einwand, aber dazu braucht er Bree nicht, das schafft er mit seiner bloßen Anwesenheit. »Du wirst Bree fragen müssen, wenn es dich so brennend interessiert.«

»Vergiss es! Das geht mich absolut nichts an«, stelle ich klar. Was der Glückskeks treibt und mit wem, ist ganz alleine ihre Angelegenheit.

»Dafür machst du dir aber ganz schön Gedanken darüber, sonst hättest du nicht mich danach gefragt.« Und damit hat er recht. Phoenix ist nicht meine erste Anlaufstelle, um privaten Kram zu wälzen. »Nimmst du auch was aus dem Kühlschrank heraus oder kühlst du dich nur ab?« Das Grinsen in seinem Gesicht ist zurück.

Ohne etwas herauszunehmen, schließe ich die Tür, ziehe stattdessen ein

Schubfach auf und greife nach einer Dose Erdnüsse. »Musst du nicht noch jemand anderem auf die Nerven gehen?«, sage ich und grinse zurück.

»Erst wenn du mir verrätst, warum du ausgerechnet mit Bree die Vorlesung schwänzt, nachdem dir Kyle von seinem grandiosen Plan erzählt hat.« Oh, ich hasse ihn dafür, dass ihm nichts entgeht.

»Woher?«

»Jonah. Bree ist in seinem Psychologiekurs und er hat euch gesehen, wie ihr zusammen abgehauen seid. Er wollte von mir wissen, ob ihr jetzt doch zusammen seid.« Allmählich geht mir Hall mit seinem Getratsche auf den Sack. Wer ist er, ein Stalker oder die *New York Post*?

»Ich habe deinen Rat befolgt und versucht, mich mit dem Feind zu verbünden, wenn ich ihn nicht besiegen kann«, gebe ich zu.

Ungläubig sieht er mich an. »Hast du?« Ich nicke knapp. »Und wie ist es gelaufen?«, hakt er neugierig nach.

»Sie hat mir ihren Shake ins Gesicht gekippt.« Ein Lachen entfährt mir bei der Erinnerung daran.

Phoenix zieht einen Flachmann aus der Tasche, schraubt ihn auf und gießt sich etwas Scotch in das Glas, das vor ihm auf dem Tresen steht. Schmunzelnd führt er es sich an die Lippen. »Ich liebe diese Frau. Rein platonisch, versteht sich. Was ist dann passiert?«, fragt er, bevor er einen Schluck nimmt.

»Sie hat mit mir die Vorlesung geschwänzt«, antworte ich schulterzuckend. Die Information hat er dank Hall schon.

Warnend gleitet eine seiner Augenbrauen näher in Richtung Haaransatz. »Muss ich dir alles aus der Nase ziehen?«

»Wir haben zusammen gekocht.« Dass ich sie gerne auf dem Küchentisch gevögelt hätte, behalte ich bewusst für mich. Auf so eine Steilvorlage wartet er nur.

»Ihr habt zusammen gekocht, mehr nicht?« Sichtlich enttäuscht stellt er das Glas wieder ab.

»Mehr nicht.« Mit diesen Worten lasse ich ihn in der Küche stehen und gehe zu den anderen zurück.

***

Es ist halb sechs Uhr morgens, als ich mit der Sporttasche in der Hand aus meinem Zimmer trete und Kyles Zimmertür sich ebenfalls öffnet.

»Morgen«, murmle ich. Wir haben gerade einmal vier Stunden geschlafen und noch genau dreißig Minuten, bis das Training anfängt. Irgendwie war es vor zwei Jahren wesentlich einfacher, die Nächte durchzumachen und danach hellwach auf dem Platz zu stehen.

»Morgen«, erwidert Kyle und gähnt laut, während er sich streckt. Gut zu wissen, dass es ihm nicht besser zu gehen scheint. »Wir hätten E-Sportler werden sollen«, mault er und nimmt das Proteinpulver aus dem Schrank, um unsere Shakes zuzubereiten. Das Zeug ist widerlich, aber der Coach besteht darauf. Würde Kyle mir den Becher nicht jeden Morgen in die Hand drücken, würde ich es nicht trinken. Apropos Becher. Der Mehrwegbecher, den Bree mir angedreht hat, gammelt noch in meinem Zimmer herum, den sollte ich nachher dringend abwaschen oder entsorgen.

»Meinst du, die haben keine morgendliche Trainingssession?«, frage ich skeptisch. E-Sport ist nichts, was man unterschätzen sollte.

»Wenn ja, können die immerhin im Schlafanzug trainieren und müssen nicht durch die halbe Stadt fahren.« Er reicht mir meinen Shake und ich verziehe angewidert das Gesicht.

»Am Anfang stand die freie Sportwahl, Blackmoore.«

»Halt die Klappe, Mitchell, und komm!« Er ist bereits auf dem Weg in den Flur.

Ich schlüpfe gerade in meine Schuhe, als Kyle mir überraschend eine Hand auf die Schulter legt. »Hast du über meinen Vorschlag nachgedacht?«, fragt er vorsichtig.

Als Vorschlag kann man das wohl kaum bezeichnen, wenn er mich vor vollendete Tatsachen stellt, weil er es den beiden bereits angeboten hat. Wenn ich Nein sage, bin ich wie immer das Arschloch und er ist fein raus aus der Nummer.

»Warum müssen die beiden überhaupt aus ihrer Wohnung raus?« Bis zu der Frage sind wir bei unserem letzten Gespräch gar nicht erst gekommen, da ich abgehauen bin, bevor er mit den Details hätte herausrücken können, und Bree habe ich ebenfalls nicht gefragt. Denn hätte ich das Thema an dem Tag zur Sprache gebracht, wäre die Situation außer Kontrolle geraten. Ich hätte etwas Falsches gesagt und sie hätte mir als Antwort eine Gabel ins Auge gerammt.

»Der Vermieter braucht die Wohnung wohl für seine Tochter, die im nächsten Semester an der Uva studieren wird.«

Wenn meine Eltern davon Wind bekommen, dass ich Jolee hängen lasse, streichen sie mir die finanzielle Unterstützung und dann lande ich selbst auf der Straße. Ein Aspekt, den ich bisher noch gar nicht in Betracht gezogen habe. Die waren ohnehin schon nicht begeistert, dass ihr Goldkind in Stanford hingeschmissen hat und nun ebenfalls an einer stinknormalen Uni studiert. Auch wenn ich nicht für Jolees Lage verantwortlich bin, sie würden es so drehen.

Als meine Schwester die Bombe hat platzen lassen, hat mein Dad tatsächlich gesagt, hätte ich auf der Highschool nicht nur Fußball im Kopf gehabt und müsste ich nicht auf die Uva gehen, wäre Jolee gar nicht auf die Idee gekommen, zu wechseln. Auch wenn hinter seiner Aussage keinerlei Logik steckt, hat er mich damit erwischt. Meine Leistungen sind in seinen Augen absolut nichts wert und Fußball ist reine Zeitverschwendung. Nicht jeder strebt eine Karriere als Unternehmensberater an und will in die Fußstapfen seiner Eltern treten. Lieber hinterlasse ich meine eigenen Spuren, als denen anderer zu folgen.

»Ich werde darüber nachdenken«, sage ich schließlich und hoffe, dass ich es nicht bereuen werde, mich zu fügen. Denn das ist es doch, worauf es hinauslaufen wird, oder?

# 20

**Bree**

Amerikanische Geschichte gehört nicht gerade zu meinen bevorzugten Kursen. Und ich bin wirklich froh, als der Professor die Vorlesung beendet. Kyle, der neben Jolee sitzt, war mehr damit beschäftigt, mit einer Haarsträhne seiner Freundin zu spielen, als zuzuhören. Jolee hat ihm immer wieder einen ermahnenden Blick zugeworfen, den er gekonnt ignoriert hat. Die beiden sind wirklich zuckersüß.

Wir packen gerade unsere Sachen zusammen, als Jolee das Thema Nick und unseren möglichen Einzug in die WG anspricht.

»Er hat mir versprochen, darüber nachzudenken«, sagt Kyle. Meine Augen werden riesig, während Jolee zufrieden grinst.

»Hat er?«, hake ich nach, weil ich mir das wirklich nur schwer vorstellen kann. Nach unserem gemeinsamen Kochnachmittag ist er genauso schnell wieder auf Abstand gegangen, wie er sich mir genähert hat. Immer wenn wir einen Schritt nach vorn wagen, macht er anschließend zwei zurück.

»Ja«, antwortet Kyle knapp. Ich finde die Idee der beiden immer noch bescheuert, aber viele andere Möglichkeiten habe ich im Moment nicht. Allmählich rennt mir die Zeit davon. Mit Nick unter einem Dach? Kann ich mir das wirklich antun? Uns allen? Wohl eher nicht.

»Dann ist ja alles geritzt«, sagt Jolee euphorisch. Ihr Optimismus in allen Ehren, aber noch hat Nick nicht Ja gesagt und ich hoffe, er wird es auch nicht. Vielleicht sollte ich doch Phoenix als Notlösung in Betracht ziehen. Darth Vader könnte einen Feuertod sterben.

»Ich habe ihm übrigens gesagt, dass wir uns mit ihm im *Barneys* treffen«, teilt Kyle uns mit und ich kann mir ein frustriertes Stöhnen nicht verkneifen. Das wird ja immer besser. Da habe ich heute meinen freien Tag und bin plötzlich zu einem Vierer-Kaffeedate verabredet. Wenn wir wirklich in die WG der

Jungs ziehen, wird es eh schon verdammt schwer werden, Nick aus dem Weg zu gehen. Immerhin hatten wir, oder besser gesagt er, das in den letzten Monaten perfektioniert. Und dann sollen sich unsere Wege nahezu täglich kreuzen? Über kurz oder lang kann das nur übel für einen von uns enden. Und dieser Eine werde ich sein, denn ich stecke bereits zu tief im Gefühlslabyrinth, um jemals einen Ausgang zu finden. Ich werde jämmerlich darin verhungern, während Nick von einer Blume zur nächsten flattert, um sie zu bestäuben.

Okay, das wird er hoffentlich nicht tun. Das Letzte, was die Menschheit braucht, sind viele kleine Nicks, die die Welt unsicher machen.

»Geht doch schon vor, ich muss noch etwas erledigen«, sage ich und eile aus dem Fakultätsgebäude.

Ich höre Jolee meinen Namen rufen, bevor ich um die Ecke biege und abrupt stehen bleibe. Auf gar keinen Fall kann ich mit Nick Mitchell in derselben Wohnung leben. Wild entschlossen, es nicht so weit kommen zu lassen, öffne ich meine Tasche und hole Block und Stift heraus. Kurz zögere ich und schreibe schließlich ein paar Zeilen darauf. Jolee wird alles andere als begeistert sein, wenn sie davon erfährt. Aber sie wird mir auch danken, wenn am Ende des Semesters sowohl ihr Bruder als auch ich noch am Leben sind. Erneut krame ich in meiner Tasche, fische aus ihr das kleine Etui und schließlich die Nagelschere heraus. Die habe ich immer dabei. Genau wie Lippenbalsam, Deo, Notfall-Schokolade und ein Haargummi. Zehnmal habe ich meine Telefonnummer unter den Text für die Wohnungssuche geschrieben und schneide das Blatt Papier nun so ein, dass man sie abreißen kann. Kein Meisterwerk, aber auf die Schnelle völlig ausreichend.

Zielstrebig gehe ich auf das Haupthaus zu, in dem die Verwaltung untergebracht ist. Dort finden sich die wichtigsten Aushänge und das Schwarze Brett für die Gesuche von Studierenden. Ich nehme eine Reißzwecke und pinne meinen Zettel an eine freie Stelle. Vermutlich wird sich niemand darauf melden, aber dann habe ich wenigstens alles versucht.

Mit einem nervösen Flattern im Bauch begebe ich mich zum *Barneys*. Eden steht hinter dem Tresen und winkt kurz, als sie mich entdeckt. Kira bedient gerade Kyle und Jolee. Weil ich keine Lust habe, meine Bestellung bei ihr aufzugeben, stelle ich mich in der kurzen Schlange an, um mein Getränk bei Eden zu bestellen und es selbst mit an den Tisch zu nehmen.

»Hey, du hältst es wohl keinen Tag ohne den Laden aus, was?«, sagt Eden und grinst frech.

»Ich bin mit Freunden verabredet.«

»Ah, cool. Möchtest du einen Himbeer-Hafermilch-Shake?«, fragt sie, weil sie weiß, dass ich den immer trinke, seit das *Barneys* die neue Karte hat. Kurz überlege ich, etwas anderes zu bestellen, weil ich sofort an Nick und das Shake-Desaster denken muss.

»Gerne.« So weit kommt es noch, dass mir der Idiot meinen Lieblingsshake versaut.

Während Eden meine Bestellung zubereitet, tritt Kira hinter den Tresen und wirft mir einen missbilligenden Blick zu. Was hat sie eigentlich für ein Problem? Ich frage mich ohnehin, warum sie hier überhaupt arbeitet. Ihre Eltern haben eine Kaufhauskette, sie hat es also nicht nötig, sich die Hände schmutzig zu machen.

»Ignorier sie, das mache ich auch und ich wohne mit ihr zusammen.« Aufmunternd lächelt Eden mich an.

Es fällt mir wirklich schwer, mein Entsetzen zu verbergen, wenn Kira genau neben ihr steht. Es geht also durchaus schlimmer, als mit Phoenix oder Nick unter einem Dach zu wohnen. Kira ist wirklich ein Miststück. Aus purer Eifersucht hat sie Jolee in Phoenix' Pool gestoßen und hinterher beschimpft. Das war das einzige Mal, dass ich gesehen habe, wie Nick sich schützend vor seine Schwester gestellt hat. Leider hielt der Zustand nicht lange an und er hat kurze Zeit später die Wettschuld von ihr eingefordert. Bis zu dem Zeitpunkt hatte Jolee die Wette für einen Scherz oder eine Provokation ihres Bruders gehalten. Meine Bedenken hatte sie ignoriert.

*Immer, wenn ich Nick ansehe, erinnert er mich an diesen Moment der Stille, bevor der Sturm zuschlägt und nur noch Verwüstung hinterlässt. Irgendwas brodelt da gewaltig hinter seinen Mauern, was nur darauf wartet, dass jemand ein paar Backsteine aus der Wand herausbricht.* Das hatte ich ihr gesagt und meine Meinung hat sich bisher nicht geändert. Das Sturmgrau seiner Augen ist Faszination und Warnung zugleich.

»Hier, dein Shake.« Ich war so in meine Gedanken vertieft, dass ich Eden ganz vergessen habe. Da sie allerdings immer noch lächelt, nimmt sie mir meine geistige Abwesenheit nicht übel.

»Danke. Und mein aufrichtiges Beileid zu deiner Mitbewohnerin.« Einen Seitenblick zu Kira kann ich mir nicht verkneifen, als diese verächtlich schnaubt.

»Bis morgen.« Verabschiedet sich Eden, nachdem sie mich abkassiert hat.

Mit dem Shake in der Hand gehe ich auf den Tisch zu, an dem Kyle und Jolee sitzen und gerade in einer Diskussion über die Notwendigkeit eines Bücherregals in seinem Zimmer stecken. Um sie nicht zu unterbrechen, setze ich mich einfach auf einen der freien Stühle.

»Es gibt E-Books. Du musst mein Zimmer also nicht in eine Bibliothek verwandeln.«

»Dann reicht es ja auch, wenn ich mir von dir ein Poster ansehe, anstatt dich anzufassen.«

»Was ist das denn bitte für ein Vergleich?«, sagt Kyle genervt. Jolee verschränkt die Arme unter ihrer Brust. Die beiden liegen sich jetzt schon wegen der Einrichtung in den Haaren. Das kann ja heiter werden, wenn sie tatsächlich bei ihm einzieht.

»Bree, kannst du ihm bitte sagen, dass eine digitale Ausgabe nichts im Vergleich zu etwas Handfestem ist?«

»Kann ich nur bestätigen.« Kyle wirft mir einen irritierten Blick zu. »Sie hat handfest nicht klar definiert«, erkläre ich grinsend. Jolee schnauft und verpasst ihrem Freund einen Klaps, als er über meine Bemerkung lacht.

»Was ist das für ein Mist?«, ertönt Nicks Stimme plötzlich neben mir. Im selben Moment knallt er ein Stück Papier auf den Tisch. Als er die Hand zurückzieht, erkenne ich, was er da eigentlich hat.

»Das ist ein Aushang für eine Wohnungssuche«, erkläre ich sachlich. Er stößt so stark die Luft durch seine Nase aus, dass ich befürchte, von meinem Stuhl geweht zu werden.

»Das sehe ich selbst. Und warum hing der Wisch am Schwarzen Brett?« Meint er die Frage ernst? Das ist doch offensichtlich.

»Weil ich eine Wohnung suche?« Ich lasse es absichtlich wie eine Frage klingen.

»Du hast wirklich einen Aushang gemacht?«, mischt sich Jolee ein und kassiert dafür von Nick einen Blick, der sagt, dass sie die Klappe halten soll.

»Ich wollte mir alle Optionen offenhalten«, antworte ich ihr und zucke mit den Schultern.

Nick lässt sich auf den Stuhl neben mir nieder, nimmt das Papier und zerknüllt es. Na prima, jetzt darf ich ein neues anfertigen und aufhängen.

»Hast du überhaupt eine Ahnung, an was für Kerle du damit geraten kannst?«

Ein Lachen verlässt meine Kehle, weil Nick klingt, als wäre er mein Aufpasser. »An welche, die netter sind als du?«, spiele ich den Ball zurück.

»Wenn du deine Brüste so in die Kamera hältst …«

Warnend hebe ich den Zeigefinger. »Wag es ja nicht, den Satz zu beenden.«

»Wovon redet er da, Bree?«, will Jolee wissen. Kyle hat sich bereits auf seinem Stuhl zurückgelehnt und beobachtet das Schauspiel.

»Ich rede davon, dass deine Freundin auf Instagram eine Wohnungssuche wie eine verdammte Kontaktanzeige klingen lässt und sich nicht wundern soll, wenn die Kerle ihr an die Wäsche wollen.« Leider hat er nicht ganz unrecht, ich habe tatsächlich einige fragwürdige Angebote erhalten, aber das werde ich ihm ganz sicher nicht auf die Nase binden.

»Du hast was? Bist du verrückt?« Himmel! Die beiden sind doch sonst nicht einer Meinung.

»Ich habe meine Brüste nicht in die Kamera gehalten. Ich hatte zufällig ein Top mit Ausschnitt an. Warum interessiert dich das überhaupt?« Mein Ton hat sich inzwischen verschärft. Nick funkelt mich wütend an. Ein falsches Wort und ich erfahre die volle Gewalt, mit der Sturmtief Nick über mich hinwegrauscht. Da habe wohl ausgerechnet ich ein paar Backsteine entfernt. Mist!

»Weil du mit deinem Auftritt Gesprächsthema Nummer eins in der Kabine bist!«, entfährt es ihm laut. Spinnt der Idiot jetzt völlig?

»Wusstest du das?«, fragt Jolee entsetzt an Kyle gerichtet, der lediglich mit den Schultern zuckt.

»Nick hat das geregelt. Niemand interessiert sich mehr für Brees Brüste.« Die Augen meiner Freundin werden groß. Kyle Blackmoore bewegt sich gerade auf ganz dünnem Eis.

»Könnt ihr vielleicht aufhören, über meine Brüste zu reden? Okay, ich gebe zu, es war eine bescheuerte Idee«, lenke ich ein, bevor irgendjemand noch das *Barneys* in Schutt und Asche legt. Erst jetzt dämmert mir, was Kyle da gerade gesagt hat. Nick hat mich vor seinen Teamkollegen verteidigt. Er hat das geregelt ... Überrascht sehe ich ihn an. Ist er deswegen so wütend? Was heißt überhaupt, er hat das geregelt? Hat er sich etwa meinetwegen geprügelt? Unauffällig suche ich ihn nach Verletzungen und Blutspritzern ab. Nichts. Gott sei Dank.

»In der Tat. Ich habe dich für klüger gehalten.« Sein plötzlich herablassender Ton gefällt mir überhaupt nicht.

»Wirklich? Ich fühle mich geschmeichelt. Du hingegen bist genau der Idiot, für den ich dich gehalten habe«, erwidere ich mit einem Lächeln, weil ich genau weiß, dass es ihn auf die Palme bringt.

»Du hast recht. Ich sollte dich einfach den Arschlöchern überlassen. Sam hat übrigens noch ein Zimmer frei, falls du wieder sein Bett bevorzugst.«

Meine Hand schießt ohne mein Zutun in Richtung seines Gesichts. Mühelos weicht er meiner Ohrfeige aus und hält mein Handgelenk fest.

»Netter Versuch, Glückskeks. Ohne blitzschnelles Reaktionsvermögen wäre ich auf dem Spielfeld am Arsch, du musst dir also etwas mehr Mühe geben«, sagt er scharf, lässt mich aber nicht los.

Mein Blick wandert zu Jolee, die kaum merklich den Kopf schüttelt. Von ihr hat er die Information mit Sam nicht. Der Sam, mit dem ich auf der Highschool zusammen war, und die heutige Version von ihm haben absolut nichts gemeinsam. Und außerdem geht ihn das überhaupt nichts an. Ich reiße mich von Nick los und setze zu einer passenden Antwort an.

»Okay, das reicht jetzt«, ergreift Kyle das Wort und wirft Nick einen Blick zu, der selbst mir etwas Angst macht. Dieser smarte Kerl kann also auch anders, wer hätte das gedacht. Ich schlucke die Worte herunter, die ich dem Vollidioten gerade noch an den Kopf werfen wollte.

»Dann sind wir hier ja fertig«, erwidert Nick. Sein Blick ist so eisig, wie seine Worte klingen. Er erhebt sich von seinem Stuhl. Dieses Gespräch hatten unsere Freunde sicher ganz anders geplant.

»Hinsetzen!«, fordert Kyle, aber Nick schiebt demonstrativ seinen Stuhl an den Tisch. Er wird sich nicht wieder setzen.

Das teuflische Grinsen in seinem Gesicht verheißt nichts Gutes. »Du sagst mir ganz sicher nicht, was ich tun werde, Blackmoore.« Sein Blick ruht einen Augenblick auf mir. Ich glaube, so etwas wie Unentschlossenheit darin zu erkennen.

Was, bleibt er etwa, wenn ich ihn darum bitte? Darauf kann er lange warten.

# 21

**Nick**

Ohne ein weiteres Wort verlasse ich das *Barneys* und verziehe mich in eine nicht einsehbare Ecke hinter dem Café. Die befindet sich ausgerechnet zwischen den stinkenden Mülltonnen, aber das ist mir im Augenblick wirklich egal. Immer noch angepisst ziehe ich die Schachtel Zigaretten aus meiner Tasche und stecke mir eine an.

So hätte das nicht laufen sollen. Nach der Sache heute Morgen in der Umkleidekabine dachte ich eigentlich, ich hätte mich beruhigt. Bis dahin ist mir gar nicht klar gewesen, wie viele meiner Mannschaftskollegen Bree im Netz folgen. Auf das Wissen, wer sie alles nicht von der Bettkante stoßen und ihr Asyl anbieten würde, hätte ich gut und gerne verzichten können. Und Sam, dieser Arsch, hat es sich nicht nehmen lassen, seine Entjungferungsstory auszupacken.

Plötzlich stand ich wieder in der Highschool und sah Travis vor mir, der ganz ähnliche Dinge über meine Schwester gesagt hat. Das Campell jetzt nicht mit einer gebrochenen Nase in der Notaufnahme sitzt, verdankt er meiner Selbstbeherrschung und der Tatsache, dass ich kein pubertierender Teenager mehr bin. Der Coach würde mich hochkant aus dem Team werfen, egal ob der Idiot die Abreibung verdient hat oder nicht. Den Vogel hat Sam allerdings abgeschossen, als er meinte, ich wäre neidisch, weil sie mich nicht ranlassen würde. Allein dafür, dass er sie so abgewertet hat, würde ich ihm gerne die Fresse polieren.

Und dann sehe ich Bree, wie sie diesen bescheuerten Aushang mit ihrer Telefonnummer an das Schwarze Brett hängt. In fucking knallgelben Hotpants, die gerade mal so ihre Pobacken bedecken. Das weite weiße Shirt hat nur minimal ihr Outfit entschärft und den Fokus auf ihre fantastischen nackten Beine gelenkt. Sie hatte den Zettel gerade angepinnt und war noch nicht mal außer Sichtweite, als zwei Typen zielstrebig auf das Schwarze Brett zugelaufen sind, um sich ihre Telefonnummer unter den Nagel zu reißen. Ich war schneller. Habe die beiden angeschnauzt, dass sie sich verpissen sollen, und das Stück Papier an mich genommen. Und zum Dank, dass ich ihren Arsch vor schwanzgesteuerten Kerlen beschütze, will sie mir eine Ohrfeige verpassen. Okay, das lag eher an meinem Kommentar über Campell. Aber da sie es nicht abgestritten hat, hat er wohl nicht gelogen. Und das stört mich mehr, als es eigentlich sollte.

»Alles okay?« Ertappt lasse ich die Zigarette fallen und trete sie aus. Als ich mich umdrehe, steht ausgerechnet Bree vor mir.

»Was willst du?«, fahre ich sie an. Ich bin nicht ohne Grund aus dem *Barneys* abgehauen und sie ist die Letzte, mit der ich mich im Augenblick unterhalten will.

»Ich dachte mir, dass ich dich hier finde. Das ist weit und breit die einzige Möglichkeit, heimlich eine durchzuziehen.« Und was ich noch viel weniger möchte, ist, dass sie ständig zu wissen scheint, was in mir vorgeht und wie ich handeln werde.

»Das beantwortet meine Frage nicht«, sage ich und lehne mich mit dem Rücken gegen die Hauswand.

»Ich wollte nach dir sehen.« Als sie einen Schritt auf mich zukommt, hebe ich warnend eine Augenbraue. Sofort bleibt sie stehen.

»Das hast du ja jetzt getan.« Warum sage ich ihr nicht einfach, dass sie gehen soll? Weil sie es ohnehin nicht machen würde. Die Frau ist mindestens so stur, wie sie hübsch ist.

Mein Blick wandert zu ihren nackten Beinen und gleitet weiter zu dem gelben Stück Stoff. Verdammt, ich bin nicht besser als die Typen von vorhin. Ich bin weiß Gott niemand, der erwartet, dass Frauen ihre Vorzüge verstecken, denn es ist ihr gutes Recht, sie zu zeigen, ohne deswegen angegafft zu werden. Aber Bree O'Donell würde ich gerne bis zum Hals in einen Kartoffelsack stecken. Entschlossen reiße ich meinen Blick von ihren Beinen los und sehe ihr wieder ins Gesicht. Sie grinst. Shit! Sie hat mich ertappt.

»Sorry«, murmle ich eine Entschuldigung und beschließe, dass es das

Beste ist, wenn ich den mit alten, breitgelatschten Kaugummis übersäten Pflastersteinboden anstarre.

»Entschuldigst du dich dafür, dich eben wie ein Idiot aufgeführt zu haben, oder weil du ungeniert meine reizenden Beine angestarrt hast?«

Das Grinsen in meinem Gesicht entsteht, bevor ich es verhindern kann. »Für die Beine«, gebe ich zu, alles andere habe ich auch so gemeint. Außer die Sache mit Sam, dazu hat sie mich provoziert. Was keine Entschuldigung, sondern lediglich eine Erklärung ist.

»Danke.«

Mein Kopf schnellt hoch und ich blicke sie verwundert an. »Bedankst du dich dafür, dass ich mich wie ein Idiot benommen habe oder dich wie ein notgeiler Schwachmat angestarrt habe?«, imitiere ich ihren amüsierten Tonfall.

Erneut kommt sie auf mich zu und diesmal halte ich sie nicht auf. Meine Wut hat sich in ein unterschwelliges Brodeln verwandelt. Kein Grund, sie auf Abstand zu halten. Bree stellt sich neben mich und lehnt sich ebenfalls mit dem Rücken gegen die Wand.

»Dafür, dass du mich vor deinen Teamkollegen verteidigt hast.« Ihre Stimme hat diesen weichen, vorsichtigen Ton, der mich jedes Mal in den Wahnsinn treibt. Wenn ich ihr jetzt in die Augen sähe, so weiß ich, würden sie mich an heiße, flüssige dunkle Schokolade erinnern.

Als sie von einem Fuß auf den anderen tritt, stößt ihr Körper gegen meinen. Sofort weiche ich einen Schritt zur Seite.

»Tschuldige.«

»Vielleicht solltest du aufhören, dich ständig für alles zu entschuldigen«, seufze ich, weil es anstrengend ist, so umeinander herumzutänzeln, aus Angst, dem anderen auf die Füße zu treten, sobald man aus dem Takt gerät.

»Du hast recht, es tut mir überhaupt nicht leid, dich angerempelt zu haben.« Der belustigte Unterton in ihrer Stimme entgeht mir nicht.

»Siehst du, ist doch gar nicht so schwer«, lobe ich sie und grinse.

»Du kommst nicht besonders gut damit klar, wenn Menschen nett zu dir sind, stimmt's?«

»Ich komme nicht damit klar, wenn *du* nett zu mir bist«, gestehe ich. Damit bin ich ernsthaft überfordert. Ich fühle mich wohler, wenn sie mir den Mittelfinger zeigt oder mich zusammenstaucht. Damit kann ich umgehen. Mit einer Bree, die freundlich lächelt und mich ansieht, als wäre ich ihr wichtig, nicht. Weil es meine Gedanken in die falsche Richtung treibt. In eine Vorstellung von ihr und mir, die mich früher oder später in Schwierigkeiten bringt. »Wir sollten ein paar Regeln aufstellen.« Je schneller wir die Grenzen abstecken, umso einfacher wird es hoffentlich in Zukunft.

»Regeln wofür?«

»Wenn du in die WG einziehst –«

»Ich habe überhaupt nicht vor, bei euch einzuziehen«, unterbricht sie mich.

Frustriert atme ich einmal tief durch. Sie macht mich wahnsinnig. »Kannst du mich einfach ausreden lassen, Glückskeks?«

»Nur, wenn du endlich damit aufhörst, mich Glückskeks zu nennen. Der Kosename ist nicht gerade sexy.«

»Das soll er auch nicht sein«, erwidere ich. Den Namen verdankt sie nicht ihrem Sexappeal, sondern ihren nervigen Sprüchen.

»Du findest mich also nicht sexy?« Meint sie die Frage ernst?

»Was wird das hier, Glücks … Bree?«

»Glücksbree? Es wird nicht besser, Sonnyboy«. Sie verarscht mich doch.

»Können wir den Quatsch lassen?«, bitte ich sie, bevor ich ernsthaft die Beherrschung verliere.

»Ich betreibe Konversation.«

»Nein, du treibst mich in den Wahnsinn!«

»Das kann durchaus positiv ausgelegt werden.« Was zur Hölle will sie mir damit sagen? Ich kann dem absolut nichts Positives abgewinnen. Erneut stößt sie mich mit der Schulter an, diesmal mit voller Absicht. Ich weiche nicht zurück, weil ich ihr den Triumph nicht gönne, mich zu verunsichern. Denn das tut sie. Ständig. Nie weiß ich, wie ein Aufeinandertreffen mit ihr enden wird. Und ich hasse es, in ihrer Gegenwart nichts unter Kontrolle zu haben.

»Können wir zum eigentlichen Punkt zurückkehren?«

»Welcher war das noch mal?« Genau das meine ich. Wie kann man nur so sein, ohne selbst verrückt zu werden?

»Die Regeln«, greife ich erneut das Thema auf. Ihr Lachen trifft mich unvorbereitet und bringt mich endgültig aus dem Konzept. »Würdest du mir erklären, was genau daran so witzig ist?«, frage ich sie, weil ich sie wirklich gerne verstehen und mir nicht ständig wie ein planloser Trottel vorkommen will.

Statt mir zu antworten, kichert sie noch lauter und trifft damit einen empfindlichen Nerv in mir. Ich stehe wirklich darauf, wenn die Nervensäge aufrichtig lacht. Nicht gestellt, um attraktiver zu wirken, sondern ohne Sinn und Verstand. Einfach drauflos. Außer Jolee kenne ich keine Frau, die das in meiner Gegenwart macht. Während ich bei meiner Schwester lediglich die Augen rolle, sorgt es bei der Frau neben mir für regelmäßige Blackouts meines Verstands. Und genau das geschieht, als sie losprustet und sich gleich darauf dafür entschuldigt, dass sie einen Lachflash hat.

Plötzlich stehe ich vor ihr, die Arme rechts und links von ihrem Kopf gegen die Wand gestemmt. »Bekomme ich eine Antwort?«, raune ich ihr zu und sie verstummt. Sie sieht zu mir auf. Das ist sie, die flüssige dunkle Schokolade. Shit! Mein Puls legt einen Sprint hin. Gar nicht gut.

»Jolee hat damals Regeln für Kyle aufgestellt. Ich muss dir nicht sagen, wie die Nummer ausgegangen ist, oder?« Keine Ahnung, welche Regeln meine Schwester aufgestellt hat, und es interessiert mich im Augenblick nicht im Geringsten.

»Ich bin nicht meine Schwester«, antworte ich und presse meine Kiefer aufeinander, damit ich nichts sage, was ich später bereue.

»Dann wäre diese Position auch irgendwie seltsam, nicht wahr?« Sie ist mir auf einmal so nah, dass ich ihren warmen Atem auf meiner Haut spüre. Wer von uns beiden hat eigentlich den Abstand verringert? Sie oder ich? Ist das überhaupt wichtig? Nein. Das einzig Relevante ist, wir haben es nicht verhindert und stecken nun in dieser Situation. Wieder einmal. Es ist, als wäre ich machtlos gegen sie. Bree ist der glänzende Magnet und ich der rostige Nagel, der sich an sie heftet, weil er der Anziehung nicht widerstehen kann.

Mein Blick landet auf ihren Lippen. Waren sie vorhin auch schon so rosa? Der Duft von Himbeeren schlägt mir entgegen. Ein weiteres Indiz dafür, dass ich ihr näher bin, als gut für uns ist. Sie beißt sich auf die Unterlippe und ich ziehe scharf die Luft ein. Reizt sie mich gerade absichtlich?

»Weißt du, Nick, Regeln für den Umgang mit der eigenen Person stellen nur Menschen auf, die sich selbst nicht trauen.«

Traue ich mir? Auf gar keinen Fall. Aber ihr traue ich noch viel weniger.

Ich beuge mich etwas vor. Mein Mund schwebt so dicht vor ihrem, dass ich nur die Zunge ausstrecken müsste, um herauszufinden, ob der Himbeerduft von ihren Lippen kommt. Den Gedanken, sie jetzt zu küssen und es darauf ankommen zu lassen, befördere ich hinter eine der Türen in meinem Kopf. Leider tritt Bree im nächsten Augenblick die Tür ein, als sie nach meinem Shirt greift und mich an sich zieht.

Fuck! Sie kann niemals in die WG einziehen, wenn ich das hier nicht unterbinde. Das funktioniert einfach nicht. Ich will keine Frau in meinem Leben, die alles durcheinanderbringt.

*Das hat sie schon*, hallt die beschissene Stimme in meinem Unterbewusstsein wider. Kann sie nicht einfach mal die Klappe halten und mir nicht ständig meine Schwächen unter die Nase reiben? Großartig, jetzt diskutiere ich schon mit mir selbst.

Federleicht berühren meine Lippen ihre, verharren sekundenlang reglos an Ort und Stelle. »Ich traue uns beiden nicht«, flüstere ich und stoße mich im nächsten Augenblick von der Wand ab. Sobald der Abstand zwischen uns wieder hergestellt ist, atme ich tief durch. Bree sieht mich blinzelnd an. »Du kannst in die WG einziehen, wenn du willst, aber zwischen uns wird nichts laufen. Nur Freunde, mehr nicht. Keine Spielchen mehr. Das ist die Bedingung. Kommst du mir zu nah, setz ich dich vor die Tür.«

# 22

**Bree**

Ungläubig sehe ich Nick hinterher, als er zwischen den Mülltonnen verschwindet. Seine Worte klingen eindeutig nach einer Warnung, aber mein bescheuertes Herz hat seine Aussage bereits in eine ganz andere Richtung interpretiert. Er traut sich selbst nicht, weil da eindeutig etwas zwischen uns ist. Und es kostet ihn verdammt viel Selbstbeherrschung, nicht nachzugeben. Aber er kann die Aufgabe auch nicht einfach an mich weiterreichen und hoffen, dass ich die Vernünftige bin. Ich meine, er kennt mich, Vernunft ist nun wirklich nicht mein zweiter Vorname. Chaoseule schon eher, mit Vollgas mittenrein in die Katastrophe. Das klingt mehr nach mir.

So langsam dämmert mir, was das bedeutet. Jolee und ich werden bei den Jungs einziehen. Und ich habe eine Mission. Nick Mitchell. Wäre doch gelacht, wenn ich den wahren Kerl nicht hinter seiner Mauer hervorgelockt bekomme.

Entschlossen gehe ich zurück. Jolee steht mit dem Handy in der Hand vor dem *Barneys*. Im selben Moment vibriert es in der Gesäßtasche meiner kurzen Shorts. Ich beschleunige den Schritt.

»Bin da. Wir können los.« Mit prüfendem Blick mustert sie mich.

»Hast du ihn erwischt?« Könnte man so sagen.

»Ja. Wir haben alles geklärt.« Ein Grinsen kann ich mir nicht verkneifen.

»Warum siehst du aus, als hättest du etwas ausgeheckt, was mir nicht gefallen wird?«, fragt sie misstrauisch.

»Oh, das wird dir gefallen. Wir ziehen bei den Jungs ein.«

»Du machst mir Angst.«

»Komm, Darling, wir müssen packen, bevor dein Bruder einen Rückzieher macht.« Ich trete hinter sie, umfasse ihre Schultern und schiebe sie in Richtung Parkplatz, auf dem mein Auto steht.

»Will ich wissen, warum es dir plötzlich nicht schnell genug gehen kann?«

»Vermutlich nicht.« Sobald wir meinen Wagen erreicht haben, klettere ich auf den Fahrersitz und Jolee zögert tatsächlich einen Moment, bevor sie einsteigt.

***

Als wir unsere Wohnung betreten, fühle ich mich seltsam beschwingt. Ein bisschen, als wenn man in den Urlaub fährt. Mein letzter ist Jahre her. Ich verspüre den Drang, auszumisten, Dinge zusammenzupacken, in meinen alten Ford zu stopfen und mich in neue Abenteuer zu stürzen. Jolee hingegen lässt sich auf die Couch fallen, greift nach der Fernbedienung und zappt durch die Kanäle.

»Fräulein, wir haben eine Mission.« Über die Schuler wirft sie mir einen Blick zu.

»Du hast eine Mission, ich sehe mir jetzt diese süße Tierdoku an.« Ich schiele zum Bildschirm und sehe einen Pandabären. Oh. Der ist wirklich süß. Packen können wir auch später noch.

Nach einem kurzen Abstecher in die Küche, um eine Flasche Sekt und zwei Gläser zu holen, setze ich mich zu ihr auf die Couch.

»Haben wir etwas zu feiern?«, fragt sie und deutet auf die Flasche in meiner Hand.

»Wir werden nicht obdachlos. Wenn der Grund es nicht wert ist, sich zu betrinken, ist es keiner.« Der Korken knallt und ich gieße die perlende Flüssigkeit in die Sektgläser.

***

Nichts ist es wert, am nächsten Morgen einen Kater zu haben. Drei Gläser Sekt haben gereicht, um mir die Kopfschmerzen des Todes zu verpassen. Und hätte ich nicht die Frühschicht im *Barneys*, würde ich heute einfach blaumachen.

»Guten Morgen ... Harte Nacht gehabt?«, begrüßt mich Eden grinsend, als ich das Café betrete.

»Schön wär's«, seufze ich und stelle meine Tasche auf dem Tresen ab, während ich mich auf einen der Barhocker sinken lasse.

»Lass mich raten, das Aktmodell.« Sie brüht uns zwei Tassen Tee auf. Wir sind vermutlich die Einzigen, die in einem Coffeeshop arbeiten und selbst gar keinen Kaffee trinken.

»Der Grund für mein desaströses Befinden sind eine Panda-Dokumentation und eine Flasche Sekt. Wenn hierfür«, ich deute auf meine dunklen Augenringe, »ein Kerl verantwortlich wäre, würde ich wenigstens befriedigt grinsen.«

»Du kannst aber nicht leugnen, dass du Mr Aktmodell nachgelaufen bist, nachdem er aus der Tür gestürmt ist.«

»Sein Name ist Nick.« Mir gefällt es nicht, dass sie ihm so einen Spitznamen verpasst hat. Das reduziert ihn irgendwie auf seine körperlichen Vorzüge. Nicht, dass er die nicht hat, aber sie machen ihn nicht aus. Die mürrische Art gehört genauso zu ihm wie sein Sixpack plus zwei.

Eden stellt eine Tasse Kräutertee vor mir ab. Ihre Stirn legt sich nachdenklich in Falten.

»Worüber denkst du nach?«, will ich von ihr wissen.

»Ship-Namen.«

»Ship-Namen?«

»Du weißt schon, so wie Brangelina.«

»Ich weiß, was ein Ship-Name ist, aber warum denkst du gerade jetzt darüber nach?«

»Was hältst du von Brick?«

»Wie bitte?«

»Oder doch lieber Nice?« Okay, jetzt dreht sie durch.

»Wir brauchen keinen Ship-Namen. Wir sind nicht Brangelina.«

»Nee, die sind ja auch getrennt.«

»Und wir sind nicht zusammen.« Vielleicht sollte ihr das mal jemand eintrichtern, bevor sie einen Fanclub gründet und T-Shirts drucken lässt.

»Ich bin Optimistin und gerne vorbereitet. Brick ist Nice.« Während sie über ihren Wortwitz kichert, verdrehe ich genervt die Augen.

»Du wirst uns keinen Ship-Namen verpassen, als wären wir das nächste Hollywood-Traumpaar. Wir sind weder Hessa noch Shawmila.«

»Aber für eure Show gestern hättet ihr einen Oscar verdient.« Jetzt lache ich. Nicks zweiter Vorname wird allmählich zu meinem persönlichen Running Gag. »Wer ist Shawmila?« Die beiden kennt sie natürlich nicht, aber Hardin und Tessa aus *After*. War ja klar.

»Shawn Mendes und Camila Cabello.«

»Ist Shawn aktuell nicht Single?«, hakt sie nach.

»Nur vorrübergehend, die kommen schon wieder zusammen.«

»Wenn du es sagst. Also, was gibt es Neues bei Hashtag Brick?« Sie wird es nicht lassen, dafür hat sie viel zu viel Spaß daran.

»Ich ziehe bei ihm ein«, antworte ich trocken. Prompt verschluckt sie sich an ihrem Tee. Das hat sie verdient.

»Also seid ihr doch ein Paar?«, fragt sie ungläubig.

»Nein. Jolee und ich ziehen in seine WG mit Kyle.«

»Hach. Hashtag Kylee. Die sind wirklich süß.« Kylee? Und ich dachte, ich bin die mit dem Knall. Eden toppt mich um Längen.

Als die Tür aufschwingt und die ersten Gäste hereinkommen, zucken wir erschrocken zusammen. Wir haben uns so verquatscht, dass wir noch gar nicht auf Gäste vorbereitet sind. Ich rutsche vom Barhocker, stelle hastig die Stühle runter und wische wenigstens die Tische ab. Eden nimmt in der Zeit die Bestellungen auf.

Nachdem wir den ersten Ansturm gemeistert haben, atmen wir tief durch. Meine einzige Vorlesung für heute ist erst nachmittags. Ich wünschte, alle Tage wären so entspannt, aber die anderen sind meist bis in den frühen Abend vollgestopft. Weshalb ich auch dankend die Schichten an den Wochenenden übernehme, wenn niemand anderes sie will.

»Love Interest im Anmarsch«, raunt Eden mir herzallerliebst zu. Mein Blick wandert zur Tür. Und tatsächlich kommt Nick gerade herein. Gefolgt von River und Mase.

»Wo habt ihr den Rest eurer Boyband gelassen?«, ziehe ich sie auf, als sie an den Tresen treten. Nick verzieht das Gesicht und sieht überall hin, nur nicht zu mir. Zurück auf Anfang also.

River beugt sich über den Tresen und winkt mich zu sich heran. »Komm mal her, Sweetheart, dann verrate ich dir was.« Er hat einen verschwörerischen Ton aufgelegt. Grinsend komme ich seiner Aufforderung nach. »Wir sind gar keine Boyband, sondern Undercoveragenten. Verrat es aber niemandem.«

»Und was ist eure Mission?«, flüstere ich zurück.

»Gratis Getränke.«

»Seid ihr dann fertig mit dem Quatsch? Ich habe nicht ewig Zeit«, mault Nick und River richtet sich wieder auf.

»Geheimagent Launisch nimmt einen Kaffee. Ich probiere heute den Himbeer-Hafermilch-Shake. Ich habe gehört, der hat was drauf. Und du Mase?« River wirft einen Blick über seine Schulter, während meiner zu Nick huscht. Hat er ihnen von dem Shake-Desaster erzählt?

»Gibt es heute keine Muffins?« Ich reiße mich von Nicks Anblick los und schenke Mase meine Aufmerksamkeit, der sich gerade die Nase an der Scheibe der Auslage plattdrückt.

»Mist! Die haben wir total vergessen. Die stehen noch in der Kühlung. Ich gehe sie schnell holen.« Das passiert, wenn man nicht bei der Sache ist und über Ship-Namen philosophiert.

»Gerne die mit der rosa Glasur«, ruft Mase mir nach, als ich schon beinahe durch die Schwingtür bin.

»Bro, du bist doch keine Tussi«, höre ich River sagen, bevor er lacht.

Mit einem Blech bunt gemixter Muffins kehre ich zurück in den Verkaufsraum. Das Küchenpersonal kommt in der Regel nicht vor elf, um die wenigen Speisen, die auf der Karte stehen, zuzubereiten.

»Gib ihm den mit den Haselnüssen obendrauf«, weist River mich an. Fragend blicke ich zu Mase.

»Spinnst du? Ich bin allergisch gegen Nüsse.«

»Na dann wird's besonders lustig«, scherzt River und bekommt dafür von Mase einen Hieb mit dem Ellenbogen.

»Ihr nervt«, mischt Nick sich ein und drängt sich an den beiden vorbei. Im nächsten Augenblick stellt er den To-go-Becher, den ich ihm angedreht habe, auf dem Tresen ab.

Verwundert sehe ich ihn an. Ich hätte geschworen, er hat das Ding in den nächsten Mülleimer befördert.

»Nachhaltig. Das ist doch euer Motto«, sagt er schulterzuckend, als er meinen verwirrten Gesichtsausdruck bemerkt. River lehnt sich an Nick vorbei, schnappt sich den Becher und zieht einen Edding aus der Brusttasche seines karierten Hemdes.

»Was wird das, du Spinner?«, zischt Nick und versucht, ihm das Teil abzunehmen. Geschickt weicht River ihm aus und schreibt etwas darauf.

»Jetzt passt das«, sagt er sichtlich stolz auf sein Werk und drückt mir den Becher in die Hand. Aus Reflex drehe ich ihn so, dass Nick lesen kann, was sein Freund da fabriziert hat.

»Sehr witzig. Wie alt bist du? Zwölf?«, motzt Nick.

»Möchtest du einen neuen?«, frage ich, weil ich das völlig nachvollziehen kann. River, der Scherzkeks, hat das fette ›B‹ des *Barneys*-Logos um ›REE‹ ergänzt.

»Nein«, antwortet er scharf. Wenigstens gilt sein angepisster Ton nicht mir, denn er sieht mich entschuldigend an. In einem wirklich schwachen Versuch, die Situation aufzulockern, lächle ich, bevor ich die Bestellung der Jungs zubereite. River und Nick nehmen ihre Getränke und gehen zielstrebig auf einen der freien Tische zu. Auf einem Teller reiche ich einen Muffin mit pinker Glasur, die nach überzuckerten Erdbeeren schmeckt, über den Tresen. Mase begleicht die Rechnung, entschuldigt sich für das Benehmen seiner Freunde und gesellt sich zu ihnen.

»Okay, das war irgendwie schräg. Sind die immer so?« Erschrocken fahre ich herum. Eden steht mit der inzwischen kalten Tasse Tee in der Hand am anderen Ende des Tresens. Und so, wie sie grinst, hat sie die Vorstellung genossen.

»Du hast gar keine Vorstellung, wie schräg die sind.« Den King des sonderbaren Verhaltens hat sie nämlich noch gar nicht kennengelernt. Bei Phoenix würde sie direkt aus ihren Birkenstocklatschen kippen.

# 23

**Nick**

River, dieser Vollidiot. Seinen Shake würde ich ihm wirklich gerne ins Gesicht kippen. Aus Erfahrung weiß ich, wie abartig das Zeug klebt. Dass ich meinen Kaffee jetzt aus einem Becher trinke, auf dem ›BREE‹ steht, ist an Absurdität nicht zu übertreffen. Genau wie die Tatsache, ihrem Einzug zugestimmt zu haben. Und als Sahnehäubchen gibt es meine Schwester noch obendrauf. Wenn das mal nicht der Jackpot ist.

Immer wieder schaue ich zu Bree, die verlegen lächelt, sobald sich unsere Blicke treffen. Verdammt!

»Was hat Kyle gesagt, wann er hier ist?«, fragt Mase und lenkt damit meine Aufmerksamkeit wieder auf das Gespräch, an dem ich mich beteiligen sollte, statt den Glückskeks anzustarren. Ich werfe einen Blick auf meine Armbanduhr.

»Zehn Minuten. Er wollte noch etwas mit dem Coach besprechen.« Rivers Handy klingelt. Das Intro von *Beverly Hills Cop* scheppert durch den Laden. Er hat die dumme Angewohnheit, kurz mit dem Kopf den Takt mitzuwippen, bevor er das Gespräch annimmt.

»Yo ... Im *Barneys* ... Dein Hollywood-Arsch kann auch auf einem Holzstuhl sitzen ... Ja, sie ist hier ... der auch ... Du hast die Show bereits verpasst.«

Geht es eigentlich noch? Es ist eindeutig, mit wem er da telefoniert, und ich traue King zu, dass er River auf mich angesetzt hat, um mich aus der Reserve zu locken. Mit hierherzukommen war Rivers Idee. Für gewöhnlich hole ich mir meinen Kaffee morgens allein und treffe die Jungs in der Vorlesung oder auf dem Trainingsgelände. Ich hätte wissen müssen, dass der Trottel etwas ausgeheckt hat. Nein, dafür ist er nicht clever genug. Das hier geht eindeutig auf Phoenix' Kappe. Keine Ahnung, was genau er damit beweisen will. Dass er es besser weiß oder ich im Unrecht bin. King lässt sich selten in die Karten schauen, wenn er dich vorführen will.

In einem wirklich filmreifen Auftritt schwingt wenig später die Tür des Cafés auf und Phoenix King betritt die Showbühne. Eigentlich ist ihm der Laden zu lahm. Warum er trotzdem einen Fuß hier reinsetzt, ist also klar. Reine Provokation. Und sein Opfer bin ich. Ich hasse ihn für seine Arroganz.

Er nimmt die schwarze Sonnenbrille ab, die durch seine blond gefärbten Haare wie ein Markenlabel in seinem Gesicht wirkt. Wie ich ihn kenne, ist es ein schweineteures Designerteil, das auf den ersten Blick auch von Walmart stammen könnte. Wer es nötig hat, den Namen des Designers im Großformat wie eine Werbetafel an seinem Körper zu tragen, hat zu wenig Geld, ihn mit Stil zu tragen. O-Ton des Kings, als ich ihn mal gefragt habe, warum er nicht wie die meisten Upperclass-Typen Gucci auf der Brust stehen hat.

Lässig hakt er die Sonnenbrille in den Kragen seines weißen Poloshirts und sieht sich um. Als er Bree entdeckt, hellt sich sein Gesicht auf. Mit wenigen Schritten ist er bei ihr, küsst sie auf die Wange und legt schließlich einen Arm um ihre Schultern. Sie lacht und ich könnte ihm dafür den Hals umdrehen. Nicht, weil er sie zum Lachen bringt, sondern dafür, mit welcher Leichtigkeit er das schafft. Um das zu erreichen, muss ich mich jedes Mal erst wie ein Trottel aufführen. Ein Blick durch den Raum reicht, um zu wissen, dass der King die Aufmerksamkeit aller Anwesenden hat. Und er genießt es absolut.

»Er lässt sich mal wieder feiern«, sagt River genervt. Um sich bemerkbar zu machen, pfeift er auf zwei Fingern.

»Hollywood! Wir sind hier nicht in L. A.! Niemand wird dir den roten Teppich ausrollen, damit du deinen Arsch an unseren Tisch bewegst«, brüllt er durch den Laden. Phoenix sieht auf und streckt seinem besten Freund den Mittelfinger entgegen. Bevor er zu uns kommt, sagt er noch etwas zu Bree.

Als er unseren Tisch erreicht, verpasst er River einen Schlag, dass ihm die Cap vom Kopf fällt.

»Spinner!« River hebt sie auf und setzt sie sich wieder verkehrtherum auf.

»Hall hat erzählt, du hattest gestern in der Umkleide nach dem Training einen Ausraster«, sagt er an mich gewandt und rückt sich den Stuhl neben mir zurecht, bevor er sich hinsetzt. Zum Glück stand er zu dem Zeitpunkt unter der Dusche, sonst hätte er sich entspannt zurückgelehnt und seinen Triumph darüber genossen, dass er recht damit hat, dass Bree mir nicht so egal ist, wie ich ständig behaupte.

»Bin ich das einzige Gesprächsthema auf dem Campus?«, frage ich genervt und nehme einen Schluck meines inzwischen lauwarmen Kaffees.

»Aktuell nicht, nein.« Warum grinst King so selbstzufrieden vor sich hin? Er hätte das Gleiche getan. Der Glückskeks gehört schließlich zu seinem Rudel. Im Grunde habe ich nur seinen Job erledigt. Also kein Grund, so zu feixen.

»Sam hat die Hosen voll«, sagt Mase und wir sehen ihn alle gleichzeitig an. Er hat die Hosen voll? Mase muss echt an seiner Ausdrucksweise arbeiten. Kein Wunder, dass ihn außerhalb unserer Gruppe niemand wirklich ernst nimmt.

»Er wird das nicht auf sich sitzen lassen, dass du ihn vor versammelter Mannschaft zusammengestaucht hast«, merkt Phoenix an und klingt plötzlich ernsthaft besorgt.

»Sam ist ein Idiot, aber nicht lebensmüde«, winke ich ab. Campell ist der Letzte, vor dem ich Angst habe. Hunde, die bellen, beißen nicht. Und er hat absolut nichts gegen mich in der Hand, was er zu seinem Vorteil nutzen könnte.

»Hier, bitte. Ungekühlt, ganz wie der King es wünscht.« Lächelnd stellt Bree ein Glas vor Phoenix ab.

»Milch?«, entfährt es River angewidert.

»Ja, das ist das Einzige in diesem Laden, was sie nicht zusammenpanschen. Habt ihr euch mal die Karte angesehen? Die Hälfte davon klingt ungenießbar und die andere beinhaltet Kaffee.« Phoenix kann Kaffee nicht ausstehen.

River und die anderen beiden verfallen in eine Diskussion über die Auswahl des *Barneys*. Mein Blick heftet sich an Brees Rückansicht, als sie auf einen der anderen Tische zugeht, um das dreckige Geschirr abzuräumen.

Vielleicht hat Campell nichts Konkretes gegen mich in der Hand, aber ich habe keinen Zweifel daran, dass er meinen Schwachpunkt inzwischen erkannt hat. Bree O'Donell. Und er wird ihn für sich nutzen. Fuck!

Als Kyle nicht auftaucht, sondern stattdessen eine kurze Nachricht schickt, dass wir uns im Vorlesungssaal treffen, beenden wir unsere Pause und brechen auf.

»Geht schon mal vor, ich muss noch etwas klären.«

River macht hinter mir Knutschgeräusche und kassiert dafür von Phoenix eine ermahnende Ansage.

Sobald die drei durch die Tür sind, stelle ich mich vor den Tresen und warte auf Bree. Ihre Kollegin macht mir allerdings einen Strich durch die Rechnung.

»Bekommst du noch etwas?« *Nein, eigentlich nicht. Ich will nur kurz mit der hübschen Brünetten reden,* antworte ich in Gedanken.

»Ähm ... einen Kaffee. Schwarz«, sage ich stattdessen. Suchend sehe ich mich nach Bree um. Eben stand sie noch an einem der hinteren Tische, aber jetzt kann ich sie nirgends entdecken.

»Gibst du mir deinen Becher?«, fragt die Bedienung und lenkt damit meine Aufmerksamkeit wieder auf sich. Nach kurzem Zögern reiche ich ihr den Becher. Sie mustert ihn und lächelt plötzlich.

»Nick, richtig?« Ich bin ihr hier zwar bereits ein paarmal begegnet, aber ich kann mich nicht daran erinnern, ihr meinen Namen verraten oder mehr als das Nötigste mit ihr gesprochen zu haben. Der Glückskeks hat ihr sicher verraten, wer ich bin. Auf eine Runde Small Talk würde ich dennoch wirklich gerne verzichten.

»Ja«, antworte ich knapp und hoffe, sie baut diese Unterhaltung nicht weiter aus.

»Du bist der Torwart der Kings, oder?« Sie sieht nicht so aus, als würde sie sich für Sport interessieren. Nach den Farbflecken auf ihrem Shirt zu urteilen, würde ich auf Kunst als Studienfach tippen.

»Ja«, erwidere ich erneut. Wenn sie clever ist, merkt sie, wie wenig ich an einem belanglosen Gespräch mit ihr interessiert bin.

»Gesprächig bist du ja nicht gerade.« Ein Kichern entfährt ihr und ich fühle mich zunehmend genervt.

»Hör zu, kannst du mir einfach meinen Kaffee geben?«, schiebe ich einen Riegel vor diese Konversation. Erneut sehe ich mich nach Bree um.

»Sie ist in der Küche.«

»Hmm?«, frage ich, weil ich ihr nicht zugehört habe.

»Bree. Du suchst sie doch«, erklärt sie. »Soll ich sie holen?«, fügt sie schnell hinzu.

»Nein, kümmere dich einfach um meinen Kaffee«, maule ich sie an. Aus meiner Tasche krame ich fünf Dollar und lege sie auf den Tresen.

»Wow, du bist wirklich ein charmantes Herzchen«, sagt sie mit sarkastischem Ton. Ein Glück für sie, dass sie mich nicht sympathisch finden muss, weil ich absolut kein Interesse an ihr habe. Nicht, weil sie nicht attraktiv ist, sondern weil ich bereits mit dem Glückskeks beide Hände voll zu tun habe.

»Und du scheinst nicht zu bemerken, wenn jemand keinen Bock auf eine Unterhaltung hat«, schnauze ich sie an. Sie macht ein betretendes Gesicht und löst damit direkt ein schlechtes Gewissen bei mir aus. »Sorry. Ich habe es nicht so gemeint«, schiebe ich hinterher. Dass ich mich in letzter Zeit ständig für mein Verhalten entschuldige, ist eindeutig Brees Einfluss zuzuschreiben. Inzwischen kommen mir Entschuldigungen verdammt leicht über die Lippen, weil ich bei dem Glückskeks ständig übers Ziel hinausschieße und sie besänftigen muss, damit sie mir nicht den Hals umdreht. Die Frau macht mich noch zu einem einfühlsamen Schoßhund, wenn das so weitergeht.

Kommentarlos stellt sie meinen Becher auf den Tresen und sieht mich abwartend an. Im selben Moment schwingt die Tür zur Küche auf und Bree kommt heraus. Überrascht hält sie in der Bewegung inne, als sie mich entdeckt. Ihre Kollegin greift nach einem leeren Tablett und tritt hinter dem Tresen hervor.

»Du hast recht, er ist ein selbstgefälliger Idiot. Vergiss Hashtag Brick. Du bist viel zu gut für diesen Typen.« Die Worte sollten mich nicht so treffen und trotzdem tun sie es. Ich kenne die Frau nicht einmal und doch macht es mich wütend, dass sie denkt, ich wäre nicht gut genug für Bree.

Dass der Glückskeks mich für einen Idioten hält und auch keinen Hehl daraus macht, mir das regelmäßig an den Kopf zu werfen, stört mich nicht. Ich habe es immer für eine Art Spiel zwischen uns gehalten und dem Ganzen nicht viel Bedeutung beigemessen. Aber dass sie auch anderen gegenüber äußert, was sie offensichtlich von mir denkt, ruft ein erdrückendes Gefühl in meiner Brust hervor. Dabei habe ich ihr eigentlich sagen wollen, dass ich den Jungs nichts von unserer gemeinsamen Nacht erzählt habe, falls Rivers Aktion sie das hat denken lassen. So ein Kerl bin ich nicht, der es nötig hat, seine Eroberungen bei einem Bier zum Thema zu machen. Aber scheinbar ist es völlig egal, dass ich mir ernsthaft Mühe gebe, mich mit ihr zu arrangieren und sie sogar in die WG einziehen lasse. Sie hat ihr Urteil längst gefällt. Einmal Arschloch, immer Arschloch.

»Nick«, sagt sie in diesem saften Ton, der nie seine Wirkung verfehlt und mich einknicken lässt. Aber nicht diesmal. Ich kämpfe dagegen an, mich von ihr um den Finger wickeln zu lassen.

Wortlos drehe ich mich um und gehe zielstrebig auf den Ausgang zu. Den Becher lasse ich absichtlich auf dem Tresen stehen. Die Message sollte selbst sie verstehen.

# 24

**Bree**

Wieder einmal starre ich Nick hinterher, wie er davonstürmt. Doch diesmal laufe ich ihm nicht nach. Etwas an der Art, wie er mich angesehen hat, hält mich davon ab. Edens Worte haben ihn verletzt. Sie hätte das wirklich nicht sagen dürfen. Ob er gut genug für mich ist oder nicht, kann sie überhaupt nicht beurteilen. Diese Entscheidung liegt allein bei mir.

Eden kommt mit einem Tablett dreckigen Geschirrs zurück und stellt es auf dem Tresen ab, um es anschließend in den Geschirrspüler zu räumen.

»Den Kommentar hättest du dir wirklich verkneifen können«, fahre ich sie an.

»Warum, habe ich etwa Prinz Charmings Ego verletzt?«, feixt sie.

»Du kennst ihn doch gar nicht«, sage ich scharf. Sie dreht sich zu mir um, mustert mich und scheint endlich zu begreifen, wie daneben ihre Aussage war.

»Sorry. Ich wollte dich nicht verärgern.« Mich? Nicht ich war die Zielscheibe für ihre Äußerung, sondern er.

Ich stemme die Hände in die Hüften und blicke sie wütend an. »Bei mir musst du dich nicht entschuldigen, sondern bei Nick. Du kannst nicht einfach behaupten, er wäre nicht gut genug für mich, ohne zu wissen, wer er ist. Deine Worte haben ihn verletzt.«

Eden macht ein betretendes Gesicht. Sofort habe ich ein schlechtes Gewissen, sie so angefahren zu haben. Immerhin habe ich selbst behauptet, Nick sei ein Idiot. »Ich weiß, du meinst es nur gut und ich habe gehört, was Nick zu dir gesagt hat. Vielleicht hätte ich ähnlich reagiert, aber trotzdem hättest du ihm das nicht an den Kopf knallen müssen.«

»Du hast recht, das war gemein von mir. Ich werde mich bei ihm entschuldigen, wenn ich ihn das nächste Mal sehe.« Ich nicke und lächle sie an, damit sie weiß, dass zwischen uns alles in Ordnung ist und ich nicht nachtragend bin.

»Wie stehst du eigentlich so zu *Supernatural*?«, frage ich und sie atmet erleichtert aus. Ein Themenwechsel kommt uns beiden mehr als gelegen.

»Gehört zu meinen Lieblingsserien«, schwärmt sie.

»Sam oder Dean?«

»Dean.«

»Gut. Dann kommen wir uns nicht in die Quere, ich bin Team Jensen Ackles, der ist heiß.«

»Der ist locker zwanzig Jahre älter als du«, stößt sie entsetzt aus.

»Vielleicht habe ich einen Daddy-Komplex«, antworte ich grinsend.

»*Vampire Diaries* oder *The Originals*?«

»*The Originals*.« Darüber muss ich gar nicht erst nachdenken. Für mich eindeutig die bessere Serie.

»*Pretty Little Liars* oder *Gossip Girl*?«, frage ich sie und glaube, in ihr einen Serienbuddy gefunden zu haben.

»Ganz klar *Petty Little Liars*. Ich steh nicht auf Klatsch und Tratsch.«

Weitere zehn Minuten unterhalten wir uns über Serien und Filme. Tatsächlich haben wir einen ganz ähnlichen Geschmack.

Der zweite Ansturm im *Barneys* strömt gerade zur Tür herein und unterbricht unsere Debatte über den besten Marvel-Film aller Zeiten. Ausgerechnet da sind wir uns uneinig. Ich werfe einen Blick auf die Uhr. Meine Schicht ist in dreißig Minuten vorbei und ich habe noch fünfundvierzig, bis meine Vorlesung beginnt.

Die Zeit vergeht in der Hektik des Cafés wie im Flug und bevor ich michs versehe, finde ich mich im Seminarraum meines Psychologiekurses wieder. Ich habe mir einen freien Platz im mittleren Bereich gesucht und kritzele gerade ein paar Blumen auf meinen Block, bis ich aufsehe und den Kerl entdecke, der mir im *Barneys* seine Telefonnummer zugesteckt hat. Er hat mich ebenfalls bemerkt und kommt zielstrebig auf mich zu. Bisher habe ich ihn in diesem Kurs noch nie bemerkt. Unauffällig schiele ich auf den freien Platz neben mir und hoffe, er ist nicht sein Ziel.

»Hey«, sagt er und bleibt neben meinem Tisch stehen. Seine mit Sommersprossen überzogenen Wangen färben sich rot.

»Hey«, erwidere ich und lächle verhalten.

»Ist der Platz noch frei?«, fragt er unsicher und sieht sich währenddessen im Raum nach einer Alternative um. Nicks Ansage zeigt wohl Wirkung. Ich bin zum Tabuthema der Mitglieder der Virginia Kings geworden. Im *Southern* hat er mich noch unbedingt auf einen Drink einladen wollen, den ich dankend abgelehnt habe. Es kam mir seltsam vor, mit einem Kerl etwas zu trinken, wenn ich mit einem anderen da war, egal wie platonisch unser Verhältnis zueinander ist. Wobei ich Nick und mich nicht als grundsätzlich unkörperlich bezeichnen würde.

Ein Räuspern reißt mich aus meinen Gedanken über die Beziehung zu Nick. Oder besser gesagt die Nicht-Beziehung. Ich sehe wieder zu dem Kerl auf, dessen Name mir entfallen ist. Nervös kratzt er sich am Hinterkopf. Seine blonden Locken fallen ihm in die Stirn und er versucht, sie sich aus dem Gesicht zu pusten. Da er ziemlich spät dran ist, sind die meisten Stühle bereits belegt. Die Handvoll freie Plätze in den vorderen Reihen sprechen ihn offensichtlich nicht an, was ich nachvollziehen kann.

»Klar«, sage ich schließlich, damit er nicht länger so unbeholfen vor dem Tisch steht. Dankbar seufzt er und lässt sich auf den leeren Stuhl neben mir nieder. Er kramt in seiner Umhängetasche, packt einige Dinge aus und legt sie ordentlich vor sich ab. Heimlich beobachte ich ihn aus den Augenwinkeln.

»Möchtest du eins?«, fragt er und hält mir eine Kaugummipackung entgegen. Pfefferminz. Es gibt nichts Ekeligeres als Pfefferminz. Egal ob Tee, Zahnpasta, Bonbons oder Kaugummis. Pfefferminz ist ein No-Go. Und wer ist überhaupt auf die Idee gekommen, Schokolade mit Minze zu vereinen?

»Nein danke«, lehne ich ab und widme mich wieder meiner Kritzelei.

»Eine Karriere als Künstlerin solltest du nicht anstreben«, sagt er und lacht leise. Das ist dann wohl die Retourkutsche für die Stand-up-Comedian-Nummer.

Mit dem Kugelschreiber male ich einen grinsenden Smiley, verpasse ihm eine große Brille und viele kleine Punkte. Drei Kringel, die nach oben abstehen, stellen seine Frisur dar. »Porträtzeichnungen sind genau mein Ding«, scherze ich und tippe mit dem Stift auf mein Gemälde. Er rückt etwas näher und wirft einen genaueren Blick auf meinen Block.

»Du hast eindeutig meine Vorzüge eingefangen.« Im nächsten Augenblick nimmt er mir ungefragt meinen Kugelschreiber ab und zeichnet etwas daneben. Eine Skizze, die erstaunlich viel Ähnlichkeit mit mir hat. Wow!

»Du kannst das wirklich gut«, gebe ich beeindruckt zu. Er setzt eine Signatur daneben. Jonah Hall. Stimmt, das ist sein Name.

»Bewahre sie auf. Irgendwann ist sie vielleicht etwas wert.« Er zwinkert mir kurz zu und richtet dann seine Aufmerksamkeit nach vorne, wo Professorin Milles gerade über frühkindliche Traumata und ihre Auswirkung auf das Erwachsensein spricht. Ich habe bisher nur mit halbem Ohr zugehört und lediglich Wortfetzen mitbekommen, weil Jonah mich abgelenkt hat.

Für den Rest der Vorlesung schweigen wir, auch wenn sein Blick immer wieder zu mir huscht. Irgendwie habe ich das Gefühl, ihm deutlich sagen zu müssen, dass ich nicht interessiert bin. Gedanklich suche ich nach den richtigen Worten, um ihm nicht zu sehr vor den Kopf zu stoßen, aber er kommt mir zuvor, sobald die Professorin das Ende einläutet.

»Also, du und Mitchell, hm?«, fragt er und kratzt sich erneut verlegen am Hinterkopf. Wenn ich jetzt lüge, bin ich ohne große Erklärung aus der Nummer heraus. Aber ich bezweifle, Nick würde es gefallen, sollte Jonah ihn darauf ansprechen.

»Wir sind nicht zusammen, falls du das meinst.« Aus irgendeinem Grund fühlt sich diese Antwort absolut falsch an, auch wenn sie der Wahrheit entspricht.

»Weiß er das auch?«, fragt er unsicher und grinst unbeholfen.

Seufzend packe ich meine Sachen zusammen. Ja, leider weiß Nick das sehr genau. Schnell verdränge ich das beklemmende Gefühl, das sich langsam in meiner Brust ausbreitet.

»Baggerst du mich gerade an?«, rutscht es mir scherzhaft raus. Seine Augenbrauen schießen in die Höhe und seine Körperhaltung versteift sich sichtlich. Okay, er findet das wohl eher nicht komisch.

»Nur wenn ich lebensmüde bin.« Das plötzliche Lachen, das er von sich gibt, hat einen panischen Unterton. Hat er ernsthaft Angst vor Nick? Klar, er hat eine große Klappe und auch eine bedrohliche Aura, aber der tut doch keiner Fliege was zuleide. Oder?

»Hat er dir etwa gedroht?«, frage ich entsetzt. Jonahs Gesichtszüge entgleisen minimal, bevor er sich wieder fängt.

»Sagen wir, er hat sehr deutlich gemacht, dass er Anspruch erhebt.«

»Hat er das so gesagt?« Jetzt bin ich mehr als verwirrt. Mich hält er auf Abstand, lässt aber niemand anderen an mich heran? Das ergibt überhaupt keinen Sinn.

»Das musste er nicht, das ist offensichtlich«, antwortet er und grinst vielsagend. Nur habe ich überhaupt keine Ahnung, was er mir damit sagen will. O Gott, ich kann nicht mal glauben, dass ich ausgerechnet mit ihm dieses Gespräch führe. Zu gerne würde ich ihn fragen, was genau Nick in der Umkleide zu seinen Mannschaftskollegen gesagt hat. Es brennt mir wirklich unter den Nägeln, den Kerl vor mir auszuquetschen und anschließend alles bis ins kleinste Detail zu analysieren, aber ich beiße mir auf die Zunge. Verdammt!

»Na dann. Ich muss los«, sage ich hastig, hänge mir meine Tasche um und quetsche mich in dem engen Gang an ihm vorbei. Dabei entgeht mir nicht, wie verdammt gut der Kerl riecht. Wirklich eine Schande, dass ich mit den netten Jungs nichts anfangen kann. Jonah wäre der perfekte Kandidat. Über meine Schulter schaue ich in seine Richtung.

»Ja. Klar. Man sieht sich«, stammelt er und hebt zum Abschied etwas unbeholfen die Hand.

***

Weil es nieselt, haste ich mit schnellen Schritten zum Parkplatz. Ich halte mir meine Tasche über den Kopf, als das Wasser auf den letzten Metern plötzlich sintflutartig auf mich niederrauscht.

»Scheiße«, fluche ich, als ich meinen Autoschlüssel nicht auf Anhieb finde. Das ist so klar. Wenn es schnell gehen soll, ist das Teil in einem schwarzen

Loch verschwunden und nicht auffindbar. Als ich ihn endlich ertaste, atme ich erleichtert aus. Bis auf die Knochen nass bin ich trotzdem.

Als wäre es nicht schon schlimm genug, springt der Wagen erst nach dem dritten Versuch an. Und zu allem Überfluss denkt die Heizung nicht mal daran, irgendetwas zu leisten.

Eine Stunde später stehe auf dem Parkplatz der Downtown Mall in der Main Street und schlage heulend auf das Lenkrad ein. Der Motor will unter keinen Umständen mehr auch nur noch einen Mucks von sich geben. Auf dem Heimweg habe ich noch einen schnellen Abstecher in die Mall gemacht, um einige Kosmetikartikel einzukaufen. Und jetzt sitze ich hier fest. Genervt wühle ich in meiner Tasche und hole mein Handy heraus. Okay, wen könnte ich anrufen, damit er mich aus meiner misslichen Lage befreit? Kyle? Phoenix? Nick? Nein, auf keinen Fall Nick!

Als Erstes wähle ich Kyles Nummer. Der nimmt allerdings nicht ab. Ich werfe einen Blick auf die Uhr. Klar, er ist mit Jolee bereits im Kino. Also dann Phoenix, allerdings bezweifle ich, dass sein Sportwagen dazu in der Lage ist, meinen alten Ford abzuschleppen. Nach dem dritten Klingeln geht er ran.

»King, stets zu Ihren Diensten, schöne Frau«, trällert er regelrecht durch das Telefon. Kurz schildere ich ihm die Situation.

»Warte mal einen Augenblick«, sagt er und plötzlich ist es in der Leitung still. Nach einem flüchtigen Blick aufs Display atme ich erleichtert aus. Er hat nicht aufgelegt.

»Nick schleppt dich in zehn Minuten ab.« Die Doppeldeutigkeit seiner Aussage entgeht mir nicht und dafür würde ich ihn gerne durch das Telefon ziehen, weil Nick offensichtlich bei ihm ist.

»Was? Nein. Nicht Nick!« Das Lachen, das Phoenix von sich gibt, wird er mir büßen. Der Mistkerl hat gerade seine helle Freude an meiner Situation und daran, dass ausgerechnet Nick den Retter in der Not spielen muss. Vorausgesetzt er taucht wirklich hier auf. Nach der Sache im *Barneys* bin ich mir da nicht sicher.

Ich werfe einen Blick in den Rückspiegel und seufze frustriert. Mein optisches Erscheinungsbild entspricht in etwa dem desaströsen Zustand meines

Wagens. Notdürftig entferne ich die verschmierte Wimperntusche aus meinem Gesicht und suche nach meinem Notfall-Haargummi, um mir die feuchten Haare zusammenzubinden. Das nasse Sommerkleid klebt an meinem Körper und lässt mich frösteln. Eine funktionierende Heizung wäre in diesem Augenblick traumhaft. Unermüdlich prasselt der Regen auf meine Frontscheibe und treibt mich mit dem monotonen Geräusch in den Wahnsinn. Ich sitze in meinem Wagen fest, während die anderen Fahrzeuge langsam an mir vorbeifahren. Mein Kopf sinkt gegen die Nackenstütze und ich schließe die Augen. Der Tag kann getrost in die Tonne.

Als es plötzlich an meiner Scheibe klopft, zucke ich erschrocken zusammen. Die Person ist in dem starken Regen nur schemenhaft zu erkennen. Dunkle Kleidung und die Kapuze tief ins Gesicht gezogen. Wäre es stockdunkel, wäre das die perfekte Szene aus einem Horrorfilm, kurz bevor der Killer zuschlägt. Während ich noch darüber nachdenke, ob ich reagieren und meinem möglichen Tod ins Auge blicken soll, öffnet sich die Fahrertür. Erschrocken schreie ich auf.

»Entspann dich. Ich bin's«, ertönt Nicks raue Stimme. Noch nie war ich so froh, seinen mürrischen Ton zu hören. »Rutsch mal rüber«, weist er mich an und ich klettere unbeholfen auf den Beifahrersitz. Im nächsten Moment schiebt er den Fahrersitz nach ganz hinten und setzt sich. Etwas umständlich schält er sich aus seiner Regenjacke und befördert sie auf die Rückbank.

Immer wieder versucht er, den Wagen zu starten. Mehr als ein Klicken gibt er allerdings nicht von sich. Nick flucht leise, dann wendet er sich mir zu.

»Eine Frage. Hast du getankt?«

»Natürlich. Ich bin doch nicht blöd«, antworte ich erbost. Als würde ich vergessen ... Oh! »Vielleicht?«, füge ich kleinlaut hinzu. Für gewöhnlich tanke ich immer morgens, aber heute bin ich spät dran gewesen und habe es auf den Nachmittag geschoben und dann hat mich das Gespräch mit Jonah verwirrt und ... Tja, nun sitze ich hier pitschnass und gleichzeitig buchstäblich auf dem Trockenen.

»Du bist echt unglaublich«, stöhnt er und lässt den Kopf gegen die Nackenstütze sinken.

»Das ist kein Kompliment, oder?« Er dreht sein Gesicht in meine Richtung und grinst mich schelmisch an. Es ist wirklich unfair, wie schön dieser Mann ist.

»Nein, ist es nicht.« Der mürrische Ton ist verschwunden und etwas Sanftem gewichen. Selbst das Grau seiner Augen wirkt, als hätte sich der Sturm gelichtet, und lässt nun endlich das Blau eines klaren Sommertages zum Vorschein kommen. Vielleicht spiegelt sich auch nur die Deckenbeleuchtung in ihnen wider und spielt mir einen Streich.

Sekunden vergehen, in denen wir uns einfach nur ansehen. Und ich ohne Vorwarnung direkt in seine Seele stürze. Netflix-Verfilmungen sind ein Scheißdreck gegen die Realität. Niemand hinterlegt passende Musik und blendet alles in Zeitlupe ein. Vielmehr ist es wie ein Auffahrunfall, bei dem der Airbag nicht ausgelöst wird. Oder der freie Fall ohne Chance auf einen Rettungsschirm. Egal wie der Aufprall wird, in jedem Fall ist er schmerzhaft. Die Enge des Wagens macht es nicht besser. Nicks Parfüm gemischt mit dem Geruch von Regen hängt schwer in der Luft.

»Und jetzt?«, flüstere ich über das Trommeln gegen die Scheiben hinweg.

»Warten wir, bis der Regen nachlässt. Dann besorgen wir Benzin«, flüstert er zurück. Den Vorschlag, wir könnten einfach schnell zu seinem Wagen rennen und zur Tankstelle fahren, verwerfe ich in dem Augenblick, als er mir den Oberkörper zuwendet und mein Gesicht mit intensivem Blick mustert. Plötzlich macht mein Herz dem Tempo der Regentropfen Konkurrenz. Und hat die Heizung jetzt doch ihren Dienst aufgenommen? Oder warum ist die Temperatur augenblicklich um ein paar Grad angestiegen?

»Okay«, hauche ich. Nick schweigt, wendet seinen Blick aber nicht von mir ab.

Nervös rutsche ich auf meinem Sitz herum. Als ich das Schweigen und Anstarren nicht mehr aushalte, spreche ich die Situation im *Barneys* an. Wohl wissend, dass die Gefahr besteht, dass Nick aus dem Wagen stürmt, bevor ich meinen Satz überhaupt beendet habe.

»Was Eden heute Vormittag zu dir gesagt hat, tut mir leid«, wage ich einen Versuch.

Nick seufzt, hält meinem Blick aber stand. »Ich dachte, wir hätten uns darauf geeinigt, dass du dich nicht ständig entschuldigst. Und für das Verhalten anderer solltest du es erst recht nicht«, erinnert er mich und klingt dabei völlig entspannt. Das wirft mich tatsächlich etwas aus der Bahn, weil ich mit einer ganz anderen Reaktion gerechnet habe.

»Ich möchte aber, dass du weißt, dass ich nicht ihrer Meinung bin«, stelle ich klar, weil ich wirklich will, dass er nicht schlecht von mir denkt. Aber vor allem will ich nicht, dass er selbst glaubt, was Eden, ohne nachzudenken, gesagt hat.

»Du hältst mich also nicht für einen selbstgefälligen Idioten?« Das Lächeln, das er mir schenkt, raubt mir augenblicklich den Verstand und sorgt dafür, dass ich die Grenze ignoriere, die er gezogen hat.

»Doch, aber dennoch bist du gut genug für mich.« Ein, zwei Sekunden sagt er nichts und sein Lächeln erstirbt. Stattdessen streckt er eine Hand nach mir aus und legt den Zeigefinger auf meine Lippe.

»Darüber werden wir nicht reden, okay?« Wenn er in diesem sanften und sehnsüchtigen Ton mit mir spricht, werde ich zu Wachs in seinen Händen. Mein vorlautes Ich sitzt schmollend, geknebelt und gefesselt im Keller, während mein verknalltes Ich für ihn die Pompons schwingt.

Sein Blick heftet sich auf meinen Mund. Meine Lippen kribbeln und verlangen nach mehr, als von ihm unschuldig berührt zu werden. Seufzend schließe ich die Augen und neige den Kopf ganz leicht zur Seite.

# 25

**Nick**

*Zieh sofort deine Hand zurück,* brülle ich mir in Gedanken selbst zu. Der Teil von mir, der das Handeln übernommen hat, zeigt mir grinsend den Mittelfinger. Absoluter Kontrollverlust. Der Regen hämmert heftig auf den Wagen ein. Entweder wir sitzen es hier aus oder sind bis auf die Knochen nass, bevor wir den Land Rover überhaupt erreichen. Wobei das eigentlich keine Rolle mehr spielt. Brees Sommerkleid klebt bereits feucht an ihrem Körper.

Ich zwinge mich, ihr ins Gesicht und nicht auf ihre vollen Brüste zu schauen, die sich deutlich unter dem hellen und nun durchaus transparenten Stoff abzeichnen. Das macht es für meine Selbstbeherrschung zu einer extremen Herausforderung. Wir sollten nicht ständig in solche Situationen geraten und uns selbst auf die Probe stellen.

Federleicht gleiten Brees Lippen an meinem Zeigefinger entlang. Als sie ihren Mund leicht öffnet und kaum hörbar stöhnt, lehnt sich meine Selbstbeherrschung entspannt zurück und genießt die Show.

»Fuck!«, stoße ich aus, ziehe meine Hand zurück, nur um sie im nächsten Augenblick in ihren Nacken zu schieben und sie ruckartig an mich heranzuziehen. Unsere Lippen prallen so unkontrolliert aufeinander, dass Bree zurückschreckt und mich blinzelnd ansieht. Shit! Ich habe sie völlig überrumpelt. Verdammt, ich kann sie nicht ungefragt in einem Auto küssen, nur weil mir eine Sicherung durchgebrannt ist und meine untere Körperhälfte das Denken übernommen hat.

»Sorry … ich hätte dich …«, stammle ich mir einen ab und verstumme, als Bree ohne ein Wort von ihrem Sitz auf meinen Schoß klettert.

»Halt einfach die Klappe und küss mich.« Bevor ich reagieren kann, umfasst sie mein Gesicht und verschließt meinen Mund mit ihrem. Mein Kopf sinkt gegen die Kopfstütze und ein leises Seufzen entfährt mir. Bree erstickt es, indem sie mit ihrer Zunge meine Lippen teilt und nach meiner tastet. Wir finden innerhalb weniger Sekunden einen gemeinsamen Rhythmus. Eine Mischung aus neugierig, zurückhaltend und verschlingend. Und absolut tödlich für Regel Nummer eins.

*Keine Wiederholung.*

Wie bin ich nur zu der Annahme gekommen, dass Bree nicht dazu in der Lage wäre, sie zu brechen? Meine Hände schieben sich unter ihr Kleid und streichen über die feuchte Haut ihrer Oberschenkel. Eigentlich stehe ich auf Frauen in knackigen Jeans, aber ich kann einem Kleid in diesem Augenblick die Vorteile wirklich nicht absprechen. Man bekommt verdammt leicht Zugang zu den Stellen, die man anfassen will.

Bree stöhnt in meinen Mund und schaltet damit das letzte bisschen Verstand aus. Nicht denken, nur fühlen.

Langsam lasse ich meine Finger über die Außenseite ihrer Schenkel gleiten und schiebe sie unter ihren Hintern. Holy Shit! Wie habe ich das Gefühl davon vermisst, wie ihr Po perfekt in meine Hände passt.

Bree vertieft unseren Kuss und fordert eindeutig nach mehr. Unruhig rutscht sie auf meinem Schoß nach vorn, bis sie die Stelle gefunden hat, die für uns beide zum Problem werden könnte. Meine Erektion drängt sich bereits gegen meine Jeans und bettelt regelrecht darum, freigelassen zu werden. Das Bedürfnis verstärkt sich, als sie sich an mir zu reiben beginnt. Ich packe sie an den Hüften und halte sie fest. Schwer atmend beende ich unseren Kuss und suche ihren Blick. Großer Fehler, Mitchell. Sie sieht mich an, als würde sie mich mit Haut und Haar verschlingen wollen. Das Braun ihrer Augen ist keine flüssige Schokolade mehr, sondern glühend heiße Lava. Auch wenn ich es nicht für möglich gehalten habe, aber bei dem Anblick ihrer von unseren Küssen glänzenden und leicht geschwollen Lippen schwillt meine Erektion noch weiter an. Fuck!

»Stopp«, presse ich hervor, als sie mich erneut küssen will. Sofort weicht sie zurück. Ihre Brust hebt und senkt sich so schnell, wie mein Herz gegen meinen Brustkorb hämmert. »Ich werde dich nicht auf dem verfluchten Parkplatz der Mall vögeln«, sage ich barsch und sie senkt beschämt den Blick.

Shit! Sofort bereue ich meine Worte. Seufzend lehne ich mich in dem Sitz zurück und starre gegen das Wagendach. Bree verharrt regungslos auf meinem Schoß, meine Hände immer noch an ihren Hüften. »Warum machst du es mir nur so schwer, Bree O'Donell?«, flüstere ich. Ich erwarte gar nicht, dass sie darauf eine Antwort hat. Die Frage galt eher mir als ihr.

»Nicht ich mache es dir schwer, sondern du ganz allein. Ich wehre mich nicht mit Händen und Füßen gegen das, was zwischen uns ist. Und bevor du es abstreitest, da ist etwas. Aber ich werde dich nicht zwingen, dich darauf einzulassen. Den Sprung musst du schon von dir aus wagen«, sagt sie nach einem kurzen Moment der Stille und klettert von meinem Schoß zurück auf den Beifahrersitz. Die plötzliche körperliche Distanz fühlt sich absolut falsch und gleichzeitig notwendig an. Sicher. Für mich und irgendwie auch für sie. Bree hat mehr verdient, als sich von mir das Herz brechen zu lassen. Denn darauf würde es letztlich hinauslaufen, wenn ich meinen Schwanz statt meinem Verstand gewinnen lasse.

»Du erinnerst dich, keine Wiederholung.« Selbst in meinen Ohren klingt es nach einer dämlichen Ausrede. Aus den Augenwinkeln sehe ich zu ihr. Bree verschränkt die Arme vor der Brust.

»Deine Regeln sind bescheuert«, sagt sie und hört sich dabei wie ein trotziges Kind an. Ein Schmunzeln schleicht sich auf meine Lippen.

»Ich finde die Regel, die beste Freundin meiner Schwester nicht flachzulegen, vernünftig«, erwidere ich. Ihr Kopf schnellt in meine Richtung.

»Dein bester Freund ist mit deiner Schwester zusammen.« Soll das ein Argument sein? Im Gegensatz zu mir ist Kyle auch auf der Suche nach der Einen gewesen, als er sich auf Jolee eingelassen hat. Von mir würde ich das keinesfalls behaupten. Beziehungen sind zeitaufwendig, kompliziert, lenken dich von deinen Zielen ab und enden in den meisten Fällen unschön. Alles Dinge, die ich momentan nicht gebrauchen kann, solange ich beim Coach auf der Abschussliste stehe und meinen Uniabschluss noch nicht in der Tasche habe. Die Dynamik, die mein Leben aktuell an den Tag legt, ist schon Ablenkung genug. Meine Leistung beim Training und in den letzten Spielen hat eine ziemliche Talfahrt hingelegt. Lange wird es nicht mehr dauern, bis der Coach mich anzählt.

»Ich bin weder Kyle noch meine Schwester.« Bree stößt genervt die Luft aus.

»Stimmt. Du bist der Angsthase unter euch dreien.« Glaubt sie das wirklich?

Ein Lachen entfährt mir. »Du verwechselst Entschlossenheit mit Angst.«

»Und du Scharfsinn mit Naivität«, schießt sie zurück. Was zum Teufel will sie mir damit schon wieder sagen? Dass ich sie für naiv halte? Das tue ich nicht.

»Hör zu, Glückskeks. Was auch immer du dir für ein Bild von mir gemacht hast, es trügt dich. Ich bin keiner dieser Kerle, die gerettet werden wollen. Ich habe meine Prinzipien, mehr steckt nicht dahinter. Keine dunkle Seele, die die Richtige heilen kann, oder irgendein anderer Quatsch. Mach mich bitte nicht zu deinem Sozialprojekt.«

»Wer sagt, dass ich dich retten will? Vielleicht will ich dich einfach nur flachlegen«, sagt sie zuckersüß und doch so bitter. Bevor ich es verhindern kann, verlässt ein herzhaftes Lachen meine Kehle und sie funkelt mich wütend an. Möglicherweise habe ich sie doch falsch eingeschätzt. So verlockend der Gedanke auch ist, aber Affären stehen ebenfalls auf meiner No-Go-Liste.

Mit dem Ärmel wische ich über die beschlagene Scheibe auf der Fahrerseite und lausche. Stille.

»Der Regen hat aufgehört«, sage ich knapp und öffne die Tür, um auszusteigen. Bree tut es mir gleich und sieht sich auf dem nahezu leeren Parkplatz um. Sie schlingt die Arme fest um ihren Körper. Ist ihr kalt? Blöde Frage, sie ist klitschnass. Natürlich friert sie.

Ich gehe zu meinem Wagen, öffne die hintere Tür und ziehe den Reißverschluss meiner Sporttasche auf. »Komm her«, rufe ich ihr zu. Bree bewegt sich keinen Meter. Die Frau treibt mich wirklich in den Wahnsinn. Was glaubt sie, dass ich den ganzen Tag Zeit habe, um ihren Arsch ins Trockene zu bringen? Genervt überbrücke ich die Distanz zu ihr, gehe leicht in die Knie, nur um sie in einer schnellen Bewegung über meine Schulter zu werfen.

»Hey! Spinnst du? Lass mich runter!«, schimpft sie.

»Ich kann leider nicht warten, bis du mit Schmollen fertig bist. Mein Zeitplan ist straff«, erwidere ich und denke gar nicht daran, sie wieder auf die Füße zu stellen, sondern trage sie zu meinem Auto.

Sobald ich sie runterlasse, verpasst sie mir einen Fausthieb in den Magen.

»Autsch«, stoße ich gelangweilt aus. Sie stemmt die Hände in die Hüften, ihre Augen werden schmal.

»Ich kann alleine laufen«, sagt sie schroff. Warnend tippt sie mir mit dem Zeigefinger gegen die Brust.

»Wirklich? Dann hast du dich gerade in Zeitlupe bewegt.«

»Du bist unmöglich«, zischt sie.

*Und du absolut zum Niederknien, wenn du wütend bist,* schießt es mir durch den Kopf. Hastig greife ich in meine Sporttasche, bevor ich mich zu etwas Unüberlegtem hinreißen lasse.

»Hier, zieh das an, damit du dir nicht den Tod holst und meine Schwester mich dafür verantwortlich macht.« Ich reiche ihr ein Sweatshirt und eine Trainingshose.

»So weit kommt es noch, dass ich in deine Klamotten schlüpfe.« Erneut verschränkt sie die Arme vor der Brust.

»Musst du aus allem ein Drama machen?«, frage ich nun mit deutlich genervtem Ton.

»Nur wenn du mich bevormundest«, sagt sie schnippisch. Ich will lediglich, dass sie sich etwas Trockenes anzieht. Das kann doch nicht so schwer sein.

»Kannst du nicht einfach die verdammten Klamotten anziehen? Ich habe schließlich auch, ohne zu diskutieren, diesen bescheuerten Morgenmantel angezogen, als du es von mir verlangt hast.«

»Du warst auch halb nackt.« Der Anflug eines unterdrückten Grinsens verrät sie plötzlich. Sie provoziert mich absichtlich. Wenn das hier wieder eine Übung für meine Kommunikationsfähigkeiten werden soll, geht die gerade mächtig nach hinten los. Ich würde sie nämlich lieber übers Knie legen, als mit ihr zu reden.

»Ist es so schwer, einmal zu machen, was man von dir verlangt?« Meine Laune schwankt gerade zwischen verzweifelt und extrem angepisst.

»Und wenn nicht?« Herausfordernd sieht sie mich an. Und dann platzt mir der Kragen.

Ich feure Hose und Pullover auf die Rückbank. »Dann helfe ich dir dabei«, warne ich sie vor und im nächsten Augenblick befördere ich sie wieder über meine Schulter. »Halt still!«, fordere ich scharf. Mit der einen Hand halte ich sie fest und mit der anderen angle ich nach der Trainingshose und versuche, ihre Beine irgendwie hineinzubekommen. Zu meiner eigenen Überraschung geht das einfacher als gedacht. Das liegt aber hauptsächlich daran, dass der Glückskeks seinen Widerstand aufgegeben hat und mir behilflich ist. Anschließend stelle ich sie wieder auf die Füße und ziehe die Hose hoch. Dann schnüre ich sie so fest zu, dass sie ihr nicht von den Hüften rutscht. Mit geröteten Wangen sieht sie mich an. Um sicherzugehen, dass uns niemand sieht, werfe ich einen kurzen Blick über den Parkplatz.

»Und jetzt das Kleid.« Grinsend greife ich nach dem nassen Saum und ziehe den Stoff bis zum Ansatz ihrer Brüste hoch. Dann halte ich inne. Was zum Henker mache ich hier eigentlich? Bevor ich zurückweichen kann, hebt Bree die Arme, damit ich den Stoff über ihren Oberkörper abstreifen kann. Augen zu und durch. Im wahrsten Sinne das Wortes, denn ich wende den Blick ab, als die rosa Spitze ihres BHs zum Vorschein kommt. Fuck! Unachtsam werfe ich ihr Kleid in den Fußraum und greife erneut nach meinem Sweatshirt. Mit aller Kraft konzentriere mich auf ihr Gesicht und stülpe ihr den Pullover unsanft über den Kopf. Erleichtert atme ich aus, als sie vollständig bekleidet vor mir steht.

*Mitchell, du hast dir schon einige bescheuerte Aktionen geleistet, aber eine Frau am helllichten Tag auf dem Parkplatz einer Mall auszuziehen, toppt alles.*

»Wirst du gerade rot?«, zieht sie mich auf.

»Steig einfach ein!« Ohne auf eine Antwort zu warten, gehe ich an ihr vorbei, öffne die Fahrertür und lasse mich auf den Sitz sinken.

Schweigend nimmt sie neben mir Platz und schnallt sich an. Bevor ich den Motor starte, atme ich einmal tief durch. Sobald ich King in die Finger bekomme, drehe ich ihm den Hals um. Immerhin hat er mir die Sache hier eingebrockt. Sie hat ihn angerufen und um Hilfe gebeten, nicht mich. Und was mache ich? Lasse mich wie einer seiner Handlanger losschicken, um den Retter in der Not zu spielen.

# 26

**Bree**

Okay, das war schräg und ... irgendwie heiß.

Nick flüchtet regelrecht aus dem Auto, als wir die Tankstelle erreichen, um einen Kanister Benzin zu besorgen. Seufzend vergrabe ich meine Nase in dem weichen Stoff, seines Sweatshirts. Es riecht nach Weichspüler und Nick. Wenn er sich nicht so gegen mich sträuben würde, könnte es so einfach sein. Dass er kein Interesse an mir hat, nehme ich ihm nicht mehr ab. Dafür hat er mich viel zu sehnsüchtig und verzweifelt geküsst. Ich kann seine Hände immer noch auf den Oberschenkeln und meinem Hintern spüren. Aber sobald wir uns näherkommen, tritt er die Flucht an und im nächsten Augenblick liefern wir uns ein Wortduell. So wie es jetzt zwischen uns ist, wird am Ende keiner von uns beiden gewinnen.

Die Tür hinter mir wird aufgerissen und gleich wieder zugeschlagen. Drei Sekunden später sitzt Nick neben mir. »So, das hätten wir«, sagt er mehr zu sich selbst als zu mir. Denn mit mir hat er kein Wort gewechselt, seit wir in seinen Wagen gestiegen sind. Nervös nestle ich an dem Bündchen seines Sweatshirts herum, während er uns zurück zur Mall bringt.

Zwanzig Minuten später die Ernüchterung: Mein Wagen springt trotz Benzin nicht an. Prima! Wäre ja auch zu einfach gewesen, wenn sich das Problem so einfach beheben ließe. Nick flucht laut und zieht schließlich sein Handy aus der Tasche.

»Wen rufst du an?«, frage ich, während ich etwas unbeholfen neben dem Wagen stehe und zum fünften Mal die Hose hochziehe, weil sie ständig rutscht.

»Den Pannenservice«, sagt er knapp und hält sich das Telefon bereits ans Ohr. Ein Abschleppdienst kostet ein Vermögen. Hastig mache ich einen Schritt auf ihn zu und greife nach seinem Handy. Verwundert sieht er mich an.

»Bekommen wir das Auto nicht anders weg?«, frage ich vorsichtig, weil ich genau weiß, dass ich ihm gehörig auf die Nerven gehe.

»Der Anlasser ist hinüber. Und *ich* werde dich sicher nicht abschleppen«, sagt er und verdreht die Augen, als ich grinse. Das war leider wieder sehr zweideutig. Nick findet seine Aussage allerdings weniger unterhaltsam und lässt die Motorhaube mit einem lauten Knall zufallen.

»Einen Pannendienst und die nötige Reparatur kann ich mir aber nicht leisten«, erkläre ich kleinlaut und senke den Blick. Nick murmelt etwas Unverständliches vor sich hin. Dann geht er zu seinem Land Rover und öffnet den Kofferraum.

»Dafür schuldest du mir was, Glückskeks«, sagt er, als er mit einem Abschleppseil zurückkommt. Geschickt befestigt er es an meinem alten Ford. Dann steigt er in seinen Land Rover, parkt ihn vor meinem Ford und bindet das andere Ende an seinem Auto fest.

»Du fährst meinen Wagen und ich nehme deinen«, erklärt er.

»Und wohin fahren wir?«, frage ich nach, weil er das nicht erwähnt hat.

»Zu King«, antwortet er und steigt ein. Die Frage, was mit meinem Auto passiert, sobald wir bei Phoenix sind, bekommt er gar nicht mehr mit, weil er die Tür bereits schwungvoll geschlossen hat.

Unschlüssig stehe ich neben der Fahrertür. Er will mich wirklich seinen Wagen fahren lassen? Hat er keine Angst, dass ich den auch in einen Haufen Schrott verwandeln könnte?

Nick haut auf die Hupe und ich zucke erschrocken zusammen. Schnell klettere ich auf den Sitz, stelle ihn und den Rückspiegel ein. Langsam setzt sich der Land Rover in Bewegung, bis er auf Widerstand stößt. Etwas fester trete ich auf das Gaspedal und schaue in den Rückspiegel. Erleichtert atme ich aus, als meine alte Klapperkiste rollt. Beinahe im Schneckentempo verlassen wir den Parkplatz. Ich habe noch nie ein Auto abgeschleppt. Kann man da eigentlich etwas falsch machen? Mein Blick huscht erneut zum Rückspiegel. Nick hat die Warnblinkanlage eingeschalten, also mache ich das ebenfalls. Kann ja nicht schaden.

Fünfundzwanzig Minuten später biegen wir in die Kings Road und kurz darauf auch auf Phoenix' Grundstück ein. Der Wachmann hat das Tor in dem Moment geöffnet, als er Nicks Wagen erkannt hat.

Mit wackeligen Knien und einem Schweißfilm auf der Stirn steige ich aus dem Auto. Was eine Fahrt. Mein Adrenalinspiegel senkt sich nur minimal. Ich könnte einen Tequila vertragen. Ach was, zwei.

Mit einem breiten Grinsen kommt Phoenix aus dem Haus. »Er hat dich also wirklich abgeschleppt. Ich hatte so meine Zweifel. Nettes Outfit«, merkt er an und sein Grinsen wird noch breiter. Eine Autotür schlägt zu. Erschrocken drehe ich mich zu Nick um, der sich streckt und irgendwie verspannt aussieht. Komfortabel ist mein alter Ford auf keinen Fall. Ganz anders als sein Land Rover, der fährt sich wie auf Wolken. Allein die graue Lederausstattung ist schon ein Traum. Vor lauter Aufregung habe ich nicht mal das Radio getestet. Verdammt! Der Sound ist sicher bombastisch. Ob er mich irgendwann mal für eine Stunde Shawn Mendes in voller Lautstärke hören lässt?

Unsere Blicke treffen sich. Okay, wohl eher nicht. Er ist sichtlich genervt von den Umständen, die ich ihm in den letzten zwei Stunden bereitet habe.

»Ich freue mich ja, euch beide zu sehen, aber warum genau habt ihr den Wagen hierhergebracht anstatt in eine Werkstatt?« Eine berechtigte Frage von Phoenix. Erneut sehe ich zu Nick.

»Weil ich den Schrotthaufen repariere und du genügend Platz hast.« Mein Mund klappt auf. Er will was? Ich muss mich verhört haben.

»Wirklich? So selbstlos, Mitchell. Wer hätte gedacht, dass dein Betonherz bei einer Frau in Not Risse bekommt.« Nick kostet es sichtlich eine Menge Selbstbeherrschung, darauf nichts zu erwidern. Und ich kann es verstehen, für den Kommentar würde ich Phoenix gern selbst von einer Klippe stoßen, wäre eine in der Nähe.

Nick löst das Abschleppseil und verstaut es wieder im Kofferraum. Dann sieht er mich an. »Einsteigen. Wir fahren.«

»Ihr könnt auch noch auf ein Getränk reinkommen«, bietet Phoenix an. Ich sehe zwischen den beiden Männern hin und her, die sich offensichtlich ein stummes Wortduell liefern. Nicks Blick sagt eindeutig: *Fick dich, Phoenix*

*King!* Und der von Phoenix: *Dank mir später, Idiot!* Natürlich kann ich auch völlig danebenliegen. Aber ich glaube, ich kenne die beiden inzwischen gut genug, um zu wissen, dass es nichts Nettes sein kann.

»Ein andermal«, antworte ich schnell und klettere auf den Beifahrersitz. Nick steigt ebenfalls ein, startet den Motor und wendet den Land Rover.

»Manchmal hasse ich ihn«, murmelt er leise. Nicht sicher, ob die Worte für mich bestimmt sind, schiele ich in seine Richtung.

»Er mag dich«, sage ich vorsichtig, um die Stimmung nicht noch weiter zu kippen.

»Er hat eine komische Art, das zu zeigen«, sagt er und ein Schmunzeln schleicht sich auf seine Lippen. Jedenfalls glaube ich, dass es so ist, denn sein rechter Mundwinkel zuckt.

»Du musst das übrigens nicht machen«, greife ich das Thema der Reparatur auf. Mir würde im Traum nicht einfallen, ihn darum zu bitten, auch wenn Jolee behauptet hat, Nick könne so was.

»Wir werden darüber nicht jetzt diskutieren. Mein Bedarf an Konversation, die in einem Streit mit dir endet, ist für heute gedeckt.« Er klingt nicht mehr genervt, sondern erschöpft. Die wohl positivste Eigenschaft an ihm ist, dass er immer alles offen ausspricht, egal wie unangenehm es ausgehen kann.

»Okay. Aber wir werden darüber reden«, lenke ich ein, weil auch ich nicht schon wieder mit ihm streiten will.

Als Signal, dass unsere Unterhaltung beendet ist, tippt er auf seinem Handy, das an einer Halterung am Armaturenbrett befestigt ist, herum. Im nächsten Augenblick werde ich von Rockmusik beschallt. Ich schiele auf das Display. Thirty Seconds to Mars. *The Kill.* Wie passend. Irgendwie habe ich ihn für einen Typen gehalten, der auf schlechte Rap-Musik steht.

Gedankenverloren blicke ich aus dem Fenster. Lasse die letzten Stunden Revue passieren und ertappe mich dabei, wie ich zwei Finger an meine Lippen lege und sanft darüberstreiche. O Gott, wir haben uns geküsst. Und wie. Das kann einfach nicht nichts bedeuten, dafür hat es sich zu richtig angefühlt. Allein bei dem Gedanken, wie sich seine Hände auf meiner Haut angefühlt haben, sammelt sich erneut die Hitze zwischen meinen Beinen.

Unauffällig presse ich die Schenkel zusammen und beiße mir in den Handrücken, um ein Stöhnen zu unterdrücken.

Nach endlos wirkenden zehn Minuten hält Nick vor unserem Wohnhaus.

»Willst du noch mit raufkommen, auf einen Tee oder Kaffee?«, frage ich ihn. Er wendet sich mir zu und runzelt die Stirn.

Klar, wie das jetzt bei ihm angekommen ist. Nick denkt sicherlich, ich bitte ihn noch mit rauf, um ihn in mein Bett zu zerren. Dagegen hätte ich zwar absolut nichts, aber darauf habe ich nicht abgezielt. Es ist lediglich der Versuch, nett zu sein, und irgendwie habe ich das Bedürfnis, mich dafür zu revanchieren, dass er mir geholfen hat. »Dann kann ich dir deine Kleidung zurückgeben. Jolee ist mit Kyle unterwegs.«

Für einen Augenblick scheint er wirklich über mein Angebot nachzudenken, dann schüttelt er den Kopf. »Gib mir die Sachen einfach ein andermal zurück.«

Er lässt den Motor an. Das ist dann wohl die höfliche Art, jemanden aus seinem Wagen zu werfen. Ich beuge mich zwischen den Sitzen nach hinten, um mein Kleid aus dem Fußraum zu fischen. Dabei streift meine rechte Brust Nicks Arm, der auf der Mittelkonsole ruht. Scharf zieht er die Luft ein. Ich rücke ihm schon wieder auf die Pelle. Wenn auch unbeabsichtigt. Sobald ich den nassen Stoff erwische, setze ich mich wieder auf.

»Danke, für alles«, verabschiede ich mich und steige endlich aus dem Auto.

# 27

**Nick**

»Was zur Hölle machst du da überhaupt?«, fragt Kyle, der entspannt im Türrahmen zu seinem Zimmer lehnt und mich beobachtet.

»Wonach sieht es denn aus?« Es ist offensichtlich, was ich hier veranstalte, das muss ich nicht erklären.

»Und *warum* räumst du den Schrank aus?«

»Weil du uns zwei neue Mitbewohnerinnen organisiert hast und keinen Finger krummmachst«, erwidere ich und feure die Bettwäsche in einen der Kartons, die ich gestern besorgt habe.

»Und was hat das mit unserem Flurschrank zu tun?«, hakt er nach. Steht er auf dem Schlauch, oder was?

»Weil sich hinter dem Schrank die Tür zu Brees zukünftigem Zimmer befindet, oder hast du gedacht, ich will, dass sie ständig durch mein Zimmer latscht?«

»Dahinter ist eine Tür?« Fassungslos fahre ich zu ihm herum. Er verschaukelt mich doch, oder? Wo ist die versteckte Kamera? Schlimm genug, dass ich mich ernsthaft auf diesen Quatsch hier einlasse, da muss er mich nicht zusätzlich noch in den Wahnsinn treiben. Seine permanent gute Laune geht mir schon seit Tagen auf den Wecker. Er scheint sich wirklich zu freuen, dass die beiden hier einziehen.

»Sag jetzt bitte nicht, du hattest keine Ahnung, dass es einen zweiten Zugang zum Fitnessraum gibt!« Grinsend zuckt er mit den Schultern. »Du verarschst mich. Wie hast du dir das vorgestellt, als du diese bombastische Idee hattest?«

»Vielleicht, dass ihr euch einfach ein Zimmer teilt?« Meine Gesichtszüge müssen gerade entgleisen, denn er lacht plötzlich lauthals los. »Du solltest mal dein Gesicht sehen. Natürlich weiß ich von der Tür. Allerdings habe ich gehofft, wir müssen sie nicht freilegen.«

»Weil?«, hake ich nach, als er keine weitere Erklärung hinterherschiebt.

»Weil dein Bett für zwei reicht«, feixt er. Jetzt dreht er völlig durch. Was soll der Mist? Ohne ihm zu antworten, räume ich die letzten Sachen aus dem Schrank. »Und wo soll das Teil jetzt hin?«, will er wissen.

»Keine Ahnung, darüber habe ich noch nicht nachgedacht. Bringen die Mädels eigentlich alle ihre Möbel mit? Dann wird es hier nämlich verdammt eng.« Da ich das Thema Einzug bisher tunlichst vermieden habe, weiß ich nicht, wie die drei sich das überhaupt vorstellen.

Kyle tritt neben mich und gemeinsam mustern wir den dreitürigen Holzschrank. »Jolee meinte, die Wohnung war möbliert, als Bree dort eingezogen ist. Also nein, würde ich vermuten.«

»Gut, dann stellen wir ihn in den Fitnessraum.« Ich greife nach dem Akkuschrauber und reiche ihn Kyle. »Das ist dein Job. Ich schaffe inzwischen Platz in dem Zimmer.«

»Geht klar, Boss«, zieht er mich auf und lässt den Akkuschrauber zweimal aufheulen.

Genervt verdrehe ich die Augen, gehe in mein Zimmer und betrete durch die Schiebetür den Raum, den Bree in ein paar Tagen vereinnahmen wird. Ich bin überhaupt nicht gewillt, hier etwas zu verändern. Der Raum ist mein Rückzugsort, um überschüssige Energie loszuwerden. Mein Blick fällt auf den Boxsack, der von der Decke baumelt. Mit der Faust haue ich einmal dagegen. Das Ding bleibt hängen. Dann visiere ich den Kickertisch an und muss schmunzeln. Kyle und ich haben uns darauf einige Duelle geliefert, inzwischen staubt er ein. Der passt noch mit ins Wohnzimmer. Die Hantelbank könnte zum Problem werden, genau wie die Vitrine mit den Pokalen und Auszeichnungen, die ich in den letzten Jahren gewonnen habe. Durch die offene Schiebetür werfe ich einen Blick in mein Zimmer und überlege, ob ich irgendetwas umstellen kann, um die Dinge unterzubekommen. Es wäre möglich, aber nur wenn ich meinen Schreibtisch entsorge. Fuck!

Die nächste Stunde verbringe ich damit, Möbel von A nach B und wieder zurückzuschieben. Planlos sehe ich mich in dem Zimmer um. Meine Fähigkeiten als Raumausstatter sind wirklich miserabel.

Als die Tür hinter mir aufschwingt, drehe ich mich um. Kyle steht in der nun wieder nutzbaren Tür und lässt seinen Blick skeptisch durch den Raum wandern. »Weit bist du ja noch nicht gekommen.«

»Ich habe keine Ahnung, wohin mit meinem ganzen Zeug«, erwidere ich und schiebe meine Hände in die Hosentaschen.

»Wie wäre es mit dem Sperrmüll?« Kyle findet seinen Vorschlag besonders originell und lacht, woraufhin er von mir einen bösen Blick kassiert.

»Vielleicht werfe ich dich einfach aus der Wohnung und suche mir einen Mitbewohner, der hier keine Couple-WG ins Leben rufen will.«

»Wärt ihr ein Couple, würde das ein paar unserer Probleme lösen«, sagt er völlig trocken.

»Ich bin nicht interessiert«, antworte ich eine Spur zu schnell. *Vor sechs Tagen warst du sehr wohl noch interessiert,* lacht die Stimme in meinem Kopf mich aus. Seit wir in ihrem Auto übereinander hergefallen sind, habe ich einen weiten Bogen um das *Barneys* gemacht. Eigentlich habe ich das Haus nur verlassen, wenn es nötig und ich mir sicher war, ihr nicht über den Weg zu laufen. Wirklich armselig.

»Red dir das ruhig weiter ein, Mitchell. Aber wenn wir schon beim Thema sind, was genau läuft da eigentlich zwischen euch? Immerhin hast du Bree abgeschleppt.« Die Art, wie er es sagt, spielt eindeutig auf etwas ganz anderes an. Warum hält sich eigentlich jeder für einen Comedian? Bitte, der Witz ist echt lahm.

»Ihren Wagen, nicht sie!«, schnauze ich ihn an. Nach wie vor steht ihr Ford unangetastet auf Phoenix' Grundstück. Für die alte Karre die passenden Ersatzteile zu bekommen, ist wie die Suche nach der Nadel im Heuhaufen. Kyle hat meiner Schwester und Bree seinen Jeep geliehen, damit sie mobil sind und zum Campus fahren können. Morgens hole ich ihn meistens bei Jolee ab, was kein großes Drama ist, weil es ohnehin auf dem Weg zum Trainingsgelände liegt. Nachmittags nehme ich ihn entweder mit zurück oder setze ihn wieder bei Jolee ab. Wie Bree das mit ihren Schichten im *Barneys* meistert, weiß ich nicht. Und es ist mir, um ehrlich zu sein, egal. Wenn ich das auch noch zu meinem Problem mache, kann ich mir ein Taxischild aufs Autodach kleben.

»Also in einem Punkt seid du und Jolee euch verdammt ähnlich. Ihr seht das Glück nicht, selbst wenn es euch vor die Füße fällt.« War klar, dass er das früher oder später anspricht. Kyle hat die dumme Angewohnheit, immer erst dann ein Thema in Angriff zu nehmen, wenn man schon nicht mehr damit rechnet. Er nennt es ›Auf den richtigen Moment warten‹. Für mich ist das eher in einen Hinterhalt gelockt und überrumpelt werden, bevor man es kommen sieht.

Kyle geht an mir vorbei durch die Schiebetür und lässt sich ernsthaft auf mein Bett fallen. Ich folge ihm und setze mich auf den Schreibtischstuhl.

»Ich bin mir nicht sicher, ob du wirklich ein Glücksgriff oder eher eine Zumutung bist.« Als er in meine Richtung sieht, grinse ich ihn an. Er zeigt mir den Mittelfinger und ich erwidere nur zu gerne seine nette Geste.

»Bree ist vermutlich die einzige Frau, die es mit dir aufnehmen kann. Das ist ein Aspekt, den du nicht unterschätzen solltest.«

»Wow, so wie du das sagst, klingt es unglaublich romantisch«, spotte ich. Nur weil Bree nicht vor mir zurückschreckt und anständig Kontra gibt, bedeutet das nicht, dass wir eine Topbesetzung für eine Liebesgeschichte sind. Wie lange würde es wohl dauern, bis sie meine Eigenheiten überhat und sich so einen netten Kerl sucht wie den, der es sich gerade auf meinem Bett bequem macht? Einer, der gut genug für sie ist und sie nicht ständig von sich stößt, sobald er sich in die Enge getrieben fühlt.

»Im Ernst, man muss schon blind sein, um nicht zu sehen, dass zwischen euch die Funken sprühen.«

Ich stütze mich mit dem Ellenbogen auf der Stuhllehne ab und reibe mir kopfschüttelnd mit zwei Fingern über die geschlossenen Augen. Er will es einfach nicht kapieren, oder? »Das Einzige, was zwischen uns fliegt, sind die Fetzen.« Seit wann quatscht er eigentlich so einen Bullshit? Er klingt fast schon wie Jolee. Wahrscheinlich hat sie ihm den Floh ins Ohr gesetzt. Und das alles ist eine beschissene Verkupplungsaktion. Ziehen die Mädels in Wahrheit deswegen hier ein? Wundern würde es mich nicht, wenn ich ehrlich bin. Ich könnte kotzen, weil ich dieses Spiel nicht früher durchschaut habe.

»Wohl eher die Klamotten«, erwidert er lachend. Wow, heute mutiert er wirklich zum Scherzkeks. Wo ist der zurückhaltende Kyle Blackmoore abgeblieben? Glücklichsein macht ihn zu einer Nervensäge der Extraklasse.

»Können wir das Thema wechseln?«, frage ich, weil ich befürchte, ich könnte ihm eins mit der Hantel überziehen, wenn er weiter versucht, mir einzureden, ich würde auf den Glückskeks stehen.

*Er nennt das Kind nur beim Namen ...*

Vielleicht sollte ich mir selbst mit der Hantel eins überziehen, damit die Stimme in meinem Kopf endlich aufhört klugzuscheißen.

Kyle holt sein Handy aus der Hosentasche, tippt darauf herum und hält es sich anschließend ans Ohr. »Hey, Babe, was macht ihr gerade? ... Wir haben hier ein kleines Problem bei der Raumgestaltung, könnt ihr vorbeikommen?«

Na großartig, die beiden haben noch gefehlt, um meinen Tag so richtig zu versauen.

# 28

**Bree**

»Hältst du das immer noch für eine gute Idee?« Inzwischen bin ich mir nicht sicher, wie groß die Katastrophe am Ende sein wird, sondern nur, dass sie eintreten wird.

»Mal doch nicht schon wieder den Teufel an die Wand«, sagt Jolee und parkt Kyles Wagen vor dem Wohnhaus der Jungs ein.

»Dein Bruder ist der Teufel«, seufze ich.

Seit unserem Kuss ist er wie vom Erdboden verschluckt. Kurzzeitig habe ich mit dem Gedanken gespielt, er könnte meinetwegen den Bundesstaat verlassen haben. Jolee hat mir netterweise bestätigt, dass er immer noch in Charlottesville ist. Allerdings ist seine Laune noch mieser als gewöhnlich. Und genau das ist der Grund, warum ich es für eine schlechte Idee halte, jetzt in die WG der Jungs zu marschieren und dort alles auf den Kopf zu stellen. Vielleicht braucht Nick einfach noch ein paar Tage, um sich auf die neue Situation einzustimmen. Ich brauche sie auf jeden Fall. Von meiner anfänglichen Euphorie und meiner geplanten Mission ist nichts mehr übrig. Nick hat mir eindeutig einen Dämpfer verpasst. Der naive Teil meiner Persönlichkeit hat geglaubt, er würde am nächsten Tag auf einem weißen Pferd mit wehenden Fahnen ins *Barneys* geritten kommen und mir seine Gefühle offenbaren. Die Realität sieht allerdings so aus, dass er unter Koffeinentzug leidet und einen so großen Bogen um mich macht, dass ich ihn nicht einmal mehr aus der Ferne zu Gesicht bekomme.

»Kyle hat mir geschrieben, mein Bruder ist heute nur eine Sieben.« Die beiden haben wirklich eine Skala für Nicks Laune erstellt. Das Miesepeter-Barometer. Eine Sieben bedeutet, dass er miese Laune hat, aber noch spricht. Eine Neun heißt, er ist anwesend, redet aber nicht, und eine Zehn, er hat sich aus dem Staub gemacht. Am besten ist es, man erwischt ihn bei einer Vier, dann ist er zwar mürrisch, aber noch zu Scherzen aufgelegt. Eins bis drei sind laut Jolee aktuell noch nicht klar definiert.

»Eine Sieben, wow«, erwidere ich sarkastisch. Wenn wir erst mal die WG betreten, schafft er es mit Sicherheit noch auf eine Neun.

»Wir haben Bestechungsmaterial dabei.« Sie grinst und öffnet die Fahrertür von Kyles Jeep. Da mein Wagen nach wie vor kaputt bei Phoenix steht, war Kyle so freundlich, uns sein Auto zur Verfügung zu stellen, damit wir nicht mit dem Bus fahren müssen. Die Verbindung der öffentlichen Verkehrsmittel in Charlottesville ist das Grauen und deckt sich nicht einmal ansatzweise mit den Vorlesungszeiten der Uni. Entweder wartet man ewig, bis der Bus kommt, oder er ist gerade weg.

»Dann hoffen wir mal, dein Bruder ist bestechlich und kippt uns den Kaffee nicht vor die Füße«, merke ich an und umklammere die Pappe aus dem *Barneys*, in der die vier Becher Halt finden, fester. Etwas umständlich klettere ich vom Beifahrersitz, damit es die Getränke unversehrt aus dem Auto schaffen.

»Das wird er nicht. Wäre er heute eine Neun, dann vielleicht. Eine Sieben ist nahezu handzahm.« Wenn sie Nick noch einmal als Zahl kategorisiert, kippe ich ihr höchstpersönlich ihren Schokomilchshake ins Gesicht.

Ich verkneife mir einen bissigen Kommentar und warte, bis sie einen Schlüssel aus ihrer Tasche fischt und die Tür aufschließt. *Bald hast du einen eigenen Schlüssel*, schießt es mir durch den Kopf. Allmählich wird das alles hier ziemlich real. Gut, die gepackten Kisten in meinem Zimmer sind es auch. Sich etwas vorzustellen ist eine ganz andere Hausnummer, als es auch tatsächlich umzusetzen.

Jolee läuft vor mir die Treppe nach oben und erzählt etwas vom Wändestreichen.

»Was hältst du von Sonnengelb?«, fragt sie mit einem Blick über ihre Schulter. Ich glaube nicht, dass Kyle und Nick damit einverstanden sind, wenn sie dem Wohnzimmer einen gelben Anstrich verpasst.

»Klingt großartig, aber vielleicht solltest du die Jungs vorher fragen, bevor du die Farbabteilung des Baumarktes plünderst«, äußere ich meine Bedenken. Vor der Tür in der dritten Etage bleibt sie stehen.

»Bereit für unser neues Zuhause?« O Gott, warum muss sie nur so vor Begeisterung strotzen? Die eher skeptische Haltung, die ich von ihr gewohnt bin, wäre deutlich angebrachter.

»So bereit, wie man für seine eigene Hinrichtung sein kann«, übertreibe ich etwas, aber ein bisschen fühlt es sich schon an wie der letzte Gang. Und damit meine ich nicht das Dessert.

Bevor sie etwas erwidern kann, wird die Tür aufgerissen.

»Da seid ihr ja endlich«, stößt Kyle aus. Ob nun erleichtert oder panisch kann ich nicht zweifelsfrei sagen. Vermutlich beides. Er tritt einen Schritt beiseite, damit wir die Wohnung betreten können. Während ich mich im Flur umsehe, nimmt er mir die Pappe mit den Getränken ab. Auch wenn ich schon einmal hier gewesen bin, habe ich das Gefühl, das erste Mal einen Fuß in die WG zu setzen. Mein einziger Besuch war der, als ich in Nicks Bett gelandet bin. Mit ihm. Meine Ambitionen, vorab eine Führung durch die Räumlichkeiten zu verlangen, waren damals nicht existent. Der direkte Weg in sein Schlafzimmer war zu dem Zeitpunkt völlig ausreichend. Und als Jolee mich am nächsten Morgen dabei erwischt hat, wie ich aus dem Zimmer ihres Bruders geschlichen bin, hat automatisch der Fluchtinstinkt eingesetzt.

Mein Blick schweift durch den schmalen Flur. Weiße Raufasertapete. Eine kleine Garderobe, an der ein paar Jacken hängen, und jede Menge Turnschuhe, die in ein kleines Regal gequetscht sind. Das erklärt den strengen Geruch. Von Raumduft haben die beiden offensichtlich noch nichts gehört. An dem mannsgroßen Spiegel kleben einige Post-its mit Terminen und dem WLAN-Passwort. An einer Tür ist ein kleines Schild mit einer Aufschrift angebracht. ›*Bathroom*‹.

»Willst du im Flur stehen bleiben oder gehst du ins Wohnzimmer?«, fragt Kyle hinter mir, weil ich ihm den Weg versperre. Jolee hat sich bereits die Schuhe ausgezogen und ist davongestürmt. Ihre Stimme dringt gedämpft in den Flur. Beschwichtigend redet sie auf Nick ein. Es klingt, als würde sie ihm eine Einweisung geben, wie er sich zu verhalten hat, sobald ich um die Ecke biege. Na großartig, genau das braucht ihr Bruder. Eine Schwester, die ihn bevormundet. Ich habe tatsächlich ein bisschen Mitleid mit ihm.

»Vielleicht geben wir den beiden noch ein paar Minuten«, seufze ich und trete einen Schritt zur Seite, um Kyle den Weg frei zu machen.

»Vielleicht schindest du aber auch nur Zeit«, stellt er fest. Er hat mich ertappt. Mit einem noch lauteren Seufzen als noch vor wenigen Augenblicken straffe ich die Schultern und folge ihm.

Das Wohnzimmer ist hell und sieht genauso aus, wie man es sich in einer Männer-WG vorstellt. Große Boxen, riesiger Flatscreen, Spielekonsole, Sofa, Couchtisch. Keine Deko, keine Pflanzen. Ich lasse meinen Blick weiter schweifen und entdecke rechts von mir einen offenen Küchenbereich mit Tresen und einem Tisch mit vier Stühlen unter dem Fenster. Gemütlich ist es hier ja nicht gerade. Jetzt verstehe ich, warum Jolee die Wände streichen will. Vom Wohnzimmer gehen drei Türen ab. Die Schlafzimmer. Vage erinnere ich mich, aus welchem ich an jenem Morgen nach unserem One-Night-Stand geschlichen bin. Aus der Tür, aus der Nick gerade herauskommt.

»Ist in einem der Becher anständiger Kaffee drin?«, fragt er Kyle und ignoriert mich. Kyle stellt die Pappe ab und wirft einen prüfenden Blick in die Becher.

»Hier«, sagt er, als er den schwarzen Kaffee erspäht hat.

»Schokomilchshake für Jolee und das rosa Zeug ist vermutlich für dich«, schlussfolgert er und hält mir meinen Becher entgegen. Ich überbrücke die wenigen Meter zu den beiden und nehme ihm den Himbeer-Hafermilch-Shake ab. Nick weicht meiner Nähe aus, indem er sich mit genügend Abstand auf der anderen Seite des Tresens platziert. Kyle wirft ihm einen irritierten Blick zu.

»Also das ganze Sportzeug muss raus«, trällert Jolee, als sie ebenfalls aus Nicks Zimmer kommt. Mein Blick huscht zu ihrem Bruder, der laut schnaubt und es so aussehen lässt, als würde er in den Pappbecher pusten. Der Kaffee ist inzwischen wahrscheinlich nur noch lauwarm.

»Trink erst mal deinen Schokomilchshake«, weist Kyle seine Freundin an. Er hat eindeutig die Rolle des Ruhepols in unserer skurrilen Runde inne. Hoffentlich übernimmt er sich am Ende mit der Aufgabe nicht.

»Nett habt ihr es hier, so minimalistisch.« Was rede ich da für einen Nonsens? Ein kaum hörbares verächtliches Lachen kommt aus Nicks Richtung. Ausgerechnet die Frau, die ihm mangelnde Kommunikationsfähigkeiten vorwirft, stammelt Blödsinn zusammen. Großartig.

»Wird das eine Runde belangloser Small Talk?«, presst er genervt hervor. Für einen Augenblick treffen sich unsere Blicke. Mir entgeht das kurze Zucken seiner Mundwinkel nicht. Es amüsiert ihn, dass ich gerade zur Vollidiotin mutiere. Bevor ich noch mehr unsinniges Zeug erzähle, schiebe ich den Strohhalm zwischen die Lippen und nehme einen großen Schluck meines Getränks.

***

Wie unangenehm kann es sein, sich anzuschweigen? Sehr. Seit fünfzehn Minuten herrscht eine beängstigende Stille im Raum. Das einzige Geräusch ist das Schlürfen, das Jolee von sich gibt, als sie mit ihrem Strohhalm die letzten Reste des Schokomilchshakes in ihren Mund befördert. Sie stellt den leeren Becher auf dem Tresen ab und klatscht in die Hände.

»So, dann wollen wir mal Ordnung in das Chaos bringen«, gibt sie den Startschuss für die Umräumaktion. Zielstrebig geht sie auf die rechte Tür zu. Während Kyle direkt in Bewegung kommt, lehnt Nick sich abwartend gegen die Arbeitsplatte. Unschlüssig sehe ich zwischen ihm und der offenen Tür hin und her. Ich fühle mich wirklich unwohl und absolut nicht willkommen. Als wäre ich ein Eindringling, der sich hier einnistet. Wie der Parasit, als den mich Nick bezeichnet hat. Das war, bevor wir uns geküsst haben. Mit dem Kuss habe ich seine Ablehnung mir gegenüber auf ein noch höheres Level gebracht. Denn warum sonst sollte er mich meiden wie die Pest? Dabei hat es sich so richtig angefühlt, ihn zu küssen. Habe ich ihn überrumpelt oder bedrängt? Nein, er hat mich zuerst geküsst und diesmal war er völlig nüchtern. Er hat das genauso gewollt wie ich. Wenn er es bereut, ist das sein Problem, nicht meines.

Ein Räuspern reißt mich aus meinen Gedanken. Nick steht vor mir. Wann hat er sich aus seiner sicheren Zone herausgewagt? Der Kerl kann sich nahezu lautlos bewegen.

»Willst du hier Wurzeln schlagen oder dir dein Zimmer ansehen?«, fragt er und bringt mich mit seinem sanften Ton völlig aus dem Konzept. Diese Tonlage gibt es scheinbar ausschließlich ohne Zuschauer.

»Nur wenn das für dich wirklich okay ist«, antworte ich und versuche mich an einem tapferen Lächeln. Wenn er jetzt zurückrudert, habe ich ein noch viel größeres Problem als ein paar unerwiderte Gefühle für den Kerl, der eine halbe Armlänge entfernt vor mir steht.

»Du wärst nicht hier, wenn ich es nicht wollen würde.« Kaum merklich wandern seine Mundwinkel nach oben. Okay, das ist kein richtiges Lächeln, aber besser als die ernste Miene, die er sonst an den Tag legt. Damit komme ich klar.

# 29

**Nick**

Einzugstag. Ich kann immer noch nicht glauben, dass dieser Tag wirklich gekommen ist. Und was ich noch viel weniger glauben kann, ist, ich wurde zum Umzugshelfer auserkoren. Schlimm genug, dass Bree nun endgültig in mein Leben platzt, ich helfe ihr sogar noch dabei.

Für den Fitnessraum haben wir einen Kompromiss gefunden. Nein, eigentlich hat Bree ihren Platzanspruch auf ein Minimum reduziert und gesagt, meine Sachen würden sie nicht stören. Es sei auch nicht für langfristig gedacht und sie würde sich ohnehin zum Semesterende um eine andere Bleibe kümmern. Keine Ahnung, was mich mehr nervt – dass sie so entgegenkommend ist oder dass sie nach wie vor ein WG-Zimmer sucht. Veränderungen sind wirklich nicht mein Ding, deswegen konnte ich auch nicht über meinen Schatten springen und ihr das Zimmer vollständig überlassen. Obwohl ich vermutlich ohnehin keinen Fuß mehr hineinsetzen werde. Dennoch würde es sich anfühlen, als würde ich endgültig kapitulieren.

Die Vitrine steht immer noch in dem Zimmer, hat nur die Ecke gewechselt. Mein Boxsack baumelt von der Decke. Da mein Zimmer so blöd geschnitten ist, könnte ich ihn nur über mein Bett hängen. Nicht gerade optimal. Der Kickertisch steht im Wohnzimmer, die Hantelbank im Keller. Der Holzschrank aus dem Flur steht neben Brees Bett, das nicht groß genug ist, um bequem zu zweit darin zu liegen. Und ich hoffe wirklich sehr, ich muss nicht irgendwann dabei zuhören, wie sie es da drinnen mit jemandem treibt. Die Schranktüren kann sie gerade noch so öffnen, ohne dass sie an den Holzrahmen des Bettes stoßen.

Tja, das einzige ungelöste Problem ist die Schiebetür, die ihr Zimmer von meinem trennt. Sie lässt sich nicht abschließen. Leider lassen sich die Möbel in dem schmalen Raum nicht so stellen, dass der Kleiderschrank die Tür verdeckt. Keine Ahnung, wie Sean das damals gemacht hat. Bevor Kyle bei mir eingezogen ist, habe ich mit zwei anderen Kerlen zusammengewohnt. Als Will ausgezogen ist, hat Kyle sein Zimmer übernommen. Sean ist kurz darauf ebenfalls ausgezogen und ich habe den Fitnessraum eingerichtet, anstatt jemand Neues für das Zimmer zu suchen.

»Nimmst du mir das hier mal ab?«, reißt Phoenix mich aus meinen Gedanken und hält mir einen Karton entgegen, damit ich ihn in den Transporter stelle. Mein Blick schweift über die beachtliche Anzahl an Kisten. Dafür, dass die beiden angeblich so gut wie nichts mitnehmen, haben sie ganz schön viel Kram. Mase tritt gerade mit einer weiteren Stehlampe aus dem Hauseingang. Die dritte, um genau zu sein. Jay hat bereits vier Bücherkisten aus Jolees Zimmer geschleppt. Mehr als einmal hat er darüber geflucht, wie schwer Papier sein kann, und die Vorzüge von digitaler Literatur betont.

»Wie viele Kisten kommen denn noch?«, will ich von Phoenix wissen, weil ich für die Beladung zuständig bin. Oder vielmehr fürs Tetrisspielen, denn alles platzsparend zu stapeln, erinnert stark an dieses Puzzlespiel.

»Vier, vielleicht fünf. Bree räumt gerade noch die Küchenschränke aus«, antwortet er und macht auf dem Absatz kehrt, um die nächste Kiste zu holen. Kyle kommt mit einer großen Grünpflanze auf mich zu. Ich hasse Grünzeug. Bree besteht allerdings darauf, all ihre Pflanzen mitzunehmen. Kopfschüttelnd nehme ich sie ihm ab und stelle sie zu den anderen.

»Sorry, ich habe verpennt«, ertönt Rivers Stimme plötzlich neben mir. War klar. Pünktlichkeit ist nicht seine Stärke. Würde Phoenix nicht dafür sorgen, dass er rechtzeitig zum Training und zu den Spielen erscheint, wäre er schon längst nicht mehr Teil der Virginia Kings und könnte sich irgendeiner Hobbymannschaft anschließen. Allerdings könnte ich mir an einem Samstagmorgen auch etwas Besseres vorstellen, als Kisten zu schleppen.

»Verschlafen? Phoenix meinte, du warst nicht zu Hause, als er dich abholen wollte.«

»Man kann auch verschlafen, wenn man nicht zu Hause ist«, vielsagend wackelt er mit den Augenbrauen. Okay, so genau will ich vielleicht doch nicht wissen, warum er verpennt hat.

»Das ist der letzte Karton.« Kyle wischt sich mit dem Handrücken die

Schweißperlen von der Stirn, nachdem er die Kiste vor meinen Füßen abgestellt hat.

»Ach, sieh mal an, wer es auch hergeschafft hat.« Phoenix verpasst River einen leichten Schubs. Der taumelt zwei Schritte rückwärts und grinst. »Das Grinsen vergeht dir, sobald du das Zeug alleine in die WG schaffst, während wir auf dem Sofa chillen.«

River zeigt sich von Phoenix' Ansage unbeeindruckt, schnappt sich die Kiste, die Kyle eben abgestellt hat, und bringt sie zum Transporter.

Als Jolee und Bree endlich zu uns stoßen, verteilen wir uns auf die Fahrzeuge, um zur WG aufzubrechen. Warum ausgerechnet ich den Transporter mit dem Krempel der Mädels auch noch fahren muss, ist mir schleierhaft. Die Nummer hat schon etwas von Selbstgeißelung.

***

Zwei Stunden später trage ich die letzte Kiste in die dritte Etage und stelle sie im Wohnzimmer ab. Chaos, so weit das Auge reicht. Mit einem erschöpften Seufzen lässt sich Jolee neben Kyle auf das Sofa fallen.

»Ich bin völlig erledigt. Ich werde nie wieder umziehen«, stöhnt sie und kuschelt sich an meinen besten Freund, der sofort einen Arm um sie legt und sie auf die Stirn küsst. Welcome home.

Ein lautes Krachen gefolgt von einem Fluchen erweckt meine Aufmerksamkeit. Sofort gehe ich in Brees Zimmer. Sie steht mit einem Karton in der Hand mitten im Raum und lacht. Das Klebeband, das den Boden zusammenhalten sollte, hat sich verabschiedet und somit den Inhalt vor ihren Füßen verteilt.

»Ist das die neue Variante des Auspackens?«, frage ich scherzhaft.

»Haha, sehr witzig.« Ratlos mustert sie die Pappe in ihren Händen. Kurz entschlossen eile ich ihr zu Hilfe, nehme ihr den Karton ab und falte die vier Teile des Bodens so, dass er nicht wieder aufklappt. Ohne darüber nachzudenken, gehe ich vor ihr auf die Knie und beginne den Kram aufzusammeln. Wattepads, Make-up-Entferner, jede Menge Schminke, Haarbürsten, Tampons und ... Okay.

Bevor ich nach dem Vibrator greifen kann, hat sie sich bereits neben mich fallen lassen und ihn an sich genommen.

»Was auch immer du sagen willst, verkneif es dir!«

Als ob ich das könnte. Ich beuge mich zu ihr, meine Lippen an ihrem Ohr und versuche zu ignorieren, wie gut sie riecht. »Wenn ihr zwei ein Date habt, häng eine Socke an die Tür«, flüstere ich ihr zu. Gerade als ich zurückweichen will, prallt etwas hart gegen meinen Hinterkopf.

»Hast du mir gerade eins mit deinem Vibrator übergezogen?«, frage ich sie fassungslos, weil sie das Ding immer noch in der Hand hält und mich ansieht, als würde sie genau das noch mal tun wollen.

»Das nennt man einen flotten Dreier ohne Happy End«, grinst sie mich an. Blinzelnd sehe ich zwischen ihr und dem Teil in ihrer Hand hin und her.

»Was?« So heftig war der Schlag auf meinen Hinterkopf nicht, dass ich mir ihre Worte einbilde. Ein flotter Dreier?

»Du, Oscar und ich«, sagt sie völlig trocken, nur um dann lachend mit dem Vibrator zu wackeln.

Das einsetzende Kopfkino überrollt mich so schnell, dass ich es nicht mehr schaffe, die Stopptaste zu drücken. Und da ich auch nur ein Mann bin, der obendrein das Problem hat, eine Schwäche für den Glückskeks zu haben, steige ich prompt auf ihre Vorlage ein. Erneut beuge ich mich zu ihr rüber, diesmal so, dass mein Gesicht so nah vor ihrem schwebt, dass sich unsere Nasenspitzen berühren.

»Sollte ich jemals einen Dreier in Erwägung ziehen, ist dies die einzige Kombination, mit der ich einverstanden wäre.«

Bree zieht scharf die Luft ein. Okay, das klang jetzt anders, als es sollte. Ich meine eigentlich Mann, Frau und Sexspielzeug, nicht sie, mich und … Ach verdammt!

»Ist das ein Angebot, Mitchell?«, haucht sie. Ihr warmer Atem prallt auf meine Lippen und mein Verstand verabschiedet sich in den Ruhemodus.

»Vielleicht.« Nein. Das ist eine bescheuerte Idee. Hör sofort damit auf, sie herauszufordern.

Ein Räuspern lässt uns ruckartig auseinanderfahren. Kyle steht schmunzelnd in der Tür. »Eigentlich wollte ich fragen, ob ihr auch Hunger habt, aber wenn ihr beschäftigt seid, mache ich einfach die Tür hinter mir zu und ihr könnt damit weitermachen, wobei ich euch gerade unterbrochen habe.«

Sofort komme ich auf die Füße und bringe Abstand zwischen Bree und mich. »Wir sind hier fertig.« Ohne die beiden anzusehen, trete ich durch die offene Schiebetür in mein Zimmer und ziehe sie ruckartig hinter mir zu.

Wow. Sie hat noch nicht mal ihre Sachen ausgepackt und ich will ihr an die Wäsche. Wie schwer kann es eigentlich sein, sich an seine eigenen Regeln zu halten? Es sollte doch kein Problem sein, immerhin habe ich sie selbst aufgestellt.

***

Für die nächsten Stunden verkrieche ich mich in meinem Zimmer und verlasse es genau einmal, um meine Pizza entgegenzunehmen, die Kyle für mich mitbestellt hat. Wir haben uns ernsthaft Nachrichten geschrieben, weil ich keinen Bock hatte, auch nur einen Fuß vor die Tür zu setzen. Bree schien es ähnlich zu gehen, denn nebenan poltert es im Minutentakt. Als endlich Ruhe einkehrt, ist es weit nach Mitternacht.

Noch immer hellwach liege ich auf dem Bett und starre die Decke an. Dabei brauche ich dringend ein paar Stunden Schlaf, wenn ich später beim Spiel gegen die Terrapins nicht zwischen den Torpfosten wegnicken will.

Meine Gedanken rotieren permanent darum: Ich stehe auf, trete die Schiebetür ein und mauere sie verdammt noch mal zu.

# 30

**Nick**

Keine Ahnung, wann ich eingeschlafen bin, aber als ich mich aus meinem Zimmer schleppe, bin ich davon überzeugt, ich habe nicht mehr als eine Stunde gepennt. Schlaftrunken schleife ich mich ins Badezimmer, um zu duschen. Im ersten Moment glaube ich, mich in der Tür oder sogar in der Wohnung geirrt zu haben. Dann erinnere ich mich daran, was gestern passiert ist. Mitbewohnerinnen. Frauenkram im Badezimmer. Und was ist das für ein Schrank in der Ecke? Flüchtig werfe ich einen Blick hinein. Unmengen an Badezusätzen, Gesichtsmasken und rosa Handtüchern.

Tief atme ich durch die Nase ein und stoße die Luft direkt wieder aus. Was stinkt hier so? Mein Blick schweift durch den Raum, der plötzlich nicht mehr so kahl und männlich wirkt. Jemand hat maritime Deko aufgestellt. Als ich das Übel des Gestanks entdecke, befördere ich es nach einem Blick auf das Etikett in den Abfall. Wasserlilie. Warte … Seit wann steht ein Mülleimer in unserem Badezimmer? Seit gestern. In unserer Wohnung hat eine Invasion stattgefunden. Mir graut es davor, einen Blick ins Wohnzimmer zu werfen.

Seufzend streife ich mir meine Shorts ab und stelle das kalte Wasser der Dusche an. Vielleicht hilft mir das dabei, wach zu werden. Meine Laune sinkt in den Keller, als ich mein Duschbad nicht wie gewohnt in der dafür vorgesehen Ablage vorfinde, sondern zwei Ablagefächer weiter oben. In meinem befindet sich nun eins mit Himbeer-Karamell-Duft. Fluchend tausche ich die Flaschen aus.

Nur mit einem Handtuch um die Hüften verlasse ich das Bad. Ich bin gerade auf dem Weg in die Küche, als ich die Richtung wechsle und in meinem Zimmer verschwinde, um mir etwas anzuziehen. Das fehlt mir noch, dass ich Bree unausgeschlafen und halb nackt gegenübertrete. Sollte sie überhaupt schon wach sein.

In der Küche treffe ich auf einen viel zu gut gelaunten Kyle. Er summt tatsächlich vor sich hin.

»Wow, du siehst beschissen aus«, sagt er, ohne meinen Zustand schönreden zu wollen. Muss er auch nicht, ich habe einen Blick in den Spiegel geworfen. Meine Augenringe sind gigantisch. Um ehrlich zu sein, kann ich mich nicht erinnern, wann ich zuletzt wirklich gut geschlafen habe. Mein Gedankenkarussell raubt mir den Schlaf und allmählich auch den Verstand.

Wie gewohnt öffne ich den Schrank über der Spüle und stutze. »Wo sind unsere Gläser?«, frage ich genervt.

»Einen Schrank weiter rechts«, antwortet er, als wäre es keine große Sache, dass sie nicht an ihrem Platz stehen.

»Und warum stehen unsere Scheißgläser nicht dort, wo sie hingehören?« Ich knalle die Schranktür zu, öffne den Kühlschrank und trinke direkt aus der Flasche. Anschließend öffne ich die Schublade, krame einen wasserfesten Stift heraus und schreibe meinen Namen darauf, bevor ich die Wasserflasche zurückstelle.

»Jolee sagt, es ist praktischer, wenn sich die Gläser über dem Schrank mit den Getränken befinden. Kurze Wege und so.« Gleichgültig zuckt er mit den Schultern. Ihn scheint es nicht im Geringsten zu stören, dass sich nichts an seinem Platz befindet und wir in unserer eigenen Wohnung wie orientierungslose Idioten herumrennen. Mir geht das gehörig gegen den Strich. Warum kann man nicht einfach alles lassen, wie es ist, und sich der Ordnung anpassen, die vorgegeben ist?

Ein Blick Richtung Wohnzimmer reicht, um zu erkennen, dass sich auch hier ein paar Dinge geändert haben. Grünpflanzen, gelbe Zierkissen auf dem Sofa und ein Teppich unter dem Couchtisch. Ich könnte kotzen. Auch wenn ich das irgendwie befürchtet habe, missfällt es mir gewaltig.

Kyle reicht mir einen Proteinshake und ich nehme ihn erleichtert entgegen. Wenigstens das hat sich nicht geändert. »Wollen wir los?«

Laut seufzend nicke ich. »Ja, kann losgehen.«

***

Spieltag. Endlich keine Trainingsdummys, sondern richtige Gegner. Blut, Schweiß und Tränen. Okay, ganz so ist es nicht. Oder doch, genauso ist es, wenn ich an die letzten Partien zurückdenke. Jay ist mit einer Platzwunde vom Platz gegangen und ein Spieler der gegnerischen Mannschaft hat echt geheult, weil sie verloren haben. Der Adrenalinspiegel lässt da schon gerne mal die Emotionen überkochen und es kann hart zur Sache gehen.

Der Coach hält in der Kabine seine übliche Ansprache vor dem Spiel, während meine Gedanken zum gestrigen Tag wandern. Worauf habe ich mich da nur eingelassen? Ich hätte Nein sagen und das Arschloch sein sollen, für das mich ohnehin alle halten. Jemand stößt mir gegen die Schulter, erschrocken fahre ich rum. Phoenix wirft mir einen besorgten Blick zu.

»Alles okay bei dir?«

»Klar«, antworte ich knapp und stehe von der Bank auf, greife nach meinen Handschuhen und folge den anderen aus der Kabine. Phoenix wäre nicht Phoenix, wenn er das einfach so hinnehmen würde. Er schließt zu mir auf, schweigt aber zu meiner Überraschung. Das nennt man dann wohl eine Schonfrist bekommen.

Das Klackern von Stollen auf Betonboden hallt durch den schmalen Flur, der auf den Rasenplatz führt. Normalerweise ist das der Moment, in dem das Adrenalin sich mit Vorfreude auf das Spiel mischt, aber im Augenblick würde ich gerne die entgegengesetzte Richtung einschlagen. Mir schwant bereits, dass es heute nicht so für mich laufen wird, wie ich es gewohnt bin. Aktuell läuft überhaupt nichts so, wie ich es gewohnt bin.

Als sich die Flure kreuzen und die gegnerische Mannschaft zu uns stößt, wird es laut im Spielertunnel. Die Jungs aus Maryland sind okay. Bisher haben wir nie Probleme miteinander gehabt, was man nicht von allen Teams sagen kann. Steht ein Derby an, wird es bereits vor dem Spiel hitzig.

Ungeduldig knete ich die Torwarthandschuhe in meinen Händen und warte darauf, dass wir auf das Feld rausgeschickt werden. Die Luft wird zunehmend stickiger, aber vielleicht bilde ich mir das auch nur ein. Mein Blick fällt auf Sam, der sich mit dem Captain der Terrapins unterhält. Er lacht über etwas. Da uns einige Meter voneinander trennen und das Stimmengewirr eine Selektierung unmöglich macht, verstehe ich nicht, was er gesagt hat. Als er in meine Richtung sieht und selbstgefällig grinst, würde ich ihm gerne direkt an die Gurgel gehen. Es gibt wenige Leute, die mir nur mit ihrer Anwesenheit auf die Nerven gehen. Er führt die Truppe eindeutig an, gefolgt von Hall, der in diesem Augenblick neben ihn tritt. Bisher hatte ich kein Problem mit ihm, aber er hat plötzlich eine Präsenz entwickelt, die es mir unmöglich macht, ihn weiterhin zu ignorieren. Leider kann ich nicht leugnen, dass der Glückskeks etwas damit zu tun hat.

Einige von uns sind vielleicht nicht die besten Freunde, aber auf dem Feld harmonieren wir. Privates und Sportliches zu trennen, war das Erste, das Coach Marten uns eingetrichtert hat, als er eine leichte Disbalance im Team bemerkt hat. Im Augenblick fällt es mir zunehmend schwerer, diesem Grundsatz zu folgen und mich ausschließlich auf das Spielerische zu konzentrieren.

Der Schiedsrichter gibt das Zeichen, ich nehme meinen Platz in der Reihe ein. Geschlossen folgen wir ihm nach draußen. Und sobald das Grün des Rasens vor mir auftaucht, klärt sich der Nebel in meinem Kopf und ein vertrautes Kribbeln breitet sich in meinem Körper aus. Da ist das Adrenalin, das ich vermisst habe. Noch im Gehen streife ich mir die Handschuhe über.

Die Minuten bis zum Anpfiff ziehen sich heute ungewohnt in die Länge. Kyle hat seine Position links von mir eingenommen, Jonah rechts. Smith und Williams die Außenflügel. Sam und Jay übernehmen wie gewohnt das Mittelfeld, zusammen mit Mase und Carter. King und River bilden den Sturm und batteln sich vermutlich mal wieder um die Tore. Mit ganz viel Glück wird das heute keine anspruchsvolle Nummer für mich, was mir momentan mehr als recht ist. Da die Terrapins sich in der unteren Hälfte der Tabelle rumtreiben, während wir um die Meisterschaft spielen, sollten wir das Spiel gewinnen.

Die ersten zehn Minuten gleichen einem vorsichtigen Herantasten. Der Ball schafft es genau einmal bis zu mir und der Schuss kam von Kyle, um mich bei Laune zu halten oder zum Mitmachen zu animieren. Ich bin vielleicht nicht hundert Prozent bei der Sache, aber aufmerksam genug, um keine Fehler zu machen. Gut, der Gegner macht es mir auch nicht besonders schwer.

Mein Blick wandert immer wieder zur Anzeigetafel. Noch zwanzig Minuten bis zum Halbzeitpfiff. Alles läuft gut, doch dann patzt ausgerechnet Mase und sein Gegenspieler nimmt ihm viel zu leicht den Ball ab und schiebt ihn an Sam vorbei zu seinem Mitspieler. Jonah ist einen Schritt zu schnell und hebt damit das Abseits auf. Fuck! Mit zwei langen Schritten bin ich aus dem Tor raus und trenne den Typen vom Ball, bevor er ihn versenken kann. Blitzschnell hechte ich nach rechts und fixiere den Ball, damit er nicht nachsetzt.

»Schlaft ihr noch, oder was?«, brülle ich den Jungs entgegen und befördere das Leder zu Kyle. Er schießt einen langen Pass zu Jay, der gekonnt die Gegner ausdribbelt und King den Ball zuschiebt. Der spielt einen schnellen Doppelpass mit River und im nächsten Augenblick ertönt der Pfiff. Der Ball ist im Netz. Tor!

Leider lässt die Gegenoffensive nicht lange auf sich warten. Sam begeht ein Foul, kassiert Gelb und der Freistoß für die anderen hat eine ausgezeichnete Ausgangslage. Augenblicklich schießt mein Puls in die Höhe. Mit gezielten Bewegungen delegiere ich die Mauer in Position ein Stück nach rechts, wieder ein Stück nach links und wieder rechts. Pfiff. Der dumpfe Ton, wenn Kunststoff auf Leder trifft. Ein Zischen, als der Ball in meinem Sichtfeld auftaucht. Ich hechte nach rechts, verliere den Boden unter den Füßen und strecke mich in Richtung oberes Eck. Zu langsam. Der Ball landet im Netz und mir bleibt nichts anderes übrig, als hinter mich zu greifen und ihn aus den Maschen zu fischen.

Kyle kommt auf mich zugejoggt, klopft mir aufmunternd auf die Schulter. In einer ruckartigen Bewegung schlage ich seine Hand weg.

»Fuck!«, fluche ich.

»Das Spiel ist erst mit dem Abpfiff entschieden.« Genau solche Sprüche will ich von meinem besten Freund nicht hören. Wenn du gerade wie ein Spieler der Middle School versagt hast, ist ein Motivationscoach, der dein Fehlversagen unter den Teppich kehrt, das Letzte, was du brauchst. Ich drücke ihm den Ball fest gegen die Brust.

»Quatsch nicht, spiel!«, fordere ich und begebe mich wieder auf meine Position zwischen den Pfosten. Das Gegentor ist zwar ärgerlich, aber es hat meine Konzentration aus dem Dämmerschlaf geholt.

Mit dem Halbzeitpfiff löst sich die Anspannung und die Wut gewinnt die Oberhand. Hastig reiße ich die Klettverschlüsse um meine Handgelenke auf und zerre die Handschuhe über meine Finger. Ohne auf die anderen zu achten, gehe ich schnurstracks in die Kabine, nur um die Handschuhe einmal quer durch den Raum zu pfeffern.

»Mitchell, den Ball hätte sogar meine Grandma gehalten und die ist auf einem Auge blind.« Das dreckige Lachen, das Sam von sich gibt, vergeht ihm in dem Moment, als ich ihn gegen die Wand drücke.

»Hey! Der ist es nicht wert.« Kyle packt mich an den Schultern und zieht mich zurück. Widerwillig lasse ich von Campell ab, sammle meine Handschuhe ein und setze mich auf die Bank. Gerade noch rechtzeitig, denn der Coach kommt in diesem Augenblick mit finsterer Miene zur Tür herein.

»Seit wann lassen wir uns vom Gegner so in die Defensive drängen? Das ist Mist! Wir bestimmen das Spiel und lassen uns nicht vorführen, als wären wir ein Haufen Hobbykicker. Campell, spiel sauber, dann bringst du Mitchell nicht in Bedrängnis. Hall, achte auf das Abseits. Ihr lauft zu wenig.« Coach Marten lässt eine Schimpftirade folgen und ich blende ihn aus. Wir haben schlecht gespielt, daran besteht kein Zweifel, und wenn es weiter so läuft, stehen unsere Chancen gut, heute eine Niederlage einzufahren. Da unser Trainer ein Freund von Zuckerbrot und Peitsche ist, lässt er wenigstens noch ein paar motivierende Worte folgen, bevor er uns aus der Kabine scheucht.

Gerade als ich an ihm vorbeigehen will, nimmt er mich beiseite. »Du bist unkonzentriert und das bereits seit Wochen. Was auch immer bei dir los ist, bekomm es auf die Reihe, sonst sitzt du im nächsten Spiel auf der Bank.« Bereits einen bissigen Kommentar auf den Lippen besinne ich mich darauf, dass er eindeutig am längeren Hebel sitzt, und schlucke die Worte herunter. »Glaub ja nicht, ich hätte keine Alternative zu dir. Lopez' Leistungskurve steigt, während deine abfällt«, fügt er hinzu.

Mit zusammengepressten Lippen bringe ich ein Nicken zustande und folge meinen Teamkollegen. Lopez ist ein Witz und reicht nicht annähernd an mich heran, wenn ich in Topform bin. *Wenn.* Der Coach hat recht und ich könnte kotzen, weil es so ist.

»Der Coach hat dich im Visier, also reiß dich zusammen, sonst gewinnt Sam am Ende.« Dass Phoenix ernsthaft besorgt klingt, kann ich verstehen, ich bin es auch. Wenn es nach Campell ginge, wäre keiner von uns im Team. Er will einen Haufen höriger Idioten um sich scharen, die sein Ego aufpolieren. Wir ordnen uns ihm nicht unter und das ist ihm ein Dorn im Auge. Vermutlich ist das der einzige Grund, warum er uns in einer Tour provoziert.

***

Die zweite Halbzeit läuft für uns besser als die erste und wir gewinnen das Spiel drei zu eins. Euphorie herrscht dennoch nicht, als wir am Nachmittag bei Phoenix aufschlagen und das Spiel analysieren. Trotzdem machen wir später einen Abstecher ins *Southern,* weil es unser Ritual nach dem Spiel ist. Allerdings fällt der Abend heute deutlich kürzer aus.

Es ist noch nicht mal zehn, als wir in der WG ankommen. Jolee und Bree sitzen auf dem Sofa und sehen sich etwas im Fernsehen an. *Supernatural.* Jedenfalls erscheint der Schriftzug in diesem Augenblick auf dem Bildschirm.

»Hey, da seid ihr ja schon. Wollt ihr mitschauen?«, fragt meine Schwester eine Spur zu freundlich. Kyle hat vorhin kurz mit ihr telefoniert, um ihr vom Spiel zu berichten. Da die beiden noch die restlichen Sachen auspacken wollten, haben sie auf einen Stadionbesuch verzichtet.

Ich hole mir die angebrochene Flasche Wasser von heute Morgen aus dem Kühlschrank und verziehe mich in mein Zimmer. Ein gemütlicher Abend zu viert ist nichts, was mir nach diesem Tag vorschwebt.

# 31

**Bree**

Es ist mitten in der Nacht, als ich von einem Geräusch hochschrecke. Ein paar Augenblicke vergehen, bevor ich realisiere, wo ich mich befinde. Jungs-WG.

Seufzend rolle ich mich aus dem Bett, um nachzusehen, wer oder was mich aus dem Schlaf gerissen hat. Flackerndes Licht schlägt mir entgegen, als ich die Tür öffne. Nick sitzt leise fluchend auf dem Sofa und zockt auf der Playstation. Er muss erst aus seinem Zimmer gekommen sein, als wir bereits zu Bett gegangen waren.

Am besten trete ich direkt den Rückzug an und lasse ihn in Ruhe. Schließlich gibt er sich seit meinem Einzug vor vier Tagen verdammt viel Mühe, mir aus dem Weg zu gehen, und beschränkt unseren Kontakt nur auf das Nötigste. Kyle meinte, er brauche einfach nur ein paar Tage, um sich an die neue Situation zu gewöhnen. Inzwischen frage ich mich, ob er das je schaffen wird. Nick scheint nicht sonderlich gut mit Veränderungen klarzukommen. Jolee und ich hatten einige Dinge in Bad und Küche umgeräumt, die er kurz darauf wieder an den gewohnten Platz zurückgestellt hat. Mir ist es im Grunde egal, in welchem Schrank die Gläser stehen oder wie die Einteilung im Badezimmerschrank ist. Jolee sieht das allerdings anders und führt den täglichen Kampf, Nick ihre Ordnung aufzuzwingen.

In den nächsten Minuten beobachte ich ihn dabei, wie er die Fußballspieler über den Bildschirm flitzen lässt und schließlich den Controller beinahe in Richtung Fernseher schleudert. In letzter Sekunde scheint er sich darauf zu besinnen, dass das eine bescheuerte Idee wäre, und lässt den Arm sinken.

»Ich weiß, dass du hinter mir stehst«, sagt er plötzlich. Vor Schreck stolpere ich einen Schritt nach links und reiße fast die riesige Duftkerze um, die seit unserem Einzug auf der Kommode steht. Okay und jetzt? Davonrennen oder wie immer auf ihn zu und uns wie gewohnt in eine unangenehme Situation katapultieren? Denn das ist es doch, was passiert, sobald wir alleine sind.

»Ich wollte dich nicht stören, sondern mir nur etwas zu trinken holen«, sage ich kleinlaut. Was absolut gelogen ist. Trinken ist das Letzte, woran ich gerade gedacht habe.

»Wenn es dir nichts ausmacht, könntest du mir ein Bier mitbringen?« Wow. Er degradiert mich echt zur Bierholerin?

Ich mache einen langen Hals und spähe auf den Couchtisch. Dort stehen bereits zwei leere Flaschen. Da hatte jemand mal wieder einen miesen Tag. Seufzend gehe ich in die Küche, hole zwei Gläser aus dem Schrank und eine Flasche Maracujasaft. Dann straffe ich die Schultern und überbrücke die wenigen Meter zu ihm. Er wirft einen kurzen Blick in meine Richtung, um dann wieder auf den Bildschirm zu gucken.

»Das ist kein Bier«, stellt er fest. Blitzmerker. Wenn er sich betrinken will, werde ich ihn dabei ganz sicher nicht unterstützen.

»Du kannst das hier trinken oder du holst dir dein Bier selbst.« Entschlossen fülle ich ein Glas und stelle es vor ihn auf den Tisch.

Ein verschmitztes Grinsen schleicht sich auf seine Lippen. »Hast du Angst, ich könnte mir die Birne wegschießen und auf dumme Gedanken kommen?«, scherzt er und wirf mir erneut einen flüchtigen Blick zu.

»Ich bin mir sicher, dafür brauchst du keinen Alkohol.« Ein leises Lachen dringt in meine Ohren. Sofort werden meine Knie weich. Es ist wirklich nicht fair, dass er diese Reaktion in mir hervorruft, sobald seine verbitterte Fassade eine kurze Pause macht.

»Stimmt auch wieder. Setzt du dich oder führen wir die Unterhaltung nicht auf Augenhöhe?«, fragt er und klopft tatsächlich mit der flachen Hand auf den Platz neben sich. Unschlüssig blicke ich zwischen ihm und der Sitzfläche hin und her. »Du musst nicht, wenn du nicht willst«, fügt er hinzu, als er mein Zögern bemerkt.

Wieder einmal sorgt die Unsicherheit in seiner tiefen Stimme dafür, dass ich einknicke. Mit genügend Abstand quetsche ich mich in die Sofaecke, was ihm nicht entgeht. Kaum merklich verzieht er das Gesicht und sein Körper nimmt eine deutlich steifere Haltung ein als noch vor wenigen Augenblicken. Ich habe gerade einen Fehler begangen, nur welchen?

Da ich immer noch Glas und Flasche fest in beiden Händen halte, schenke ich mir etwas Maracujasaft ein und stelle die Flasche anschließend auf dem Tisch ab. »Was spielst du da?«, frage ich, obwohl es offensichtlich ist. Immerhin laufen ein Haufen Typen einem Ball hinterher. Da sind die Möglichkeiten nicht unendlich. Sollte er meine Frage dämlich finden, lässt er es sich jedenfalls nicht anmerken.

»FIFA. Kannst du einen Controller bedienen?«

Ein unbeabsichtigtes Glucksen verlässt meine Lippen. »Nein. Aber ich bin grandios am Tischkicker«, sage ich herausfordernd und frage mich gleichzeitig, was der Blödsinn soll. Worauf genau ziele ich mit dieser Aussage ab? Ich kann weder einen Controller noch einen Kicker bedienen.

Im nächsten Moment friert das Bild auf dem Fernseher ein. Nick legt den Controller beiseite und wendet sich mir zu.

»Forderst du mich gerade zu einem Duell heraus, Glückskeks? Was ist der Einsatz?« Er verschränkt die Arme vor der Brust und lehnt sich mir leicht entgegen. Für dumme Ideen braucht er keinen Alkohol, die liefere ich ihm gratis. Ich kenne ihn gut genug, um zu wissen, dass er keine Chance verstreichen lässt, um sich mit jemandem zu messen. Jolee hat mich gewarnt und ich habe es selbst mehr als einmal in den letzten Monaten miterlebt.

Genau wie er beuge ich mich zu ihm vor. »Was hast du denn anzubieten?« Ich kann es nicht fassen. Ausgerechnet ich lasse mich ständig auf ein gefährliches Spiel mit Nick Mitchell ein.

Überraschung blitzt in seinen sturmgrauen Augen auf. Damit hat er offenbar nicht gerechnet. Er rückt noch ein Stück näher. Nicht so nah, dass wir uns berühren, aber nah genug, um meinen Puls in die Höhe schießen zu lassen. Seine markanten Gesichtszüge wirken in der spärlichen Beleuchtung bedrohlich.

»Was schwebt dir denn vor?« Täusche ich mich oder ist ein nervöses Flattern in seiner Stimme hörbar?

*Dich noch einmal küssen*, schießt es mir durch den Kopf. Es ist wirklich nicht hilfreich, dass seine Lippen sich zu einem einladenden und gleichzeitig herausfordernden Lächeln verziehen. Absolut nicht. Und dass mein Verstand sich in die Nachtruhe verabschiedet hat, macht es noch schlimmer.

»Wozu bist du denn bereit?«, krächze ich.

»Zu allem.« Okay, reden wir gerade noch über eine Partie Tischkicker oder befinden wir uns schon auf Abwegen? Keine Ahnung. Was ich aber weiß, ist, dass ich mir wünsche, es würde mehr hinter seinen Worten stecken.

»Eine Woche Frühstücksdienst«, sage ich schnell, bevor ich mich dazu hinreißen lasse, die wenigen Zentimeter zwischen uns zu überbrücken und meine Lippen einfach auf seine zu pressen.

»Okay. Ich will das volle Programm.« Für eine Millisekunde bringt er mich mit seiner Antwort aus dem Konzept, weil es nach so viel mehr klingt, als er meint.

»Was?« Blinzelnd sehe ich ihn an und befürchte, er könnte das laute Hämmern in meiner Brust hören. Das Herz ist wirklich eine verräterische Bitch!

»Eier, Pancakes und gebratener Speck«, grinst er und erhebt sich von der Couch. Verblüfft sehe ich ihm nach, als er wirklich auf den Tischkicker zugeht.

»Das klingt widerlich«, entgegne ich.

»Wird es heute noch was, Glückskeks? Ich habe nicht die ganze Nacht Zeit.«

Wie heißt es so schön: Wer A sagt, muss auch B sagen? Ein lautes Seufzen entfährt mir, als ich vom Sofa aufstehe. Ich werde so was von gegen ihn verlieren. Sein Blick wandert über mich und bleibt einen Augenblick an meinen Brüsten und dann an meinen nackten Beinen hängen. Der kurze, bunt gepunktete Schlafanzug ist zwar absolut nicht sexy, aber extrem bequem. Dennoch scheint er auszureichen, um Nick kurz aus der Fassung zu bringen, als er Zentimeter für Zentimeter genauer unter die Lupe nimmt. Und mich ebenfalls, denn mein Körper reagiert sofort auf seinen intensiven Blick. Meine Brustwarzen richten sich auf und drücken gegen den dünnen Stoff meines Tops. Ich unterdrücke den Impuls, sie mit den Händen bedecken zu wollen, und gewähre ihm einen Vorgeschmack darauf, was er mit mir anstellt, wenn er mich so sehnsüchtig ansieht. Er räuspert sich und wendet den Blick ab.

»Rot oder Weiß?«, fragt er stockend. Und ich würde mir gerne selbst auf die Schulter klopfen, weil ich einen kleinen Triumph eingefahren habe.

»Rot?« Die Unsicherheit in meiner Stimme entgeht ihm natürlich nicht. Ein teuflisches Grinsen erscheint auf seinem viel zu schönen Mund. Wirklich tragisch, dass er mich damit um den Verstand küssen und gleichzeitig mein Herz brechen kann.

Mit zittrigen Fingern umfasse ich zwei der roten Griffe. Skeptisch mustert er mich.

»Du hast aber wirklich schon einmal gespielt, oder?«

»In der Highschool, ja.« Mit Sam.

Schnell verdränge ich den Gedanken, an meine gemeinsame Zeit mit ihm. Er war meine erste Liebe, lange bevor er sich in ein Arschloch verwandelt hat. Kaum zu glauben, wie sich ein Mensch verändern kann. Als er aufs College gegangen ist, war ich ihm plötzlich zu langweilig geworden. Auf einmal hatten sich ihm so viele Möglichkeiten eröffnet. Nein, Frauen hatten ihm ihre Beine geöffnet. Die ersten Monate waren extrem hart. Liebeskummer ist die Hölle. Aber inzwischen weiß ich, er ist nichts dagegen, unglücklich verliebt zu sein und nicht davor flüchten zu können. Weil der Typ ständig vor deiner Nase herumtanzt und keine Ahnung von deinen Gefühlen hat. Wenn dir als Teenager das Herz gebrochen wird, ist das schmerzhaft, aber du erholst dich davon. Langsam, aber die jugendliche Leichtigkeit und Eiscreme können durchaus dabei helfen.

»Bereit?« Nick hält einen kleinen Fußball in die Luft.

»Dir die Hosen auszuziehen? Auf jeden Fall.« Das Grinsen in seinem Gesicht erstirbt und er sieht mich an, als hätte ich ihm einen Kübel Eiswasser über den Kopf gekippt. Kurz denke ich über meine Worte nach ... Oh! »Das sagt man doch so beim Fußball. Man zieht dem Gegner die Hosen aus«, stammle ich eine Erklärung.

Ein leichtes Kopfschütteln, keine Antwort. Dann lässt er den Ball fallen und dreht im selben Moment an einem der Griffe. Das Geräusch von schnell rotierenden Spielfiguren und Gummi, das auf Holz trifft, untermalt dieses abstruse Szenario. Ausgerechnet wir beide liefern uns ein Duell mitten in der Nacht.

»Bääm!«, sagt er eine Spur zu laut und mein Blick schnellt sofort zur Zimmertür von Kyle und Jolee. Hoffentlich wecken wir sie nicht. Die beiden hätten ihre helle Freude an unserer Show.

»Das war Glück!« Jetzt hat mich der Ehrgeiz gepackt. Ich habe nicht vor, als Verliererin aus dieser Partie herauszugehen, und wenn ich dazu zu unfairen Mitteln greifen muss.

»Als hättest du eine Chance gegen mich.« Es ist dieses Aufblitzen von Überlegenheit in seinen Augen, das in mir den Wunsch hervorruft, Nick Mitchell in die Knie zu zwingen.

»Das hängt davon ab, nach welchen Regeln man spielt. Für jedes Tor, das ich schieße, ziehe ich ein Kleidungsstück aus.« Seine Augen werden groß und er schluckt schwer. Das ist eindeutig ein Angebot, mit dem er nicht gerechnet hat, das ihm aber dennoch gefällt. »Und, Mitchell, willst du noch immer gewinnen?« Vielleicht bin ich aber auch völlig übergeschnappt. Das könnte meine aberwitzige Idee jedenfalls minimal rechtfertigen.

Ich rechne schon damit, dass er sich aus dem Staub macht. Denn das ist seine typische Reaktion, wenn wir in die für ihn falsche Richtung abdriften. Als er sich dann aber über den Kickertisch beugt und nach meinem Shirt greift, vergesse ich schlagartig zu atmen. Sanft zieht er daran und sieht mir dabei starr in die Augen.

»Netter Versuch. Aber da ist nichts, was ich nicht schon gesehen habe. Ich bin also nicht interessiert«, haucht er. Das Lodern in seinem Blick straft seine Worte Lügen. Er ist so was von interessiert. Challenge akzeptiert.

# 32

**Nick**

Fuck! Fuck! Und noch mal: Fuck!

Wie kann eine harmlose Partie an einem Kickertisch zu so einer heißen Nummer werden? Ich hätte wissen müssen, dass Bree O'Donell unfair spielt. Und warum zum Henker hat sie kaum etwas an? Das ist Folter! Sie trägt nicht mal einen BH unter dem Shirt. Gut, das ist keine Absicht, immerhin ist sie bereits im Bett gewesen und ich habe sie mit meinem Gebrüll vor der Playstation geweckt. Nichts von alldem hat sie geplant oder etwa doch? Nein, so berechnend ist sie nicht. Bree handelt impulsiv, aber nicht hinterhältig.

Als wir uns in ihrem Wagen geküsst haben, hat sie kein Geheimnis daraus gemacht, das sie an mir interessiert ist. Sie hat zwar nicht explizit benannt, wie weit ihr Interesse geht, aber dass sie nicht vorhat, es zu ignorieren. Ganz im Gegensatz zu mir. Die meiste Zeit des Tages versuche ich, sie aus meinen Gedanken zu verdrängen. Mich nicht daran zu erinnern, wie sie sich anfühlt, schmeckt und riecht. Wie sehr ich sie will. Mit der plötzlichen räumlichen Nähe ist es nahezu unmöglich geworden, die Stimme in meinem Kopf zum Schweigen zu bringen, die ständig brüllt: *Scheiß drauf! Riskier es! Was hast du schon zu verlieren?*

Alles und nichts. Meinen Verstand. Mein Herz. Mich selbst. Eine Menge und doch ist es nichts im Vergleich zu dem, was ich eventuell haben könnte, wenn ich endlich meinen Widerstand aufgebe.

Widerwillig löse ich die Finger von ihrem Top. Als sie um den Kickertisch herumgeht und auf mich zukommt, schießt mein Puls so ruckartig in die Höhe, dass mir für einen Atemzug lang schwindlig wird und ich Halt suchend nach dem Tisch greife.

»Sicher.« Herausfordernd fixiert sie meinen Blick mit ihrem und ich weiß in diesem Augenblick, dass ich verloren habe. Nicht die Partie, sondern die Entschlossenheit, ihr zu widerstehen.

»Du spielst ein gefährliches Spiel, Bree O'Donell«, warne ich sie. Egal, was sie hier vorhat, ich bezweifle, dass sie sich der Tragweite dessen bewusst ist. One-Night-Stands zu haben zeugt von einer klaren Einstellung zum Thema Sex, eine Wiederholung solch einer Nacht würde hingegen ein Eingeständnis bedeuten, dass es um mehr geht. Nämlich um Gefühle und darum, das Risiko einzugehen, sich das Herz brechen zu lassen. Und ich bin mir nicht sicher, ob ich dazu bereit bin, es auf einen Versuch ankommen zu lassen.

»Nur wenn du auch mitspielst«, haucht sie und hält gerade so viel Abstand zu mir, dass sie mir die Wahl lässt. *Spring oder tritt vom Rand der Klippe zurück und versteck dich hinter der Sicherheitsabsperrung. Deine Entscheidung.* All das sagt sie zwar nicht, aber es ist das, was in ihren braunen Augen zu lesen ist.

»Und dann? Schauen wir einfach mal, wer gewinnt?« Damit sie meine nächsten Worte auch wirklich versteht, trete ich näher an sie heran und lege meine Lippen an ihr Ohr. »Ich spiele nicht um Gefühle. Weder um meine eigenen noch um die von anderen. Verstanden?« Den Fehler habe ich bei Kyle und Jolee gemacht. Ich habe nicht vor, ihn zu wiederholen. Schon gar nicht, wenn meine Gefühle der Einsatz sind.

Weil ich nicht widerstehen kann, beiße ich sanft in ihr Ohrläppchen hinein. Bree zieht scharf die Luft ein, krallt sich in meinem Shirt fest und zieht mich näher zu sich heran. Ich bin ein Idiot. Damit habe ich genau das losgetreten, was ich verhindern wollte. Eine Kettenreaktion, bei der eins zum anderen führt. Unaufhaltsam. Sie wird mich dazu bringen, von der Klippe zu springen. Regungslos stehe ich da. Die Hände zu Fäusten geballt, die Muskeln bis zum Zerbersten angespannt.

»Wir sollten das nicht tun«, presse ich ohne jede Überzeugung hervor. Wir sollten nicht, aber wir werden. Das ist so was von sicher. Es hat sich in den letzten Wochen zu viel sexuelle Spannung zwischen uns angesammelt, um sie nicht irgendwann ungefiltert freizulassen.

»Sollten wir nicht«, wispert sie leise. Der Klammergriff an meinem Shirt löst sich. Ohne jede Vorwarnung wandern ihre Finger unter mein Shirt und streichen über meine Haut. Das war's, ich bin erledigt. Mein Körper übernimmt ab diesem Moment die Kontrolle.

Mit beiden Händen umfasse ich ihr Gesicht und presse meine Lippen auf ihre. Sie schmecken nach Maracuja und nach Bree. Fruchtig und süß, süchtig machend. Brees Fingernägel bohren sich in mein Fleisch, als sie den Kuss mit der Verzweiflung einer Ertrinkenden, die nach Sauerstoff ringt, erwidert. Zungen, die miteinander ringen. Zähne, die aufeinanderprallen. Nichts hieran ist zaghaft oder ein vorsichtiges Herantasten. Es ist der Versuch, alles auf einmal zu bekommen, und dennoch zu wissen, es ist nicht genug.

Bree fasst nach dem Saum meines Shirts und reißt es nach oben, um es mir über den Kopf zu ziehen. Ich löse mich von ihr, greife den Stoff in meinem Nacken und helfe ihr dabei. Unachtsam lasse ich es zu Boden fallen. Dann lange ich ihr unter den Po und hebe sie auf meine Hüften. Sofort schlingen sich ihre Beine um meine Mitte und ihre Lippen suchen meine. Ich taumle zwei Schritte rückwärts, bevor ich das Gleichgewicht finde und uns beide in Richtung Küchentisch delegiere, worauf ich sie absetze. Meine Hände gleiten über ihre nackten Oberschenkel, schieben sich unter ihre kurzen Shorts, während ihre über meinen Rücken nach vorne zu meinen Bauchmuskeln wandern und sich ihren Weg zu meiner Brust suchen. Sanft kratzt sie mit ihren Fingernägeln über meine sensible Haut. All meine Sinne sind auf die Frau vor mir gepolt. Schmecken, riechen und fühlen. Alles, nur nicht denken.

Als sie ein leises Stöhnen von sich gibt, weil meine Fingerspitzen die Innenseiten ihrer Schenkel erkunden, erleide ich eine Reizüberflutung. Ich dränge meine Härte gegen ihre Mitte. Reibe mich an ihr und stöhne in ihren Mund. Ihre Beine schlingen sich fester um mich. Als hätte sie mich in einen Schraubstock eingespannt, presse ich mich an sie. Meine Hände schieben sich ein Stück unter ihr Shirt, dann halte ich inne und suche ihren Blick. Wenn ich ihr erst mal das Oberteil ausgezogen habe, wird keiner von uns beiden mehr unbeschadet aus der Nummer herauskommen. Ein, zwei Sekunden sehen wir uns schwer atmend an, dann sinkt meine Stirn gegen ihre. Mein Brustkorb hebt und senkt sich heftig unter ihrer Berührung.

»Nur Sex, Bree. Wenn du dir mehr erhoffst, solltest du mich jetzt von dir stoßen, von dem Tisch klettern und in deinem Zimmer verschwinden. Das ist die letzte Warnung, die du von mir bekommst«, flüstere ich in einem schwachen Versuch, sie dazu zu bringen, sich von mir fernzuhalten. Ein Teil von mir hofft, dass sie genau das tun wird und wir die Grenze nicht übertreten, die die Dinge noch komplizierter machen könnte, als sie ohnehin schon sind. Der andere will sie haben, egal zu welchem Preis. Was mich betrifft, ist es für einen Rückzieher längst zu spät. Bree hat mich in ihrer Gewalt. Was immer sie will, ich tue es.

Sanft schiebt sie mich von sich und ich kann nicht verhindern, wie das Gefühl von Enttäuschung von mir Besitz ergreift. Obwohl es das einzig Vernünftige ist, die Reißleine zu ziehen. Ich will einen Schritt von ihr zurücktreten, aber sie hält mich mit ihren Beinen an Ort und Stelle. Gibt mich nicht frei. Erneut findet mein Blick ihren und ich versuche, darin all die Dinge zu lesen, die sie nicht sagt, aber fühlt. Verlangen, Zuneigung und Vorsicht.

Ohne unseren Blickkontakt abzubrechen, greift sie nach den dünnen Trägern ihres Tops und streift erst den einen, dann den anderen über ihre Schultern ab. Tiefer. Viel zu langsam schiebt sie den Stoff über ihre vollen Brüste. Ich unterdrücke den Impuls, es selbst zu übernehmen, um die Sache zu beschleunigen. Einen Augenblick bewundere ich den Anblick und könnte mir in den Arsch beißen, dass ich mir bei unserer ersten gemeinsamen Nacht nicht die Zeit genommen habe, ihre Schönheit angemessen zu würdigen.

Regungslos sitzt sie vor mir und wartet auf eine Reaktion von mir. Aber das Einzige, das in diesem Augenblick in Aktion tritt, ist mein Herz, das mit der Wucht eines Vorschlaghammers in meiner Brust schlägt. Habe ich mich jemals schon mal so gefühlt wie in diesem Moment? Ganz klar nein. Das hier ist absolutes Neuland für mich. Das Eingeständnis, dass es um weitaus mehr als nur um Sex geht, trifft mich wie ein Faustschlag. Wann genau ist das passiert? Ich habe mich tatsächlich in den nervigen Glückskeks verknallt. Und ich komme mir gerade wie ein unbeholfener Trottel vor, weil ich keine Ahnung habe, wie ich die Sache richtig angehe. Normalerweise schleppe ich eine Frau ab, lege sie flach und schicke sie danach wieder nach Hause. Aber nichts von dem fühlt sich bei Bree richtig an.

Als sie ihre Brüste mit den Händen bedeckt und auf dem Tisch etwas nach vorne rutscht, wache ich aus meinem tranceähnlichen Zustand auf. Mein Zögern verunsichert sie. Das Letzte, was ich will, ist, dass sie sich in dieser Situation unwohl fühlt und vor mir davonläuft. Sie hat den Blick gesenkt, als ich ihr wieder ins Gesicht schaue. Mit dem Zeigefinger hebe ich ihr Kinn an.

»Bitte, sieh mich an«, fordere ich sanft und sie kommt meiner Bitte nach.

In ihrem Blick liegen so viel Unsicherheit und Scham, dass sich meine Brust schmerzlich zusammenzieht, weil ich das in ihr ausgelöst habe. Ich greife nach den Trägern ihres Tops und ziehe sie wieder nach oben. Bedecke ihre Brüste. Dieses Gespräch werde ich nicht mit ihr führen, wenn sie halb nackt und mit gespreizten Beinen auf einem Küchentisch vor mir sitzt.

»Ich will dich, aber ich gebe zu, ich bin mit dir ein klein wenig überfordert.«

Ihre Augen weiten sich überrascht und schieben all das, was vorher in ihrem Blick lag, in den Hintergrund.

»Warum?« Eine berechtigte Frage, deren Antwort mir nur schwer über die Lippen kommt, aber notwendig ist, um nicht direkt alles gegen die Wand zu fahren, bevor es angefangen hat. Also trete ich hinter der Absperrung hervor, bereit, freiwillig ins Ungewisse zu springen. Im besten Fall mit ihr gemeinsam.

»Weil es bei uns doch nicht nur um Sex geht, richtig?« Dass ich von ihr eine Bestätigung für das Offensichtliche brauche, ist nur ein weiterer Beweis dafür, dass ich tiefer im Gefühlschaos stecke, als ich es je für möglich gehalten hätte.

Zögerlich nickt sie und ich atme erleichtert aus. Auch wenn ich nicht damit gerechnet habe, dass sie mir jetzt sagt, sie wolle nur mit mir ins Bett, beruhigt es mich zu wissen, mit meinen wirren Gefühlen nicht alleine zu sein.

Dann beuge ich mich vor und küsse sie. Sanft und bei Weitem nicht so unbedacht wie noch kurz zu vor. Meine Hände legen sich an ihren Po und ich ziehe sie zu mir heran, gegen meinen Schritt. Erneut schlingen sich ihre Beine um meine Taille und ihre Arme um meinen Nacken, während sie ihr Gesicht in meiner Halsbeuge vergräbt. Ein Lächeln schleicht sich auf meine Lippen, als ich sie vom Tisch hebe und in Richtung Schlafzimmer trage. Das fühlt sich richtig an. Und so, so viel besser, als sie auf einem Küchentisch nehmen zu wollen. Als wäre sie nicht mehr wert. Und bei Gott, das ist sie.

Mit dem Fuß kicke ich die Tür hinter uns zu. Behutsam lege ich sie auf meinem Bett ab und schiebe mich über sie. Sofort suchen ihre Lippen meine. Mit der Zunge erkunde ich erst ihren Mund, dann die zarte Haut an ihrem Hals. Als sie nach dem Bund meiner Hose greift, umfasse ich ihre Hände und halte sie davon ab.

»Nicht so schnell.«

Ich richte mich auf und sehe auf sie hinab. Verdammt! Sie ist wunderschön. Ihre Lippen glänzen von unseren Küssen und sind leicht geschwollen. Der Blick ist verträumt und ihre dunklen Haare verteilen sich wirr auf meinem Kissen. Keine Frau hat bisher so sehr in dieses Bett gehört wie sie. Normalerweise ist das der Augenblick, in dem ich die Bedingungen für eine gemeinsame Nacht erkläre, um Missverständnissen vorzubeugen. Sie ist immer noch die beste Freundin meiner Schwester. Keine Dates. Die Regel hat noch immer Bestand. Keine Wiederholung. Ist es wirklich eine Wiederholung, wenn sich die Ausgangssituation verändert hat? Alles Auslegungssache, oder nicht? Außerdem fallen mir beim besten Willen keine Argumente mehr ein, warum ich mit ihr nicht alle Regeln brechen sollte.

Rechts und links von ihrem Kopf stütze ich die Arme so ab, dass mein Gesicht über ihrem schwebt. »Ich biete dir nicht mehr als einen Versuch an. Es gibt keine Erfolgsgarantie. Ich bin immer noch ich. Okay, Glückskeks?« Es ist mir wichtig, dass sie weiß, woran sie bei mir ist, und dass sie sich gleichzeitig nicht allzu große Hoffnungen auf ein Happy End macht. Denn ich habe selbst keine Ahnung, ob ich letztendlich nicht doch noch nach dem Rettungsschirm greife und die Reißleine ziehe.

»Okay. Ein Versuch ist mehr als nichts. Du bestimmst das Tempo. Step by Step und wir schauen, wo es uns hinführt.«

»Okay. Das ist der Deal«, hauche ich gegen ihre Lippen, bevor ich sie mit meinen verschließe.

# 33

**Bree**

Etwas an der Art, wie er mich jetzt küsst, ist anders. Als hätten wir alle noch offenen Fragen geklärt. Eine Chance. Vielleicht ist es auch schon die zweite oder dritte? Wenn man unsere erste Nacht und alles, was danach passiert ist, berücksichtigt.

Seine Lippen wandern zu meinem Hals, saugen sanft daran und gleiten anschließen über mein Schlüsselbein, während seine Finger diesmal selbst die Träger des Tops über meine Schultern streifen. Eine Spur heißer Küsse trifft auf die Haut, die er nach und nach freilegt. Ein leises Stöhnen verlässt meine Kehle, als seine Zungenspitze um meine Brustwarze kreist und er sie schließlich zwischen die Zähne zieht und zärtlich hineinbeißt. Mit den Fingerspitzen fährt er über meine Seite bis zu meinem Knie, nur um sie dann an der Innenseite meiner Schenkel nach oben wandern zu lassen. Eine Gänsehaut folgt jeder seiner Berührungen und bringt mich immer mehr um den Verstand. Ich wünschte, er würde seine süße Folter beenden und die Dinge etwas beschleunigen.

*Sein Tempo,* ermahne ich mich selbst.

Als seine Zunge meinen Bauchnabel erreicht und sich einen Weg tiefer bahnt, ziehe ich scharf die Luft ein, drücke den Rücken durch und komme ihm auffordernd mit dem Becken entgegen. Meine Hände finden den Weg in seine dunklen Locken, die sich so unglaublich weich anfühlen.

Nicks Finger haken sich in den Bund meiner Shorts und halten inne. Abwartend sieht er zu mir auf, als bräuchte er meine Zustimmung, um einen Schritt weiterzugehen. Ich stemme die Fersen in die Matratze. Hebe meinen Po an, um ihm die Erlaubnis zu geben, mich auszuziehen, und um es ihm gleichzeitig leichter zu machen. Er klettert neben mich, streift den Stoff ab und lässt seinen Blick über mich gleiten. Für einen Augenblick befürchte ich, er könnte enttäuscht von dem sein, was er sieht, und ich frage mich gleichzeitig, wo diese Zweifel überhaupt herkommen. Normalerweise habe ich absolut kein Problem mit meinem Körper. Aber es ist etwas anderes, mit einem Kerl im Bett zu landen, der einem nichts bedeutet und den man danach nicht wiedersieht. Es hat durchaus ein paar Typen nach der Highschool gegeben. Aber nicht seit der Nacht mit Nick. Seitdem bin ich hoffnungslos an ihn verloren. Niemand hat je das in mir ausgelöst, was er mit einer einzigen Berührung schafft.

»Ich könnte mich wirklich selbst ohrfeigen, dass ich dich vor Monaten einfach nur gevögelt und mir nicht die Zeit genommen habe, deinen Anblick voll auszukosten.« Unter anderen Umständen würde ich seine Worte für eine Beleidigung halten, aber er sagt es in einem so sanften und entschuldigenden Ton, dass ich ihn auf mich ziehen und tief in mir spüren will. Nicht nur körperlich, auch seelisch. Ich will eins mit ihm sein.

»Ich würde gerne das Gleiche behaupten, aber du hast eindeutig noch zu viel an«, sage ich, um uns in eine andere Richtung zu lenken, weil ich befürchte, Nick könnte sich abermals hinter seiner Mauer verstecken, wenn er zu viel Zeit zum Nachdenken hat, und uns wieder zum Nullpunkt zurückbefördern.

Ein Grinsen schleicht sich auf seine Lippen, als er sich zu mir runterbeugt. »Du forderst also Gleichberechtigung?«, scherzt er.

»Ich bin eine emanzipierte Frau. Wenn ich nackt bin, ist es nur fair, wenn du es auch bist«, hauche ich gegen seine Lippen, beuge mich ihm noch ein Stück mehr entgegen und beiße sanft in seine Unterlippe.

Ein leises Lachen entfährt ihm, aber er greift tatsächlich nach dem Bund seiner Trainingshose und schiebt sie samt Boxershorts von seinen Hüften. Mein Mund wird trocken, als ich einen Blick auf seine Erektion werfe. Das passiert hier wirklich. Ich unterdrücke den Drang, meine Finger danach auszustrecken und sie über seine samtige Haut gleiten zu lassen.

Bevor ich es doch in die Tat umsetze, platziert er sich zwischen meinen Beinen und küsst erst meinen Bauch, dann die Innenseite meiner Schenkel und schließlich landen seine Lippen auf meiner Mitte. Federleicht und doch mit genügend Druck, um mich in den Wahnsinn zu treiben. Ich wölbe mich ihm entgegen, delegiere ihn dorthin, wo ich ihn haben will. Zärtlich lässt er seine Zunge um meine empfindlichste Stelle kreisen, bevor er einen Schritt weitergeht. Er nimmt erst einen, dann zwei Finger zur Hilfe. Benetzt sie mit meiner eigenen Feuchtigkeit, bevor er sie in mich drängt und mich meinem Höhepunkt entgegentreibt. Eine Hand legt sich über meinen Mund, weil mir ein lautes Stöhnen entfährt. Als er die Finger krümmt und über eine besonders empfindliche Stelle reibt, beiße ich in seine Hand, um nicht das ganze Haus zusammenzuschreien. Meine Muskeln verkrampfen sich um seine Finger und ich komme so heftig, dass mein ganzer Körper unkontrolliert zuckt.

Während mein Orgasmus nur langsam abebbt, legen sich seine Lippen auf meine. Ich schmecke mich selbst und ihn. Eine berauschende Kombination, die meine Lust von Neuem entflammen lässt. Nick streichelt mich mit einer Behutsamkeit, dass ich erschaudere. Ich schlinge die Arme fest um seinen Nacken und ziehe ihn auf mich, weil ich seine nackte Haut auf meiner spüren will. Seine Erektion drückt sich hart gegen meinen Bauch. Ein Seufzen entfährt ihm, als Haut auf Haut trifft.

Bevor er reagieren kann, drehe ich ihn auf den Rücken und verteile eine Spur Küsse auf seiner Brust. Lasse meine Lippen über seine festen Bauchmuskeln wandern und umfasse mit der Hand seine Härte. Lasse sie an seinem Schaft auf und ab gleiten. Nick gibt ein leises Stöhnen von sich und seine Erektion schwillt unter meiner Berührung weiter an. Seine Reaktion lässt mich mutiger werden. Ich befeuchte meine Lippen, bevor ich ihn in den Mund nehme. Mit der Zunge fahre ich über die samtige Haut und sauge leicht daran.

»Fuck, Bree!«, entfährt es ihm, als ich das Tempo erhöhe und ihn fester mit der Hand bearbeite. »Stopp!«, presst er heiser hervor. »Hör auf, bitte.«

Sofort lasse ich von ihm ab. Bin ich zu weit gegangen oder habe etwas falsch gemacht? Langsam sehe ich zu ihm auf.

»Shit! Gib mir zwei Minuten.« Bevor ich reagieren kann, hat er sich aufgesetzt, nur um mich im nächsten Augenblick unter sich zu begraben.

Ich lege die Hände an seine Seiten und fahre federleicht über seine erhitzte Haut. Er zuckt zusammen, greift mit der einen Hand nach meinem Handgelenk, während er sich mit der anderen auf der Matratze abstützt, um mich nicht mit seinem gesamten Gewicht zu erdrücken.

»Du bist kitzlig«, stelle ich amüsiert fest.

»Und erregt. Eine wirklich miese Kombi.«

Er lässt meine Hand los, streckt sich über mich hinweg und greift in eine Schale auf dem Regal, das oberhalb des Kopfteiles angebracht ist. Ein vertrautes Knistern und das Geräusch von Folie, die aufgerissen wird, folgt. Im nächsten Moment rollt er sich von mir runter und setzt sich auf. Ich erschaudere, weil er mir die Wärme seines Körpers entzieht. Sehnsüchtig strecke ich die Arme nach ihm aus, weil ich ihn wieder auf mir spüren will. Und in mir. Nick streift das Kondom über seine Erektion. Das Ziehen in meinem Unterleib wird zu einem ungeduldigen Kribbeln. Nick ist mit Abstand der attraktivste Mann, der mir je begegnet ist. Ich will ihn. Jetzt sofort.

»Vergiss es!«, sagt er, als ich Anstalten mache, auf seinen Schoß zu klettern. Irritiert sehe ich ihn an. Mit einem teuflischen Grinsen krabbelt er auf mich zu, drückt mich zurück auf die Kissen und kniet sich zwischen meine Beine. Sein Blick wandert von meinem Gesicht zu meinen Brüsten. »So verlockend die Vorstellung auch ist, dass die beiden Hübschen hier«, um seine Worte zu unterstreichen, fährt er mit den Fingerspitzen die Wölbung meiner Brüste entlang, »direkt vor meinem Gesicht auf und ab hüpfen, während du auf meinem Schoß kommst. Es würde ein verdammt kurzes Vergnügen werden.« Mit den Knien spreizt er meine Beine etwas weiter auseinander. »Ich würde die Kontrolle verlieren, sobald du auf mir sitzt.« Seine Lippen treffen auf meinen Hals und verteilen eine Spur Küsse. »In den letzten Wochen hat sich da einiges angestaut.« Sein Gesicht taucht vor meinem auf. Entschuldigend lächelt er mich an.

Ich schiebe meine Hände in seinen Nacken, vergrabe meine Finger erneut in seinen Haaren und ziehe ihn zu mir heran. Küsse ihn und er erwidert es, ohne zu zögern. Schnell wird der Kuss drängender, fordernder und ungeduldig. Wir verschlingen einander regelrecht. Als ich das Verlangen nicht länger zurückhalten kann, lege ich meine Beine um seine Taille und übe genug Druck aus, dass er die Botschaft versteht und endlich nachgibt.

Seine Hand gleitet zwischen meine Beine, stimuliert meine empfindlichste Stelle. Unkontrolliert stöhne ich in seinen Mund hinein. Dränge mich ihm entgegen, um mehr zu fühlen. Ein erleichtertes Seufzen entfährt mir, als er endlich einen Finger in mich schiebt und sich dadurch ein minimaler Teil der Anspannung löst, nur um im nächsten Augenblick unerträglich zu werden. Weil ich mehr als das hier will. Mehr brauche. Ich will alles von ihm. Gemeinsam mit ihm von der Klippe springen und mich im freien Fall an ihn klammern. Als ich kurz davor bin, erneut zu kommen, zieht er seine Hand zurück. Er beendet unseren Kuss und bringt so viel Abstand zwischen uns, dass er mich ansehen kann.

»Bist du dir sicher, dass du das willst?«

Ich war mir noch nie so sicher wie bei ihm. »Ja, ich will dich, Nick, und ich will das hier.«

Zum wiederholten Mal übe ich mit den Beinen, die immer noch um ihn geschlungen sind, Druck aus und dränge ihn meiner Mitte entgegen, bis ich seine Erektion dort spüren kann. Unsere Blicke treffen sich, verschmelzen ineinander, als er quälend langsam in mich eindringt. In diesem Moment atmet keiner von uns. Wir fallen einfach nur in die Tiefen des anderen und ertrinken in einem Strudel aus Verlangen, Anspannung und Erlösung. Nick hält inne, als er mich ganz ausfüllt, und gibt uns beiden einen Augenblick, um uns aneinander zu gewöhnen.

Wir schnappen beide nach Luft, als er sich in mir zu bewegen beginnt. Verfallen in eine Mischung aus Stöhnen, Keuchen und verzweifelten Küssen. Meine Hände wandern über seinen Rücken, seine Arme entlang. Jeder Muskel seines Körpers ist angespannt, während er einen Rhythmus findet, der uns beide dem Höhepunkt entgegentreibt. Er greift nach meiner Hand und drückt sie über meinem Kopf fest in die Matratze. Unregelmäßig prallt sein warmer Atem auf meine Haut.

»Du fühlst dich so unglaublich gut an«, haucht er zwischen zwei Stößen. Mich damit in den Wahnsinn treibend küsst, saugt und beißt er immer wieder sanft in meine Halsbeuge, bevor er sein Gesicht darin vergräbt. Seine Bewegungen werden unkontrollierter, ich komme ihm mit meinen Hüften entgegen und verändere damit den Winkel, in dem er in mich hineingleitet.

Nicks Stöhnen lässt meinen ganzen Körper vibrieren und meine Muskeln um ihn pulsieren. »Lass los«, haucht er in mein Ohr.

Und genau das tue ich. Lasse los, klammere mich an ihn und zerfalle in tausend Teile. Nick folgt mir und bricht schwer atmend auf mir zusammen, unsere Finger immer noch ineinander verschlungen. Eine Geste, die mir das Gefühl gibt, dass ein Mehr auf uns wartet. Dass alles möglich ist.

Feuchte Haut klebt auf noch feuchterer Haut. Lippen, die salzig schmecken, und Herzen, die zwar wild, aber im Einklang miteinander schlagen.

Sein Körper drückt mich tiefer in die Matratze, hüllt mich ein und schenkt mir genau das Maß an Geborgenheit, das mich lächeln lässt und ihn ebenfalls, weil es ganz anders ist als in der Nacht, die wir bereits miteinander verbracht haben. Jene war grob, hektisch, emotionslos. Aber das gerade hat sich nach so viel mehr angefühlt. Bedeutungsvoll.

# 34

**Nick**

Schlaftrunken taste ich neben mich und seufze. Ich bin allein. Bree muss sich, irgendwann, nachdem ich eingeschlafen bin, davongeschlichen haben. Was genau das zu bedeuten hat, werde ich wohl herausfinden müssen. Dass ich nach letzter Nacht alleine aufwache, damit habe ich nicht gerechnet.

Mein Blick fällt auf die Schiebetür zu ihrem Zimmer. Geschlossen. Eine offene Tür wäre ein Zeichen gewesen. Eine verschlossene lässt mich weiterhin ratlos in meinem Bett liegen. Ächzend quäle ich mich aus den Federn, streife mir die Jogginghose über und sehe mich auf dem Boden nach meinem Shirt um. Shit! Das liegt noch neben dem Küchentisch. Leicht panisch werfe ich einen Blick zur Uhr. Es ist kurz vor zehn. Ein herrenloses T-Shirt mitten in der Küche könnte eindeutig ein paar Fragen aufwerfen. Kyle würde schmunzeln, es aber unkommentiert lassen, Jolee jedoch würde mich mit Fragen löchern. Und sie muss sich auch nicht sonderlich anstrengen, um dahinterzukommen, was passiert ist. Seit sie hier eingezogen ist, habe ich das Gefühl, sie sitzt mir permanent im Nacken und analysiert jeden meiner Schritte. Als würde sie versuchen, ein Rätsel zu lösen, wo es gar keines gibt.

In der Hoffnung, die beiden könnten noch schlafen, öffne ich leise die Tür und schleiche aus meinem Zimmer. Sofort dringt Musik in mein Ohr. Der Geruch von gebratenem Speck steigt mir in die Nase. Ein Grinsen schleicht sich auf meine Lippen, weil ich so eine Ahnung habe, wer da am Herd hantiert. Als ich einen Blick in Richtung Küche werfe, entdecke ich tatsächlich Bree, die zum Takt nicht nur den Kochlöffel schwingt. Ihre Hüften wiegen sich zu – zumindest tippe ich stark darauf – Shawn Mendes.

Ich weiche zwei Schritte zurück und mache es mir auf der Rückenlehne des Sofas bequem. Das ist eine Show, die ich mir keinesfalls entgehen lasse.

Die Frage, wo mein Shirt abgeblieben ist, erübrigt sich, als ich meinen Blick über sie gleiten lasse. Dieser Anblick ruft gemischte Gefühle in mir hervor. Auf der einen Seite gefällt mir, dass sie damit eine Art Statement setzt, auf der anderen fühlt es sich an, als hätten wir letzte Nacht ein paar Etappen übersprungen und wären direkt im Finale gelandet. Mit dem rasanten Tempo habe ich ein ernsthaftes Problem. Step by Step war der Deal, und nicht mit Vollgas durch die Wand. Ich verschränke die Arme vor der Brust. Mein Grinsen hat sich in Luft aufgelöst.

Bree nimmt die Pfanne vom Herd, dreht sich einmal um die eigene Achse und stellt sie auf der Arbeitsplatte ab. Der Kochlöffel mutiert zum Mikrofon und sie schmettert den Refrain lauthals mit. »*Everybody wants a piece of you. I get jealous, but who wouldn't when you look like you do? From the second you walked in the room, my night is ruined. Everybody wants a piece.*«

Sie trifft keinen Ton und ich kann mir ein Lachen nicht verkneifen. Erneut wirbelt sie herum und blickt mich erschrocken an, als sie mich entdeckt.

»Dein Musikgeschmack ist genauso mies wie dein Gesang«, sage ich grinsend, sobald mein Lachen versiegt ist.

»*Need these boys to get the message. You know I'm yours, I know you're mine*«, trällert sie weiter und ignoriert meine Aussage gnadenlos. Tanzend kommt sie auf mich zu. Nur noch halb so anmutig wie in dem Moment, als sie sich unbeobachtet gefühlt hat. Das hier ist das Unterhaltungsprogramm, um die Stimmung aufzulockern.

Der Kochlöffel landet auf dem Sofa und sie funkelt mich herausfordernd an, während sie nach meinen Händen greift. Auf gar keinen Fall. Das kann sie vergessen.

»Was soll das werden, Glückskeks?« Als sie erfolglos versucht, mich auf die Füße zu ziehen, macht sie einen Schmollmund. Das wird sie auch nicht an ihr Ziel bringen. Dagegen bin ich absolut resistent. Jolee hat mich diesbezüglich kuriert. Die Karte zieht sie immer, wenn sie ihren Willen durchsetzen will.

»Wusstest du, dass Menschen, die täglich einen Song lang tanzen, glücklicher sind?«, sagt sie und zieht fester an meinen Händen.

Ich gebe nach und stehe von der Rückenlehne des Sofas auf. Sie zappelt vor mir herum, während ich einfach auf sie hinabstarre. Vielleicht verstört und fasziniert mich das hier gleichermaßen. Sonderbar ist es auf jeden Fall. Bree ist mit Abstand die verrückteste Frau, die mir je untergekommen ist. In jeder Hinsicht.

»Aber ganz sicher nicht, wenn sie dabei Shawn Mendes hören«, feixe ich und sie verzieht das Gesicht. Sie steht echt auf den Kerl oder zumindest auf seine Musik.

»Los! Probier es aus! Glücklichsein könnte dir gut stehen.« Wie kommt sie darauf, dass ich es nicht bin?

»Ich bin sehr zufrieden, und das, ohne durch die Bude zu tanzen.«

Ihre Hände lösen sich von meinen und landen auf meinen Wangen. Zu allem Überfluss drückt sie sie zusammen, so wie es eine Grandma macht, bevor sie dir sagt, was für ein großer Junge du geworden bist. »Dieser mürrische Zug um deine Lippen sagt eindeutig etwas anderes.«

Ich packe sie mit beiden Händen an der Hüfte, hebe sie hoch und setze sie im nächsten Augenblick auf die Stelle, wo ich gerade selbst noch gesessen habe. Sie schnappt nach Luft, als ich mich zwischen ihre Beine zwänge. Aus großen schokobraunen Augen sieht sie mich abwartend an. Wie ein Tier auf Beutezug nähere ich mich ihrem Mund.

»Meine Lippen haben andere Qualitäten, als ein Dauergrinsen zur Schau zu stellen. Aber das weißt du ja bereits«, hauche ich gegen ihre, ohne sie zu küssen.

Ihre Arme legen sich um meinen Nacken. »Ich habe keine Ahnung, wovon du da redest. Du wirst das beweisen müssen, wenn ich dir glauben soll«, neckt sie mich und ich steige auf ihr Spiel ein.

Mit einem Ruck ziehe ich sie näher zu mir heran. »Du kannst dich also nicht hieran erinnern?« Meine Lippen streifen ihren Mundwinkel. Sie erschaudert, versucht aber, sich nichts anmerken zu lassen.

»Nein. Ist mir neu. Was hast du noch anzubieten, Mitchell?« Frech grinsend neigt sie den Kopf zur Seite und gibt mir damit die perfekte Vorlage, Küsse auf ihrem Hals zu verteilen.

Sie zieht scharf die Luft ein und vergräbt ihre Finger in meinen Haaren.

Wie von selbst wandern meine Hände unter das Shirt und gleiten bis zu ihren Brüsten. Holy Shit! Sie passen perfekt in meine Hände. Sanft knete ich sie und schiebe die Spitze ihres BHs etwas beiseite, um ihre Nippel zu reizen. Sofort richten sie sich unter meiner Berührung auf. Und auch bei mir erwacht etwas aus dem Ruhemodus. Ein leises Stöhnen entweicht ihr, als ich meine Erektion gegen ihre Mitte presse, um ihr deutlich zu zeigen, worauf diese Spielerei hinausläuft. Mein Mund findet ihren. Zärtlich beißt sie in meine Unterlippe, bevor ihre Zunge nach meiner tastet.

Eine Tür fällt ins Schloss und wir fahren hastig auseinander. Ich stelle Bree wieder auf die Füße und trete gerade noch rechtzeitig von ihr zurück, bevor Kyle und meine Schwester um die Ecke biegen.

»Wir haben Brötchen geholt.« Demonstrativ hält Kyle eine Papiertüte in die Luft. Jolee sieht zwischen mir und Bree hin und her. Ein wissender Ausdruck erscheint auf ihrem Gesicht. Ich blicke zu Kyle, der mich ansieht, als würde er mir jeden Moment ein High Five geben wollen. Unauffällig deutet er auf meine untere Körperregion. Fantastisch. Mein Ständer zeichnet sich deutlich unter meiner Trainingshose ab.

Unbeeindruckt und in aller Ruhe setze ich mich an den bereits gedeckten Küchentisch. Kyle und Jolee setzen sich ebenfalls, während Bree so tut, als wäre nichts gewesen. Mit wackelnden Hüften macht sie damit weiter, wobei ich sie mit meinem Auftauchen unterbrochen habe. Ich ertappe mich dabei, wie ich einen Moment zu lange auf ihren Hintern starre.

Ein Räuspern gefolgt von einem Kichern sorgt dafür, dass ich meinen Blick von dem Glückskeks abwende. Jolee grinst mich so breit an, dass ich als Reaktion nur die Augen verdrehe. Ruckartig sieht sie zu Kyle, der ihr vermutlich gerade unter dem Tisch einen Tritt gegen das Schienbein verpasst hat. Diskretion ist für beide anscheinend ein Fremdwort.

Bree stellt einen Teller vor mir ab. Eier, Pancakes und gebratener Speck. Kurz stutze ich, bis mir einfällt, dass sie ihren Einsatz einlöst. Wir haben die Partie nicht einmal zu Ende gespielt, also ist das hier total überflüssig.

Anstatt sich mit an den Tisch zu setzen, verschwindet Bree in ihrem Zimmer. Ist ihr die Situation unangenehm?

»Sie hat ihm Frühstück gemacht«, seufzt meine Schwester und macht dabei ein verträumtes Gesicht.

»Ja, das hat sie«, antwortet Kyle.

»Und sie trägt sein Shirt. Das ist süß.« Den beiden ist schon klar, dass ich ebenfalls am Tisch sitze und jedes Wort hören kann, oder?

»Das erklärt, warum er keins trägt.« Ich werfe meinem besten Freund einen warnenden Blick zu, den er mit einem Schmunzeln kommentiert.

»Das hat jetzt wie viele Tage gedauert? Vier? Du schuldest mir zwanzig Dollar, Blackmoore.« Erneut kichert meine Schwester nervtötend.

»Habt ihr es dann bald?«, frage ich desinteressiert und schiebe mir ein Stück Bacon in den Mund.

Jolee setzt zu einer Antwort an, hält aber inne, als Bree vollständig angezogen aus ihrem Zimmer tritt.

»Habe ich etwas verpasst?«, will Bree wissen, die neugierig zwischen uns dreien hin und her sieht.

»Nein, hast du nicht«, antwortet Jolee und greift nach dem Glas Orangensaft, das vor ihr auf dem Tisch steht.

»Und warum seht ihr beide dann so aus, als hättet ihr gerade eine Bank überfallen und wüsste nun nicht, wohin mit der Beute?« Skeptisch beäugt sie Kyle und Jolee. Ein leises Lachen kommt über die Lippen meines besten Freundes. Mit einem Räuspern versucht er, es zu überspielen.

»Ihr heckt doch etwas aus.« Brees Augen werden schmal, als sie beide mit ihrem Blick fixiert.

Hastig schiebe ich mir das letzte Stückchen Bacon in den Mund, verzichte auf die Eier sowie die Pancakes und stehe auf, weil ich bei dem Gespräch nicht länger dabei sein möchte. »Sagt Bescheid, wenn ihr mit eurer Show fertig seid.«

Kopfschüttelnd verschwinde ich in Richtung Badezimmer und schließe die Tür hinter mir ab. Nur wenige Augenblicke später prasselt heißes Wasser auf mich herab. Ich sollte eine kalte Dusche nehmen, dann würde ich vielleicht aus dieser mehr als skurrilen Situation aufwachen und herzhaft darüber lachen. Keine Ahnung, was die beiden mit der Nummer bezwecken wollen, und es ist mir auch egal.

Nein, das stimmt nicht. Es nervt mich, dass sie offensichtlich eine Meinung dazu haben, die sie mir unbedingt verklickern wollen. Als wäre ich ein Idiot, der es selbst nicht checkt und auf ihre Expertise angewiesen ist.

Zehn Minuten später verlasse ich das Badezimmer, werfe einen flüchtigen Blick in die Küche, bevor ich in meinem Zimmer verschwinde. Nachdem ich in frische Kleidung geschlüpft bin, gehe ich zu den anderen, um mir doch noch einen Pancake für den Weg mitzunehmen. Kyle sieht mich fragend an.

»Wo willst du hin?«

»Ich fahre zum *Barneys*. Ich brauche dringend einen Kaffee und ihr geht mir auf die Nerven.«

»Bree, musst du nicht auch ins *Barneys*?« Jolee grinst ihre beste Freundin schief an. »Nick nimmt dich bestimmt gerne mit, dann musst du nicht mit dem Bus fahren.«

»Sie kann auch den Jeep nehmen«, merkt Kyle an und kassiert dafür von seiner Freundin einen strengen Blick. Immerhin hat er verstanden, dass es besser ist, den Bogen nicht zu überspannen.

»Nein, kann sie nicht!« Jolee hingegen will meine Geduld unbedingt bis aufs Äußerste herausfordern.

»Kann sie nicht?«, hakt Kyle ungläubig nach.

»Du erinnerst dich? Wir haben bereits etwas vor und dafür brauchen wir dein Auto.« Noch offensichtlicher kann meine Schwester gar nicht lügen. Kyles Gesicht spricht Bände. Er hat keine Ahnung, wovon sie da spricht. Allerdings bezweifle ich, dass er sie auffliegen lässt.

»Stimmt, wir wollten doch … Was hatten wir noch gleich vor?«

Bree sieht die beiden genauso skeptisch an wie ich. Glücklicherweise bin ich nicht der Einzige, der ihnen den Quatsch nicht abkauft.

»Wir machen einen Ausflug.«

»Und wohin geht's?«, will ich wissen. Nicht, weil ich ihr glaube oder es mich brennend interessiert. Ich bin nur gespannt, welche Geschichte sie sich aus den Fingern saugt, um mir ihre Freundin aufs Auge zu drücken.

»Nach Richmond ins Museum. In der Nähe gibt es ein ausgezeichnetes

Diner, dem wir mal wieder einen Besuch abstatten werden«, antwortet sie, ohne zu zögern. Kyle verschluckt sich an einem Stück Brötchen und kann sich ein Lachen nicht verkneifen. Jolee verpasst ihm einen Hieb mit dem Ellenbogen. »Kannst du nicht ein einziges Mal ernst bleiben?«

»Sorry. Ich bezweifle, dass die beiden uns glauben«, erwidert Kyle schmunzelnd. Wie recht er hat.

»Nein, den Bullshit nimmt euch niemand ab. Aber wenn Bree möchte, nehme ich sie trotzdem mit zum *Barneys*«, sage ich und werfe einen Blick zum Glückskeks, der für seine Verhältnisse seltsam ruhig ist. Aus großen Augen sieht Bree mich an. Als könnte sie nicht glauben, dass ich das gerade ernsthaft gesagt habe. Und irgendwie kann ich es selbst nicht. Denn damit habe ich die Vermutung meiner Schwester und meines besten Freundes nur bestätigt. Im Grunde ist es aber auch egal, was die beiden denken. Schließlich hat es sie auch wenig interessiert, was ich davon gehalten habe, als die beiden angefangen haben, miteinander rumzumachen.

»Wenn es dir nichts ausmacht?« Dass sie ihre Frage so vorsichtig stellt, stört mich tatsächlich etwas. Klar, wir sind kein Paar, aber ich dachte, nach letzter Nacht wäre deutlich geworden, dass ich nicht vorhabe, weiterhin auf Abstand zu gehen. Die Richtung haben wir geklärt, lediglich das Ziel ist noch offen. Außerdem sollte sie mich inzwischen besser kennen. Ich schlage nie etwas vor, wenn ich es nicht auch in die Tat umsetzen will.

»Ich würde es nicht anbieten, wenn ich es nicht ernst meinen würde. Du hast zehn Minuten.« Mit diesen Worten lasse ich die drei erneut alleine in der Küche sitzen.

Um einem weiteren bohrenden Gespräch aus dem Weg zu gehen, ziehe ich mich in mein Zimmer zurück. Bäuchlings lasse ich mich auf das Bett fallen, schließe die Augen und seufze. So habe ich mir das ganz sicher nicht vorgestellt. Klar, ich hätte damit rechnen müssen, dass wir auffliegen, sobald sich aus uns irgendwas entwickelt. So was bleibt nie unbemerkt, egal wie viel Mühe man sich gibt. Allerdings habe ich gedacht, ich hätte ein wenig mehr Zeit, um mich an den Gedanken zu gewöhnen und um herauszufinden, was genau das zwischen uns ist. Wie weit das Interesse reicht. Wie lange es anhält und ab wann es beginnt, anstrengend zu werden.

Ich greife nach dem Handy auf meinem Nachtschrank und öffne Instagram. Um mich von meinen Gedanken abzulenken, scrolle ich durch die Beiträge meiner Freunde. Phoenix hat ein Bild davon geteilt, wie er mit einer Krone auf dem Kopf in seinem Pool treibt. Auf einem verfickten pinken Flamingo. Grinsend hält er ein Glas in die Kamera. Der Kerl hat wirklich einen schrägen Humor.

Als es leise klopft, springe ich vom Bett auf und verstaue mein Smartphone in der Hosentasche, bevor ich aus der Tür trete. »Können wir los?«, frage ich Bree, die fertig angezogen im Wohnzimmer steht.

»Ja. Bin fertig.«

Mein Blick wandert durch den Raum. Von Kyle und Jolee fehlt jede Spur. Die beiden haben sich vorsichtshalber aus dem Staub gemacht, was mir mehr als recht ist. Auf noch mehr dummes Gequatsche kann ich vorerst wirklich verzichten.

»Kommst du?«

Grinsend sehe ich zu Bree, die mir mit ihren Worten eine perfekte Steilvorlage gibt. »Darüber können wir später gerne verhandeln, aber jetzt brauche ich erst mal einen Kaffee.«

»Wow, Mitchell, du bist so ein Scherzkeks.« Sie verdreht die Augen und ist bereits auf dem Weg in den Flur. Leise lachend folge ich ihr, schlüpfe in meine Schuhe und greife nach dem Autoschlüssel auf der Kommode.

»Was kann ich dafür, wenn du mir so eine Vorlage lieferst?«

»Du musst ja nicht jede nutzen.« Nein, muss ich nicht, Spaß macht es trotzdem.

»Wenn man im Fußball einen Ball nicht nutzt, könnte das spielentscheidend sein. Also werde ich jeden verwandeln, den du mir zuspielst, weil ich das Match am Ende gewinnen will, Glückskeks.«

Sie boxt mir gegen die Schulter, bevor sie die Wohnung verlässt und ohne auf meine Bemerkung zu reagieren die Treppe hinunterläuft. Ist sie jetzt etwa angepisst? Ich eile ihr hinterher, überhole sie und baue mich vor ihr auf. Abwartend sieht sie mich an.

»Bist du jetzt sauer?« Sie schiebt sich an mir vorbei und wirft anschließend einen Blick über ihre Schulter.

»Nein.«

»Aber?«

»Nichts aber. Es gibt nicht immer ein Aber. Manchmal sind die Dinge genau so zu verstehen, wie man sie sagt. Also nein, ich bin nicht sauer.«

Keine Ahnung warum, aber irgendwie nehme ich es ihr nicht ganz ab. Sie lächelt zwar, aber es liegt ein ernster Zug um ihre Lippen, falls das gleichzeitig überhaupt möglich ist.

*Mitchell, du solltest öfter mal darüber nachdenken, was du sagst, und nicht einfach drauflosplappern.*

»Also muss ich nicht befürchten, dass du mir Salz in meinen Kaffee kippst?«

»Bring mich nicht auf Ideen, Mitchell.« Ihr Lachen hallt durch den Flur.

Als wir meinen Wagen erreicht haben, bediene ich die Zentralverriegelung und öffne die Beifahrertür.

»Den Gentleman nehme ich dir nicht ab. Du solltest auf jeden Fall deinen Kaffee im Auge behalten.« Das Grinsen, das sie mir zuwirft, ist teuflisch.

Sobald ich im Wagen sitze, ziehe ich das Smartphone aus meiner Hosentasche und öffne Spotify. Im nächsten Augenblick hallt ein Song durch das Wageninnere.

»Hast du auch Shawn Mendes auf deiner Playlist?« Meint sie die Frage ernst? Ich würde eher tot umfallen, als diese Art von Musik in die Nähe meiner Playlist zu bringen.

»Nein, habe ich nicht und ich habe auch nicht vor, das zu ändern.«

»Schade. Weißt du eigentlich, dass du eine gewisse Ähnlichkeit mit Shawni hast?«

»Mit Sicherheit nicht. Der Kerl sieht aus wie fünfzehn.«

Völlig unerwartet streckt sie eine Hand nach mir aus und vergräbt sie in meinen Haaren. »Du hast genauso hübsche dunkle Locken wie er«, merkt sie an. Ich greife nach ihrer Hand und löse sie von mir, weil ich mich nur schwer auf das Fahren konzentrieren kann, während sie an mir herumfummelt.

»Es gibt Millionen Menschen mit dieser Frisur. Shawn Mendes hat also nicht das Patent darauf.«

»Eure Gesichtszüge weisen auch eine gewisse Ähnlichkeit auf«, stichelt sie weiter. Der Glückskeks provoziert mich absichtlich. Das ist dann wohl die Retourkutsche für die Nummer im Flur. Genervt stoße ich die Luft aus.

»Kannst du bitte aufhören, mich mit dem Kerl zu vergleichen?«

»Ihr seid aber beide gleich süß.«

Sie will mich in den Wahnsinn treiben. Anders kann ich mir nicht erklären, dass wir an einem Sonntagmorgen eine Diskussion über Shawn Mendes führen. Ein Kerl, der, meiner Meinung nach, miese Musik macht und absolut gar nichts mit mir gemeinsam hat, außer der nervigen dunklen Locken. Auch wenn Bree sich offensichtlich etwas ganz anderes einredet.

»Wenn du scharf auf den Typen bist, solltest du vielleicht mal sein Management kontaktieren. Eventuell können sie dir ein Date mit ihm organisieren«, ziehe ich sie auf.

»Darüber habe ich auch schon nachgedacht, jetzt wo er aktuell von Camila getrennt ist«, erwidert sie todernst.

»Will ich wissen, wer Camila ist?«

»Nein, ich ignoriere ebenfalls, dass es sie gibt. Sie ist ernst zu nehmende Konkurrenz im Kampf um Shawnis Herz.«

»Ist das eine Art Obsession oder verarschst du mich gerade?«

»Beides«, lacht sie. Mein Blick wandert zu ihr. »Sieh mich nicht an, als wäre ich übergeschnappt.«

»Das bist du aber anscheinend, denn mir fällt weiß Gott keine Erklärung ein, die das von dir Gesagte nicht in ein schräges Licht werfen würde. Hast du in deinem Zimmer schon ein Poster von ihm aufgehängt?«

Sie zieht einen Schmollmund und ich verdrehe die Augen. Mit dem Zeigefinger pikst sie mir mehrfach in die Seite, um meine Aufmerksamkeit auf sich zu ziehen. Erneut werfe ich ihr einen Blick zu. Sie mustert mich grinsend. Fragend hebe ich eine Augenbraue, bevor ich mich wieder auf den Verkehr konzentriere. Was keine große Herausforderung ist, denn auf den Straßen von Charlottesville herrscht gähnende Leere.

»Frau muss auch ein bisschen verrückt sein, wenn sie sich mit dir einlässt. Und nein, ich habe kein Poster von Shawn aufgehängt, aber vielleicht pinne ich ein Foto von dir an den Boxsack.«

»Du bist wirklich durchgeknallt, weißt du das?«, frage ich sie und schüttle leicht den Kopf. Worauf habe ich mich da nur eingelassen?

»Ja, und du hast verdammtes Glück, dass ich nicht nur verrückt, sondern auch mutig genug bin, um es mit dir aufzunehmen.« Vermutlich hat sie recht und es ist tatsächlich ein bisschen verrückt, sich mit mir in ein ungewisses Abenteuer zu stürzen. Statt einer Antwort gebe ich einen brummenden Laut von mir.

Was soll ich dazu auch sagen? Natürlich ist sie mutig, wenn sie sich auf mich einlässt und das Risiko eingeht, sich von mir das Herz brechen zu lassen. Ich weiß überhaupt nicht, was sie an einem Typen wie mir findet. Klar, das ist für eine Nacht ganz nett, aber ich bin doch niemand, mit dem man sich ernsthaft längerfristig einlassen möchte, wenn es da draußen jede Menge Kerle gibt, die Frauen auf Händen tragen. Typen wie Kyle eben. Ich hingegen bin mürrisch, unfreundlich und habe obendrein keinen blassen Schimmer, wie man mit einer Frau wie Bree umgeht, wenn es sich um mehr als nur belanglosen Sex dreht. Wenn man Verpflichtungen eingeht und Erwartungen erfüllen muss.

Eigentlich ist es bereits in Stein gemeißelt, dass ich das zwischen Bree und mir vor die Wand fahre. So läuft es immer bei mir. Kaum ist alles gut, baue ich Mist, und übrig bleibt am Ende nichts. Kyle meinte vor einer Weile, ich würde es absichtlich provozieren, um mich auf niemanden ernsthaft einlassen zu müssen. An der Theorie ist durchaus etwas dran. Aber dennoch ist es so, dass ich einen Großteil der Menschen, die ich kenne, nicht besonders mag oder sie mir schlichtweg auf die Nerven gehen. Viele sind die Energie nicht wert, die man verschwendet, wenn man sich Gedanken über sie macht. Über die Frau neben mir habe ich in den letzten Monaten verdammt viel nachgedacht und bin immer zu der Erkenntnis gekommen, dass ich mich im Kreis drehe, wenn ich nicht einen Schritt auf sie zugehe. Und dass ich dazu bereit bin, macht mich nervös, weil es mir absolut nicht ähnlichsieht.

Als das *Barneys* in Sichtweite ist, überkommt mich ein ungutes Gefühl. Und im nächsten Moment weiß ich auch warum. Sams Auto steht auf dem Parkplatz. Campell hat mir gerade noch gefehlt. Ich mache mir gar nicht erst die Mühe einzuparken, sondern halte am Straßenrand und stelle den Motor ab.

»Was ist los?«

Zum ersten Mal frage ich mich, was ich hier überhaupt mache. Was erhoffe ich mir hiervon? Ein paar zusätzliche Sympathiepunkte, weil ich das Taxi für sie spiele? »Mir ist gerade eingefallen, dass ich noch verabredet bin.«

»Wirklich, jetzt?« Sie glaubt mir nicht. Was nicht sehr verwunderlich ist, denn besonders überzeugend klingt meine Ausrede nicht.

»Ich setze dich nur ab und fahre direkt weiter«, sage ich und starte den Wagen wieder. Aus zusammengekniffenen Augen sieht sie mich an. Offensichtlich versucht sie herauszufinden, was gerade in meinem Kopf vor sich geht.

Das wüsste ich auch gerne. Zum Beispiel, warum ich ausgerechnet Sam aus dem Weg gehe, nur weil ich Bree im Schlepptau habe? Die Antwort ist simpel. Nicht meinetwegen, sondern ihretwegen. Es könnte eine ziemlich unangenehme Begegnung werden. Nein, es würde sicher eine werden. In einer Sache haben Campell und ich etwas gemeinsam: Wir sind beide unbeherrschte Idioten, sobald wir eine Chance wittern, den anderen zu provozieren. Und das Letzte, was ich will, ist, dass Bree zu unserem Spielball wird.

»Okay. Dann danke fürs Mitnehmen.« Ein verlegener Ausdruck erscheint in ihrem Gesicht. Sofort bereue ich es, sie alleine aus dem Wagen steigen zu lassen, nur um einer Konfrontation auszuweichen. Also reiße ich mich zusammen und beschließe, ihr die Situation zu erklären. Immerhin habe ich ihr genau das versprochen. Einen Versuch. Und dazu gehört, auch über Dinge zu reden, die unangenehm sind oder einen Teil meiner Gefühlswelt offenlegen. Anders wird es nicht funktionieren.

»Sams Wagen steht dort und ich habe absolut keine Lust, auf ihn zu treffen. Er bedeutet immer Ärger, den ich mir aktuell nicht leisten kann, weil ich beim Coach auf der Abschussliste stehe. Wenn ich da jetzt gemeinsam mit dir reingehe, wird Campell etwas dazu sagen und ich kann nicht garantieren, ihm dafür nicht die Visage zu polieren«, kläre ich sie auf, dass mein seltsames Verhalten rein gar nichts mit ihr zu tun hat, sie aber dennoch eine tragende Rolle im Campell-Mitchell-Szenario spielt und ich sie lediglich vom Schlachtfeld nehme.

»Verstehe. Dann gehe ich mal besser«, sagt sie leise und wirkt auf einmal sehr zurückhaltend. War meine Antwort zu direkt? Vergraule ich sie bereits bei der ersten Gelegenheit? Mist!

Bree öffnet die Beifahrertür. »Warte!«, halte ich sie auf, als sie gerade dabei ist, aus dem Wagen zu steigen.

Sie wendet sich mir zu. In ihrem Blick liegt eine Mischung aus Vorsicht und Neugier. Ich nehme mein Smartphone aus der Halterung, die am Armaturenbrett befestigt ist, und reiche es ihr. »Gibst du mir deine Nummer?« Ihre Augen weiten sich. Überrascht sie die Frage etwa?

»Du hast meine Nummer nicht?«

Ich stutze. Haben wir jemals Telefonnummern getauscht? Nicht, dass ich mich erinnern könnte. Ihr auf Social Media zu folgen, war bisher absolut ausreichend.

»Warum sollte ich? Bis jetzt hatte ich nie das Bedürfnis, dich anzurufen.«

# 35

**Bree**

Seufzend blicke ich Nick hinterher, als er davonfährt. Dass das mit ihm kein Kindergeburtstag wird, war mir klar, aber allmählich beschleicht mich der Verdacht, die Herausforderung könnte ein wenig zu groß für mich sein. Aber wie sagt man so schön: No risk, no fun. Spaß hatten wir letzte Nacht mehr als genug. Und dass er eben so offen über sein Problem mit Sam und dem Coach gesprochen hat, ist ein Schritt in die richtige Richtung. Allerdings muss ich mich wohl erst noch daran gewöhnen, dass er dazu überhaupt in der Lage ist. Für einen Augenblick war ich von seiner Offenheit etwas überfordert, weil er für gewöhnlich genau den entgegengesetzten Weg einschlägt.

Bevor ich meinen Weg ins *Barneys* fortsetze, werfe ich einen Blick auf Sams BMW. Ich kann Nick verstehen, dass er keinen Bock auf ihn hat. Mir geht es da nämlich nicht anders. Mein Exfreund ist der letzte Mensch, den ich irgendwo treffen möchte.

Mit einem mulmigen Gefühl betrete ich das Café. Anders als erwartet steht Kira und nicht Eden hinter dem Tresen. Sam sitzt auf einem Hocker am Kopfende der Bar. Er sieht auf, als ich mich ihm nähere.

»Morgen.« Seine Begrüßung ignorierend gehe ich in den Personalraum, hole meine Schürze aus dem Schrank und binde sie mir um. Auf eine lustige Plauderei mit ihm kann ich wirklich verzichten. Sein plötzliches Interesse an meiner Existenz hängt wahrscheinlich mit Nick zusammen. Was genau das Problem der beiden ist, habe ich noch nicht durchschaut. Ob dahinter mehr als ein reines Kräftemessen oder Antipathie steckt, lässt sich nicht genau sagen, weil dies nur die beiden wissen. Ich habe Phoenix danach gefragt und selbst er hatte keine Antwort darauf. Und der Kerl ist besser informiert als die *New York Post*. Wenn es also Phoenix King nicht weiß, weiß es niemand.

Als ich den Pausenraum verlasse und wieder in den Verkaufsraum trete, sieht Sam mich an, als hätte er nur darauf gewartet, dass ich zurückkomme.

»Und, wie geht's?«

Schnaubend wende ich mich ihm zu. »Okay, was willst du von mir?«, frage ich ihn direkt, um uns beiden das Geplänkel zu ersparen.

»Ich dachte, wir könnten uns eine Runde unterhalten. Der alten Zeiten wegen. Du weißt schon?«

Ob ich meinen Job verliere, wenn ich ihn vom Barhocker stoße? Der alten Zeiten wegen, dass ich nicht lache. Ja wir hatten durchaus gute Momente, aber leider sind es die schlechten, die uns nachhaltig in Erinnerung bleiben. Und da hat sich Sam so einige geleistet.

»Bitte verschone mich mit deinem Small Talk. Sonst gibst du dir ja auch so viel Mühe, mich nicht anzusprechen.«

Lässig stützt er sich auf seinem Ellenbogen ab und grinst. »Vielleicht habe ich beschlossen, dass du eine zweite Chance wert bist.«

Das Lachen kommt mir so schnell über die Lippen, dass ich mich daran verschlucke und es nahtlos in einen Hustenanfall übergeht. Der hat sie doch nicht mehr alle. Wie kommt er auf die Idee, ich wäre an ihm interessiert? Egal in welcher Hinsicht, Sam Campell ist ein Kapitel in meinem Leben, das ich hinter mir gelassen habe. »Danke, aber ich verzichte.«

»Ach komm schon, Bree, hab dich nicht so, das ist Jahre her. Jeder verdient eine zweite Chance.« Grundsätzlich würde ich ihm recht geben, aber in seinem Fall kann ich nur widersprechen. Wer seine Freundin, von der er vehement behauptet, sie wäre seine große Liebe, mehrfach betrügt, verdient alles, aber ganz gewiss keine zweite Chance.

»Ich bin nicht interessiert. Such dir jemand anderen für deine Spielchen.« Der Typ hat wirklich die Frechheit, mich anzugrinsen, als würde er mir einen Gefallen tun, sich in meiner Nähe aufzuhalten.

»Ich spiele keine Spielchen. Ich meine es ernst, ist das so schwer zu glauben?« Erneut lache ich, allerdings diesmal um einiges beherrschter. Vielleicht auch ein bisschen bitter. Was glaubt er eigentlich? Dass er einfach hier hereinspaziert, ich meine Schürze von mir werfe und vor ihm auf die Knie falle?

Ich bin nicht mehr die Teenagerin mit der rosaroten Brille, die ihm seinen Mist abkauft, ohne ihn infrage zu stellen. Dank ihm habe ich in den letzten Jahren einiges dazugelernt.

Mit beiden Händen stütze ich mich auf dem Tresen ab und beuge mich ihm entgegen. So nah, dass mein Gesicht unmittelbar vor seinem schwebt.

»Wir wissen beide, warum du diese Show hier abziehst. Du willst Nick provozieren. Also vergiss es. Ich lasse mich nicht in euren Kleinkrieg hineinziehen.«

Sam lacht. »Um Mitchell zu provozieren, brauche ich dich nicht. Da reicht es, wenn ich ihn auf seine miese Saison hinweise, die er gerade spielt, und darauf, dass der Coach nur darauf wartet, ihn endlich auf die Bank setzen zu können. Das hier hat also rein gar nichts mit deinem Herzblatt zu tun.«

Sein herablassender Ton bringt mein Blut in Wallung. Ich würde ihm wirklich gerne den Hals umdrehen. Verdient hätte er es. Nicht nur meinetwegen, sondern auch wegen dem, was er mit Jolee gemacht hat. Ob nun betrunken oder nicht, er hat nicht das Recht, eine Frau derart zu bedrängen, wenn sie ihm ganz klar signalisiert, dass sie seine Nähe nicht möchte.

Einen Moment lang mustere ich sein Gesicht. Schon komisch, wie vertraut es nach all den Jahren noch ist. Nichts daran hat sich verändert. Da ist immer noch die kleine Narbe auf seinem Nasenrücken. Die hat er von mir. Ich habe ihm versehentlich bei einer Kissenschlacht mein Knie ins Gesicht gerammt. Die hellblonden Haare fallen ihm immer noch lässig in die Stirn. Seit dem letzten Highschooljahr trägt er dieselbe Frisur. An den Seiten kurz und am Oberkopf gerade so lang, dass man mit den Fingern hindurchfahren kann. Der Haarschnitt ist meine Idee gewesen. Dieselben swimmingpoolblauen Augen, die allerdings um einiges trüber wirken, als sie mir in Erinnerung geblieben sind. Und dann ist da noch dieser spitzbübische Zug um seine Lippen, in den ich mich damals Hals über Kopf verliebt habe, als er mitten im Jahr plötzlich an meiner Schule aufgetaucht ist. Das komplette Cheerleaderteam war in ihn verschossen, aber aus irgendeinem Grund hat er mich ausgewählt.

Drei Jahre lang und dann ist er ans College gegangen. Er ist der Grund, warum ich hier in Charlottesville gelandet bin. Das ist immer unser Traum gewesen. Bis er vier Wochen vor Semesterbeginn geplatzt ist und Sam mir verkündet hat, ich wäre ihm zu langweilig geworden. Bereits nach meiner ersten Woche an der UVa habe ich begriffen, was genau er damit meinte. Er wollte mehr Abwechslung und hat sich einmal quer durch die Uni gevögelt.

Sam sieht immer noch gut aus, das lässt sich nicht abstreiten. Warum sich ausgerechnet dieser nette Kerl von damals in ein frauenverschlingendes Monster ohne Anstand verwandelt hat, ist mir allerdings schleierhaft.

»Hast du eigentlich wirklich Spaß dabei, dich wie ein Arschloch aufzuführen, oder ist der Sam von früher da noch irgendwo drin?«

Für den Bruchteil einer Sekunde verrutscht das selbstgefällige Grinsen in seinem Gesicht, nur um dann noch breiter wieder zum Vorschein zu kommen. »Find's heraus, wenn du dich traust.«

Wäre es Nick, der diese Worte zu mir sagt, würde ich die Herausforderung, ohne zu zögern, annehmen. Bei Sam verursacht sie bei mir eine latente Übelkeit. Sollte ich mich ihm jemals wieder nähern, dann nur, um ihn ins Jenseits zu befördern.

»Bree, arbeitest du heute auch noch oder bist du nur zum Quatschen hier?« Ausgerechnet Kira rettet mich aus diesem mehr als irrsinnigen Gespräch.

Für einen kurzen Augenblick verspüre ich so etwas wie Dankbarkeit. Ich hätte nicht gedacht, dass es mir so schwerfallen würde, Sam einfach links liegen zu lassen. Aber so ist das, wenn man eine gemeinsame Vergangenheit hat, man kommt nie so ganz voneinander los. Ich habe zwar keine Gefühle mehr für ihn, dennoch ist es mir nicht egal, was mit ihm passiert. Da ist es wieder, das Harmonieeichhörnchen, das unbedingt möchte, dass sich alle liebhaben. In meiner romantisch veranlagten Persönlichkeit verdient sogar Sam jemanden, der ihn liebt und zur Vernunft bringt. Aber ich werde diese Person ganz sicher nicht sein. Wir hatten unsere Chance und haben kläglich versagt.

»Bree, ich will dir nicht an die Wäsche oder so. Ich meine es ernst. Ich will die alten Geschichten einfach aus der Welt räumen und einen Neustart wagen. Ich habe in den letzten Monaten genügend Mist gebaut und versuche lediglich, ein paar Dinge geradezubiegen.«

Wenn ich ihn nicht besser kennen würde, würde ich denken, er sagt die Wahrheit. Aber wenn Sam etwas mit Perfektion kann, dann lügen.

»Was ist das, dein Zwölf-Schritte-Programm zur Selbstheilung?« Meine Worte triefen vor Spott.

»Nenn es, wie du willst. Hauptsache, du nimmst meine Entschuldigung an.« Der resignierte Ton, den er plötzlich einschlägt, verwirrt mich. Das Wort ›Entschuldigung‹ ist zwar in seiner ganzen Ausführung bisher nicht einmal über seine Lippen gekommen, dennoch beginne ich, ihm zu glauben. Unter Umständen will er die Dinge in Zukunft wirklich etwas besser machen. Vielleicht hat er aus seinem Verhalten gelernt. Das Leben hätte eindeutig weniger Glitzer, wenn man nicht auch an Wunder glaubt. Und das wäre wahrhaftig eins.

»Ich muss jetzt arbeiten, sonst hetzt Kira ihre Cheerleader auf mich.« Ich muss zugeben, es fällt mir verdammt schwer, seine Entschuldigung anzunehmen, und das, obwohl ich grundsätzlich kein nachtragender Mensch bin und in allem das Gute sehe.

»Denk wenigstens darüber nach. Es ist mir wichtig, dass du mir verzeihst, was ich dir angetan habe.« Er legt fünf Dollar auf den Tresen, erhebt sich vom Barhocker und geht zielstrebig auf den Ausgang zu. Verblüfft sehe ich ihm nach. Dieser Kerl ist eindeutig nicht der Sam der letzten zwei Jahre.

# 36

**Nick**

Nachdem ich ziellos durch Charlottesville gefahren bin, lande ich ausgerechnet bei Phoenix. Nach Hause wollte ich nicht, dort hätten mich vermutlich Kyle und Jolee in Empfang genommen. Meiner Schwester traue ich zu, dass sie mich wie eine Zitrone auspresst, sobald sich ihr die Gelegenheit bietet. Wir waren vielleicht in den letzten Jahren nicht Best Friends, aber seit sie in Charlottesville ist, hat sich unsere Basis verschoben. Da wir uns nun eine Wohnung teilen, ist es beinahe unmöglich, nicht in alte Muster zu verfallen. Es ist nicht so, dass ich Jolee nicht mag, es ist vielmehr, dass ich immer in Schwierigkeiten gerate, sobald sie sich in mein Leben einmischt.

Phoenix nimmt mich, nur mit seiner albernen Badehose bekleidet, grinsend in Empfang. »Ich sollte wirklich darüber nachdenken, Schlüssel zu verteilen.« Er tritt einen Schritt zur Seite und lässt mich ins Haus. »Was verschafft mir die Ehre?«

»Muss ich einen Grund haben, um dich zu besuchen?«

Misstrauisch zieht er eine Augenbraue hoch und verschränkt die Arme vor der Brust. »Nein, aber ich bezweifle, dass du hier auftauchst, weil du mich vermisst hast. So weit sind wir beide in unserer Beziehung noch nicht«, sagt er mit einem breiten Grinsen im Gesicht. Und damit hat er absolut recht. Ich würde nicht einfach bei ihm für einen netten Plausch auf der Matte stehen.

»Okay, du hast recht, ich wusste nicht, wo ich sonst hinsollte. In der WG warten Kyle und Jolee, die auf einer schrägen Mission unterwegs sind, und im *Barneys* sind Bree und Sam.«

Phoenix sieht mich an, als hätte ich plötzlich zwei Köpfe. »Bree ist mit Sam im *Barneys*?«, fragt er ungläubig.

»Was? Nein! Sie arbeitet und er geht wahrscheinlich irgendjemandem auf die Nerven«, kläre ich ihn auf.

»Gut. Ich hatte schon befürchtet, jeden Moment einen Herzinfarkt zu erleiden, wenn du mir hier offenbarst, dass zwischen den beiden tatsächlich etwas läuft.« Mit einem Nicken deutet er in Richtung Wohnzimmer, um mir zu signalisieren, dass das hier kein Flurgespräch wird. »Kann ich dir etwas anbieten? Kaffee, Tee ... Scotch oder einen Aschenbecher?« Es war klar, dass er mich früher oder später damit aufzieht, mich beim Rauchen erwischt zu haben.

»Kaffee«, antworte ich und ignoriere seine Anspielung. Ich folge ihm in die Küche und sehe ihm anschließend dabei zu, wie er das Monstrum einer Siebträgermaschine mit wenigen Handgriffen zum Laufen bringt. Für die Bedienung dieses Gerätes braucht man ein Extrastudium. Es hat Monate gedauert, bis ich dahintergestiegen bin, wie man einen stinknormalen Kaffee zubereitet. Es rattert, knackt und im nächsten Augenblick liegt ein herrlicher Duft in der Luft.

»Lass uns nach draußen gehen«, sagt King. Als er mir die Tasse reicht, nehme ich sie ihm dankend ab. Die Sonne steht noch nicht so hoch am Himmel, dass es zu heiß ist. Aber es ist warm genug, um es sich im Poolbereich bequem zu machen. Zielstrebig steuere ich die Lounge an und setze mich. Phoenix macht einen Kopfsprung ins kühle Nass und klettert wenige Sekunden später auf den pinkfarbenen Flamingo. Etwas umständlich bewegt er sich auf dem Teil treibend in Richtung Bar. Dort angekommen hangelt er nach dem Glas, das auf der weiß lackierten Fläche steht.

»Bevor ich es vergesse, gestern ist ein Paket für dich hier angekommen«, schreit er in meine Richtung, weil er sich auf der anderen Seite des Pools befindet. Seufzend erhebe ich mich von der Lounge und gehe auf ihn zu, damit wir uns nicht aus der Ferne anbrüllen müssen.

»Das sind die Ersatzteile für Brees Wagen. Ich habe sie direkt hierherliefern lassen, damit ich sie nicht durch die komplette Stadt transportieren muss. Ich hoffe, es ist kein Problem für dich gewesen, ein Paket anzunehmen?«, frage ich ihn spöttisch.

Um solch niedere Aufgaben kümmert sich für gewöhnlich das Personal im Haupthaus. Die Villa von Dale King ist mit Abstand die größte in ganz Charlottesville. Warum es überhaupt Personal gibt, obwohl der Herr des Hauses die meiste Zeit des Jahres in L. A. Filme dreht und Phoenix durchaus alleine klarkommt, ist wohl etwas, das nur Mr King Senior beantworten kann. Vermutlich sollen sie den Hollywoodspross nicht nur umsorgen, sondern auch im Auge behalten. Phoenix ist erst letztes Jahr ins Poolhaus umgezogen. Warum er die luxuriöse Villa seines Dads geräumt hat, hat er uns nie gesagt, aber ich vermute, er wird seine Gründe dafür haben. Das Poolhaus verfügt auch nicht gerade bloß über eine Standardausstattung, aber es ist doch um einiges einfacher gehalten als der Palast, der sich hundert Meter rechts von uns befindet.

»Du hast also wirklich vor, ihren Wagen zu reparieren?«

Ich lasse mich auf den Steinboden sinken und mache es mir im Schneidersitz bequem, während Phoenix vor mir auf seinem Flamingo feuchtfröhlich im Wasser planscht.

»Ja, auch wenn ich keine Ahnung habe, was mich geritten hat, ihre Klapperkiste überhaupt reparieren zu wollen.«

»Ich kann dir sagen, was dich geritten hat, oder besser wer«, feixt er. Darauf werde ich auf gar keinen Fall antworten. Ich nehme einen Schluck aus der Tasse und stöhne leise auf, als sich der Geschmack von gutem Kaffee in meinem Mund ausbreitet.

»In der WG herrscht also dicke Luft?«

»Harte Zeiten trifft es wohl eher«, antworte ich und grinse ihn vielsagend an.

»Verstehe, ihr seid zusammen im Bett gelandet. Und da ich dich für clever genug halte, nicht unverbindlich mit einer Frau zu schlafen, mit der du zusammenwohnst, sind Gefühle im Spiel«, zählt Phoenix eins und eins zusammen.

Sonderlich schwer ist es auch nicht, zu dieser Erkenntnis zu kommen. Denn offensichtlich scheinen alle in meinem Umfeld geahnt zu haben, wie es enden wird. Außer mir selbst. Ich bin der Utopie nachgejagt, das Ganze verhindern zu können. Rückwirkend betrachtet ist die Sache bereits in dem Moment gescheitert, als Bree mich in einem ganz schwachen Moment auf dem Parkplatz des *Barneys* aufgesammelt hat. Seit diesem Zeitpunkt haben sich Ereignisse aneinandergereiht, die mich genau in dieses Szenario befördert haben, in dem ich nun feststecke.

Ich bereue die letzte Nacht keinesfalls, aber ich habe das Gefühl, bei meinen Freunden unter Beobachtung zu stehen. Jeder scheint zu wissen, wie es laufen muss. Nur ich mal wieder nicht. Ich habe absolut keine Ahnung. Meine letzte ernst zu nehmende Beziehung hatte ich in der Highschool und deren Ausgang war unschön. Also nichts, worauf ich sonderlich stolz bin, und von den Erfahrungswerten kann ich auch nicht profitieren. Nicht, dass ich mit Bree über Nacht in einer Beziehung gelandet wäre, aber es ist das, was sie sich erhofft. Leichtsinnigerweise habe ich ihr genau das in Aussicht gestellt. Ein minimaler Anflug von Panik erfasst mich und das Atmen fällt mir augenblicklich schwerer. Das könnte wirklich übel enden.

Ich konzentriere mich wieder auf Phoenix und sperre das beklemmende Gefühl hinter einer Tür meines Bewusstseins weg. Bevor ich antworte, atme ich tief durch und nehme einen weiteren Schluck aus der Tasse.

»Warum habe ich eigentlich das Gefühl, jeder außer mir hat es kommen sehen?«, spreche ich meinen vorherigen Gedanken aus.

Das Grinsen in Phoenix' Gesicht wird zu einem amüsierten Lachen. »Weil man manchmal den Wald vor lauter Bäumen nicht sieht. In deinem Fall ist der Wald eindeutig so groß wie ganz Virginia.«

Sehr witzig.

»Da du offensichtlich das Genie von uns beiden bist, hast du sicher auch einen Vorschlag, wie es jetzt weitergeht?«

Phoenix lehnt sich auf seinem aufblasbaren Flamingo zurück und denkt ernsthaft über meine Frage nach. Es vergehen ein paar Sekunden, in denen eine eigenartige Stille herrscht, und ich befürchte, seine Antwort wird mir nicht gefallen.

»Ich werde dir bestimmt nicht sagen, was du tun sollst, aber wenn du ihr das Herz brichst, drehe ich dir, ohne zu zögern, den Hals um.« Der flapsige Ton in seiner Stimme ist gänzlich verschwunden. Eins haben King und ich gemeinsam, wir sprechen keine Drohung aus, wenn wir sie nicht auch ernst meinen. Es besteht also kein Zweifel daran, dass er sie wahr machen wird, sollte ich die Sache mit Bree vermasseln.

»Ich bin mir ziemlich sicher, es wird schlussendlich genau darauf hinauslaufen, weil ich eben ich bin.« Besser, wenn ich ihn vorwarne.

Phoenix dreht sich auf den Bauch, paddelt auf seinem Flamingo zum Beckenrand und klettert aus dem Pool. Er greift nach einem der Handtücher, die ordentlich zusammengelegt und gestapelt in einem Regal neben der Lounge untergebracht sind. Grob trocknet er sich damit ab, bevor er es unachtsam beiseitewirft. Mit wenigen Schritten umrundet er den Pool. Vor mir kommt er zum Stehen und sieht auf mich herab, da ich nach wie vor auf den kühlen Steinfliesen sitze.

»Da du das immerhin weißt, stehen die Chancen gut, dass du vorher abbiegst und nicht ungebremst gegen die Wand fährst«, antwortet er auf das von mir zuvor Gesagte. Um dieses Gespräch wenigstens halbwegs auf Augenhöhe zu führen, stehe ich auf.

»Studien besagen, dass man das Unausweichliche nicht verhindern kann, auch wenn man vorab über das nötige Wissen verfügt, es abzuwenden. Angeblich sind die Entscheidungen, die wir im Verlauf dieser Lebensphase treffen, oft maßgeblich für den Ausgang, obwohl man sie getroffen hat, um diesen bewusst zu verhindern.«

Phoenix zieht nachdenklich die Augenbrauen zusammen. »Du liest Studien? Hast du vergessen, was der Coach gesagt hat?«, fragt er und grinst, weil er diesen Vortrag genauso gut in Erinnerung hat wie jeder aus unserer Mannschaft.

»Glaube keiner, die du nicht selbst gefälscht hast«, antworte ich und wir brechen beide in Gelächter aus. Auch wenn ich bei der These ganz auf der Seite des Coaches bin. Es ist kein Hexenwerk eine mittelmäßige Statistik etwas aufzupolieren. Das trifft nicht nur auf den Sport zu, sondern auch auf die Wirtschaft und die Medizin. Vermutlich sogar auf alle Bereiche unserer Gesellschaft. Ich will gar nicht wissen, wie viele ihrer Bilanz im Bett ein Upgrade verpasst haben oder ihren Lebenslauf aufpolieren, um sich einen Vorteil zu erschleichen. *Fake your life for more attention.*

»Wo steht das Paket mit den Ersatzteilen?«, frage ich, weil ich das Gespräch nicht unnötig vertiefen und am Ende doch noch zu dem Entschluss kommen will, das mit Bree direkt sein zu lassen, bevor jemand ernsthaft Schaden nimmt.

»Im Flur neben der Kommode.«

»Dann werde ich die alte Kiste mal zum Laufen bringen«, seufze ich und gehe um Phoenix herum. Zu meiner Überraschung folgt er mir. Fragend werfe ich ihm einen Blick von der Seite zu.

»Brauchst du vielleicht Hilfe?«, bietet er an und ich stoße einen verblüfften Ton aus. King mit ölverschmierten Händen und dreckigen Klamotten kann ich mir nur schwer vorstellen.

»Kannst du einen Schraubenschlüssel benutzen?«

»Kreuz oder Schlitz?«, feixt er grinsend.

»Vielleicht bist du auf deinem Flamingo mit einem Glas Scotch in der Hand besser aufgehoben«, antworte ich und grinse zurück.

»Genau das wollte ich hören.«

# 37

**Bree**

Nick: Wann hast du Feierabend?

Immer wieder ziehe ich mein Handy aus der Schürzentasche, starre auf Nicks Nachricht und bekomme das Grinsen gar nicht mehr aus dem Gesicht. Okay, er hat kein Herz-Emoji geschickt oder XOXO drunter gesetzt, aber allein sein Name auf meinem Display lässt mein Herz freudig die Pompons schwingen. Einzig die Tatsache, dass er auf meine Antwort nicht reagiert, verpasst mir einen kleinen Dämpfer.

Als ich pünktlich das *Barneys* verlasse und den Weg zur Bushaltestelle einschlage, höre ich schnelle Schritte hinter mir. Ich werfe einen Blick über meine Schulter und bleibe stehen. Jonah kommt abgehetzt auf mich zu.

»Hey«, sagt er etwas atemlos.

»Hey«, erwidere ich.

»Willst du zum Bus?«, fragt er und wirft einen flüchtigen Blick auf seine Uhr. Er ist also nicht meinetwegen so schnell gerannt. Das beruhigt mich, da ich immer noch nicht weiß, welche Absichten er verfolgt.

»Ja, wo musst du hin?«

Kurz gerät er ins Stocken, als müsste er erst darüber nachdenken. »Jefferson Park Avenue, und du?«

Gemeinsam setzen wir den Weg über den Campus fort.

»In die andere Richtung.« Er nickt und wirkt etwas unsicher, während er neben mir herläuft. »Wo kommst du überhaupt her?«, frage ich, damit wir die noch wenigen Meter nicht schweigend zurücklegen.

»Lerngruppe, und du?« Lerngruppe, an einem Sonntagabend?

»*Barneys.*« Das ist mit Abstand die holperigste Runde Small Talk, die ich je geführt habe.

»Mmh, und war viel los?« Interessiert ihn das wirklich? Vermutlich nicht und er weiß nicht, was er sonst fragen soll.

»Nein, sonntags ist nicht unbedingt der Tag, an dem es die Studierenden auf den Campus treibt.« Was sich leider auch deutlich beim Trinkgeld bemerkbar macht.

Erneut tritt Schweigen zwischen uns ein. Wenn ich in etwas nicht gut bin, dann darin, meine Klappe zu halten. Und doch fällt mir beim besten Willen nichts ein, was ich sagen könnte. Inzwischen haben wir die Bushaltestelle erreicht und ich ertappe mich dabei, wie ich sehnsüchtig die Straße entlangblicke. Kein Bus in Sicht. Jonah räuspert sich und ich wende mich ihm wieder zu.

»Hast du heute Abend schon was vor?« Verlegen kratzt er sich am Hinterkopf. Nicks Drohung hat offensichtlich bereits an Wirkung verloren, wenn er sich nun doch dazu entschieden hat, einen Versuch zu wagen.

»Filmabend mit meiner Mitbewohnerin«, lüge ich, weil ich ihn nicht direkt vor den Kopf stoßen will.

»Oh. Okay.« Für einen Moment senkt er den Blick. Dass er plötzlich so schüchtern wirkt, ist irgendwie süß. Aber genau wie bei Mase setzt direkt mein Welpenkomplex ein. Ich würde ihm gerne einen Schubs geben und sagen: ›Hopphopp, nur Mut, mein Kleiner, sonst wird das nix.‹ Allerdings verkneife ich es mir, da ich sein Ziel bin und seine Erfolgschance leider bei null liegt.

Erneut räuspert er sich und sieht mich nun mit mehr Entschlossenheit an. »Falls du mal Lust hast, dich mit mir zu treffen, hast du ja meine Nummer.« Sein Lächeln ist zum Dahinschmelzen. Wäre er mein Typ und gäbe es Nick nicht auf diesem Planeten, würde ich spätestens jetzt einem Date zustimmen. Als ich ihm nicht direkt einen Korb gebe, tritt ein hoffnungsvoller Ausdruck in seine Augen. Es widerstrebt mir, ihm an einer Bushaltestelle eine Abfuhr zu erteilen. Auch wenn es ihm gegenüber nicht fair ist, ihn hinzuhalten, passiert genau das, als die nächsten Worte meine Lippen verlassen.

»Klar, ich ruf dich an, wenn es passt. Im Augenblick habe ich mit der Uni und dem Job im *Barneys* viel um die Ohren.«

»Cool. Dann warte ich einfach, bis du dich bei mir meldest.«

*Bree O'Donell, hast du jetzt völlig den Verstand verloren?*

Ich steige mit Nick ins Bett und nicht mal vierundzwanzig Stunden später mache ich einem anderen Kerl Hoffnungen auf ein Date. Ganz großes Kino. Zum Glück kommt in diesem Augenblick der Bus und verhindert somit, dass ich mich noch weiter in die Sache hineinreite.

»Das ist meiner«, sage ich eine Spur zu schnell und atme erleichtert aus, als der Fahrer die Tür öffnet.

»Wir sehen uns«, ruft er mir nach, sobald ich eingestiegen bin. Zu allem Überfluss winkt Jonah auch noch, als ich mir einen Fensterplatz gesucht habe und der Bus an ihm vorbeirollt. Für die Nummer lande ich in der Hölle.

***

Das Karma schlägt direkt zwei Haltestellen später in Form einer Reifenpanne zu, die mich dazu zwingt, über eine Stunde auf den Ersatzverkehr zu warten. Kurz denke ich darüber nach, meinen Weg zu Fuß fortzusetzen, aber meine Beine sind von meiner Schicht im Café einfach zu müde, um sich mehr als zwingend nötig zu bewegen.

Als ich später am Abend die Wohnung betrete, ist es beängstigend still. Sofort schlagen meine Alarmglocken an und ich werfe einen vorsichtigen Blick ins Wohnzimmer. Nick sitzt auf dem Sofa und starrt auf sein Smartphone. Von Kyle und Jolee fehlt jede Spur. Wahrscheinlich sind sie noch unterwegs.

»Hey«, sage ich in die Stille und bekomme von Nick keine Antwort. Okay, irgendwas stimmt hier definitiv nicht. Seine Körperhaltung ist so steif, dass es unbequem aussieht. Haben Kyle und Jolee den Bogen überspannt? Unsicher, wie ich jetzt vorgehen soll, bleibe ich zwischen Küche und Wohnbereich stehen. Nick hat mir den Rücken zugewandt. Ich will ihn gerade fragen, ob alles okay ist, als er mir zuvorkommt.

»Hattest du Spaß?«, fragt er bissig.

»Wobei?«, frage ich, weil ich keine Ahnung habe, wovon er redet.

»Mit Hall.« Er spricht den Namen mit so viel Abneigung aus, dass mir ein Schauder über den Körper läuft. Hat er uns gesehen? Und wenn schon, ich habe mich nur unterhalten. Kein Grund, direkt aus der Haut zu fahren.

»Wie kommst du darauf, ich hätte Spaß mit Jonah gehabt?« Er springt vom Sofa auf und fährt zu mir herum.

»Ich bin echt ein Idiot«, zischt er und funkelt mich wütend an. Okay, was habe ich übersehen?

»Wovon redest du?« Seine Wut schwappt auf mich über und meine Worte verlassen schärfer meinen Mund, als ich es beabsichtigt habe.

»Ich rede davon, dass du mit fucking Jonah Hall über den Campus schleichst.« Er hat uns also wirklich gesehen. Spioniert er mir etwa hinterher? Er antwortet nicht auf meine Nachricht, aber stalkt mich?

»Wir haben uns zufällig getroffen. Warum spielst du dich deswegen so auf?«, blaffe ich ihn an. Leider hat das zur Folge, dass Nicks Miene noch finsterer wird.

»Zufällig. An einem Sonntag. Auf dem Campus. Wer es glaubt.« Um seine aktuelle Stimmung zu untermalen, verschränkt er die Arme vor der Brust. Für einen Moment bleibt mein Blick an seinem Bizeps hängen.

»Wir sind nur zusammen gelaufen, weil wir beide zur Bushaltestelle mussten. Wir hatten kein Date, falls du das denkst.« Warum rechtfertige ich mich überhaupt vor ihm?

»Es ist mir scheißegal, wen du datest, wir sind schließlich nicht zusammen. Wir hatten Sex, mehr nicht.« Bäm, das hat gesessen. Letzte Nacht wollte er der Sache zwischen uns eine Chance geben und jetzt hat er mich zu einer Kerbe in seinem Bettpfosten heruntergestuft.

»Warum verhältst du dich dann, als wärst du eifersüchtig?«, fordere ich ihn heraus. So einfach kommt er mir nicht davon. Niemand macht so einen Aufstand, wenn nicht mehr dahintersteckt.

»Bullshit! Ich habe zwanzig Minuten vor dem *Barneys* verschwendet, weil ich dich abholen wollte, nur um dann festzustellen, dass du schon eine Mitfahrgelegenheit hast.« Wie bitte? Ist das jetzt meine Schuld?

»Woher sollte ich wissen, dass du mich abholst?«, frage ich ihn verblüfft, da mir diese Information offenbar entgangen ist.

»Ich habe dir eine Nachricht geschrieben«, antwortet er in einem plötzlich ziemlich gleichgültig klingenden Ton. Ich krame in meiner Handtasche nach meinem Handy. Keine Nachricht.

»Ich habe keine Nachricht bekommen«, erkläre ich entschuldigend. Hätte ich gewusst, dass Nick auf dem Parkplatz auf mich wartet, wäre ich, ohne zu zögern, zu ihm gegangen und ganz sicher nicht mit dem Bus gefahren.

»Wirklich, warum hast du dann darauf geantwortet?«

»Hä? Wovon zum Teufel sprichst du? Ich habe nur eine Nachricht bekommen, in der du mich gefragt hast, wann ich Feierabend habe.« Irgendwie habe ich das Gefühl, wir reden gewaltig aneinander vorbei.

»Und was glaubst du, warum ich dich das gefragt habe?« Um seinem herablassenden Blick zu entkommen, gehe ich in die Küche und stelle den Wasserkocher an.

»Woher soll ich das wissen? Du hast nicht geantwortet.« Ich drehe ihm absichtlich den Rücken zu. Der Kerl läuft gerade Gefahr, dass ich ihm einen gehörigen Tritt in den Hintern verpasse, wenn er sich weiter so aufführt.

»Wieso sollte es mich interessieren, wann du Feierabend machst, wenn ich nicht vorhabe, dich abzuholen, nachdem ich dich dort auch abgesetzt habe?«

Echt? Das ist seine Logik hinter all dem? Der Kerl hat ernsthafte Probleme in der Kommunikation, wenn er denkt, ich kann hellsehen, was seine Absichten betrifft. Und ich dachte, nach heute Morgen machen wir Fortschritte. So schnell kann man sich täuschen. Ich atme zweimal tief durch, nehme ein Teeglas aus dem Schrank und fülle etwas Kräutertee in den Filtereinsatz. In aller Ruhe gieße ich das heiße Wasser auf, bevor ich mich ihm zuwende. Meine Emotionen halbwegs unter Kontrolle, gehe ich auf ihn zu.

»Vielleicht solltest du dir angewöhnen, den Menschen in deinem Umfeld klare Signale zu senden. Eine Nachricht mit ›Ich hole dich ab‹ hätte uns beiden dieses Szenario erspart und wir könnten einen gemütlichen Abend vor dem Fernseher verbringen. So wie es *Mitbewohner* hin und wieder tun, anstatt sich wegen einer Zufallsbegegnung zu streiten.« Ich kann es mir nicht verkneifen, unsere Beziehung zueinander besonders zu betonen. Immerhin hat er mich gerade als Betthäschen abgestempelt. Mit gestrafften Schultern gehe ich an ihm vorbei.

»Vielleicht solltest du dann auch klare Signale senden, mit welchem Kerl du ins Bett willst, und dir nicht mehrere Optionen offenhalten.«

Ruckartig fahre ich zu ihm herum und kann mich gerade noch selbst davon abhalten, ihm den heißen Tee ins Gesicht zu schütten. Aber mein Gesicht muss Bände sprechen, denn er zuckt leicht zusammen, als sich unsere Blicke treffen.

»Was? Glaubst du wirklich, Hall fährt mit dem Bus? Sein Dodge stand auf dem Parkplatz des *Barneys*. Der will dich flachlegen, deswegen läuft er dir wie ein räudiger Köter nach. Ich hätte nicht gedacht, dass du so naiv bist und auf seine Tour anspringst.« Bevor ich antworten kann, verschwindet er in seinem Zimmer.

Das war's? Er haut einfach ab und lässt mich stehen? Ende der Diskussion? Der hat wirklich Nerven.

Frustriert ziehe ich mich ebenfalls in mein Zimmer zurück. Obwohl Abstellkammer es eher trifft. Ich habe zwar gesagt, es stört mich nicht, dass Nicks Zeug hier herumsteht, aber im Augenblick würde ich gerne jedes einzelne Teil mit Genugtuung aus dem Fenster werfen.

Auf dem improvisierten Schreibtisch stelle ich die Tasse ab. Im Grunde ist es nicht mehr als eine an die Wand montierte Holzplatte, die man je nach Bedarf hoch und runterklappen kann. Als ich mich herumdrehe, renne ich gegen den Boxsack, der fast unmittelbar über der Tischplatte schwebt. Mit geballter Faust haue ich einmal dagegen und zucke zusammen, als ein stechender Schmerz durch meine Fingerknöchel schießt. Autsch! Das Teil ist härter, als es aussieht. Als der Schmerz nachlässt, fühle ich mich tatsächlich etwas besser. Ich kann verstehen, warum Nick das Ding nutzt, um seinen Frust abzubauen. Aber vielleicht sollte ich mir für das nächste Mal Boxhandschuhe besorgen.

Immer wieder huscht mein Blick zu der Schiebetür, die mein Zimmer von seinem abgrenzt. Am liebsten würde ich sie aufreißen und ihm die Meinung geigen, dass er so nicht mit seinen Mitmenschen umspringen kann. Aber wenn ich eins über Nick gelernt habe, dann, dass er entscheidet, wann er zu einem Gespräch bereit ist, und niemand von ihm Antworten bekommt, nur weil derjenige sie von ihm verlangt. Für die Persönlichkeit von Nick Mitchell braucht man ein hartes Fell und Geduld. Viel Geduld. Also mache ich das Einzige, was in dieser Situation hilft: Aus dem Tiefkühler hole ich mir eine große Packung Peanut-Butter-Crunch-Eiscreme und starte einen Serienmarathon. Meine Stimmung schreit nach *The Walking Dead.*

***

Drei Folgen später klopft es leise an meiner Tür. Sofort setze ich mich in meinem Bett auf und stelle den Laptop beiseite.

»Ja«, sage ich hoffnungsvoll. Ich hätte erwartet, mindestens eine Staffel zu schaffen, bevor Nick Einsicht zeigt.

Jolees Gesicht taucht in der Tür auf und ich bin tatsächlich etwas enttäuscht. »Hey, darf ich reinkommen?«

»Klar, warum solltest du nicht dürfen?«, frage ich und rutsche etwas, damit sie zu mir aufs Bett klettern kann. Sie nimmt den leeren Eisbecher und stellt ihn auf den Boden.

»Peanut-Butter-Crunch? Muss ein harter Tag gewesen sein.« Das Lächeln auf ihren Lippen ist verhalten. »Nick?«, fragt sie vorsichtig.

Kaum hat sie seinen Namen ausgesprochen, sprudeln die Worte nur so aus mir heraus. Aufmerksam hört sie mir zu, nickt hin und wieder oder murmelt »Idiot« vor sich hin.

»Er macht mich wahnsinnig mit seiner Art. Irgendwann drehe ich ihm wirklich den Hals um«, beende ich meinen Vortrag.

Jolee grinst. »Nein, du magst ihn genau deswegen. Wäre er unkompliziert, hätte er bei dir überhaupt keine Chance«, merkt sie an.

»Ich hätte gegen ein bisschen weniger kompliziert ausnahmsweise nichts einzuwenden«, seufze ich und lasse mich zurück in die Kissen sinken.

»Aber er macht Fortschritte.« Mein Kopf schnellt in ihre Richtung. Hat sie eine Störung in ihrer Wahrnehmung? Nach dem, was ich ihr gerade erzählt habe, steuere ich auf ernsthafte Mordgedanken zu. »Er ist eifersüchtig. Das wäre er nicht, wenn er nicht in dich verknallt wäre«, führt sie ihre Erklärung fort. Ich stoße ein Lachen aus.

»Dein Bruder ist alles, aber nicht eifersüchtig. Meinetwegen hat er wertvolle Lebenszeit auf dem Parkplatz des *Barneys* verschwendet«, erinnere ich sie. Denn genau das hat Nick zu mir gesagt, als ich fälschlicherweise angenommen habe, er könnte eifersüchtig sein.

»Ja, aber wir kennen Nick. Er würde niemals so einen Aufstand machen, wenn ihm nichts an dir liegen würde.«

Vielleicht. Im Augenblick ist Nick für mich so undurchsichtig wie eine verdreckte Fensterscheibe. Was er sagt, passt selten zu seinem Handeln.

»Wo ist Kyle?«, lenke ich unser Gespräch in eine andere Richtung, weil wir das Rätsel Nick nicht entschlüsseln werden. Inzwischen glaube ich, niemand kann das.

»Der knöpft sich gerade meinen Bruder vor, nachdem er ihn schräg von der Seite angemacht hat, um seine miese Laune kundzutun.« Sofort habe ich ein schlechtes Gewissen, weil die beiden unsere Streitereien zu spüren bekommen. Der Gedanke, Nick und Kyle könnten meinetwegen Probleme miteinander bekommen, verursacht mir Bauchschmerzen.

# 38

**Nick**

Es ist erstaunlich, wie gut man darin wird, jemandem aus dem Weg zu gehen, wenn man weiß, dass man Mist gebaut hat und sich um eine Entschuldigung drückt. Um zu der Erkenntnis zu kommen, dass ich mich bei Bree im Ton vergriffen habe, musste Kyle allerdings mit deutlichen Worten nachhelfen. Von uns beiden ist er eindeutig der Kerl, der die sensible Ader hat. Bei mir ist da irgendwann die Verbindung gekappt worden, so viel steht fest. Noch erstaunlicher ist allerdings, wie schnell alles bergab geht, wenn man mit den Gedanken nicht dort ist, wo man sein sollte.

»Du sitzt die nächsten Spiele auf der Bank. Vielleicht hilft dir das, deine Überheblichkeit in den Griff zu bekommen und dein Leistungspotenzial wieder zu hundert Prozent auszuschöpfen.« Die Entscheidung des Coaches geht allein auf meine Kappe. Eine Diskussion anzuzetteln wäre zwecklos, seine Argumente sind besser als meine.

»Okay.« Es ärgert mich, dass ich mich selbst in diese Situation manövriert habe, weil mein Fokus in den letzten Wochen nicht auf dem Sport, sondern auf meinem Privatleben lag. Genau das habe ich vermeiden wollen. Offensichtlich bin ich nicht besonders begabt darin, beides unter einen Hut zu bekommen.

Als Kyle Probleme hatte, weil er die Anforderungen des Coaches nicht erfüllt hat, wurde er nicht auf die Bank geschickt. Seine sportlichen Leistungen waren Coach Marten anscheinend gut genug, um über seine Klausurergebnisse hinwegzusehen. Meine sind es nicht und machen mich nun zur Nummer zwei hinter Lopez. Keine Ahnung, was mich mehr ankotzt – dass ausgerechnet Lopez mich überholt hat oder dass der Coach mir das vor der kompletten Mannschaft um die Ohren haut.

Ich greife nach meiner Sporttasche und verlasse noch vor allen anderen die Umkleidekabine. Mit schnellen Schritten überquere ich den Schotterweg des Trainingsgeländes und steuere zielstrebig den Parkplatz an, auf dem mein Land Rover steht. Müsste ich Kyle nicht mitnehmen, würde ich einsteigen und einfach davonfahren. Zu Hause würde ich den Boxsack so lange bearbeiten, bis meine Hände vor Schmerzen zittern würden. Leider geht auch das nicht, weil mein Boxsack in Brees verdammtem Zimmer hängt. Um die ich seit einer Woche einen Bogen mache, weil ich keine Ahnung habe, was ich ihr sagen soll. Ich habe ihr einen Versuch versprochen, nein, angeboten, und gleich bei der ersten Unsicherheit kapituliert. Das ist nicht nur armselig, sondern etwas, das sie keinesfalls verdient.

Die Sporttasche landet auf der Rücksitzbank meines Wagens, anschließend krame ich im Handschuhfach nach meiner Zigarettenschachtel. Scheiß drauf! Jetzt ist es auch egal, ob der Coach Wind davon bekommt. Das Kind ist bereits in den Brunnen gefallen und droht zu ertrinken. Bevor ich mir eine Kippe anzünde, werfe ich dennoch einen prüfenden Blick in Richtung des Gebäudes, aus dem ich gerade gekommen bin.

»Damit verbesserst du deine Situation nicht.« Erschrocken fahre ich herum, als ausgerechnet Jonahs Stimme hinter mir ertönt. Wo kommt der denn so plötzlich her? Der war doch noch in der Umkleide, als ich gegangen bin.

»Verzieh dich, Hall«, fahre ich ihn an und stecke mir demonstrativ die Zigarette zwischen die Lippen. Statt sich vom Acker zu machen, kommt er tatsächlich näher und lehnt sich ungefragt gegen meinen Wagen. Missbilligend stoße ich Luft durch die Nase aus.

»Der Coach schmeißt dich aus dem Team, wenn er dich erwischt«, weist er mich auf das hin, was mir durchaus bewusst, aber im Augenblick egal ist.

»Was kümmert es dich? Du wärst einer der Ersten, der ihm zu dieser Entscheidung applaudiert«, erwidere ich angepisst, weil mir sein belehrender Ton auf die Eier geht.

»Das stimmt nicht. Ich habe kein Problem mit dir, aber du offensichtlich mit mir.« Ich kann sein dämliches Grinsen regelrecht hören. Mein Problem ist, dass er ein netter Kerl ist, der ein Auge auf Bree geworfen hat, und ich weiß, dass er sie mehr verdient als ich. Aber das werde ich ihm ganz sicher nicht auf die Nase binden.

»Was willst du wirklich von mir? Du stehst doch nicht hier, um mir ins Gewissen zu reden, als wären wir Freunde.«

»Bree hat mir von eurem Streit erzählt.«

»Hat sie das?«, frage ich so unbeeindruckt wie möglich. Dass sie ausgerechnet mit ihm über uns spricht, verpasst meinem Ego tatsächlich einen zusätzlichen Dämpfer. Es bestärkt meine Annahme, dass sie nicht so uninteressiert an ihm ist, wie sie behauptet hat. Aus den Augenwinkeln werfe ich ihm einen misstrauischen Blick zu.

»Wir sind im selben Psychologiekurs«, fährt er fort, als wäre es damit absolut logisch, dass sie unsere privaten Differenzen mit ihm teilt. Ich kann es nicht ausstehen, wenn man hinter meinem Rücken quatscht. Er wird auch sicher kein gutes Wort für mich eingelegt, sondern versucht haben, seine Chancen zu verbessern. Was ich ihm nicht mal verübeln kann. Es ist zwar keine Methode, auf die ich zurückgreifen würde, aber eine, die ich dennoch nachvollziehen kann.

»Und ihr habt direkt eine Praxisstunde hingelegt? Erzähl mir deinen Scheiß, dann beichte ich dir meinen und anschließend fühlen wir uns beide besser, oder was?« Ich könnte echt kotzen. Vermutlich sitzen sie auch noch nebeneinander. Der nette Jonah ist sicher ein guter Zuhörer und jemand, der wertvolle Ratschläge für die Selflove gibt.

»Mitchell, ich bin nicht dein Feind«, sagt er so seelenruhig, als würden wir direkt in eine Therapiesitzung einsteigen.

»Soll ich mich für dieses Gespräch auf die Rückbank legen?« Warum genau lasse ich mich überhaupt auf eine Unterhaltung mit ihm ein, an der ich nicht interessiert bin?

»Wie bitte?«, fragt er entsetzt. Ein Grinsen schleicht sich auf meine Lippen, weil er kurz die Fassung verliert.

»Falls das hier eine Therapiestunde werden soll, um meine verkorkste Persönlichkeit hinzubiegen, lege ich mich zum Entspannen hin, während du Bullshit quatschst.«

»Du kannst mich mal, Mitchell. Eigentlich hatte ich vor, dir nicht weiter in die Quere zu kommen. Aber weißt du was, ich lasse es auf einen Versuch ankommen. Bree verdient eindeutig mehr als einen Kerl, der sich ständig wie ein Arschloch aufführt.« Er stößt sich vom Wagen ab und verschwindet zwischen den parkenden Autos zu seinem roten Dodge, bevor ich überhaupt kontern kann.

»Viel Erfolg«, brülle ich ihm hinterher. Kopfschüttelnd drücke ich die Zigarette an meiner Schuhsohle aus und befördere den Stummel in den Mülleimer, der nur wenige Schritte von mir entfernt an einer Laterne angebracht ist.

»Was wollte Jonah denn von dir?«, fragt Kyle, der plötzlich wie aus dem Nichts auf der Beifahrerseite meines Wagens steht. Müssen sich heute alle so anschleichen?

»Mir verkünden, dass er auf Bree scharf ist«, antworte ich genervt.

Grinsend öffnet Kyle die Autotür, steigt aber nicht direkt ein. Über das Wagendach hinweg blickt er mich an. »Dann solltest du wohl langsam mal in die Gänge kommen, bevor Hall sie dir vor der Nase weggeschnappt.«

Kommentarlos steige ich in mein Auto und lasse den Motor an. Kyle rutscht auf den Beifahrersitz und wirft mir einen abwartenden Blick zu. Glaubt er ernsthaft, dass ich ihm darauf antworte? Ja, genau das will er.

»Als könnte er wirklich beim Glückskeks landen«, sage ich schließlich und weiß selbst, wie überheblich es klingt. Ich habe meine Chance in den Sand gesetzt und damit seine eindeutig erhöht. Und der Kerl hat mir gegenüber einen entscheidenden Vorteil: Er benimmt sich nicht ständig wie ein Arsch.

»Mag sein, aber du lässt aktuell deine Chance verstreichen, anstatt sie zu nutzen.«

»Vielleicht will ich sie auch gar nicht nutzen.«

»Dann bist du ein noch größerer Trottel, als ich angenommen habe.« Natürlich bin ich das. Aber manchmal ist der eigene Schatten zu groß, um mal eben drüberzuspringen.

»Können wir dann fahren?« Da es sich nicht wirklich um eine Frage handelt, warte ich eine Antwort gar nicht erst ab und parke den Wagen aus. Glücklicherweise lässt Kyle das Thema Bree fallen, greift dafür aber meine Degradierung im Team auf.

»Der Coach hätte dich nicht gleich auf die Bank setzen müssen.«

»Doch. Ich habe die letzten Spiele mies gespielt, das ist die einzig logische Konsequenz. Er hat jedes Recht, Lopez meine Position zu überlassen.« Ich bin selbst erstaunt, wie ruhig die Worte meine Lippen verlassen, und Kyle ist es ebenfalls.

»Stört dich das denn überhaupt nicht?«, fragt er ungläubig.

»Natürlich. Aber was habe ich davon, mich über seine Entscheidung aufzuregen, wenn ich sie selbst verschuldet habe? Ich bin nicht bei der Sache und meine Form war auch schon mal besser. Wenn ich also auf jemanden sauer sein kann, dann ausschließlich auf mich selbst.«

»Klar, aber beim nächsten Spiel wärst du wieder mit hundert Prozent dabei.« Seine Worte sollen mich aufbauen, aber wir wissen beide, so leicht ist es nicht. Man legt nicht einfach einen Schalter um und ist mental sowie körperlich in Topform. Dazu braucht es schon ein bisschen mehr.

»Halten wir noch bei *Moe's Diner?*«, lenke ich erneut das Thema in eine andere Richtung.

»Die Mädels kochen«, sagt er und ich seufze. Ich vermisse die Zeiten, in denen wir uns irgendwo Takeaway-Essen geholt haben und auf der Couch abhingen. Seit die beiden eingezogen sind, ist der Herd im Dauereinsatz, weil Bree ständig irgendwas zubereitet.

»Dann setze ich dich zu Hause ab, hole mir irgendwo was zu essen und fahre dann ins *Southern*.«

»Ein gemeinsames Abendessen bringt dich nicht um. Du kannst ihr nicht ewig aus dem Weg gehen.«

Nein, aber ich kann es so lange wie möglich hinauszögern und hoffen, dass sich meine Probleme von selbst lösen. Trotzdem hat er recht, die Stimmung in der WG ist alles andere als angenehm und das liegt ausschließlich an mir. Ich habe also zwei Möglichkeiten. Erstens: Ich mache weiter wie bisher und mache es damit aller Wahrscheinlichkeit nach noch schlimmer. Zweitens: Ich lasse mir ein Paar Eier wachsen und schaffe die Sache mit Bree aus der Welt. Klingt beides nach einem Mordsspaß.

»Okay«, gebe ich schließlich meinen Widerstand auf und biege bereits in unsere Straße ein.

»Anschließend steht noch ein gemeinsamer Filmabend auf dem Programm«, informiert mich Kyle. So wie er das sagt, habe ich in dem Punkt kein Mitspracherecht und werde auch nicht drum herumkommen. Ein gemütliches Beisammensein zu viert schreit nach der idealen Planung für einen Freitagabend.

***

Die ohnehin schon betrübte Stimmung sackt auf ein frostiges Level, als Kyle die Tür aufschließt und das freudige Gekicher erstirbt, sobald wir das Wohnzimmer betreten. Jolee wirft mir einen aufmunternden Blick zu, während Brees besorgt wirkt. Die guten Neuigkeiten haben sich also schon herumgesprochen. Wie nett, Kyle hat die beiden vorgewarnt.

»Ich gehe duschen«, sage ich schroff, feuere die Sporttasche in mein Zimmer und zerre ein paar frische Sachen aus dem Kleiderschrank. Das Getuschel, als ich durch das Wohnzimmer zum Badezimmer gehe, trägt auch nicht gerade dazu bei, meine Laune aufzuheitern. Es gibt nichts Schlimmeres, als mit Mitleid bedacht zu werden, wenn man es weder will noch verdient. Ein ›Du hast dir die Suppe eingebrockt, also löffle sie auch aus‹ wäre angebrachter. Mit einer anständigen Standpauke bekommt man den Arsch hoch, nicht mit Händchenhalten und Bauchpinseln.

Als ich aus dem Badezimmer komme, kramt Kyle in der Flurkommode und gibt vor, wahnsinnig interessiert an einer zwei Jahre alten Tube Schuhcreme zu sein. Es ist mehr als offensichtlich, dass er nicht zufällig vor der Tür herumlungert. Mit verschränkten Armen lehne ich mich gegen den Türrahmen, bevor ich mich durch ein Räuspern bemerkbar mache.

»Ich nehme an, du hast nicht wirklich vor, jetzt deine Sneaker zu putzen?« Kyle betrachtet die Tube in seiner Hand, als hätte er keine Ahnung, worum genau es sich dabei handelt. Das wundert mich nicht. Ich bezweifle, dass seine Turnschuhe scharf auf Schuhcreme sind. Achtlos legt er sie zurück in das obere Schubfach und schließt es.

»Du hast mich erwischt. Ich wollte nur sehen, ob du okay bist.«

Fragend ziehe ich eine Augenbraue hoch. »Erwecke ich den Anschein, als würde ich versuchen wollen, mich durch das Badezimmerfenster aus dem Staub zu machen?«

»Ich glaube, das ist unmöglich, du bist viel zu kompakt für das mickrige Fenster«, antwortet er und ein Schmunzeln erscheint auf seinen Lippen.

»Jetzt, wo du dich davon überzeugt hast, dass ich mich nicht in Luft aufgelöst habe, können wir ja den Happy-WG-Abend hinter uns bringen.«

»Es wäre von Vorteil, wenn du nicht direkt so kontra eingestellt wärst und dem Ganzen eine Chance geben würdest.«

»Jaja, hab's geschnallt. Erwarte aber keine Wunder. Mich danebenzubenehmen, fällt mir um einiges leichter als die Good-Guy-Nummer.« Ich stoße mich vom Türrahmen ab und gehe auf ihn zu. Als ich mich an ihm vorbeischieben will, legt er einen Arm um meine Schultern.

»Mitchell, noch habe ich die Hoffnung nicht aufgegeben, dass hier«, um seine Worte zu unterstreichen, tippt er gegen meine Brust, »ein guter Kerl drinsteckt, den man nur aus dem Laufgitter holen muss.« Was für eine dämliche Metapher. Er verbringt eindeutig zu viel Zeit mit meiner Schwester. Die labert auch immer so einen Quatsch, wenn sie niemand ausbremst.

»Willst du dem Kerl da drin auch noch die Windeln wechseln, wenn er die Hosen voll hat?«, ziehe ich ihn auf.

»Bree reißt dir nicht den Kopf ab.«

So habe ich das überhaupt nicht gemeint, aber egal. Es wäre sinnlos, unser Gespräch in diese Richtung zu vertiefen.

Kaum haben wir das Wohnzimmer betreten, verpasst er mir einen Schubs in Richtung Küche, wo Bree gerade etwas in den Ofen schiebt.

»Babe, kommst du mal kurz, ich will da noch was mit dir wegen des Bücherregals klären«, sagt er leise, sobald er neben meiner Schwester steht.

»Vergiss es, ich werde keinen Platz für deine Pokale schaffen«, antwortet Jolee und gibt eine Creme in vier Gläser. Kyle seufzt. Sein subtiler Versuch, sie aus der Küche zu bekommen, ist kläglich gescheitert. Er beugt sich zu ihr herunter und flüstert etwas in ihr Ohr. Sie sieht daraufhin mit großen Augen zu mir.

Na prima, jetzt komme ich mir wie ein unbeholfener Trottel vor, der Schützenhilfe von seinen Freunden braucht.

Jolee setzt dem Ganzen noch die Krone auf, als sie mir im Vorbeigehen aufmunternd auf die Schulter klopft. Dieses Szenario ist an Lächerlichkeit fast nicht mehr zu überbieten. Fehlt nur noch eine Truppe Cheerleader, die hinter mir auftaucht und mich anfeuert.

# 39

**Bree**

Die seltsame Stille, die plötzlich in der Küche herrscht, lässt mich einen neugierigen Blick über die Schulter werfen.

»Wo sind denn die anderen hin?«, frage ich überrascht, als ich nur Nick erblicke, der unbeholfen zwischen Wohnzimmer und Küche steht.

»Klären irgendwas wegen Joes Bücherregal«, antwortet er.

»Jetzt?«, frage ich skeptisch. Kann das nicht bis nach dem Essen warten?

Nicks Mundwinkel zuckt nervös. Oh! Daher weht also der Wind. Die beiden haben sich absichtlich aus dem Staub gemacht.

»Kann ich bei irgendwas helfen?« Nick schiebt die Hände in die Hosentaschen und sieht sich um. Er meidet absichtlich den Blickkontakt. Ich wünschte, ich könnte dem Kerl länger als dreißig Minuten böse sein.

»Du kannst Zwiebeln schneiden«, antworte ich. Statt einer Antwort kommt er auf mich zu, zieht eine Schublade auf und bewaffnet sich mit einem Messer.

»Gibt es wieder Tofu?« Die Frage klingt so beiläufig und doch weckt sie ein paar Erinnerungen, die mich kurz aus dem Konzept bringen. Als ich das Grinsen in seinem Gesicht entdecke, weiß ich, dass er genau das beabsichtigt hat.

*Mistkerl! Na warte, das bekommst du postwendend zurück.*

Wortlos ziehe ich das Gemüsefach auf und reiche ihm das Netz voller Zwiebeln.

»Wie viele brauchst du?«

»Alle«, antworte ich völlig ruhig.

»Alle?«, hakt er ungläubig nach.

»Ja, alle«, versichere ich ihm, dass er sich nicht verhört hat.

»Okaaay«, sagt er gedehnt, nimmt das Netz und setzt sich an den Tisch.

Grinsend stelle ich die Pfanne auf den Herd. Sobald das Fett darin heiß genug ist, gebe ich das Fleisch hinzu.

Fünf Minuten später flucht und schnieft Nick leise vor sich hin. Mit aller Kraft versuche ich, ein Lachen zu unterdrücken. Das hat er mehr als verdient. Soll er ruhig ein bisschen leiden. Unauffällig werfe ich einen Blick über die Schulter. Nick wischt sich immer wieder mit dem Handrücken über die Augen. Aber er schält weiter tapfer den Berg an Zwiebeln.

»Das ist eine echte Strafarbeit«, mault er. Jetzt kann ich ein Lachen nicht mehr zurückhalten. Das Geräusch von Stuhlbeinen, die über den Boden kratzen, hat etwas Alarmierendes. Als Nick plötzlich neben mir auftaucht, verharre ich einen Moment in der Bewegung, bevor ich mich ihm zuwende.

»Du brauchst gar keine Zwiebeln, stimmt's?«

Grinsend schüttle ich den Kopf. »Strafe muss sein.« Er sieht mächtig verheult aus. Ein paar Tränen hängen noch in seinen Wimpern und seine Wangen sind feucht. Fast tut er mir ein bisschen leid, aber eben nur fast.

Nick greift nach dem Saum seines grünen Shirts und zieht es höher, als es tatsächlich notwendig wäre, um sein Gesicht zu trocknen. Prompt bleibt mein Blick an seinen Bauchmuskeln hängen. Als hätte er alle Zeit der Welt, lässt er den Stoff über seinen Oberkörper wieder nach unten gleiten. Das ist seine Art, sich für die Zwiebel-Nummer zu rächen. Und es funktioniert. Mein hoffnungslos verknalltes Ich beginnt sehnsüchtig zu heulen, weil es ihm keinen Stempel mit der Aufschrift ›Meins‹ auf die Stirn verpassen kann.

Als die Bauchmuskel-Show vorbei ist, suche ich seinen Blick. Das Lächeln, das auf seinen Lippen liegt, setzt meinen Verstand vollkommen außer Gefecht. Völlig ungeniert starre ich seinen Mund an. Seine Lippen bewegen sich, als würden sie Worte formen. Hat er etwas gesagt? Himmel, wie kann er mir nur dermaßen das Hirn vernebeln. *Konzentrier dich, Bree O'Donell!*

»Was ich neulich zu dir gesagt habe, tut mir leid«, formen seine Lippen erneut Worte, aber diesmal habe ich meine Lauscher aufgesperrt.

»Ich dachte, wir wollen uns nicht mehr ständig entschuldigen?«, erinnere ich ihn an unsere Abmachung.

»Ja, aber diesmal ist eine Entschuldigung mehr als angebracht.« Der sanfte

Tonfall jagt mir eine Gänsehaut über den Körper. Sie verwandelt sich in ein sich nach ihm verzehrendes Kribbeln, als er die Hand nach mir ausstreckt und seine Fingerspitzen meine Wange streifen, bevor er eine lose Haarsträhne hinter mein Ohr schiebt.

»Die Nummer mit den Zwiebeln hast du trotzdem verdient«, sage ich und mache einen minimalen Schritt auf ihn zu. Ich würde ihn wirklich gerne an mich ziehen und küssen.

Für einen Augenblick ruht sein Blick auf meinen Lippen, als würde er genau das Gleiche denken, dann weicht er zurück. Die Message ist deutlich. Es tut ihm leid, was er gesagt hat, aber das bringt uns nicht an den Punkt zurück, der mehr als diese unnahbare Distanz in Aussicht gestellt hat.

»Brennt hier etwas?«, ertönt plötzlich Kyles Stimme.

»Fuck!«, entfährt es mir, als auch ich den beißenden Geruch wahrnehme. Nick stolpert rückwärts gegen die Kücheninsel, als könnte er nicht schnell genug von mir wegkommen. Hastig nehme ich die Pfanne vom Herd.

»Riecht es hier verbrannt?«, fragt Jolee, die gerade aus ihrem Schlafzimmer kommt.

»Eins haben die beiden jedenfalls gemeinsam. Sie können kein anständiges Chili kochen«, scherzt Kyle. Ich weiß zwar nicht, worauf er damit genau anspielt, aber da Nick das Gesicht verzieht, scheint wenigstens er zu wissen, wovon Kyle spricht.

Ohne auf Kyles Anspielung einzugehen, zieht Nick eine Schublade auf und nimmt ein paar Zettel heraus. »Pizza, indisch, thailändisch oder Burger?«, fragt er und blättert die Flyer durch.

Jolee kommt zielstrebig auf mich zu und wirft einen Blick über meine Schulter auf unser verkohltes Abendessen. »Pizza«, sagt sie und gibt mir einen aufmunternden Kuss auf die Wange, bevor sie das Küchenfenster aufreißt, damit der Gestank entweichen kann.

»Ich nehme Salami mit doppelt Käse«, sagt Kyle und lässt sich auf das Sofa fallen, bevor er nach der Fernbedienung greift.

»Joe?«

»Das Gleiche«, sagt sie und gesellt sich zu Kyle.

»War ja klar«, murmelt Nick kaum hörbar, bevor er mich abwartend ansieht. »Und du?«, fragt er, als ich ihm nicht antworte.

»Darf ich einen Blick in die Karte werfen?« Er reicht mir den Flyer und ich überfliege die Gerichte.

»Einen Caesar Salad bitte.«

»Natürlich«, schnauft er leise. Im nächsten Moment hält er sich das Handy ans Ohr und gibt unsere Bestellung durch.

»Filmvorschläge?«, fragt Kyle. Bei meinem Einzug hat er sich am meisten darüber gefreut, dass ich mein Netflix-Abo mit ihm teile.

»Die Frage ist überflüssig. Am Ende schauen wir ohnehin irgendwas von Marvel, weil du die Fernbedienung nicht rausrückst«, antwortet Jolee.

»Da ist was dran. *Hulk, Iron Man*?«

»Mir ist alles recht, solange es nicht *Star Wars* ist«, bringe ich mich ins Gespräch ein. Nick äußert sich gar nicht erst. Sicher hat er nicht vor, an unserem Filmabend teilzunehmen, und macht sich aus dem Staub, sobald das Essen da ist. Damit ich nicht weiterhin in der Küche herumstehe, schlage ich den Weg zur Couch ein. Mein Blick huscht zum Küchentresen, wo Nick sich mit den Ellenbogen auf der Arbeitsfläche abstützt und sich konzentriert seinem Handy widmet.

In den nächsten zwanzig Minuten diskutiere ich mit Kyle, welcher Marvel-Film der beste ist. Wir haben da ganz klar unterschiedliche Ansichten. Erst das Klingeln an der Tür unterbricht unsere Diskussion.

»Ich geh schon«, sagt Nick, als Jolee aufspringt, um die Tür zu öffnen. Sie lässt sich zurück aufs Sofa fallen.

»Irgendwie verhält er sich noch eigenartiger als gewöhnlich«, flüstert sie. Ich weiß, was sie meint. Er ist beängstigend still und dennoch bemüht, nett zu sein. Das mag für Außenstehende keinen Sinn ergeben, aber es ist die sprichwörtliche Ruhe vor dem Sturm. Wenn er sich so benimmt, ist er meist nur ein paar Augenblicke davon entfernt, die Schotten dichtzumachen.

Nick kommt mit dem Essen zurück und reicht jedem seine Bestellung. Einen Moment lang sieht er auf den freien Platz zwischen mir und Jolee. Kaum merklich schüttelt er den Kopf.

»Nick«, sagt Kyle in einem Ton, als wolle er ihn an eine Abmachung erinnern, die die beiden getroffen haben. Seufzend stößt er die Luft aus und quetscht sich schließlich zwischen seine Schwester und mich. Um ihm etwas mehr Freiraum zu verschaffen, rücke ich ans äußere Ende der Couch. Augenblicklich scheint er sich durch die Distanz zu mir etwas zu entspannen. Als er den Pizzakarton öffnet, den er auf seinem Schoß abgestellt hat, steigt mir sofort der Geruch von Tomatensauce und zerlaufenem Käse in die Nase. Nicht mehr ganz so begeistert schaue ich auf meinen Salat. Als ich ihn bestellt habe, klang er noch verlockend, aber jetzt läuft mir bei dem Blick auf Nicks Schinkenpizza das Wasser im Mund zusammen.

In der Zwischenzeit hat Kyle die Ablenkung genutzt, um *Iron Man 2* einzuschalten. Während seine Aufmerksamkeit dem Bildschirm gilt, gehört meine dem Kerl neben mir, der mich in diesem Augenblick dabei ertappt, wie ich ihn mustere, als er in ein Stück Pizza beißt. Er runzelt die Stirn und ich versuche mich an einem unschuldigen Lächeln. Sein rechter Mundwinkel hebt sich amüsiert, dann schiebt er den Karton auf seinem Schoß minimal in meine Richtung und deutet mit einem auffordernden Nicken darauf. Das ist wohl seine Art eines Friedensangebots. Wenn ich ablehne, könnte er das als Statement auffassen, dass ich immer noch sauer auf ihn bin. Also wähle ich das kleinste Stück aus und beiße beherzt hinein, was ihm ein zufriedenes Grinsen entlockt.

Wir essen schweigend und stellen die leeren Schachteln anschließend auf dem Couchtisch ab. Währenddessen flattert *Iron Man* fröhlich über den Bildschirm. Ich kann dem Film nicht wirklich viel abgewinnen. Jolee scheint es ähnlich zu gehen, da sie in regelmäßigen Abständen ein genervtes Seufzen oder Zischen von sich gibt.

Meine Ambitionen, dem Film zu folgen, verflüchtigen sich in dem Augenblick vollständig, in dem Jolee ihre Position verändert und damit Nick dazu zwingt, näher an mich heranzurücken. Sein Oberschenkel drückt sich sanft gegen meinen. Schlagartig schießt mein Puls in die Höhe und mein Herz beginnt zu rasen, als würde es um sein Leben rennen.

Um mich von seiner Nähe abzulenken, beginne ich am Bündchen meines leichten Strickpullis herumzufummeln und lasse es immer wieder gegen mein Handgelenk schnellen. Als ich Nick damit auf die Nerven gehe, legt sich seine Hand auf meine und hält mich davon ab, das Bündchen weiter auszuleiern.

Aus den Augenwinkeln sehe ich zu ihm, aber er sieht starr auf den Bildschirm, während sein Daumen in kreisenden Bewegungen über meinen Handrücken streicht. Ich bin mir nicht mal sicher, ob er das bewusst macht oder ob es eine Art Reflex ist. Regungslos verharre ich in meiner Position und unterdrücke den Drang, meine Finger mit seinen zu verschränken. Eine Runde Händchenhalten ist sicher nicht das, worauf er aus ist.

Ich habe meinen Gedanken noch nicht einmal zu Ende gedacht, da zieht er seine Hand zurück und springt vom Sofa auf. Keine zehn Minuten später fällt die Haustür scheppernd ins Schloss.

Nicks Verhalten erinnert mich an ein Jo-Jo. Mal zieht es ihn zu mir hin und dann wieder weg. Allmählich wird dieser Zustand anstrengend.

# 40

**Nick**

Grübelnd schiebe ich das Glas zehn Zentimeter nach rechts und anschließend wieder nach links. Drehe es einmal im Kreis und beginne das Spiel von vorn. Ich spüre den Bass der Musik, aber die Töne kommen nicht wirklich in meinem Bewusstsein an. Die Stille in meinem Kopf ist um einiges lauter und meine Gedanken fühlen sich seltsam taub an. Nicht greifbar. Als wären sie überall und nirgends. Und ich habe absolut keine Ahnung, warum ich das Gefühl habe, irgendwo zwischen dem Hier und Jetzt und dem Was-wäre-wenn festzustecken.

Etwas streift meine Schulter und ich fahre erschrocken herum. Mein Blick fällt zuerst auf einen Ausschnitt, der wirklich nett anzusehen ist, aber nicht aufdringlich wirkt. Dunkle Haarspitzen enden auf Höhe des Schlüsselbeins. Kurz ertappe ich mich bei dem Gedanken, es könnte Bree sein. Ich hebe den Blick und atme erleichtert aus, weil sie es nicht ist. Warum auch? Niemand weiß, wo ich bin. Diesmal war ich clever genug, nicht ins *Southern* zu fahren, sondern auf eine der weniger beliebten Bars auszuweichen.

»Sorry«, sagt sie an mich gewandt, weil sie mich versehentlich angerempelt hat. Um den Barkeeper auf sich aufmerksam zu machen, beugt sie sich etwas über den Tresen. Der nimmt allerdings keine Notiz von ihr. Ich widme mich wieder meinem Scotch. Auch nach dem zweiten Glas kann ich ihm nicht das Geringste abgewinnen. Wie ich auf die Idee gekommen bin, Phoenix' Getränk der Weisheit könnte mir ebenfalls Erkenntnisse bringen, ist mir schleierhaft.

Die Brünette flucht und ich gebe mir einen Ruck. »Was möchtest du trinken?«, frage ich sie.

»Nein danke. Ich lasse mich nicht von Typen einladen, die sich volllaufen lassen, um ihre Beziehungsprobleme in den Griff zu bekommen«, erwidert sie bissig. Ihre Antwort entlockt mir tatsächlich ein Lachen.

»Glaub mir, ich habe nicht vor dich einzuladen, ich wollte dir lediglich dabei behilflich sein, nicht länger auf dem Trockenen zu sitzen.«

»Wenn das so ist, dann zeig mal, was du kannst, Hottie. Ich hätte gerne eine Cola ohne Eis«, sagt sie nun um einiges freundlicher.

Ich erhebe mich vom Barhocker und überrage sie um mehr als einen Kopf. »Verstehe. Die Größe ist hier entscheidend«, sagt sie grinsend und rutscht auf den freien Barhocker zu ihrer Linken.

Nachdem ich ihr das Getränk organisiert habe, setze ich mich wieder und schiebe erneut das Glas vor mir hin und her.

»Okay, da du einen gut bei mir hast, höre ich mir deinen Mist an. Bist du fremdgegangen oder sie?« Kurz blicke ich sie an und betrachte ihr Gesicht. Dunkle, geschwungene Augenbrauen, blaue Augen und ein Ring in der Unterlippe. Mein Blick wandert weiter. Ihre Nägel sind schwarz lackiert und die Finger mit Silberringen bestückt. Ihr Top bedeckt zwar einen Großteil ihrer Arme, aber die bunte Farbe, die ihre Haut ziert, blitzt an einigen Stellen durch. Als ich mit meiner Musterung fertig bin, sehe ich wieder auf mein Glas, ohne auf ihr Angebot einzugehen.

»Ich habe eine Theorie, willst du sie hören?«

»Nein«, antworte ich schroff. Auch wenn das Zeug widerlich schmeckt, nehme ich nun einen anständigen Schluck von dem Scotch. Das passiert, wenn man einfach nur mal nett sein möchte. So schnell werde ich Bad Girl nicht los, außer ich suche das Weite.

»Bist du immer so ein Sweetheart? Wenn ja, dann wundert es mich nicht, dass du hier alleine herumsitzt und Trübsal bläst. So sammelst du nicht gerade Sympathiepunkte bei deiner Herzdame.« Mit einem Nein kann sie anscheinend nicht viel anfangen. Plötzlich weiß ich Brees Eigenschaft, in den richtigen Momenten den Mund halten zu können, wirklich zu schätzen. Sie ist zwar eine Nervensäge, die mich in den Wahnsinn treibt, aber sie hat ein Gespür dafür entwickelt, wann ich meine Ruhe haben möchte.

»Hör zu, wenn ich auf eine Unterhaltung aus wäre, würde ich nicht alleine in einer vollen Bar sitzen. Ich weiß deine Ambitionen zu schätzen, aber ich habe dir lediglich eine Cola organisiert und nicht das Leben gerettet. Wir können uns also den Small Talk sparen.«

Zu meiner Überraschung klettert sie tatsächlich vom Barhocker, bleibt aber neben mir stehen. Ich sehe zu ihr auf. Mit einem Grinsen beugt sie sich in meine Richtung. »Hat mich gefreut, dich kennenzulernen«, sagt sie viel zu dicht an meinem Ohr.

Sofort weiche ich zurück. Dann verschwindet sie zwischen den anderen Gästen. Irgendetwas an ihr ist seltsam, auch wenn ich nicht genau definieren kann, was es ist.

Sobald mein Glas leer ist, ordere ich beim Barkeeper die Rechnung und krame in den Taschen meiner Trainingsjacke nach meinem Portemonnaie. Mist! Ich könnte schwören, es eingesteckt zu haben. Es dauert ein paar Augenblicke, bis ich checke, was passiert ist. Bad Girl hat mich beklaut. Ein Lachen entfährt mir. Besser könnte dieser Tag gar nicht enden. Handy und Wohnungsschlüssel hat sie mir wenigstens gelassen.

»Zahlst du nun oder nicht?«, will der Barkeeper wissen.

»Sag mal, die Brünette, die eben neben mir saß, ist die öfter hier?« Er schüttelt den Kopf.

»Noch nie gesehen. Hast wohl vergessen, nach ihrer Nummer zu fragen, was?«

»Nein, sie hat mein Portemonnaie geklaut.«

»Oh! Soll ich die Polizei rufen?«, will er wissen. Ich winke ab. Sie ist längst über alle Berge. Niemand wird wegen einer gestohlenen Geldbörse eine Hundertschaft losschicken.

»Ich telefoniere kurz, damit mich jemand auslöst«, gebe ich ihm zu verstehen und scrolle durch meine Kontakte. Phoenix würde sich einen Heidenspaß aus der Nummer machen und mich in hundert Jahren noch damit aufziehen, dass die Kleine mich abgezogen hat. Jay ist chronisch pleite. Mase ist bei seinen Eltern in Richmond. River wohnt am anderen Ende der Stadt und besitzt kein Auto. Bleibt nur Kyle. Der wird mir vermutlich eine Standpauke halten, weil ich den gemeinsamen Filmabend Hals über Kopf verlassen habe, aber er ist im Augenblick meine einzige Option.

»Ja?« Irritiert werfe ich einen Blick auf das Display, als Bree das Gespräch annimmt.

»Warum gehst du an Kyles Handy?«, platzt es forsch aus mir heraus. Sie ist wirklich nicht die Person, mit der ich im Augenblick sprechen will.

»Er hat es auf dem Couchtisch liegen gelassen«, erklärt sie.

»Kannst du ihn mir geben?«, frage ich, weil ich unser Gespräch nicht unnötig in die Länge ziehen möchte.

»Ähm … Er ist gerade beschäftigt. Ich würde ungern ins Zimmer platzen, außer natürlich, es geht um Leben und Tod.« Das muss sie gar nicht genauer erläutern.

»Shit!«, sage ich leise, aber laut genug, dass Bree es hört.

»Bist du in Schwierigkeiten?«, fragt sie vorsichtig.

»Kannst du mich aus dem *Millers* abholen?«, frage ich sie, weil sie gerade zu meiner Notlösung geworden ist.

»Klar. Bin schon auf dem Weg«, sagt sie, ohne zu zögern oder nach dem Grund zu fragen.

»Und, Bree, kannst du Geld mitbringen? Du müsstest meine Rechnung vorstrecken«, füge ich schnell hinzu, bevor sie auflegt.

»Geht klar. Brauchst du auch einen Anwalt?«, fragt sie mit scherzhaftem Unterton.

»Komm einfach her«, antworte ich und lege auf.

***

Dreißig Minuten später kommt Bree durch die Tür und sieht sich suchend um. Sie wirkt etwas abgehetzt. Als sie in meine Richtung sieht, hebe ich die Hand, um auf mich aufmerksam zu machen. Zielstrebig läuft sie auf mich zu.

»Okay, hier bin ich. Wie viel brauchst du?«, fragt sie und kramt bereits in ihrer Handtasche. Mein Blick wandert über ihr Outfit. Weiße Turnschuhe, pinke Schlabberhose und ein bunt gestreifter Pulli. Ihre Haare hat sie zu einem wirren Knoten auf dem Kopf zusammengebunden. Keine Schminke. Sie sieht aus, als wäre sie direkt unter ihrer grob gestrickten Schmusedecke hervorgekrochen, die seit ihrem Einzug unser Sofa belagert. Ein Grinsen schleicht sich auf meine Lippen.

»Was?«, fragt sie.

»Interessantes Outfit«, merke ich an und kassiere dafür von ihr einen finsteren Blick.

»Ich wusste nicht, dass es für die schäbige Bar, in der du abgestiegen bist, einen Dresscode gibt«, schießt sie zurück und verschränkt demonstrativ die Arme vor der Brust.

»Du siehst aus, als würdest du auf eine Pyjamaparty wollen«, ziehe ich sie auf und beginne zu lachen.

»Und du läufst gerade Gefahr, dass ich dir mit dem Barhocker eins überziehe«, feixt sie zurück und versucht ein Schmunzeln zu unterdrücken.

»Ich würde dich ja auf einen Drink einladen, aber jemand hat mir das Portemonnaie geklaut.«

»Wundert mich bei dem Laden nicht. Was wolltest du überhaupt hier?« Ein angewiderter Ausdruck tritt auf ihr Gesicht. Vermutlich hat sie sich die Frage gerade selbst beantwortet.

»Nicht, was du denkst. Ich wollte nur etwas trinken und das Chaos in meinem Kopf sortieren«, antworte ich, weil mir der Gedanke nicht gefällt, sie könnte annehmen, ich sei hier gelandet, um jemanden abzuschleppen. Das habe ich nach unserer ersten gemeinsamen Nacht ein paarmal getan und es war bei Weitem nicht so aufregend, wie ich es mir erhofft hatte.

»Bekommt ihr noch was?«, unterbricht uns der Barkeeper und mustert Bree, für meinen Geschmack etwas zu intensiv. Kurz sieht sie in seine Richtung und wirft mir anschließend einen fragenden Blick zu. Ich schüttle den Kopf.

»Nein danke, aber ich würde gerne seine Rechnung begleichen, bevor er mit Fußfesseln Gläser spülen muss«, antwortet sie und der Kerl lacht amüsiert.

»Geht klar.« Zwei Minuten später bezahlt Bree und legt auch noch ein anständiges Trinkgeld obendrauf. Ich rutsche gerade vom Barhocker, als der Barkeeper einen Block und Stift vor mir auf den Tresen ablegt.

»Willst du deine Nummer hierlassen, falls die Kleine, die dich abgezogen hat, noch mal auftaucht?« Shit! Mein Blick schießt zu Bree. Wortlos dreht sie sich um und marschiert in einem Affenzahn schnurstracks aus der Bar. Fuck! Ich ignoriere seine Frage und eile ihr hinterher.

Die kühle Nachtluft schlägt mir entgegen, als ich aus der Tür trete und mich nach Bree umsehe. Wie kann sie sich nur derartig schnell aus dem Staub machen? Ich gehe die wenigen Stufen nach unten und bemerke, wie ich leicht schwanke. Der Scotch zeigt eindeutig mehr Wirkung, als ich angenommen habe. Sobald ich Bree entdecke, haste ich erneut hinter ihr her.

»Bree, warte!«, rufe ich quer über den Parkplatz und sie bleibt tatsächlich stehen. »Egal, was du jetzt denkst, so ist es nicht gewesen«, sage ich, sobald ich vor ihr stehe.

»Das ist es nie, oder?«, antwortet sie matt.

»Ich schwöre, ich hatte nicht vor sie abzuschleppen.«

»Du bist mir keine Rechenschaft schuldig. Du kannst tun, was und mit wem du es willst.«

Damit hat sie recht und trotzdem liegt sie gleichzeitig absolut falsch. Denn ich habe das Gefühl, mich rechtfertigen zu müssen, und dass ich schon lange nicht mehr entscheide, was ich tue, sobald sie in die Sache involviert ist. Es ist vielmehr eine Reflexhandlung. Eine Impulskontrollstörung, die meinen Verstand in den Standby-Modus setzt und jemand anderen die Strippen ziehen lässt, während ich dabei zusehe, wie ich alles nach und nach gegen die Wand fahre.

»Ich bin wirklich eine Idiotin, weil ich mich immer wieder von dir einlullen lasse, um dann die volle Breitseite zu kassieren«, seufzt sie, als sie von mir nicht die Reaktion bekommt, die sie sich erhofft hat. Und ich könnte mich selbst ohrfeigen, dass ich ihr schon wieder wehgetan habe.

Unentschlossen sehe ich die Frau an, die mitten in der Nacht alles stehen und liegen lässt, um mir aus der Klemme zu helfen. Ich hätte nicht gedacht, dass ich mir irgendwann mal selbst auf die Nerven gehen könnte, aber so ist es. Ich bin von mir und meiner verbohrten Art angepisst.

»Habe ich dich je angelogen?«, frage ich und verringere den Abstand zwischen uns. Sie schüttelt den Kopf. »Um ehrlich zu sein, bin ich momentan etwas mit meinem Leben überfordert. Euer Einzug, dass der Coach mich vorerst auf die Bank setzt … Du. Das stellt alles auf den Kopf und ich habe keine Ahnung, wie ich damit umgehen soll. Wie ich allem gerecht werden kann, ohne irgendwas gegen die Wand zu fahren. Veränderungen und ich kommen nicht besonders gut miteinander aus. Ich habe das Gefühl, von allen Seiten in die Enge getrieben zu werden. Erwartungen erfüllen zu müssen, von denen ich nicht einmal weiß, dass sie jemand an mich hat. Ich dachte, ich bekomme den Kopf frei, wenn ich mich allein in eine Bar setze und ein paar Drinks hinunterkippe. Stattdessen hat mich eine Frau beklaut, nachdem ich ihr erklärt habe, dass ich an einer Unterhaltung nicht interessiert bin. Das ist die ganze Geschichte«, fasse ich meinen Gemütszustand so kurz wie möglich zusammen.

»Verstehe«, antwortet Bree und wirkt auf einmal sehr nachdenklich. Gedanklich macht sie sicher bereits einen Schlachtplan, wie sie mir unauffällig ihre Ratschläge unterjubeln könnte. Und ausnahmsweise hätte ich tatsächlich nichts gegen etwas Bree-Optimismus zur Problembewältigung.

»Können wir nach Hause fahren?«, frage ich, weil mich allmählich eine bleierne Müdigkeit erfasst und ich nur noch ins Bett will.

»Wo steht dein Wagen?« Suchend sieht sie sich um.

»Daheim. Bist du nicht mit Kyles Jeep hier?« Ich sehe mich ebenfalls suchend um und halte nach dem weißen Fahrzeug Ausschau.

»Nein. Ich bin davon ausgegangen, du bist mit deinem Auto hier, und dass es nicht gerade clever ist, es in dieser Gegend stehen zu lassen«, antwortet sie und zuckt mit den Schultern.

»Und wie bist du dann hierhergekommen?« Bitte lass sie ein Taxi genommen haben, anstatt mitten in der Nacht die drei Blocks zu Fuß gegangen zu sein.

»Ich bin gelaufen«, sagt sie und macht damit meine Befürchtung wahr. Kopfschüttelnd ziehe ich mein Handy aus der Hosentasche.

»Okay, ich rufe uns ein *Uber.*«

»Oder wie gehen die paar Meter zu Fuß«, wirft sie ein und setzt sich bereits in Bewegung.

Seufzend stecke ich das Smartphone wieder zurück und schließe zu ihr auf. Ein Spaziergang ist so ziemlich das Letzte, worauf ich Lust habe, aber mir fehlt die Energie, mit Bree darüber zu diskutieren.

Schweigend gehen wir nebeneinanderher, beide in unsere Gedanken vertieft. Als sie die Arme um ihren Körper schlingt, schäle ich mich aus meiner Trainingsjacke und lege sie ihr wortlos und ohne meinen Schritt zu verlangsamen um die Schultern. Sofort schlüpft sie hinein und zieht den Reißverschluss zu. Die Jacke ist ihr mindestens drei Nummern zu groß und sorgt dafür, dass ihr Outfit noch schräger wirkt. Ich verkneife mir ein Grinsen. Lächelnd sieht sie zu mir auf. Jetzt grinse ich doch.

Wir sind noch einen Block von zu Hause entfernt, da bleibt Bree plötzlich stehen. Als sie seufzt, wende ich mich ihr zu und hebe fragend eine Augenbraue.

»Mal angenommen, ich hätte eine Idee, wie du die Dinge in deinem Kopf sortiert bekommst, würdest du dich darauf einlassen?« Die Vorsicht, die in ihrer Stimme mitschwingt, wenn sie ihrer Meinung nach eine Grenze übertritt, gibt mir jedes Mal das Gefühl, ein unsensibler Arsch zu sein. Vor allem, weil Bree normalerweise wirklich nicht auf den Mund gefallen ist und niemanden mit Samthandschuhen anfasst.

Vermutlich werde ich es bereuen, aber im Grunde habe ich auch nichts zu verlieren. »Ja.«

Ihre Augen werden groß. Mit dieser Antwort hat sie nicht gerechnet. »Gut. Dann haben wir eine Abmachung.« Sie setzt sich wieder in Bewegung und ich starre ihr ungläubig nach.

Will sie mich jetzt einfach so in der Luft hängen lassen? Und schon wieder eile ich ihr hinterher.

»Wartest du nun auf den richtigen Zeitpunkt, bis du mit deinem grandiosen Plan um die Ecke kommst?«

»Ja, genau das habe ich vor.«

Na großartig. Wenn ich etwas nicht ausstehen kann, dann Überraschungen.

# 41

**Bree**

Seit ich Nick aus der Bar abgeholt habe, sind zwei Wochen vergangen. Er geht mir zwar nicht mehr aktiv aus dem Weg, hält mich aber nach wie vor auf Distanz. Unser Miteinander beschränkt sich auf das *Barneys*, wenn er sich seine Dosis Kaffee holt, verbunden mit einer Runde belanglosem Small Talk und gelegentlichen gemeinsamen Abenden auf der Couch. Inzwischen weiß ich sogar, wie man den Controller der Playstation bedient. Nick hat mich letzte Woche bei dem Versuch erwischt, mich mit der Technik vertraut zu machen, und sich erbarmt, mir einen Crashkurs zu geben. Ich bin zwar eine Niete in *Mario Kart*, aber Nick erweist sich als sehr geduldig und lässt mich hin und wieder gewinnen, damit ich den Spaß an der Sache nicht verliere.

Ohne je darüber gesprochen zu haben, sind wir nicht wie von mir erhofft in der Lovezone, sondern in der Friendzone gelandet. Nicht gerade das, was ich mir zwischen uns vorgestellt habe, aber es ist die einzige Art von zwischenmenschlicher Interaktion, die für uns funktioniert, ohne dass Nick in alte Verhaltensmuster fällt und das Weite sucht. Manchmal ertappe ich ihn dabei, wie er mich sehnsüchtig ansieht, also habe ich die Hoffnung noch nicht aufgegeben, dass wir irgendwann gemeinsam in den Sonnenuntergang reiten. Statt der Holzhammermethode setze ich nun doch auf das Step-by-Step-Prinzip. Auch wenn die Schritte winzig sind, ist ein Fortschritt erkennbar. Seine Miene hellt sich immer ein bisschen auf, wenn er mich bei meiner morgendlichen Tanzeinheit zu den Klängen von Shawn Mendes entdeckt. Allgemein scheine ich ihm weniger auf die Nerven zu gehen. Er gewöhnt sich allmählich an mich und die Veränderungen, die ihm ganz offensichtlich in den letzten Wochen über den Kopf gewachsen sind.

Von Kyle weiß ich, dass der Coach ihn immer noch auf der Bank sitzen lässt. Er selbst hat direkt abgeblockt, als ich ihn danach gefragt habe. Das ist ein Thema, das er mit sich selbst ausmacht. Wenn ich eins in den letzten Wochen über Nick gelernt habe, dann, dass er verdammt stur ist. Wenn er etwas nicht will, macht er es auch nicht. Egal wie sehr man versucht, ihn dazu zu provozieren oder ihn hinter seiner Mauer hervorzulocken.

Allgemein ist er nicht der Typ der vielen Worte. Mein Wagen stand letzten Mittwoch ohne Vorwarnung auf dem Parkplatz vor dem Haus. Den Schlüssel hat er einfach auf mein Bett gelegt und ich habe mich in einer Kurznachricht bei ihm bedankt.

In der Zwischenzeit habe ich jede freie Minute damit verbracht, meinen Plan in die Tat umzusetzen. Jolee habe ich vor ein paar Tagen von meiner Idee erzählt.

»Hast du alles?«, fragt sie, als ich den Rucksack im Kofferraum verstaue.

»Ja. Deine Liste zum Abhaken ist äußert hilfreich gewesen«, lächle ich sie an. Wenn es darum geht, Dinge zu organisieren, ist Jolee um einiges strukturierter als ich. Ohne sie hätte ich sicher vergessen, die Hälfte einzupacken.

»Okay, Kyle hat geschrieben, dass ihre Teambesprechung gerade angefangen hat. Du solltest also langsam los.«

Mit einem dumpfen Knall schließe ich die Heckklappe meines alten Fords. »Wünsch mir Glück«, sage ich und nehme meine Freundin zum Abschied in den Arm.

»Viel Glück. Wir sehen uns Sonntag.« Bevor ich in meinen Wagen steige, atme ich einmal tief durch. Mit etwas Pech zeigt er mir einen Vogel, wenn ich ihm meinen Vorschlag unterbreite, aber im besten Falle lässt er sich darauf ein.

Fünfzehn Minuten später erreiche ich das Trainingsgelände und bin nicht mehr so überzeugt von meinem Plan, als ich neben Kyles Jeep einparke. Kneifen ist dennoch keine Option. Als die ersten Spieler aus dem Gebäude kommen, steige ich aus dem Wagen und laufe ausgerechnet Jonah in die Arme.

»Hey, was machst du denn hier? Haben wir ein Date?« Er strahlt mich so breit an, dass es mir fast schon unangenehm ist. Im Psychologiekurs ist der Platz neben mir inzwischen zu seinem Stammplatz geworden und das *Barneys* zu seinem zweiten Zuhause. Dass er auf mich steht, versucht er nicht einmal zu verbergen. Und das, obwohl er sich mehr als einen Korb von mir eingefangen hat. Jonah Hall ist extrem hartnäckig und das auf eine absolut charmante Art und Weise.

»Netter Versuch, aber nein, ich bin nicht deinetwegen hier.«

Grinsend schüttelt er den Kopf. »Was hat der Kerl, was ich nicht habe?«

Selbst wenn ich wollte, ich könnte ihm die Frage nicht beantworten. Jonah ist großartig, aber lässt mein Herz nicht höherschlagen.

Als Antwort zucke ich lediglich entschuldigend mit den Schultern und richte meinen Blick wieder auf das Gebäude. Nick kommt gerade mit den anderen Jungs durch die Tür. Als hätte er mich bemerkt, wandert sein Blick in meine Richtung. Sein Schritt verlangsamt sich, als er Jonah neben mir entdeckt. Am liebsten würde ich Jonah von der Bildfläche schubsen, weil er mit seiner Anwesenheit meine Pläne durchkreuzt. Ausgerechnet Sam kommt mir zu Hilfe, indem er Jonah zu sich ruft. Als unsere Blicke sich treffen, hebt er kurz die Hand und lächelt. Er hat das, was er im *Barneys* gesagt hat, also wirklich ernst gemeint.

»Sorry, der Boss ruft. Wir sehen uns«, verabschiedet sich Jonah und macht sich aus dem Staub. Sofort sehe ich wieder zu der Gruppe, die sich auf mich zubewegt. Phoenix zwinkert mir zu und zieht River hinter sich her, als dieser mich statt Phoenix' Sportwagen ansteuert. Mase winkt kurz, bevor er in den Wagen steigt, der bereits auf ihn gewartet hat.

»Hey«, sage ich, als die drei anderen vor mir stehen.

»Bist du falsch abgebogen?«, feixt Jay und schielt zu Nick. Kyle hat sicher allen gesteckt, was ich vorhabe. Stellt sich nur die Frage, ob sie sich gerade in Sicherheit gebracht haben oder uns die nötige Privatsphäre verschaffen wollen.

»Jay, steig ein. Nick, du fährst bei Bree mit.« Im nächsten Moment schiebt Kyle Jay zu seinem Wagen und wirft mir ein ermutigendes Lächeln zu.

»Was?«, entfährt es Nick, als ihm bewusst wird, was sein Freund da gerade gesagt hat.

»Wir machen einen Ausflug«, kläre ich ihn auf. Er sieht mich an, als würde er jeden Augenblick in schallendes Gelächter ausbrechen. »Du erinnerst dich an unsere Abmachung, um das Chaos in deinem Kopf zu sortieren?« Nach einem kurzen Zögern nickt er und geht zur Beifahrerseite meines Fords. Seine Sporttasche landet auf der Rückbank.

»Worauf wartest du, Glückskeks?«, fragt er und steigt ein. Erleichtert atme ich aus und eile um den Wagen herum. Sobald ich auf dem Fahrersitz Platz genommen habe, werde ich nervös. Ich hatte eindeutig mit mehr Widerstand gerechnet und mir bereits eine Million Argumente zurechtgelegt, um ihn von meinem Vorschlag zu überzeugen.

»Okay, dann los«, sage ich mehr zu mir selbst als zu ihm und suche seinen Blick, um herauszufinden, was gerade in ihm vorgeht. Wie immer verzieht er keine Miene und lässt mich im Dunkeln stehen.

»Verrätst du mir, wo es hingeht?«, will er wissen.

»Nein«, antworte ich, weil ich befürchte, er könnte direkt aus dem Auto flüchten, wenn ich ihm unser Ziel verrate.

»Das habe ich geahnt«, seufzt er und lässt den Kopf gegen die Nackenstütze sinken.

Für die nächsten zehn Minuten herrscht absolute Stille im Wagen, während ich uns durch die Straßen von Charlottesville chauffiere. Um für etwas mehr Lebendigkeit zu sorgen, stelle ich das Radio an. Nick hat es tatsächlich wieder zum Laufen gebracht. Kyle hat mir ein paar Tipps gegeben, welche Musik Nick gerne hört, und mir dabei geholfen, eine Playlist zusammenzustellen.

»Kein Shawn Mendes?«, fragt er und lacht leise.

»Nein, heute nicht, außer du würdest gerne Shawni hören?«, necke ich ihn.

»Nur über meine Leiche«, erwidert er.

»Das lässt sich einrichten«, antworte ich trocken, was ihn erneut zum Lachen bringt. Ich sehe das einfach mal als ein gutes Zeichen, dass er entspannt zu sein scheint.

»Also, Glückskeks, raus mit der Sprache, wohin entführst du mich?«, fragt er, als wir Charlottesville hinter uns lassen.

»Wir gehen campen«, weihe ich ihn ein.

»Campen?« Er klingt etwas entsetzt und sofort überkommen mich Zweifel, ob meine Idee wirklich so grandios ist, wie ich in den letzten Tagen gedacht habe. »Das erklärt dein Outdooroutfit«, fügt er nun etwas gefasster hinzu.

»Die richtige Ausrüstung ist entscheidend.«

»Warte mal. Wir campen wirklich? Mit Zelt und so?«

»Kann man auch nicht richtig campen?«

»Keine Ahnung, aber im Gegensatz zu dir habe ich lediglich ein paar dreckige Sportklamotten in meiner Tasche.« Auch daran habe ich natürlich gedacht.

»Ich habe alles dabei, was du brauchst«, versuche ich ihn zu beruhigen.

»Du warst an meinem Kleiderschrank?« Sein Ton wird tatsächlich etwas schärfer. Okay, damit ist er nicht einverstanden, aber in der Angelegenheit wasche ich meine Hände in Unschuld. Ich habe ganz sicher nicht in seinen Calvin-Klein-Boxershorts herumgewühlt.

»Nein, den Part hat Jolee übernommen. Sie hat ein paar Sachen für dich zusammengepackt.«

Er stößt laut die Luft aus. »Ich bin mir gerade nicht sicher, wer von euch den größeren Dachschaden hat.«

»Verdammt, jetzt habe ich die Ausfahrt verpasst«, fluche ich und Nick lacht.

»Das kann ja heiter werden.«

In den nächsten zehn Minuten kommt natürlich keine Wendemöglichkeit und eine alternative Route habe ich mir vorher nicht herausgesucht. Aber Nick hat sichtlich Spaß, denn er stichelt in einer Tour. Genervt halte ich am Straßenrand und beuge mich zu ihm, um die Straßenkarte aus dem Handschuhfach zu nehmen.

»Du weißt aber schon, wozu es Navis gibt, oder?«, feixt er, als ich die Karte auseinanderfalte und versuche, mich darauf zu orientieren.

»Klar, dank GPS würde man auch sofort wissen, wo ich deine Leiche vergraben habe. Also vergiss es.«

»Hast du an eine Schaufel gedacht?«, zieht er mich weiter auf und ich werfe ihm einen bösen Blick zu.

»Gib mal her, Glückskeks.« Auffordernd streckt er mir seine Hand entgegen.

»Ich bekomme das schon hin«, versichere ich ihm. Sobald ich herausgefunden habe, wo genau wir gerade sind. Ich schaue aus dem Fenster und sehe nichts als endlose Weite. Ein Straßenschild wäre wirklich hilfreich.

»Das bezweifle ich nicht, die Frage ist nur, ob es noch vor Einbruch der Dunkelheit etwas wird. Wärst du also so freundlich, mir die Karte zu reichen?« Da er damit eventuell recht haben könnte, drücke ich ihm die Straßenkarte in die Hand.

»Okay, verrätst du mir jetzt noch, wo genau wir hinwollen, damit ich eine Route heraussuchen kann?«

»Rivanna Reservoir.«

»Nicht dein Ernst? Wir sind in die völlig falsche Richtung gefahren«, prustet er los.

»Vielleicht verfüge ich über keinen besonders gut ausgeprägten Orientierungssinn.« Verdammt, ich hätte mir die Route notieren sollen.

Nick faltet die Karte zusammen und steigt aus dem Wagen. Okay, was wird das jetzt? Hat er die Nase voll und läuft in die Stadt zurück? Im nächsten Augenblick öffnet sich die Fahrertür.

»Ab hier übernehme ich das Steuer, sonst landen wir am Ende noch in North Carolina.« Wir tauschen die Plätze und Nick bringt uns zurück auf die Straße.

# 42

**Nick**

Ich fasse es nicht, dass ich mit Bree in ihrer alten Karre sitze und zum Campen fahre. Die Frau ist wirklich unmöglich und ich bin übergeschnappt, wenn ich es ernsthaft in Betracht ziehe, mir mit ihr ein Zelt zu teilen. Gerade jetzt, wo ich so etwas wie ein Gleichgewicht zwischen allen Faktoren in meinem Leben gefunden habe, lasse ich mich auf so einen Quatsch ein. Aber Abmachung ist Abmachung.

Die Musik wechselt von Rock zu Shawn Mendes. Sofort habe ich Bree vor mir, wie sie zum Takt die Hüften schwingt. Auch wenn ich es ungern zugebe, aber sie hat recht. Täglich einen Song lang zu tanzen, hebt die Stimmung. In meinem Fall bedeutet das nicht, dass ich heimlich das Tanzbein schwinge, sondern mir Brees morgendliche Vorstellung gönne und es einen Passiv-Glücklichsein-Effekt auslöst. Ich würde sogar so weit gehen und sagen, dass ihre Art, mir auf die Nerven zu gehen, zu meiner Routine geworden ist, und ich etwas aus meiner Struktur falle, sobald Bree nicht in meiner Nähe ist. Vermutlich ergibt das für niemanden außer mich Sinn.

»Sorry. Die Playlist, die ich für dich zusammengestellt habe, ist zu Ende. Soll ich sie von vorne starten?«

»Nein, schon okay.« Wir sind ohnehin nur noch wenige Minuten vom Rivanna Reservoir entfernt, die werde ich mit Shawn schon überstehen. Bree lässt es sich natürlich nicht nehmen mitzusingen.

Drei Songs später biege ich auf den gut gefüllten Parkplatz für die Besucher des Geländes ein. Bree steigt sofort aus dem Wagen, während ich einen Moment zögere und kurz durchatme. Hoffentlich hat sie unseren Aufenthalt besser geplant als die Anfahrt. Ich ziehe mein Handy aus der Tasche. Kein Netz. Großartig.

»Weiß jemand, wo wir sind?«, frage ich, nachdem ich aus dem Wagen gestiegen bin und mich kurz umgesehen habe.

»Ja, Jolee und Kyle, warum?« Na Gott sei Dank.

»Falls wir uns bei deinen Orientierungskünsten verlaufen, schickt hoffentlich einer der beiden einen Suchtrupp los.« Den Seitenhieb kann ich mir einfach nicht verkneifen.

»Haha, sehr witzig, Mitchell.« Sie öffnet den Kofferraum und hievt einen riesigen Rucksack heraus. Ich eile ihr zu Hilfe, weil ich befürchte, sie könnte jeden Augenblick mit dem Monstrum umkippen.

»Gib her, ich nehme den.« Dann werfe ich einen Blick in den Kofferraum. »Das nehmen wir aber nicht alles mit, oder?« Keine Ahnung, wie sie sich vorgestellt hat, wie wir all das transportieren, aber ich werde ganz sicher nicht bepackt wie ein Esel durch den Wald marschieren.

»Das ist nur das Nötigste«, sagt sie und befördert einen weiteren Rucksack aus dem Wageninneren.

»Glückskeks, das ist ein ganzer Hausstand. Wie lange hast du geplant, dass wir in der Wildnis campen?« Bevor sie antwortet, habe ich bereits den Rucksack geöffnet und werfe einen Blick hinein.

»Nur bis Sonntag.« Misstrauisch beobachtet sie, wie ich die Sachen auspacke.

»Hast du zufällig auch einen Generator eingepackt oder liegen im Wald inzwischen Stromleitungen?«, frage ich, als ich einen Föhn in die Hände bekomme.

»Ich habe keine Ahnung, wie der in meinem Gepäck gelandet ist«, sagt sie und kann sich ein Grinsen nicht verkneifen. Kurzerhand kippe ich den Inhalt des Rucksacks in den Kofferraum.

»Was machst du da?«, fragt sie leicht panisch.

»Ballast loswerden«, antworte ich knapp und beginne zu sortieren, was notwendig und was überflüssig ist. Die Frau hat für zwei Tage ihren halben Kleiderschrank eingepackt.

»Was ist hier drin?«, will ich wissen, als ich ein kleines Täschchen entdecke.

»Notfallkit.«

»Und hier?«

»Make-up«, antwortet sie.

Kopfschüttelnd packe ich die Kosmetiktasche auf den Unnötig-Stapel, genau wie ein Paar Schuhe und diverse Kleidungsstücke. Bei der Unterwäsche zögere ich einen Augenblick. Nicht, weil sie die nicht braucht, sondern weil ich der Letzte bin, der sie in die Hand nehmen sollte. Ich kann Brees herausforderndes Grinsen regelrecht spüren. *Na, Mitchell, was machst du jetzt?* Ohne dem Ganzen groß Beachtung zu schenken, greife ich nach einigen Teilen und lege sie auf den Mitnehmen-Stapel.

»Auf gar keinen Fall!«, sagt Bree und schiebt mich beiseite. »Das passt überhaupt nicht zusammen.« Verwirrt sehe ich sie an. Als sie meinen Blick bemerkt, hält sie mir tatsächlich ein Höschen und einen BH vor die Nase. Ich habe keine Ahnung, was sie mir damit sagen will.

»Ich kann dir nicht folgen, Glückskeks. Beide Teile sind schwarz, also warum passen sie nicht zusammen?«

»Es gibt einen Grund, warum die Modeindustrie zu einem BH den passenden Slip verkauft.«

»Der da wäre?« Eine Diskussion auf einem Parkplatz über Unterwäsche anzetteln, kann wirklich nur Bree O'Donell.

»Stell dir vor, ich stehe nur in Unterwäsche vor dir.« Sie macht eine Pause, damit ich genug Zeit habe, mein Kopfkino einzuschalten. Verdammt, dieses Bild ist nicht gerade hilfreich, wenn man beabsichtigt, sich für die nächsten zwei Nächte gemeinsam in ein Zelt zu quetschen. »Gut. Trage ich jetzt in deiner Vorstellung diesen traumhaft schönen schwarzen Spitzen-BH in Kombination mit diesem langweiligen Slip?«

In meiner Vorstellung trägt sie weder das eine noch das andere, aber das behalte ich für mich. »Keine Ahnung. Für gewöhnlich hat eine Frau in meiner Gegenwart ihre Unterwäsche nicht lange genug an, um das zu thematisieren.« Fuck! Für die Steilvorlage würde ich mir gerne selbst einen Schlag auf den Hinterkopf verpassen.

»Na, wenn das so ist, gehört die dann eher auf den Stapel für unnötigen Ballast«, sagt sie bittersüß und sortiert sie aus.

Was? Nein! Das kann sie mir nicht antun. Sie nimmt sich den Rucksack und packt ihn neu, während ich entsetzt dabei zusehe. Anschließend setzt sie ihn sich auf und drückt mir den anderen Rucksack sowie das Zelt und eine Kühlbox in die Hand. Von der Rückbank holt sie einen zusammengerollten Schlafsack. Einen, nicht zwei. Die Frau will mich wirklich umbringen. Wir beide in einem Schlafsack mit dem Wissen, dass sie keine Unterwäsche trägt. Kann ein Gruß aus der Hölle schöner sein?

»Wenn dann jetzt so weit alles klar ist, können wir ja los.«

Eigentlich ist überhaupt nichts klar. Wir sollten dringend ein paar Regeln für diesen Trip aufstellen, bevor die soliden Mauern unserer Friendzone Risse bekommen. Bree gibt mir allerdings keine Chance, es anzusprechen, da sie einfach losmarschiert.

Seufzend setze ich mich ebenfalls in Bewegung und schließe zu ihr auf. Ich hoffe sehr, sie hat sich vorab überlegt, wo sie unser Lager aufschlagen will, und wir irren nicht für die nächsten Stunden auf dem Gelände herum. Darf man hier überhaupt campen? Die Gegend ist zwar ein beliebtes Ausflugsziel und meines Wissens gibt es auch einige Campingplätze, aber mein Gefühl sagt mir, Bree hat nicht vor, dort einzukehren, denn dann hätten wir direkt mit dem Auto hinfahren können und würden keinen Fußmarsch hinlegen.

Vor einem Wegweiser bleibt sie stehen und liest ihn aufmerksam. Dann schlägt sie den Pfad nach rechts ein, der irgendwo im Nichts zu enden scheint und nicht wie der linke als Rundgang ausgeschildert ist.

»Ich glaube, ich war mit siebzehn das letzte Mal campen«, sage ich, um das Schweigen, das plötzlich zwischen uns herrscht, zu unterbrechen. Das Rauschen der Blätter macht mich eher nervös, als dass es mich beruhigt. Schon als Kind habe ich diese Art der Stille, die in einem Wald herrscht und eigentlich gar keine ist, nicht gemocht. Ständig raschelt es oder es knacken Zweige. Immer wieder ertappe ich mich dabei, wie ich mich umsehe, um mich zu vergewissern, dass kein Tier zwischen den Bäumen hervorspringt. Ich bin durch und durch ein Stadtmensch. Campen war immer mehr Jolees Ding. Wahrscheinlich hat sie Bree auf die bescheuerte Idee gebracht. Warum genau lasse ich mich eigentlich auf diesen Mist ein?

*Weil ihr eine Abmachung habt und du dir vorgenommen hast, dich ihr gegenüber nicht mehr wie ein Arsch zu benehmen*, erinnert mich netterweise die nervtötende Stimme in meinem Kopf.

»Ich war noch nie zelten«, sagt Bree zu meiner Überraschung und bestätigt damit meinen Verdacht, dass meine Schwester mal wieder ihre Finger im Spiel hat.

»Wirklich? Auch nicht mit deinen Eltern? Ich habe meine dafür gehasst, dass sie jahrelang mit uns zum Campen gefahren sind, um uns die Natur näherzubringen, statt in ein Hotel zu gehen. Das war so öde.«

»Hat sich nie ergeben, sie sind immer sehr beschäftigt«, sagt sie in einem Ton, der mir an ihr fremd ist. Bree ist eine Nervensäge, eine Little Miss Sunshine, die oft überdreht ist, aber ich kann mich nicht erinnern, dass sie je traurig geklungen hat. Sie ist ein Glückskeks, voller positiver Sprüche, die einem ein gutes Gefühl geben. Aus keinem anderen Grund habe ich ihr diesen Spitznamen verpasst. Ich würde wirklich gerne nachhaken, wie ihre Familie so ist, aber ich kneife. Es ist einfacher, sich jemanden vom Leib zu halten, wenn man die Seiten der Person, die in einem selbst emotional etwas auslösen, nicht kennt.

»Dann wird es Zeit für dein erstes Mal.« Erst als ihr Kopf in meine Richtung schnellt, wird mir bewusst, wie das gerade geklungen hat. Leider ruft dieser Gedanke auch Sam auf den Plan. Noch so ein Thema, bei dem ich gerne nachhaken würde, weil es mich seit meinem unfreiwilligen Pinkeldate mit Campell beschäftigt.

»Was hältst du davon, wenn wir unser Lager da drüben aufschlagen?«, frage ich, als ich eine kleine Lichtung entdecke.

»Sieht nett aus, also warum nicht.«

Nur wenige Augenblicke später lässt sich Bree ächzend auf einem umgekippten Baumstamm nieder. »Viel länger hätte ich auch nicht mehr laufen können, meine Füße bringen mich um.« Ein Lachen entfährt mir.

»Du bist mir ja eine Camperin. Wir sind nicht mal eine halbe Stunde unterwegs und du hängst schon durch.« Ich setze den Rucksack ab und lockere meine Schultern, dann sehe ich mich nach einer Stelle um, an der wir das Zelt aufbauen können.

»Wo hast du das ganze Zeug überhaupt her?«, will ich wissen, weil ich mir nicht vorstellen kann, dass sie für unseren Trip all die Dinge gekauft hat.

»Von Eden. Sie ist regelmäßig in der Natur unterwegs, um Sonnenaufgänge zu malen«, erklärt sie, während sie sich die Schuhe auszieht und beginnt, ihre Füße zu massieren.

Als ich einen geeigneten Platz für das Zelt gefunden habe, packe ich es aus und versuche mir ins Gedächtnis zu rufen, wie man es aufbaut. Als Erstes verschaffe ich mir einen Überblick über die Einzelteile.

»Sieht kompliziert aus«, stellt Bree fest, die plötzlich neben mir steht und skeptisch auf das Sammelsurium aus Streben und Stoff herabblickt.

»Wir bekommen das schon hin.« Hoffe ich jedenfalls, sonst wird es eine Nacht unter freiem Himmel. Klingt zwar romantisch, ist es aber sicher nicht. Allein bei der Vorstellung, mir könnte nachts Ungeziefer übers Gesicht rennen, stellen sich meine Nackenhaare auf. Also greife ich nach zwei Stangen und stecke sie ineinander.

Fünfzig Minuten und eine Schimpftirade später steht das Ding und ich klopfe mir den Dreck von der Hose, nachdem ich den letzten Hering im Boden versenkt habe.

»Und du glaubst, das hält?« Bree legt ihren Kopf schräg und betrachtet unser Werk eingängig.

»Warum sollte es nicht?«

»Ich weiß nicht, es sieht irgendwie schief aus.« Sie macht zwei Schritte auf das Zelt zu und wackelt daran, um die Stabilität zu überprüfen.

»Steht der Schiefe Turm von Pisa noch?«, necke ich sie und hole den Doppelschlafsack. Ich öffne den Reißverschluss und krieche in das mickrige Innere. Die Dinger habe ich eindeutig komfortabler in Erinnerung.

»Gemütlich.« Ich fahre herum, als Bree hinter mir durch die Öffnung krabbelt. »Ich schlafe rechts, nur damit das schon mal geklärt ist.«

»Von mir aus. Und was hast du für unseren Aufenthalt in der Wildnis geplant?«, frage ich und rücke in eine Ecke, um etwas mehr Abstand zwischen uns zu bringen.

»Marshmallows«, antwortet sie grinsend.

»Also das volle Programm. Singen am Lagerfeuer, nach Sternschnuppen am Nachthimmel Ausschau halten und gegrillter Süßkram?«

»Genau.« Weil sie mich voller Begeisterung anstrahlt, schlucke ich den Kommentar herunter, der mir auf der Zunge liegt.

# 43

**Bree**

Immer wieder huscht mein Blick zu Nick, während wir zwischen den Bäumen nach geeigneten Ästen suchen. Dabei bewegen wir uns nie mehr als zwanzig Meter vom Zelt weg.

»Was ist mit dem hier?«, frage ich bereits zum zehnten Mal und halte einen Stock in die Luft. Nick, der sich gerade nach einem Ast gebückt hat und mir damit einen fantastischen Blick auf seinen Hintern gewährt, richtet sich auf und sieht zu mir herüber.

»Willst du mich das wirklich bei jedem Stück Holz fragen?« Sein Ton klingt zwar genervt, aber mir entgeht das amüsierte Zucken seiner Mundwinkel nicht. Das hier macht ihm weitaus mehr Spaß, als er je zugeben würde.

»Ja, sonst hältst du mir später vor, ich hätte schlechte Qualität abgeliefert und wäre schuld, wenn das Feuer nicht brennt«, erwidere ich und bücke mich nach einem weiteren Ast. »Nick?«, rufe ich, als ich mich umsehe und ihn nirgends entdecken kann. »Nick!«, brülle ich lauter, als er mir nicht antwortet. O Gott! In Horrorfilmen fallen Camper häufig dem Killer zum Opfer. Plötzlich kommt mir meine grandiose Idee nicht mehr so sensationell vor. Nicht, dass mir bekannt wäre, dass sich in dieser Gegend solche Fälle zugetragen hätten. Aber irgendjemand ist immer der Erste auf der Liste eines Serienkillers.

»Nick, das ist nicht lustig!«, rufe ich nun leicht panisch.

»Komm mal her, Glückskeks«, ertönt seine Stimme rechts von mir. Sofort setze ich mich in Bewegung, weil mutterseelenallein in einem Wald herumzustehen nicht so wohltuend ist, wenn die Fantasie mit dir durchgeht und du dich in einem Stephen-King-Szenario wiederfindest.

»Hast du Badesachen eingepackt?«, fragt er, als ich zwischen den Bäumen hervortrete. Mir klappt der Mund auf. Damit habe ich nicht gerechnet. Beim

Anblick des glitzernden blauen Wassers inmitten von Bäumen rücken meine Massaker-Fantasien augenblicklich in den Hintergrund.

»Nein, habe ich nicht, und das Wasser ist sicher eiskalt.«

Nick schlüpft aus seinen Schuhen, zieht sich die Socken aus und krempelt die Hosenbeine seiner Trainingshose hoch. Sicherheitshalber holt er sein Handy aus der Tasche und steckt es in seine Schuhe. Mit wenigen Schritten steht er fast knietief im See.

»Zum Baden ist es eindeutig zu kalt«, sagt er und stakst durch das Wasser. »Fuck!«, schreit er, als er wegrutscht und mit einem leisen Platschen im Wasser verschwindet. Auch wenn ich es wirklich nicht will, breche ich in schallendes Gelächter aus, als er wieder auftaucht und laut flucht.

»Alles okay?«, frage ich, da er keine Anstalten macht, aus dem Wasser zu kommen.

»Ich glaube, ich habe mir den Fuß verstaucht«, sagt er ernst und versetzt mich damit sofort in Panik. Wenn er sich auf diesem Trip verletzt, dann ist das meine Schuld.

»Schaffst du es allein ans Ufer?«

»Nein, ich befürchte nicht.« Großartig!

»Bleib, wo du bist!«, weise ich ihn an. Eilig schlüpfe ich ebenfalls aus meinen Schuhen, entledige mich meiner Strümpfe und kremple die Hosenbeine hoch, um ihm zu Hilfe zu eilen. Als meine nackten Füße das Wasser berühren, zucke ich zusammen. Verdammt, ist das kalt!

Viel zu spät bemerke ich das unterdrückte Grinsen auf seinem Gesicht. Bevor ich mich zurück ans Ufer retten kann, hat er mich gepackt und lässt sich rückwärts in den See fallen. Ich klammere mich an ihm fest, als das Wasser uns umhüllt.

»Sehr witzig, Mitchell«, schimpfe ich, nachdem ich japsend nach Luft geschnappt habe. Er lacht und schüttelt sich das Wasser aus seinen dunklen Locken. Mit beiden Händen wringe ich meine tropfnassen Haare aus.

»Komm schon, Glückskeks, das war irgendwie lustig. Du hättest dein Gesicht sehen sollen«, feixt er und schlägt den Weg zum Ufer ein. Sein weißes Shirt klebt an seinem muskulösen Oberkörper und entlockt mir ein sehnsüchtiges Seufzen. Er wirft einen Blick über die Schulter und lächelt wissend. Dann zwinkert er mir vielsagend zu.

Hätte ich mich nicht längst bis über beide Ohren in ihn verknallt, dann würde es spätestens jetzt passieren. Weil das in einem kitschigen Film die Szene wäre, wo sich die hoffnungslos romantische Hauptdarstellerin in den Typen mit der harten Schale und dem weichen Kern verliebt. Ich wünschte wirklich, jemand hätte ein weniger kompliziertes und langatmiges Drehbuch mit Happy-End-Garantie für uns geschrieben.

Als ich das Ufer erreiche, klappern meine Zähne vor Kälte aufeinander und ich schlinge die Arme fest um meinen nassen Körper. Nick ist bereits in seine Schuhe geschlüpft und mustert mich stirnrunzelnd.

»Sorry, das war eine bescheuerte Idee. Meinetwegen holst du dir noch eine Lungenentzündung«, sagt er sichtlich bedröppelt.

»Sollte es so kommen, erwarte ich, dass du zur Strafe den Krankenpfleger spielst und mir Hühnerbrühe ans Bett bringst«, ziehe ich ihn auf und versuche, das Klappern meiner Zähne zu unterdrücken, während ich ebenfalls meine Schuhe anziehe.

»Abgemacht«, antwortet er, ohne eine Spur Schalk in der Stimme. Er meint es völlig ernst. Jetzt wünsche ich mir, ich würde wirklich eine Erkältung bekommen. »Los! Legen wir uns trocken.« Ohne jede Vorwarnung macht er einen Schritt auf mich zu, greift nach meiner Hand und zieht mich sanft, aber bestimmt hinter sich her.

Sobald wir unser Lager erreicht haben, lässt er mich los, holt seinen Rucksack aus dem Zelt und schiebt mich in Richtung Eingang. »Raus aus den Klamotten.«

»Was, hilfst du mir diesmal nicht?«, necke ich ihn und spiele damit auf die Aktion auf dem Downtown-Mall-Parkplatz an.

Ein sehnsüchtiger Ausdruck, den ich nur zu gut nachvollziehen kann, macht sich auf seinem Gesicht breit. Die Sehnsucht nach ihm ist inzwischen zu meinem stetigen Begleiter geworden, den ich mit allen Mittel zu verstecken versuche. Mehr als einmal habe ich darüber nachgedacht, ihm einfach meine Gefühle zu gestehen, um mit mir selbst reinen Tisch zu machen. Allerdings ist das einfacher gedacht als getan. Nick scheint ein Gespür dafür entwickelt zu haben, automatisch so viel Abstand zu suchen, dass ein ganzer Bundesstaat zwischen uns passen würde, wenn ich mich auf ihn zubewege. Dennoch versuche ich es, auch auf die Gefahr hin, wieder einmal an der Barriere zu scheitern, die er um sich herum errichtet hat.

»Nein«, schleudert er mir regelrecht entgegen und stapft davon, sobald ich die Distanz zwischen uns verringere. Es ist wirklich zum Verrücktwerden. Wenn ich mir nicht sicher wäre, dass er etwas für mich empfindet, hätte ich längst aufgegeben, diese Schlacht gewinnen zu wollen. Mein Blick heftet sich an seine Rückansicht und ich ertappe mich dabei, wie ich ihn beim Entledigen seiner Kleidung beobachte. Bei dem Anblick seiner Boxershorts, mit einem mir sehr bekannten Schriftzug, könnte ich heulen. Es ist so tragisch, wie es komisch ist.

»Bree!«, hallt seine Stimme ermahnend zu mir herüber. Er weiß genau, dass ich hier stehe und ihn anstarre, als wäre er meine persönliche Peepshow. Widerwillig beende ich mein Schmachten und krabbele in das Zelt, um mich umzuziehen.

Wenige Minuten später stecke ich in trockener und warmer Kleidung. Nick hat seine nassen Sachen auf ein paar Ästen aufgehängt und ich hänge meine dazu. Mit dem Handy in der Hand sitzt er auf dem Waldboden. Als er mich bemerkt, sieht er auf. Ein Blick in sein Gesicht reicht, um zu wissen, dass die Stimmung gekippt ist.

»Ich habe vorhin am See eine alte Feuerstelle entdeckt, die wir hier aufbauen könnten, um die Marshmallows zu grillen.«

»Okay, dann bereite ich alles vor und du kümmerst dich um das Feuer.« Bewusst halte ich Abstand zu ihm, damit er eine Bree-freie-Zone hat.

Statt zu antworten, nickt er lediglich, steht auf und verschwindet in Richtung See.

Während ich die Packung Marshmallows und die kleinen Dosen mit Häppchen, die ich heute Morgen vorbereitet habe, aus dem Zelt hole, schleppt Nick einen ganzen Stapel Steine herüber und ordnet sie kreisförmig auf dem Boden an.

»Kann ich dir helfen?«, frage ich, obwohl ich die Antwort bereits kenne.

»Nein«, sagt er knapp und marschiert erneut davon. Da ich keine Ahnung habe, was ich sonst machen soll, setze ich mich auf den umgekippten Baumstamm und warte.

Die Arme voller Äste kommt er wenig später zurück. Kegelförmig schichtet er einen Teil davon in der provisorischen Feuerstelle auf. Er macht das keinesfalls zum ersten Mal.

»Hast du ein Streichholz oder so?«

»Ich? Du bist derjenige von uns, der raucht.«

»Habe es mir abgewöhnt.«

»Hast du?«, frage ich ungläubig.

»Ja, nachdem der Coach mich auf die Bank verfrachtet hat«, antwortet er, als wäre es ein Kinderspiel, sich mal eben das Rauchen abzugewöhnen. Nicht, dass ich es je musste, aber ich kann mir vorstellen, dass es einiges an Selbstdisziplin erfordert, in Stresssituationen nicht rückfällig zu werden.

»Das ist gut. Ich sehe mal nach, ob Jolee zufällig ein Feuerzeug ins Notfallkit gepackt hat. Wenn nicht, kannst du zufällig zwei Steine so aneinanderschlagen, dass Funken entstehen?«

»Sehe ich aus wie MacGyver?«

»Hängt davon ab, ob du die alte oder neue Besetzung meinst?«, ziehe ich ihn auf.

»Bree!«

»Ist ja gut, ich gehe ja schon nachsehen.« Schnell stehe ich auf und verschwinde im Zelt, um nach der kleinen Tasche zu suchen. Als ich sie gefunden habe, öffne ich sie und beginne laut zu lachen, weil mir ausgerechnet Kondome als Erstes ins Auge springen. Das meint Jolee also mit Notfallkit. Ich wühle in dem Täschchen, als Nick plötzlich den Kopf durch die Öffnung zum Inneren des Zeltes steckt.

»Und?«, fragt er ungeduldig.

»Ich suche noch.«

»Gib mal her.« Bevor ich es verhindern kann, greift er danach und kippt den Inhalt aus. Erschrocken reiße ich die Augen auf und starre ihn an.

»Interessant«, sagt er und ein Schmunzeln erscheint auf seinen Lippen, als er eins der Kondompäckchen in die Hand nimmt und genauer betrachtet.

»Das Notfallkit hat Jolee gepackt«, sage ich zu meiner Verteidigung.

»Ich weiß nicht, ob ich es amüsant oder schräg finde, dass ausgerechnet meine Schwester dir Kondome für einen Campingtrip mit mir zusteckt.« Darauf fällt mir beim besten Willen keine Antwort ein. »Ah. Streichhölzer. Taschenmesser. Perfekt«, sagt er und verschwindet aus dem Zelt.

Bevor ich zurück zur Feuerstelle gehe, packe ich die Dinge wieder in die kleine Tasche und stopfe sie in den Rucksack.

»Weib, ich habe Feuer gemacht.« Ein Lachen entfährt mir, weil er wie ein Neandertaler klingt und mit beiden Fäusten auf seiner Brust herumtrommelt. Nicks Stimmungsbarometer leidet mal wieder unter erheblichen Schwankungen.

»Erlegst du jetzt auch noch ein Mammut?«, ziehe ich ihn auf, als er sich nach einem Ast bückt und beginnt, ihn mit dem Taschenmesser anzuspitzen.

»Das Einzige, was ich hiermit erlege, sind Marshmallows«, grinst er.

# 44

**Nick**

Bis zum Einbruch der Dunkelheit haben wir es tatsächlich geschafft, das Lagerfeuer in Gang zu bekommen, und sitzen nun jeder mit einem Stock bewaffnet auf dem Baumstamm und spießen Marshmallows auf. Ich mag dieses süße, klebrige Zeug nicht, aber ich zwinge mich, wenigstens zwei davon zu essen, weil Bree so begeistert von dem Quatsch ist.

Wir beide alleine im Wald, über uns der Sternenhimmel, vor uns knisternde Flammen und Marshmallows. Diese Szene könnte einem kitschigen Film entsprungen sein. Seltsamerweise fühlt es sich gar nicht so unangenehm an, wie ich befürchtet habe. Immerhin sind meine Möglichkeiten, aus einer unangenehmen Situation zu flüchten, im Augenblick sehr eingeschränkt. Aber ich muss gestehen, ich fühle mich erstaunlich wohl und habe mir in den letzten Stunden nicht nonstop darüber den Kopf zerbrochen, wie ich mir meinen Platz im Team zurückerkämpfe. Vielleicht ist es gar nicht so schlimm, für eine Weile nicht unter dem permanenten Druck zu stehen, Leistung erbringen zu müssen, und sich stattdessen ausnahmsweise wieder auf sich selbst zu konzentrieren. Einfach mal treiben lassen und sehen, wo es hinführt. Möglichkeiten ausloten. Klingt nicht nach dem schlechtesten Plan.

»Was glaubst du, wie viele kann man davon essen, bevor einem schlecht wird?«, reißt Bree mich aus meinen Gedanken.

Ich sehe zu ihr, als sie gerade ein weiteres Marshmallow in ihren Mund schiebt. Ein Teil des Zeugs bleibt an ihren Lippen kleben und ich starre einen Augenblick zu lange darauf, als dass es von ihr unbemerkt bleibt. Sie grinst und leckt sich in einer Geste, die zensiert gehört, über die Lippen. Sie provoziert mich mit völliger Absicht und hat Erfolg damit. Meine eiserne Entschlossenheit, uns auf sicherem Terrain zu halten, kippt mit jeder Minute, die hier in der Wildnis vergeht.

»Keine Ahnung. Aber wenn du es ausprobieren willst, ich halte dir auch später beim Kotzen die Haare aus dem Gesicht«, biete ich ihr herausfordernd an.

»Wie romantisch«, antwortet sie sarkastisch und spießt demonstrativ noch ein Marshmallow auf.

»Das ist das Romantischste, das du von mir erwarten kannst«, erwidere ich und meine es absolut ernst. Kerzen, Rosenblätter und sonstiger Firlefanz sind echt nicht mein Ding.

»Romanik liegt im Auge des Betrachters. Du hast mir Geld für die Jukebox gegeben, damit ich zu Shawn Mendes tanzen kann, hast mich abgeschleppt, als ich mit dem Wagen liegen geblieben bin, hast mein Auto repariert, stellst mir deinen Fitnessraum zur Verfügung, damit ich nicht in einer zwielichtigen WG lande, und du hast Feuer gemacht, damit ich mich mit Marshmallows vollstopfen kann. Ich persönlich finde, da sind Tendenzen erkennbar«, fasst sie die Ereignisse der letzten Wochen zusammen. Wenn man es so komprimiert analysiert, bin ich erstaunlich weit von meinen anfänglichen Prinzipien, ihr nicht so viel Raum in meinem Leben zu gewähren, abgewichen. Es macht fast den Anschein, ich wäre immer zur Stelle, sobald Bree Hilfe braucht.

»Ich würde es eher reinen Eigennutz nennen. Wenn du mit Shawn beschäftigt bist, gehst du mir nicht auf die Nerven. Dein Auto habe ich repariert, damit ich nicht länger das Taxi spielen muss. Das Zimmer habe ich dir überlassen, damit mir Kyle nicht den Hals umdreht. Und aus den letzten Wochen habe ich gelernt, dass ein hungriger Glückskeks unausstehlich werden kann«, versuche ich ihre These zu widerlegen und ihren Worten die Bedeutung zu nehmen. Besser, sie interpretiert nicht zu viel in meine Handlungen hinein. Dann ist die Enttäuschung nicht so groß, wenn sie erkennt, dass ich nicht der Typ bin, für den sie mich anscheinend hält.

»Warum machst du das immer?«

»Was?«, frage ich, weil ich nicht weiß, worauf sie hinauswill.

Der Ausdruck in ihrem Gesicht ändert sich von locker-entspannt zu ernst. Okay, das ist dann wohl jetzt der Moment, in dem die unangenehmen Themen zutage befördert werden.

»Dich und deine Taten abwerten? Machst du das absichtlich?«

»Ich reduziere lediglich die Erwartungshaltung an meine Persönlichkeit. Das hält den Schaden geringer, wenn sich herausstellt, dass ich nicht der nette Kerl von nebenan bin«, antworte ich schulterzuckend.

»Nein, das ist Bullshit und das weißt du. In erster Linie verhinderst du damit, dass du die Menschen zu nah an dich heranlassen musst, und gehst damit der Möglichkeit aus dem Weg, verletzt zu werden«, widerspricht sie mir und stellt damit etwas in den Raum, über das ich so noch nie nachgedacht habe. Bin ich verletzt, wenn ich die Erwartungshaltung anderer nicht erfülle, oder versuche ich zu verhindern, andere zu verletzen, weil ich sie enttäuschen könnte? Mist, sie könnte tatsächlich recht haben.

»Und wenn es so wäre?«

»Die Erfahrung, verletzt zu werden, gehört zum Leben dazu. Sie sensibilisiert dich für den Umgang mit anderen. Denn nur wenn du weißt, wie es sich anfühlt, denkst du darüber nach, wie sich dein Handeln auf andere auswirkt. Ohne die Fehler der Vergangenheit keine Zukunft, in der wir es besser machen können. Du hast jeden Tag die Chance zum Glücklichsein. Alles, was du dazu brauchst, ist Vertrauen und Mut.«

»Stand das in einem albernen Glückskeks?«, ziehe ich sie auf, weil unser Gespräch in eine Richtung geht, von der ich nicht weiß, ob ich sie einschlagen will.

»Nein, das ist die Bree-O'Donell-Glücklichsein-Theorie und du bekommst sie heute gratis. Also, was glaubst du, wo liegt der Kern deines Verhaltens, alle auf einer Armlänge Abstand zu halten?«

»Braucht es einen Kern? Vielleicht ist es lediglich eine Grundeinstellung meinerseits.« Ich erwarte gar nicht, dass sie meine Aussage versteht. Warum auch, Bree geht ganz anders an Dinge heran als ich. Sie ist impulsiv und aus dem Bauch heraus, ein Herzmensch, während ich ein Kopfmensch bin, der alles bis ins Detail analysiert. Allerdings ertappe ich mich immer öfter dabei, wie ich kopflos agiere und damit für reichlich Chaos in meinem Verstand sorge.

»Natürlich gibt es einen. Es gibt immer einen. Was ist mit Jolee, warum magst du sie nicht?« Okay, sie hat nicht vor, lockerzulassen, bis sie die dunklen Tiefen meines Ichs ergründet hat. Dabei hatte ich sie doch gebeten, genau das nicht zu machen. Wann bin ich zu ihrem Sozialprojekt geworden?

»Ich habe nie gesagt, dass ich meine Schwester nicht leiden kann. Das ist etwas, das ihr aus meinem Verhalten Joe gegenüber geschlussfolgert habt«, erkläre ich.

Bree legt nachdenklich die Stirn in Falten und mustert mein Gesicht, als würde sie nach der Lüge in meinen Worten suchen. Aber ich lüge nie. Entweder antworte ich ehrlich auf eine Frage oder ich verkneife mir eine Antwort. Während Bree noch nach Worten sucht, stehe ich auf, um ein paar Äste nachzulegen. Dann hole ich mir ein Bier und für Bree eine kleine Flasche Sekt aus der Kühlbox.

»Du hast sie gezwungen, in einem Hotdog-Kostüm bei einem eurer Spiele Essen zu verkaufen«, sagt sie plötzlich, als wäre das ein eindeutiges Indiz für meine Abneigung Jolee gegenüber.

»Nein, habe ich nicht. Die Entscheidung hat sie allein getroffen. Ich habe sie nicht gezwungen, sich auf die Wette einzulassen. Aber es stimmt, ich war nicht begeistert, als sie plötzlich in Charlottesville aufgetaucht ist, weil ich dachte, sie würde alles durcheinanderbringen. Am Ende ist genau das passiert. Und das ist mir gehörig auf die Nerven gegangen.«

Bree sieht nicht überzeugt aus, sie hat vermutlich etwas mehr Tragik erwartet. Etwas, das ihre Vermutung, ich sei einer der Typen, die gerettet werden müssen, untermauert, aber dem ist nicht so. Ich bin vielleicht etwas engstirnig und zu fixiert auf meine Strukturen, aber ganz gewiss nicht dem Untergang geweiht.

»Das ist alles?«, fragt sie erstaunt.

»Bist du jetzt enttäuscht, weil ich keine herzzerreißende Story aus dem Hut zaubere? Keine dunklen Familiengeheimnisse, kein verletzter Stolz, nichts außer einem Kerl, der genervt ist, wenn man seine gewohnte Ordnung über den Haufen schmeißt, und mit Veränderungen nicht klarkommt?«

»Also hat dir niemand in der Highschool das Herz gebrochen und du wehrst dich deswegen so sehr gegen mich?«

Ah, daher weht also der Wind. Sie denkt, die Sache mit Travis und meiner Ex hat mich zu einem mürrischen Typen gemacht, der nun unter massiven Vertrauensproblemen leidet und nicht zu seinen Gefühlen steht, um sich selbst zu schützen. Nette Theorie, aber damit liegt sie genauso daneben wie mit der Annahme, ich könne meine Schwester nicht ausstehen. Was sie wahrscheinlich ebenfalls aus der Geschichte mit Travis geschlussfolgert hat.

»Ich habe keine Ahnung, was Kyle und Jolee dir erzählt haben, aber nein. Ja, die Nummer, die Travis mit Jolee und mir abgezogen hat, war scheiße, aber das Schlimmste war, dass ich von der Schule suspendiert wurde und beinahe aus dem Team geflogen wäre, weil ich ihm völlig kopflos die Nase gebrochen habe. Damit hätte ich mir fast die Zukunft versaut. Dass Travis mir zum Dank auch noch meine Freundin ausgespannt hat, war da wirklich das kleinere Übel. Aber Sarah hat mich nicht nachhaltig für die gesamte Frauenwelt traumatisiert, falls du das denkst. Der einzige Grund, warum ich keine Freundin habe, ist, dass ich keine will. Ich war damals wirklich sauer auf Jolee, weil sie nicht auf mich gehört hat und sich von Travis hat flachlegen lassen, nur damit er es mir unter die Nase reiben kann, aber am meisten war ich wütend auf mich selbst, weil ich die Beherrschung verloren habe. Als ich endlich wieder auf den Platz durfte, habe ich mir geschworen, dass ich mich nie wieder in so eine Situation bringe. Und wo bin ich jetzt gelandet? Auf der Bank, weil ich zugelassen habe, dass du mein Leben auf den Kopf stellst, anstatt mich auf mein Ziel zu fokussieren.«

Brees Gesichtszüge werden starr und mir ist sofort klar, ich habe etwas Falsches gesagt.

»Du gibst also mir die Schuld dafür, dass du nicht auf dem Platz stehst?«, fragt sie entsetzt und springt von dem Holzstamm auf.

»Das habe ich überhaupt nicht gesagt«, erwidere ich so ruhig wie möglich. Ich habe wirklich keine Lust, mich mit ihr zu streiten, nachdem es in letzter Zeit irgendwie zwischen uns funktioniert hat.

»Aber gemeint!«, zischt sie. Ich stelle die leere Flasche ab und mache einen Schritt auf sie zu.

»Du drehst mir gerade die Worte im Mund herum.«

»Dann solltest du endlich lernen, dich verständlicher auszudrücken.«

Und da wären wir wieder an dem Punkt, dass es mir an Kommunikationsfähigkeit mangelt, aber vielleicht fehlt ihr auch einfach die Fähigkeit, mir richtig zuzuhören. Sie verschwendet zu viel Energie darauf, mich zu analysieren, anstatt mich so zu akzeptieren, wie ich bin.

»Oder du solltest nicht grundsätzlich Dinge in Sachen hineininterpretieren, die ich nicht gesagt habe. Ich bin nicht dein Sozialprojekt. Also hör auf, mich retten zu wollen, Glückskeks.« In meinen Worten schwingt ein drohender Ton mit, den ich in keiner Weise beabsichtigt habe, aber auch nicht zurücknehmen werde, weil ich angepisst bin.

Bree wirft den Ast, an dem noch ein Marshmallow klebt, ins Feuer und verschränkt die Arme vor der Brust. »Wer sagt, dass ich dich retten will? Vielleicht warte ich nur auf den richtigen Moment, um meinen ersten Mord zu begehen!« Mit diesen Worten lässt sie mich stehen und verschwindet im Zelt.

Großartig! Genau das habe ich eigentlich verhindern wollen und doch irgendwie heraufbeschworen. Für einen Augenblick denke ich darüber nach, ihr zu folgen, verwerfe die Idee aber wieder. Wenn ich mich jetzt zu ihr ins Zelt quetsche, während sie mir den Hals umdrehen will, laufe ich wirklich Gefahr, dass sie ihr Vorhaben in die Tat umsetzt. Stattdessen gebe ich uns beiden etwas Zeit und den nötigen Abstand, um unsere Gemüter herunterzufahren und somit ein größeres Ausmaß von Unstimmigkeiten zu verhindern. Glücklicherweise ist Bree nie lange sauer auf mich. Also werde ich einfach warten, bis sie wieder aus dem Zelt kommt.

Ich setze mich zurück auf den Baumstamm und bereue es, mir das Rauchen abgewöhnt zu haben. Das hier ist einer der Momente, in dem ich eine Zigarette gebrauchen könnte. So hat sich Bree ihren ersten Ausflug in die Wildnis ganz sicher nicht vorgestellt. Die nächste Stunde verbringe ich damit, abwechselnd zwischen den Flammen und dem Zelt links neben mir hin und her zu schauen, bis ich mir eingestehen muss, dass Bree nicht von allein herauskommen wird und ich es diesmal endgültig verkackt habe. Shit!

# 45

**Bree**

Völlig gerädert krieche ich nach drei Stunden Schlaf aus dem Zelt und werde mit einem fantastischen Sonnenaufgang belohnt. Eden hat recht, Sonnenaufgänge sind viel magischer als Sonnenuntergänge. Auf den Blättern liegt ein feuchter Schleier, der glitzert, sobald die Sonnenstrahlen darauf treffen. Dennoch ist es ziemlich kühl.

Mein Blick fällt auf die Gestalt, die zusammengesunken und mit tief ins Gesicht gezogener Kapuze an den Baumstamm gelehnt auf dem Waldboden sitzt. Die halbe Nacht habe ich gewartet, dass er ins Zelt kommt, bis mich schließlich der Schlaf überwältigt hat. Ich bin mir ziemlich sicher, dass er nicht im Zelt geschlafen hat, sondern die Nacht im Freien verbracht hat. Sollte er sich jetzt eine Erkältung eingefangen haben, geschieht ihm das nur recht. Dass er denkt, ich würde ihn für ein Sozialprojekt halten, hat mich wirklich verletzt und das muss ich erst mal verarbeiten.

Als ich näher an ihn herantrete, stelle ich fest, dass er in dieser mehr als unbequem aussehenden Position döst. Suchend sehe ich mich nach einer Stelle um, wo ich mich erleichtern kann. Der Nachteil an einem Campingtrip in der Wildnis ist eindeutig die fehlende Sanitäranlage. Gegen eine heiße Dusche hätte ich genauso wenig einzuwenden wie gegen eine Toilette oder einen Spiegel. Aber wie heißt es so schön: aus der Not eine Tugend machen. Also verschwinde ich zwischen den Bäumen.

Als ich zurückkomme, hat Nick sich keinen Zentimeter bewegt. Unschlüssig, wie es jetzt weitergehen soll, betrachte ich ihn. Meine Lust, mit ihm durch den Wald zu wandern und in der Stille auf Selbstfindungstour zu gehen, hat sich in Rauch aufgelöst, und ihm geht es da sicher nicht anders. Statt Ordnung in das Chaos zu bringen, habe ich noch mehr davon verursacht. Zum ersten Mal bin ich mir nicht sicher, ob wir diesmal die Kurve bekommen.

Nachdem als Frühstück lediglich ein Müsliriegel herhalten musste, beginne ich, alles zusammenzupacken. Gerade als ich Nick wecken will, richtet er sich auf und streckt sich. Die Kapuze rutscht von seinem Kopf und bringt ein Wirrwarr aus dunklen Locken zum Vorschein, das er grob mit den Fingern zu bändigen versucht. Er blickt zu mir und mein Herz zieht sich schmerzlich zusammen.

»Du hast gepackt«, sagt er müde, klingt aber nicht überrascht. Wahrscheinlich hat er genau damit gerechnet oder sogar darauf gehofft.

»Ja. Dieser Ausflug war eine bescheuerte Idee. Wir sollten zurückfahren.« Um meine Worte zu unterstreichen, ziehe ich einen der Heringe aus dem Boden. Da Nick nicht protestiert, sondern mir sogar beim Abbau behilflich ist, sieht er es offensichtlich genauso.

Zwanzig Minuten später befinden wir uns auf dem Weg, den wir erst vor wenigen Stunden in entgegengesetzter Richtung zurückgelegt haben. Da hatte die Stille etwas Beruhigendes gepaart mit Vorfreude, jetzt ist sie nur ein Indiz dafür, dass wir uns nichts zu sagen haben. Nick läuft wenige Meter hinter mir, aber ich kann seinen Blick in meinem Rücken spüren. Zweimal habe ich über die Schulter zu ihm zurückgesehen und direkt in seine ausdruckslose Miene gestarrt. Egal, was in ihm vorgeht, er hat nicht vor, mich daran teilhaben zu lassen.

Als wir endlich mein Auto erreichen, verstauen wir, noch immer wortlos, das Gepäck.

»Ich fahre«, sagt er, als ich den Autoschlüssel aus dem Rucksack krame. Schon aus Prinzip würde ich ihm gerne widersprechen, aber wir würden vermutlich irgendwo im Nirgendwo landen, weil ich viel zu aufgewühlt bin, um mich auf die Straße zu konzentrieren. Aus sicherer Entfernung werfe ich ihm den Schlüssel zu und nehme auf der Beifahrerseite Platz.

Nick steigt ebenfalls ein, startet aber nicht den Motor, sondern setzt sich mir zugewandt auf den Sitz, einen Arm lässig auf dem Lenkrad abgelegt. »Okay, es tut mir leid, wenn ich gestern etwas Falsches gesagt habe«, entschuldigt er sich, aber es klingt nicht aufrichtig. Es tut ihm überhaupt nicht leid, er hat jedes Wort so gemeint, wie er es gesagt hat.

»Nein, Nick, so funktioniert das nicht! Du kannst nicht jedes Mal mit einem Sorry um die Ecke kommen, wenn du etwas sagst, das mich verletzt. Diesmal musst du dir wirklich etwas mehr einfallen lassen«, sage ich und schalte demonstrativ das Radio ein, um ihm zu signalisieren, dass ich im Augenblick nicht mit ihm reden will. Denn ich würde ihm sicher ein paar Dinge an den Kopf knallen, die ich später bereuen würde. Einen Augenblick lang sieht er mich unschlüssig an, dann schüttelt er kaum merklich den Kopf und dreht den Schlüssel im Zündschloss.

Die nächste halbe Stunde quäle ich ihn mit der Musik von Shawn Mendes und er lässt es kommentarlos über sich ergehen. Auch wenn es gemein ist, macht sich ein Gefühl von Genugtuung in mir breit. Er soll wenigstens ein bisschen leiden, und wenn es nur seine Ohren sind.

Sobald Nick den Wagen vor dem Haus eingeparkt hat, steige ich aus, schnappe mir, was ich tragen kann, und gehe zum Eingang.

Als ich die Treppen zur WG hinaufsteige, fühlt es sich an, als wäre ich gescheitert. Das beklemmende Gefühl in meiner Brust und der Druck auf meine Augen werden mit jeder Stufe stärker. *Du wirst auf keinen Fall anfangen zu heulen*, ermahne ich mich selbst. Den Gefallen, dass ich wie ein Häufchen Elend im Treppenhaus zusammenbreche, werde ich ihm nicht tun. Mit leicht zittrigen Fingern schließe ich die Tür auf und schlage direkt den Weg in mein Zimmer ein.

»Bree?«, ertönt die Stimme meiner besten Freundin überrascht und panisch. Ich hebe den Blick. Sie richtet gerade ihre Klamotten, während Kyle sich ein Shirt über den Kopf zieht. Da komme ich wohl äußert ungünstig.

»Wo ist Nick?«, fragt Kyle und sieht besorgt in Richtung Flur. Ohne auf seine Frage zu antworten, setze ich meinen Weg in mein Schlafzimmer fort.

»Ist was passiert?«, fragt Jolee, die mir gefolgt ist.

»Dein Bruder ist passiert«, seufze ich und lasse den Rucksack von meinen Schultern gleiten.

»Auf einer Skala von eins bis zehn, wie schlimm ist es diesmal?« Sie setzt sich auf mein Bett und klopft auffordernd auf den Platz neben sich.

»Unendlich«, antworte ich und tigere im Zimmer auf und ab.

»Oh!«, entfährt es ihr.

»Er hat behauptet, er wäre für mich ein Sozialprojekt und ich solle endlich aufhören, ihn retten zu wollen.«

»Autsch! Aber du kennst ihn.«

»Das gibt ihm doch noch lange keinen Freifahrtschein dafür, auf meinen Gefühlen herumzutrampeln. Ich habe die Nase voll. Dein Bruder kann mir gestohlen bleiben«, rede ich mich in Rage. Und es tut wirklich gut, den Frust einfach mal rauszulassen und nicht alles verständnisvoll abzunicken, was ihr Bruder verzapft.

»Und was hast du jetzt vor?«, will sie wissen und klingt ernsthaft besorgt. Das ist eine gute Frage. Was habe ich jetzt vor? Ich habe absolut keine Ahnung. Aber ich brauche dringend Nick-freie-Zeit. Und ich bin es leid, darauf zu warten, dass bei ihm ein Aha-Moment einsetzt, der vermutlich niemals kommen wird. Harmonieeichhörnchen hin oder her, diesmal ist er einen Schritt zu weit gegangen. Ich bin nicht gewillt, mich ständig von ihm vor den Kopf stoßen zu lassen. Das war's. Ende. Aus. Vorbei. Kein Happy End im Hashtag-Brick-Drama.

Kurz entschlossen ziehe ich meinen Koffer unter dem Bett hervor und packe ein paar Sachen ein. Jolee springt von der Matratze auf.

»Du ziehst doch nicht etwa aus?« Sie klingt ein wenig hysterisch und setzt sich tatsächlich auf den Koffer, um mich am Packen zu hindern.

»Doch, genau das habe ich vor. Ich ziehe zu Phoenix und arrangiere mich lieber mit Darth Vader, als auch nur einen Tag länger mit Nick unter einem Dach zu wohnen«, sage ich wutentbrannt und hoffe, dass Phoenix' Angebot, bei ihm unterzukommen, noch steht.

»Okay, vielleicht hast du recht und ein bisschen Abstand tut euch beiden gut«, lenkt sie ein und gibt meinen Koffer frei, dann nimmt sie mich fest in die Arme. »Ich habe dich lieb und werde meinem Bruder den Kopf abreißen, sobald ich ihn in die Finger bekomme.«

Bis zu diesem Augenblick bin ich stark gewesen, doch jetzt kullern die Tränen doch über meine Wangen. Jolee ist die beste Freundin, die ich mir wünschen könnte. Bevor ich gänzlich in einem Tränenmeer versinke, löse ich mich von ihr.

»Tue mir den Gefallen und lass Nick leben, niemand verdient es, seinetwegen im Knast zu landen«, sage ich und lächle schwach. Dann schließe ich den Reißverschluss des Koffers und hebe ihn vom Bett.

Als ich gemeinsam mit Jolee das Zimmer verlasse, fehlt von Kyle jede Spur, aber aus seinem Zimmer dringen gedämpft Stimmen. Vermutlich hört er sich gerade Nicks Seite unseres gescheiterten Ausflugs an. Kurz wanke ich in meinem Entschluss, das Feld zu räumen, doch dann straffe ich die Schultern und gehe in Richtung Flur. Ein letztes Mal nehme ich meine Freundin in die Arme.

»Ruf an, wann immer dir danach ist, selbst wenn es mitten in der Nacht ist. Ein Wort und ich stehe mit Peanut-Butter-Crunch-Eiscreme bei Phoenix auf der Matte«, sagt sie und drückt mir zum Abschied einen Kuss auf die Wange.

»Das werde ich, versprochen.«

***

Fünfzehn Minuten später erreiche ich das Anwesen der Kings. Der Pförtner hebt kurz die Hand und im nächsten Augenblick schwingt das Metalltor auf. Phoenix wartet bereits in der offenen Tür auf mich.

»Hey«, begrüße ich ihn.

»Ich hätte eher mit Mitchell als mit dir gerechnet«, sagt er und ein besorgter Ausdruck tritt auf sein makelloses Gesicht. Seine blond gefärbten Haare stehen ihm wild vom Kopf ab, so als wäre er gerade erst aufgestanden. Die Pyjamahose und das zerknitterte Shirt sprechen ebenfalls dafür.

»Habe ich dich geweckt?«, frage ich, auch wenn es offensichtlich ist.

»Nein, das war Kyle, als er mich angerufen hat, um mir mitzuteilen, dass du auf dem Weg zu mir bist.«

»Steht dein Angebot noch?«

»Natürlich. Du kannst so lange bleiben, wie du willst. Wo ist dein Gepäck?«, fragt er und kommt auf mich zu.

»Im Kofferraum.« Bevor ich es selbst machen kann, öffnet er die Klappe und hievt meinen Koffer heraus.

»Was ist mit dem Zeug, das hier lose herumliegt? Brauchst du das auch?«, fragt er und lässt grinsend einen schwarzen BH von seinem Zeigefinger baumeln. Bei der Erinnerung, wie Nick meinen Rucksack ausgekippt hat, um Ballast loszuwerden, verziehe ich das Gesicht. Jetzt ist er eindeutig Ballast losgeworden, und zwar mich.

»Alles okay?«, fragt Phoenix, weil meine Reaktion ihm nicht entgangen ist.

»Ja. Ich brauche nur den Koffer«, sage ich mit fester Stimme. Ich nehme ihm den BH ab und werfe ihn zurück ins Wageninnere, bevor ich die Heckklappe schließe.

»Wenn ich bitten darf, Mylady, das Hotel der gebrochenen Herzen öffnet heute für Sie die Pforten. Ich sollte wirklich ein Business daraus machen«, feixt er mit gespielt britischem Akzent.

Ein Grinsen schleicht sich auf meine Lippen, weil ich genau weiß, worauf er anspielt. Kyle ist, bevor er mit Jolee zusammengekommen ist, genau wie ich, hier gestrandet.

»Du solltest dir eine neue Empfangsdame zulegen, er vergrault dir die Gäste«, ziehe ich Phoenix auf, als mein Blick auf Darth Vader fällt, der nach wie vor im Flur steht.

»Hör gar nicht hin, Kumpel, die Frau hat den miesesten Filmgeschmack aller Zeiten«, erwidert er und schleppt mein Gepäck die Treppe hinauf.

»Welches Zimmer? Oder möchtest du ganz unverbindlich neben mir in der Hollywoodsuite im Kingsize Bett nächtigen?« Ich verdrehe die Augen, als er über seinen albernen Wortwitz lacht.

»Rechts«, sage ich und trete an ihm vorbei, um die Tür zum Gästezimmer zu öffnen.

»Abendessen gibt es zwischen acht und zehn. Frühstück am Wochenende nicht vor elf. Frische Handtücher hängen im Badezimmer. Pay-TV ist gratis«, rattert er die Worte herunter, als wäre er ein Hotelpage.

»Wie ist das Wellnessangebot?«, frage ich scherzhaft. Er stellt den Koffer neben dem Bett ab und wendet sich mir zu.

»Diese Hände können zaubern, Bunny«, sagte er und wackelt spielerisch mit den Fingern, dann wird seine Miene ernst. »Spaß beiseite, geht es dir gut?« Mit geschmeidigen Schritten kommt er auf mich zu, packt mich an den Schultern und mustert mein Gesicht intensiv. Die grünen Sprenkel in seinen tiefbraunen Augen scheinen zu tanzen. Sie wirken so kühl und doch strahlen sie eine Wärme aus, die mich augenblicklich einhüllt.

»Ich denke schon«, presse ich hervor, weil er mich mit seiner plötzlichen Fürsorge überrumpelt. Dabei hätte ich damit rechnen müssen. Phoenix hält alles zusammen. Er ist der Kopf, vermutlich sogar die Seele seines Rudels und ich bin ein Teil davon. Ich schlinge die Arme um ihn, als er mich an sich heranzieht.

»Ich werde Mitchell den Arsch aufreißen«, flucht er leise und drückt einen Kuss auf meinen Scheitel. Dürfte ich mir einen großen Bruder wünschen, wäre es ganz klar Phoenix King. Erneut purzeln die Tränen nur so aus mir heraus, während er mich fest an seine Brust drückt.

Keine Ahnung, wie lange wir so umschlungen dastehen, bis er mich vorsichtig von sich schiebt und mit beiden Händen über meine feuchten Wangen wischt.

»Und jetzt, Krone richten. Mitchell ist zwar ein Idiot, aber nicht dumm. Der steht schneller hier auf der Matte, als uns beiden lieb ist«, sagt er und lächelt mich aufmunternd an. Wenn er sich da mal nicht täuscht.

# 46

**Nick**

»Was heißt, sie ist weg?«, frage ich Kyle, der mit verschränkten Armen in meinem Zimmer steht und mich enttäuscht ansieht.

»Das heißt, dass du den Bogen überspannt hast und sie ihre Sachen gepackt hat«, zischt er.

Sie hat was? Ohne auf seine Worte zu reagieren, gehe ich auf die Schiebetür zu, die ihr Zimmer von meinem trennt, und reiße sie auf. Leer. Fuck! Aber das muss nichts heißen. Dennoch macht sich ein mulmiges Gefühl in meinem Magen breit, als ich die Türen ihres Kleiderschranks öffne. Sie hat ihn nicht vollständig ausgeräumt, aber es ist nicht zu übersehen, dass jemand darin herumgewühlt hat und in einigen Fächern die Kleidung fehlt.

»Diese Reaktion ist völlig überzogen.« Mit einem lauten Knall schließe ich ihren Schrank. Sie ist echt einfach abgehauen.

*Sag bloß, das wundert dich,* zischt die Stimme in meinem Kopf und ich würde sie gerne ein für alle Mal zum Schweigen bringen.

Kopfschüttelnd gehe ich zurück in mein Zimmer. Kyle hat sich keinen Zentimeter von der Stelle bewegt. Er wird dort so lange ausharren, bis ich einsehe, dass ich Mist gebaut habe. Aber das weiß ich bereits und es macht mich wahnsinnig, dass ich keine Ahnung habe, wohin sie verschwunden ist.

»Ich finde Brees Reaktion gerechtfertigt.«

»Ach stimmt, du bist ja der Frauenversteher«, fahre ich ihn an, weil er mir mit seiner Art gerade gehörig auf die Nerven geht und weil er absolut recht hat. Ich habe es so richtig vergeigt. Die erste Predigt habe ich von meinem besten Freund direkt nach unserer Ankunft bekommen, kaum dass ich zur Tür hereingetreten war.

»Du hast ihr unterstellt, sie würde in dir ein Sozialprojekt sehen und das, obwohl du genau weißt, dass es nicht so ist«, erinnert er mich, als wüsste ich nicht, was ich zu Bree gesagt habe.

»Ach, ist das so?« Meine Worte triefen nur so vor Spott. »Es ist erstaunlich, dass jeder zu wissen glaubt, was ich weiß und was nicht. Und das, wo ihr euch doch so viel Mühe gebt, mir ständig unter die Nase zu reiben, was für ein Idiot ich bin.«

»Du wirst ungerecht«, schießt er zurück.

»Und du gehst mir auf die Nerven«, erwidere ich.

»Pech für dich, denn ich werde erst gehen, wenn du einsiehst, dass du Mist gebaut hast und Bree nach Hause holst.« Soll das eine Drohung sein?

»Wenn Bree nach Hause will, kennt sie die Adresse«, antworte ich kühl. Kyle sieht mich an, als würde er mir jeden Augenblick ins Gesicht springen wollen.

»Bieg das gerade, sonst bekommen wir ein ernstes Problem miteinander«, warnt er mich ebenso kühl. Für die nächsten zwei Minuten liefern wir uns ein Blickduell. Er hat genauso wenig vor nachzugeben wie ich.

»Kyle, jetzt lass ihn doch mal durchatmen und realisieren, was er angerichtet hat«, kommt mir ausgerechnet Jolee zur Hilfe. Von ihr hätte ich am allerwenigsten erwartet, dass sie ruhig bleibt. Sie packt ihren Freund am Arm und zieht ihn aus dem Zimmer. Als unsere Blicke sich treffen, liegen in ihrem zwei Dinge. Besorgnis und Ich-trete-dir-in-den-Arsch-sobald-ich-dir-nicht-mehr-den-Kopf-abreißen-will. Woher ich das weiß? Den Blick hat sie schon seit dem Kindergarten drauf. Die Augen verengt, die Nase leicht gekräuselt und die Lippen aufeinandergepresst.

Sobald die Tür hinter den beiden ins Schloss fällt, atme ich tief durch. Erneut betrete ich durch die Verbindungstür das Zimmer von Bree, in dem nach wie vor in der einen Ecke mein Gerümpel steht. Kein Wunder, dass sie abgehauen ist, gemütlich ist es nicht gerade.

*Als ob das der Grund für ihre Flucht ist. Sie ist nicht gegangen, weil sie in einer Abstellkammer schläft, sondern wegen dir. Du hast es endgültig verkackt,* spottet die Stimme in meinem Kopf weiter.

Mit der Faust schlage ich einmal gegen den Boxsack, dann noch einmal und noch einmal, bis ich unkontrolliert auf das Teil eindresche. »Fuck!« Erst als meine Fingerknöchel aufplatzen, lasse ich schwer atmend von dem Boxsack ab, marschiere aus dem Zimmer, direkt ins Badezimmer, um mir das Blut abzuwaschen und zu duschen.

***

Am ersten Tag bist du wütend auf alles und jeden, der deinen Weg kreuzt. Da wird selbst der Toaster zum Prellball deines Frusts oder der freundliche Mase, der sich nach deinem Befinden erkundigt, weil er zufällig in der Nähe ist.

Am zweiten Tag spürst du eine Unruhe in dir, die du vergebens mit Joggen versuchst loszuwerden, obwohl du bereits eine zweistündige Trainingseinheit hinter dir hast.

Am dritten Tag gibst du allen außer dir die Schuld an der Situation, was dazu führt, dass deine Freunde einen Bogen um dich machen und du alleine in der Mensa der Uni sitzt.

Am vierten Tag bist du von dir selbst genervt und schwörst, dass morgen Schluss damit ist. Natürlich scheiterst du. Als ob es so einfach wäre und man nur mit dem Finger schnipsen müsste, um Gefühle auf neutral zurückzusetzen.

Am fünften Tag schwänzt du deine Vorlesungen und verbringst zu viel Zeit mit deinen Gedanken, die ins Leere führen, weil du noch nicht bereit bist, dir das Offensichtliche einzugestehen.

»Was machst du hier?«, ertönt die Stimme meiner Schwester, die in den letzten Tagen ebenfalls einen Bogen um mich gemacht hat. Eine berechtigte Frage, immerhin ist das hier nicht mein Bett, auf dem ich liege, sondern das von Bree.

»Nachdenken«, antworte ich und starre an die Decke. Die Matratze unter mir bewegt sich, als Jolee sich neben mich legt.

»Und wie weit bist du inzwischen mit deiner Selbstanalyse?«, will sie wissen und ich kann das Grinsen in ihrer Stimme hören. Ich hatte ganz vergessen, wie gut Jolee mich kennt, wodurch sie sehr genau weiß, wie ich ticke. Das erinnert mich an die Zeit, in der nicht diese Distanz zwischen uns herrschte und wir genau wie jetzt nebeneinanderlagen und über alles Mögliche geredet haben.

»Noch nicht so weit, um öffentlich zuzugeben, dass ich den Glückskeks vermisse und verknallt bin«, beantworte ich ihre Frage ehrlich. Mir selbst habe ich das schon eingestanden, als wir erneut zusammen im Bett gelandet sind.

»Und was glaubst du, wie lange es noch dauert?« Ich werfe einen Blick auf die Uhr an meinem Handgelenk.

»Maximal zwei Stunden.«

»Du hast einen Zeitplan?«, fragt sie erstaunt, weil ich den Zeitpunkt so genau bestimmen kann.

»Dann sind die hundertzwanzig Stunden um, die ich mir als Frist gesetzt habe, bevor ich einknicke und zu Kreuze krieche.«

»Gut, dann warte ich mit dir, bis die Deadline abgelaufen ist«, sagt sie und setzt sich auf. Mein Blick landet auf ihr.

»Glaubst du, dass ich dich nicht ausstehen kann?«, will ich von ihr wissen, weil die Frage mich beschäftigt, seit Bree das zu mir gesagt hat.

»Eine Zeit lang dachte ich das, ja«, antwortet sie und ich fühle mich schlagartig mies, weil ich nie beabsichtigt habe, dass sie das glaubt.

»Ich habe dich nie nicht gemocht. Du bist meine Schwester. Auch wenn du mir ständig auf den Sack gehst, weil du dich überall einmischen musst, liebe ich dich. Vergiss das nie.«

Sie blinzelt plötzlich hektisch und nickt. Wehe, sie fängt jetzt an zu heulen. Seufzend strecke ich einen Arm nach ihr aus.

»Na los, komm her, du Nervensäge«, sage ich und Jolee lässt sich, ohne zu zögern, in meine Arme fallen und bettet ihren Kopf auf meine Brust.

»Ich habe dich wirklich vermisst«, flüstert sie und ich drücke ihr einen Kuss auf die Stirn.

»Ich dich nicht«, sage ich grinsend.

***

Zweieinhalb Stunden später stehe ich im *Barneys*, weil Bree laut dem Dienstplan, der in ihrem Zimmer hängt, jetzt Schicht hat. Statt ihr laufe ich Kira in die Arme.

»Willst du was bestellen oder nur dumm in der Gegend herumstehen?«, fragt sie genervt, als ich mich nach dem Glückskeks umsehe.

»Wenn du Bree suchst, sie hat sich vor ein paar Tagen krankgemeldet«, ertönt eine Stimme hinter mir. Ich drehe mich zu Eden um, die nicht gerade begeistert aussieht.

Krank? Hat sie sich bei unserem Trip eine Erkältung eingefangen oder ist sie meinetwegen nicht hier?

»Okay. Bekomme ich einen Kaffee und einen von diesen Himbeer-Shakes, die Bree immer trinkt?«

Ihre Miene hellt sich kaum merklich auf, als sie um den Tresen herumgeht und nach einem Pappbecher greift.

»Kann ich wiederverwendbare Becher haben?«, frage ich. Sie stellt den Pappbecher beiseite und greift nach einem der anderen.

»Hier, bitte«, sagt Eden, als sie mir meine Bestellung über den Tresen reicht.

»Danke.« Ich bezahle und trete den Rückzug an. Wenn Bree nicht hier ist, bleibt eigentlich nur eine Möglichkeit, wo sie sein könnte. Phoenix.

Auch wenn sich alles in mir dagegen sträubt, ausgerechnet bei King an die Tür zu klopfen, steige ich in meinen Wagen und mache mich auf den Weg zu ihm. Ich schalte das Radio ein, wo just in diesem Augenblick Shawn Mendes' nächstjährige Worldtour angekündigt wird, bevor einer seiner Songs aus den Lautsprechern dröhnt. *Welch Ironie des Schicksals,* denke ich kopfschüttelnd, schalte aber nicht weg.

»Also, Shawni, Vorschläge, wie ich Bree davon überzeuge, nach Hause zu kommen und mir noch eine Chance zu geben?«

*»Oh, I'm good at keeping my distance. I know that you're the feeling I'm missing. You know that I hate to admit it but everything means nothing if I can't have you.«*

»Du bist nicht gerade hilfreich.«

*»Is it too late to tell you that everything means nothing if I can't have you?«*

»Ich weiß wirklich nicht, was sie an dir findet.« Grandios, jetzt unterhalte ich mich schon mit einer Stimme aus dem Radio.

Als ich Kings Einfahrt erreiche, entdecke ich Brees Wagen, der vor dem

Poolhaus steht. Noch bevor ich aussteigen kann, steht der Herr des Hauses als Empfangskomitee in der Tür.

»Sie will dich nicht sehen«, sagt er, kaum dass ich aus dem Auto gestiegen bin.

»Ich möchte nur mit ihr reden«, erwidere ich und gehe auf Phoenix zu, aber er baut sich vor mir auf. Er wird mich nicht ins Haus lassen, so viel steht fest. Für einen Moment denke ich darüber nach, ihn einfach zur Seite zu schieben.

»Nein.«

»Phoenix, das ist lächerlich. Lass mich einfach mit ihr reden und dann verschwinde ich wieder.« *Im besten Falle mit ihr zusammen,* füge ich in Gedanken hinzu.

»Lass dir etwas Besseres einfallen, als hier mit einem Milchshake aufzutauchen.« Bevor ich antworten kann, schlägt er mir die Tür vor der Nase zu. Sein Ernst? Ist er jetzt völlig übergeschnappt? Ich stelle den Becher auf der Türschwelle ab und gehe zurück zu meinem Land Rover.

Option eins: Ich warte, bis Bree irgendwann durch die Tür kommt. Denn das wird sie früher oder später. Sie kann sich nicht ewig verstecken.

Option zwei: Ich überlege mir eine andere Strategie.

Erstere verwerfe ich nach einer Stunde, die ich an meinen Wagen gelehnt gewartet habe. Phoenix wird ihr gesagt haben, dass ich vor dem Haus stehe, aber Bree wird nicht durch die Tür kommen, weil sie wirklich nicht mit mir reden will. Also entscheide ich mich für Option zwei. Phoenix hat recht, es braucht mehr, als mit ihrem Lieblingsgetränk auf der Matte zu stehen und keine Ahnung zu haben, was man eigentlich sagen will.

Nachdenklich trete ich den Heimweg an. Zu Hause angekommen treffe ich auf Kyle, der nicht überrascht wirkt, dass ich ohne Bree zurückkomme.

»Bevor du etwas sagst, ja, ich weiß«, nehme ich ihm direkt den Wind aus den Segeln.

»Was weißt du?«, hakt er nach und setzt sich abwartend auf die Sofalehne.

»Dass ich mir etwas einfallen lassen muss«, sage ich und lasse mich rücklings auf das Sofa fallen, die Beine über die andere Armlehne baumelnd.

»Kann ich dir irgendwie helfen?«

»Nur wenn du einen Masterplan für Bree O'Donell in der Schublade hast.«

»Wie wäre es mit einem Tanz-Flashmob, in dem du ihr deine Liebe gestehst?«, feixt er.

»Ich werde ganz sicher nicht tanzen«, erwidere ich. Was für eine bescheuerte Idee. Ich bin vielleicht ein Idiot, aber ich werde mich nicht vor versammelter Mannschaft zum Deppen machen.

»Ein Gedicht?« Ernsthaft?

»Sehe ich für dich aus wie ein Poet?«

»Vergiss das Gedicht.«

»Danke.«

»Jolee?«, brüllt er plötzlich. Keine drei Sekunden später steht meine Schwester im Wohnzimmer, ein Buch in der Hand.

»Wo ist Bree?«, fragt sie und sieht sich suchend um, als hätte ich sie mal eben unter dem Sofa versteckt, nur um sie zu ärgern.

»Er hat es verkackt«, analysiert Kyle kurz und knapp und absolut zutreffend.

»Oh!«, entfährt es Jolee. »Und was machen wir jetzt?«

»Ich wusste nicht, dass mein Liebesleben eine Gruppenveranstaltung ist«, seufze ich, greife nach einem der Sofakissen, die Bree bei ihrem Einzug angeschleppt hat, und drücke es mir frustriert stöhnend ins Gesicht.

»Offensichtlich bekommst du es ja alleine nicht hin.« Jolee klingt schon wie Kyle. Die beiden passen wirklich zusammen wie Arsch auf Eimer.

»Okay, dann her mit deinen Ideen, hoffentlich sind die besser als Kyles«, nuschle ich in das Kissen und hoffe, dass ich es nicht bereuen werde, mir ausgerechnet bei ihnen Rat einzuholen.

In der nächsten halben Stunde packt Jolee jedes kitschige Happy End aus, das sie in unzähligen Büchern gelesen hat. Mir wird zunehmend übel, während ich darüber nachdenke, worauf das hier hinauslaufen könnte. Ich kann weder singen, tanzen, dichten noch reiten und ich werde auch ganz sicher keine Propellermaschine in die Luft schicken, damit sie ein Banner hinter sich herzieht. Nichts davon passt zu mir oder Bree.

Als es plötzlich an der Tür schellt, keimt kurz die Hoffnung in mir auf, dass es Bree sein könnte und mir eine peinliche Nummer jeglicher Art erspart bleibt. Da sie allerdings einen Schlüssel besitzt, wird sie wohl kaum klingeln.

»Ich hoffe wirklich, ich werde das nicht bereuen«, schmettert ausgerechnet Phoenix' Stimme durch den Flur. Wenn auch noch der Rest hier auftaucht, bekomme ich die Krise. »Okay, was haben wir bisher?«, will er wissen, als wäre das hier eine Mission-Impossible-Aktion. Jolee gibt ihm eine kurze Zusammenfassung, die im Grunde aussagt, dass ich völlig planlos bin und dringend Hilfe benötige, weil ich eine romantische Vollkatastrophe bin. Dem kann ich nicht widersprechen.

»Ich werde nicht tanzen, singen oder sonst irgendwas in der Richtung!«, stelle ich sofort klar, bevor er ebenfalls auf eine derart dämliche Idee kommt. Es muss einen anderen Weg geben, um Bree meine Gefühle begreiflich zu machen.

»Das werden wir noch sehen«, grinst Phoenix provokant.

»Niemals.« Eher friert die Hölle zu, als dass ich irgendwo singend im Takt herumhopse.

# 47

**Bree**

Man muss kein Genie sein, um zu bemerken, dass etwas im Busch ist. Denn weder Phoenix noch Jolee sind besonders gut darin, sich nichts anmerken zu lassen. Spätestens als ich gestern noch ein paar Dinge aus der WG holen wollte, war die Katze aus dem Sack. Phoenix hat mich nahezu bekniet, noch ein, zwei Tage damit zu warten. Also was auch immer in der WG vor sich geht, meine Neugier wird noch ein paar Stunden warten müssen. Denn ich habe in zwanzig Minuten Schichtbeginn im *Barneys*.

Dass es mit Nick zu tun hat, ist ebenso offensichtlich. Er stand vor wenigen Tagen auf der Matte, ist aber nicht an Phoenix vorbeigekommen. Dafür war ich Phoenix mehr als dankbar. Die Verletzung sitzt nach wie vor tief und lässt sich nicht mit einem Himbeer-Hafermilch-Shake heilen. Allerdings hat er dennoch dafür gesorgt, dass ich nicht mehr komplett ausschließe, ein klärendes Gespräch mit Nick zu führen und ihm eine allerletzte Chance einzuräumen, sollte er tatsächlich einen Schritt auf mich zumachen. Ein hoffnungsloser Fall bleibt eben ein hoffnungsloser Fall. Irgendwo habe ich mal gelesen, man hört erst auf zu verzeihen, wenn man aufhört zu lieben. Ich denke, da ist durchaus etwas dran.

Punkt acht Uhr betrete ich das Café und finde eine breit grinsende Eden vor.

»Was machst du hier, hast du heute nicht frei?«

»Dir Gesellschaft leisten«, antwortet sie.

»Okaaay«, sage ich gedehnt, weil ich ihr das nicht wirklich abnehme.

»Tee?«, fragt sie und wartet gar nicht erst auf meine Antwort, sondern stellt direkt einen Becher vor mir ab. Kein Teeglas. Ungläubig sehe ich erst sie, dann den Pappbecher an. Langsam drehe ich ihn in meinen Fingern. Ein Grinsen schleicht sich auf meine Lippen.

*Idioten muss man nicht suchen. Die melden sich von selbst!*

Ich erinnere mich noch genau an den Tag, als ich die Worte auf einen Becher für Nick geschrieben habe, nur dass dies hier eindeutig nicht meine Handschrift ist.

»Was …« Ich komme gar nicht dazu, meine Frage auszusprechen, weil mein Handy, das ich auf den Tresen gelegt habe, hektisch zu vibrieren beginnt. Sofort greife ich danach und öffne die Benachrichtigung. Nick hat mir einen Link zu einer Playlist mit dem Titel ›Jukebox‹ geschickt. Ich klicke drauf und sehe mir die einzelnen Titel an. Eine Mischung aus den Songs, die ich für ihn zusammengestellt habe, und verdammt viele von Shawn Mendes. Mein Herz macht einen aufgeregten Hüpfer. Nicht wegen Shawn, sondern weil das unglaublich süß ist und ich das Gefühl habe, dass das noch nicht alles war.

»Du bist in alles eingeweiht, stimmt's?«, wende ich mich an Eden, die sofort eine Geste macht, die bedeutet, dass sie kein Wort verraten wird, mir aber netterweise ein paar Kopfhörer reicht.

Nachdem ich sie aufgesetzt habe, drücke ich auf Play. Während ich meinen Tee trinke und der Musik lausche, verschwindet Eden in der Küche und kommt nur wenige Augenblick mit einem Müllsack zurück. Als sie ihn mir entgegenhält, stutze ich.

»Ist das ein Hinweis?«

»Ja, dass du den Müll rausbringen sollst, während ich die Tische abwische.« Okay, was sollte mir Nick auch mit einem Müllsack sagen wollen?

Ich rutsche vom Barhocker und nehme Eden den Sack ab. Als ich die wenigen Meter zu den Mülltonnen gehe, die sich hinter dem *Barneys* befinden, kommt mir sehr wohl eine Begegnung mit Nick in den Sinn, die hier stattgefunden hat. Und tatsächlich entdecke ich auf dem Boden eine kleine Papiertüte, auf der ein Glückskeks abgebildet ist. Hastig befördere ich den Müllsack in eine der Tonnen und bücke mich nach der Tüte. Neugierig sehe ich hinein. Ein rosa Glückskeks. Ich breche ihn auseinander und stecke mir eine Hälfte in den Mund. Himbeere.

*Du hast jeden Tag die Chance zum Glücklichsein. Alles, was du dazu brauchst, ist Vertrauen und Mut.*

Das hat er sich gemerkt? Ich schlucke den Kloß in meinem Hals herunter und verstaue die Botschaft in meiner Hosentasche, weil ich sonst vermutlich jeden Augenblick anfange zu heulen. Mit jeder kleinen Geste heilt mein geschundenes Herz ein bisschen mehr. Beginnt aufgeregt und hoffnungsvoll in meiner Brust zu klopfen. Ungeduldig, wie es weitergeht, eile ich ins Café zurück. Dort wartet Eden bereits mit meiner Jacke und Handtasche auf mich.

»Du hast heute frei, fahr nach Hause«, sagt sie, drückt mir beides in die Hand und schiebt mich in Richtung Ausgang.

»Warte! Ich muss noch etwas mitnehmen«, protestiere ich und gehe zum Tresen zurück, schnappe mir einen der Mehrwegbecher und suche in der Schublade nach einem wasserfesten Stift. Ein lautes, begeistertes »Yes!« entfährt mir und erregt die Aufmerksamkeit der kleinen Gruppe, die gerade durch die Eingangstür kommt. Schnell schreibe ich meine Message für Nick auf den Becher, bevor ich ihn mit Kaffee fülle.

»Kommst du wirklich alleine klar?«, versichere ich mich bei Eden, die grinsend nickt. Fast schon fluchtartig verlasse ich das *Barneys* und haste zum Parkplatz.

In Rekordgeschwindigkeit parke ich den Wagen exakt acht Minuten und siebenunddreißig Sekunden später vor der WG neben Nicks Land Rover ein. Ich brauche zwei Anläufe, um die Tür aufzuschließen, weil meine Hände vor Aufregung zittern. Als ich endlich eintrete, herrscht Totenstille.

»Nick?«, rufe ich und kicke meine Schuhe von den Füßen. Keine Antwort. »Bist du da?« Ohne zu zögern, marschiere ich in sein Zimmer und finde es leer vor. Eigenartig. Was geht denn hier vor? Ich hätte schwören können, er wartet hier auf mich.

Mein Blick wandert durch den Raum und fällt auf die Verbindungstür, die nicht vollständig geschlossen ist. Mit wenigen Schritten durchquere ich das Zimmer und ziehe die Schiebetür ganz auf.

»O mein Gott!«, entfährt es mir und ich lasse beinahe den Becher für Nick fallen. Was ist denn mit meinem Zimmer passiert? Ich trete hinein. Jemand hat die Wände in einem zarten Pfirsichton gestrichen und die Möbel umgestellt. Nicks Sachen sind verschwunden, außer der Boxsack. Ein Lachen entfährt mir, als ich entdecke, dass ein Foto von seinem Gesicht darauf klebt und ein paar pinke Boxhandschuhe an der Kette baumeln. Ich stelle den Becher auf dem nun nicht mehr provisorischen Schreibtisch ab und begutachte die geblümten Vorhänge am Fenster und den flauschigen Läufer, der vor dem Bett liegt.

»Gefällt es dir?«, erklingt Nicks tiefe Stimme hinter mir. Ein Schauer läuft bei der Unsicherheit, die in seinen Worten mitschwingt, über meine Haut.

Langsam drehe ich mich zu ihm um. Gott, habe ich seinen Anblick vermisst. Er steht in der offenen Verbindungstür, die Hände tief in seinen Hosentaschen vergraben und sieht mich mit einem zaghaften Lächeln auf den Lippen an.

»Warst du das?«, frage ich mit einem leichten Zittern in der Stimme.

»Ich hatte ein bisschen Hilfe«, antwortet er und sein Lächeln wird etwas sicherer. »Ich dachte, falls du wieder nach Hause kommst, sollst du es schön haben«, fügt er noch hinzu und macht einen Schritt auf mich zu.

»Willst du denn, dass ich nach Hause komme?«, frage ich und verringere den Abstand zwischen uns um ein weiteres Stück.

»Ja. Und ich will, dass die Tür hinter mir offen bleibt.« Er kommt noch einen Schritt näher. »Ich will dich in *Mario Kart* gewinnen lassen. Langweilige Filmklassiker mit dir ansehen. Dir fünf Dollar für die Jukebox in die Hand drücken, wenn du mir auf die Nerven gehst, und dein Autoradio reparieren, damit du in schiefer Tonlage Shawn-Mendes-Songs trällern kannst.« Das ist mit Abstand das Kitschigste, was ich Nick Mitchell je habe sagen hören.

Ich überbrücke die letzte Distanz zwischen uns und sehe zu ihm auf. Der Sturm in dem wilden Grau seiner Augen hat sich gelegt. Die dunklen Locken wirken ein wenig zerzaust, als wäre er immer wieder mit den Fingern hindurchgefahren. Mein Blick wandert zu seinem Mund, als seine Finger meine Wange streifen und eine lose Strähne hinter mein Ohr schieben.

»Aber vor allem will ich dich abschleppen.« Das Grinsen, das auf seinen Lippen erscheint, lässt keinen Zweifel daran, dass er nicht von meinem klapprigen alten Ford spricht. »Ich weiß, ich verdiene keine weitere Chance, und ich bin mir sicher, wir werden uns gegenseitig in den Wahnsinn treiben, aber das kann durchaus auch etwas Positives sein, nicht wahr?«

»Es ist erstaunlich, wie du versuchst, mich mit meinen eigenen Worten um den Finger zu wickeln«, sage ich bemüht ernst. Mein Widerstand ist in dem Moment krachend eingestürzt, als ich die WG betreten habe und das Gefühl von Zuhause mich überkommen hat. Hier gehöre ich hin. Aber vor allem gehöre ich zu dem Kerl, der etwas unbeholfen vor mir steht und sich sichtlich bemüht, die richtigen Worte zu finden.

»Ich habe von der Besten gelernt. Funktioniert es?«

»Ich denke noch darüber nach.«

»Zwing mich nicht dazu, zu tanzen«, seufzt er und tritt einen Schritt zurück.

Blinzelnd sehe ich ihn an. »Tanzen? Kommt gleich so eine Flashmob-Nummer mit Disney-Song?« Wenn er das macht, breche ich wahrscheinlich lachend zusammen.

»Hätte ich damit Erfolg?«, fragt er grinsend.

»Vielleicht«, fordere ich ihn heraus und verschränke zusätzlich die Arme vor der Brust.

»Oh, Bree O'Donell, dafür kommst du in die Hölle.« Kopfschüttelnd zieht er sein Handy aus der Hosentasche und tippt kurz darauf herum. Im nächsten Augenblick dröhnt Shawn Mendes aus den Boxen, die sich vorher definitiv nicht in meinem Zimmer befunden haben. Ich unterdrücke ein Lachen, als er wirklich zum Takt die Hüften bewegt.

»*Ooh, your body's like an ocean. I'm devoted to explore you. Ooh, what do you desire? I'm inspired. I'll do it for you.*« Mein Gott, er macht das wirklich. Ich beiße mir fest auf die Unterlippe, damit ich nicht laut lospruste. Als er mich dabei erwischt, hebt er eine Augenbraue und tänzelt auf mich zu. Dann greift nach meiner Hand und zieht mich an sich. Bevor ich es verhindern kann, wiegt er mich im Takt.

»*Put my hands around you. Ooh, teach me how to touch you, tease, caress you, and please you. Teach me how to love. Put my hands around you.*«

»Angeblich sind Menschen, die jeden Tag einen Song lang tanzen, glücklicher. Ich glaube, an der Theorie könnte etwas dran sein«, sagt er dicht an meinem Ohr, dann löst er sich von mir, vollführt eine Drehung und ich finde mich im nächsten Augenblick in seinen Armen wieder. Dass ausgerechnet Nick für mich zu einem Shawn-Mendes-Song tanzt, hätte ich mir nicht einmal in meinen kühnsten Träumen vorgestellt. Mein Herz überschlägt sich im Sekundentakt vor lauter Liebe für diesen mürrischen Kerl.

Als die letzten Töne des Songs verklingen, werden unsere Bewegungen langsamer, bis wir völlig zum Stillstand kommen. Unsere Blicke verfangen sich ineinander, bis wir alles um uns herum ausblenden.

»Glückskeks, ich werde jeden Morgen mit dir zu einem blöden Shawn-Mendes-Song tanzen, um dich glücklich zu machen, wenn du mich lässt.«

Ich löse mich von ihm und zwinge mich zu einem ernsten Gesicht, obwohl ich ihm gerne um den Hals fallen und ihn in Grund und Boden küssen würde. Aber ein bisschen muss er noch zappeln.

»Dein Kaffee wird kalt«, sage ich und deute mit einer Kopfbewegung in Richtung Schreibtisch. Der verwirrte Ausdruck auf Nicks Gesicht tut mir fast schon ein bisschen leid. Trotzdem geht er die wenigen Meter zum Schreibtisch und nimmt den Becher in die Hand. Als er den Schriftzug darauf entdeckt, schnellt sein Kopf in meine Richtung.

»Glücklichsein-Theorie 2.0 – Hab den Mut, auf die Liebe zu vertrauen, und vergiss nie zu tanzen«, wiederholt er die Worte, die ich geschrieben habe. Mit einem breiten Lächeln im Gesicht stellt er den Becher wieder ab.

»Ich liebe dich auch«, purzelt es aus mir heraus, denn auch wenn er die drei magischen Worte nicht ausgesprochen hat, weiß ich, dass er mich liebt. Weil Gesten oft mehr sagen, als es Worte je könnten.

Bevor er auch nur einen Schritt macht, stürme ich auf ihn zu, schlinge die Arme um seinen Hals und ziehe ihn zu mir, bis unsere Lippen aufeinandertreffen. Unkontrolliert, hektisch und fordernd. Dieser Kuss ist bei Weitem nicht so romantisch wie bei einer Hollywood-Romanze. Es gibt auch keine hübsche Abspannmusik, sondern nur Nick und mich.

Okay, und das Bett, auf das wir gerade zustolpern, während ich ihm das

Shirt über den Kopf ziehe. Die bunte Glitzerfarbe auf seiner Haut erregt meine Aufmerksamkeit. Verwirrt sehe ich ihn an.

»Ich hätte sogar gestrippt, wenn es nötig gewesen wäre«, sagt er mit einem frechen Grinsen auf den Lippen. Mit den Fingerspitzen fahre ich die drei Worte nach, die quer über seiner Brust stehen.

*Ich liebe dich.*

»Und jetzt runter mit den Klamotten, Glückskeks.«

Gegen diese Art von Happy End habe ich absolut nichts einzuwenden.

**ENDE von Band 2**

*... Okay noch nicht ganz, wir gehen noch in einen kurzen Abspann. Also schön auf den Rängen sitzen bleiben und entspannt zurücklehnen.*

*Und jetzt – Seite umblättern.*

# Abspann

»Na, Mitchell, heute schon getanzt?«, ziehe ich Nick auf, weil ich ihn heute Morgen dabei ertappt habe, wie er fröhlich pfeifend die Hüften zu einem Rocksong hat kreisen lassen. Als er ein Luftgitarrensolo hingelegt hat, habe ich mich leise kichernd zurückgezogen und ihm seinen Moment gegönnt, in dem er sich unbeobachtet gefühlt hat.

»Ich habe keine Ahnung, wovon du sprichst«, antwortet er grinsend und schält sich aus seinen Trainingsklamotten. Ungeniert sehe ich ihm vom Bett aus dabei zu, wie ein Kleidungsstück nach dem anderen zu Boden fällt. Das ist eine Show, die ich mir nicht entgehen lasse.

»Wie ist es gelaufen?«, frage ich ihn hoffnungsvoll.

Der Coach hat ihn heute zum Gespräch gebeten und Nick war sichtlich nervös. In den letzten Wochen ist es für ihn nicht einfach gewesen, alles unter einen Hut zu bekommen. Wir haben ein paar Rückschläge erlitten, aber er gibt sich Mühe, nicht alles mit sich selbst auszumachen und mich in seine Gedanken miteinzubeziehen. Step by Step ist unser Motto. Aber ich bin überzeugt, gemeinsam schaffen wir jeden noch so steinigen Weg.

»Gut. Er lässt mich wieder aufs Feld.« Die Erleichterung ist ihm sichtlich anzusehen. Ich klettere vom Bett, springe ihm kreischend in die Arme und umschlinge mit den Beinen seine Taille. Mit beiden Händen greift er unter meinen Po und hält mich fest.

»Das ist großartig. Du hast so hart an dir gearbeitet, du verdienst es, endlich wieder spielen zu dürfen.« Meine Lippen finden seine und er erwidert bereitwillig meinen Kuss. »Und du brauchst dringend eine Dusche. Männerschweiß ist unsexy.«

Lachend setzt er mich ab und marschiert davon. An der Tür angekommen wirft er einen Blick über die Schulter.

»Beweg dich nicht von der Stelle, wir haben noch etwas zu klären.« Der verschmitzte Zug um seine Lippen nimmt seinen Worten die Schärfe.

Ich setze mich auf die Bettkante und habe damit einen fantastischen Blick auf Nicks Hintern, der zu meinem Bedauern noch in Calvin-Klein-Boxershorts steckt.

»Werde ich für die Unterhaltung nackt sein müssen?« Nur um ihn zu ärgern, greife ich nach dem Saum meines Tops und ziehe es ein Stück nach oben.

»Gut möglich.« Im nächsten Augenblick verschwindet er durch die Tür.

Ungeduldig wippe ich mit dem Fuß und warte darauf, dass er zurückkommt. Kurzzeitig denke ich darüber nach, ihm einfach unter die Dusche zu folgen, aber das Teil ist eindeutig zu eng für zwei. Als er fünf Minuten später durch die offene Schiebetür zurückkommt, muss ich tatsächlich zweimal hinsehen, bevor ich laut lospruste. Nick steht mit meinem mintgrünen Morgenmantel mit Blumenstickerei lässig im Raum.

»Dein Lachen wird dir gleich vergehen«, sagt er ernst.

»Was zur Hölle?«, presse ich hervor und verschlucke mich an meinem Gekicher. »Warum trägst du meinen Morgenmantel?«

»Der dient nur der Tarnung.«

Mit langsamen Schritten kommt er auf mich zu. Erst jetzt bemerke ich, dass er etwas hinter seinem Rücken versteckt hält. »Was hast du da?«, will ich von ihm wissen und verrenke mir beinahe den Hals, um einen Blick darauf zu werfen.

»Du hast unser Ego verletzt, das müssen wir geradebiegen.«

Ich habe absolut keine Ahnung, worauf er hinauswill.

Fragend sehe ich zu ihm auf, als er nur wenige Zentimeter vor mir zum Stehen kommt. »Einen Dreier ohne Happy End, das können Oscar und ich nicht auf uns sitzen lassen.« Ein teuflisches Grinsen erscheint auf seinem Gesicht, als er tatsächlich meinen Vibrator zum Vorschein bringt.

... O mein Gott ...

...

*Ob es für die drei ein oscarreifes Happy End gibt, liegt ganz in deiner Fantasie. Kopfkino an.*

# Preisverleihung

Nachdem ich bei Band 1 – *Golden Goal* – dem Verkehrschaos auf deutschen Autobahnen, einem Radiokommentator und dem NaNoWriMo gedankt habe, überrascht es sicher niemanden, dass mein Dank diesmal unter anderem an Shawn Mendes aka Shawni geht. Motivationscoach und Inspiration zu diesem Buch. Also Shawni, wenn du das liest: Mein herzlichster Dank, aber ich steige jetzt wieder auf Thirty Seconds to Mars um.

PS: Shawni, dein neuer Beziehungsstatus hat mich auf den letzten Metern wirklich noch mal Nerven gekostet.

And the Oscar goes to (hach, das wollte ich schon immer mal sagen): Mein fantastisches Cheerleaderteam, das sich sowohl mein Geknatsche als auch meine verrückten Ideen anhören musste und die Pompons immer griffbereit hatte.

Der Preis für die Beste Produktion geht an das gesamte Impress-Team, das die Virginia Kings für euch auf den Platz auflaufen lässt. Insbesondere danke ich Pia (Regie) und Larissa (Drehbuch).

In der Rolle der Nebenakteure, ohne die es nicht geht, weil sie inzwischen ein fester Bestandteil meines Autorinnendaseins geworden sind: Sarah Saxx (Mentorin), Nadine Wilmschen (Management), Nina Krönes (Prüfstelle), Saskia Renner (Design) und natürlich die restlichen Eulen. Last but not least: Mr Corell und Corell Junior.

Und ich danke DIR, dass du das Buch gelesen hast …

DIE MACHT DER GEFÜHLE
TAUCH EIN IN ROMANTISCH-FANTASTISCHE GESCHICHTEN.
IM
PRE
SS
#IMPRESSBOOKS
ALLES VON IMPRESS HIER:
IMPRESSBOOKS.DE

## BERÜHRENDE
# SPORTS ROMANCE

Sophie Fawn
**THROW IN YOUR HEART.**
**ZWEI HERZEN, EIN TEAM**
ISBN 978-3-551-30342-4
Softcover
Auch als E-Book erhältlich

**Leonie muss ihr geliebtes Hobbyzimmer** ausgerechnet für Yannik räumen. Der allseits beliebte Sportler passt keineswegs in ihre Welt aus Büchern, Blog und Zeichnen! Wenn sie sich da mal nicht täuscht. Denn auf den zweiten Blick entspricht der attraktive Handballer so gar nicht dem Klischee vom Frauenheld und Partykönig.

Lena S. Berger
**FIND ME IN THE DARK.**
**GEHEIME VERGANGENHEIT**
ISBN 978-3-551-30354-7
Softcover
Auch als E-Book erhältlich

**Nach dem Tod ihres Vaters** bricht Helen der Boden unter den Füßen weg. In ihrer Trauer zieht es sie von London nach Cotwoods, ein kleines Örtchen in der englischen Provinz. Dort ist sie nicht nur den Geheimnissen ihres Vaters auf der Spur, sondern lernt auch den attraktiven Profifußballer Chase kennen, der ihren Puls zum Rasen bringt.

Nicole Alfa
**STARS AND TEARS.**
**TIME OUT FÜR DIE LIEBE**
ISBN 978-3-551-30326-4
Softcover
Auch als E-Book erhältlich

**Avery steht als Cheerleaderin** ganz oben auf der Beliebtheitsskala. Aber nach dem schweren Unfall ihres Vaters erscheint ihr cool und beliebt zu sein plötzlich so unwichtig. Halt findet sie ausgerechnet bei Devyn. Früher war er der gefeierte Footballkapitän und keiner weiß, wie er zum Außenseiter wurde …

IMPRESS

**WWW.IMPRESSBOOKS.DE**

# NEW ADULT
ROMANCE

Alice Ann Wonder
**LOVING THE ENEMY**
ISBN 978-3-551-30303-5
Softcover
Auch als E-Book erhältlich

**Nachdem Elaine ihren Nebenjob** verloren hat, fallen ihre Pläne für den Sommer in sich zusammen. Sie kehrt nach drei Jahren der Abwesenheit zurück in ihre alte Heimat und läuft prompt dem Sohn der Familie in die Arme, die ihrer eigenen alles genommen hat – Cole Cunningham: Frauenheld, Angeber und verboten gutaussehend.

Anja Tatlisu
**NOT OVER YOU**
ISBN 978-3-551-30280-9
Softcover
Auch als E-Book erhältlich

**Hayleys Leben** könnte nicht besser laufen. Sie ist eine aufstrebende Fotografin in New York und steht kurz vor der Hochzeit mit ihrem bodenständigen Verlobten Dean. Doch nach ihrem Junggesellinnenabschied trifft sie auf ihre erste große Liebe. Noah bittet sie um ein allerletztes Date, bevor sie zum Altar schreitet.

Lana Rotaru
**CRUSHED-TRUST-REIHE 1: KISS ME NEVER**
ISBN 978-3-551-30278-6
Softcover
Auch als E-Book erhältlich

**Andrew starb** vor sechs Monaten bei einer Fahrt mit seinem Motorrad. Alle glauben an einen Unfall. Nur seine Schwester Amanda ist sich sicher: Es war Mord. Ganz oben auf ihrer Liste der Verdächtigen steht der selbstverliebte, arrogante Frauenheld Dante. Auf der Suche nach Beweisen kommt sie dem attraktiven Dante gefährlich nahe.

IMPRESS

**WWW.IMPRESSBOOKS.DE**

Impress

*Die Macht der Gefühle*

Wir produzieren nachhaltig
• Klimaneutrales Produkt
• Papiere aus nachhaltigen und kontrollierten Quellen
• Hergestellt in Europa

FSC
www.fsc.org
MIX
Papier aus verantwortungsvollen Quellen
FSC® C083411

**Impress**
Ein Imprint der Carlsen Verlag GmbH
März 2022

Lektorat: Larissa Bendl
Umschlagbild: shutterstock.com / © G-Stock Studio / stock.adobe.com / © artinspiring
Umschlaggestaltung: Saskia Renner
ISBN 978-3-551-30470-4
www.impressbooks.de